suhrkamp taschenbuch 5186

Ob ihr Mann das Meer gesehen hat, bevor er 1932 auf der Groß-baustelle der Hafenstadt Gdingen tödlich verunglückte, wird Rozela nie erfahren. Von der staatlichen Entschädigung baut sie für sich und die drei Töchter ein Steinhaus mit Doppelfenstern, im kaschubischen Dorf eine Sensation. Dort überstehen sie die Schrecken des Krieges. Doch als die sowjetische Armee gen Wes-ten zieht, bietet das Haus keinen Schutz mehr.

Kopf oben behalten, egal was passiert – die Maxime der Mut-ter beherzigen auch ihre Kinder. Allen voran die leidenschaft-liche, lebenshungrige Truda, deren Mann für Jahre im Gefängnis des Geheimdiensts verschwindet. Ilda, Motorradfahrerin, arbei-tet in der Umsiedlungsbehörde und liiert sich mit einem Bildhau-er, der ihr seine Ehe mit einer Deutschen verschweigt.

Eines Tages stehen zwei Französinnen vor dem Haus, und Rozela wird mit einer Vergangenheit konfrontiert, an die doch niemand rühren sollte …

»Wer so erzählen kann, muss eine Menge vom Leben verstehen.«
Sächsische Zeitung

Martyna Bunda, 1975 in Danzig geboren, studierte Politikwis-senschaft und arbeitete viele Jahre als Journalistin. Für ihre Re-portagen wurde sie mehrfach ausgezeichnet. *Das Glück der kal-ten Tage* ist ihr literarisches Debüt. Sie ist Mutter zweier Töchter und lebt in Warschau.

Bernhard Hartmann, 1972 geboren, hat u.a. Werke von Julia Hartwig, Hanna Krall, Tadeusz Różewicz und Tomasz Różycki übersetzt. 2013 wurde er mit dem Karl-Dedecius-Preis für litera-rische Übersetzungen aus dem Polnischen ausgezeichnet.

Martyna Bunda

Das Glück der kalten Jahre

Roman

Aus dem Polnischen von
Bernhard Hartmann

Suhrkamp

Die Originalausgabe erschien 2017 unter dem Titel
Nieczułość
bei Wydawnictwo Literackie in Krakau.

Erste Auflage 2021
suhrkamp taschenbuch 5186
© Suhrkamp Verlag Berlin 2019
Suhrkamp Taschenbuch Verlag
Umschlaggestaltung: Rothfos & Gabler, Hamburg
Umschlagfoto: Birgit Tyrrell / Arcangel Images
Druck und Bindung: CPI books GmbH, Leck
Printed in Germany
ISBN 978-3-518-47186-9

Das Glück der kalten Jahre

Meiner Mutter, meiner Schwester, meinen Töchtern,
unseren Großmüttern, Tanten, Freundinnen

WINTER

Ilda

Es war wohl Truda, die zweitälteste Schwester, die auf die Idee kam, die Rosen über Nacht in einen Eimer mit Tinte zu stellen. Etwas Farbe für die Symbolik, sagte sie. Wenn sie schon den letzten ihrer Männer beerdigten. Und es war wohl Gerta, die Älteste, die hinzufügte, ihr Kranz müsse zuoberst liegen. Vor der Messe steckte sie einem der Küster fünfzig Zloty in die Tasche, damit er nicht vergaß, welche Blumen oben liegen sollten. Der Küster, ein begriffsstutziger Kerl mit schlurfendem Gang, machte seine Sache gut, er breitete sogar die Bänder der Trauerschleife pietätvoll über die Seiten des Sarges. Auf ihnen stand: »Die Kaltherzige«.

Winter 1979. Ein nasser, nicht enden wollender Februar. Die gefärbten Rosen und die zwei weißen Plastikbänder landeten tatsächlich ganz oben auf dem Stapel, über den Lilien mit dem Schriftzug »Die treue Gattin« und den zahllosen Blumen, die man »Dem großen Bildhauer«, »Dem Stolz der Region«, »Dem Schöpfer der Unbefleckten« oder »Dem großen Sohn Pommerns« mit ins Grab gab. Doch was war das gegen »Die Kaltherzige«?

Anschließend gingen die Schwestern im Gleichschritt, Arm in Arm, und stützten Ilda, die jüngste. Links ging Truda, sonst der Mittelpunkt des Universums, mit munter hin und her schlenkernden Ohrringen, nun ausnahmsweise gesammelt und still. Rechts Gerta, immer wachsam, was die Leute sagten, an diesem Tag von allen die aufrechteste,

kerzengerade. In der Mitte Ilda. Seltsam klein und zerbrechlich, trotz ihres wahrlich imposanten Busens, den man im
Städtchen noch aus Zeiten kannte, in denen sie ihn in
eine Lederkombi gezwängt hatte. Und vorneweg er, Tadeusz Gelbert, in einem silberbeschlagenen Mahagonisarg.

So zogen sie durch den weißgrauen Schnee, das rhythmisch schwankende Kreuz in den Händen des Küsters, die
Ewig Liebende Gemahlin auf Kranzschleifen und am Kopf
des Zuges, und hinter ihnen der Gemeindevorsteher, der
Bankdirektor, Trudas einstige Untergebene, Nachbarn, No-
tabilitäten aus dem Bildhaueratelier und treue Grabstein-
käufer, Krämer, Kioskbesitzer und die beiden Kartuzer Taxifahrer – denn dieses Ereignis konnte sich niemand in der
Stadt entgehen lassen –, und Stück für Stück arbeiteten die
Schwestern sich vor zum Sarg. Mal schob sich Gerta, die
älteste, von rechts eine Reihe vor, mal Truda, die mittlere,
von links. Und so schlossen sie, trippelnd und scheinbar
unabsichtlich schneller werdend, bei der frisch ausgeho-
benen Grube zur Gesetzmäßigen Witwe auf. Als sie sich am
Sarg vis-à-vis gegenüberstanden, holte Ilda einen Lippenstift aus der kleinen Handtasche, die er ihr geschenkt hatte,
und zog sich die Lippen nach. Die Leute erwarteten ein
Schauspiel, also sollten sie eines bekommen.

Bevor es dunkel wurde, saßen die drei Schwestern in ihrem Haus in Dziewcza Góra am Tisch.

Truda fuchtelte wieder mit den Händen und redete zu
viel. Erstaunlicherweise hielten nicht nur die Schwestern
diese dürre Windsbraut mit den kurzen Beinen und dem
langen Hals, der die vierzig längst hinter sich hatte, für
schön. Vielleicht wegen des besonderen Charmes und des
ungewöhnlich üppig sprießenden hellen, lebendigen Haars,
vielleicht auch wegen der Art, wie Truda den Menschen in
die Augen schaute – den Frauen herzlich und zugewandt,

den Männern kühn und herausfordernd –, die Leute fühlten sich zu ihr hingezogen. Denn sie lebte. Wenn sie zu einer der Schwestern oder zur Mutter ins Bett wollte, kroch sie einfach hinein. Selbst jetzt noch, da sie langsam, aber unausweichlich in die körperliche Unsichtbarkeit verschwand, liebte Truda das Leben, und das Leben dankte es ihr.

Neben ihr saß eigentlich Gerta, doch der Platz blieb fast die ganze Zeit leer. Gerta musste Tee kochen, für die durchgefrorene und aufgelöste Ilda eine Decke finden, eine Tischdecke auspacken, die Tischdecke ausbreiten, Brot fürs Abendbrot schneiden. Gerta war Trudas exaktes Gegenbild. Dunkles Haar, dunkle Brauen und blaue Augen, gebaut wie eine Schwimmerin, eine Athletin; in Marmor gehauen und ins Museum gestellt, hätte man sie bewundert. Doch die »Bohnenstange mit den zu großen Füßen« konnte sich nicht in ihren Körper einfinden. Sie war praktisch bis zum Gehtnichtmehr, gründlich, dass es kaum zu ertragen war, fleißig, findig, verantwortungsvoll und mutig – und wusste doch immer, dass die Wäsche, die sie wusch, nicht weiß genug werden würde.

Mit diesem Charakter ähnelte Gerta von allen dreien am meisten ihrer Mutter Rozela, die im Bestreben, den Anforderungen des Lebens gerecht zu werden, anständig zu bleiben und alles richtig zu machen, immer ihren eigenen Weg ging. Als uneheliche Tochter einer unehelichen Tochter dazu bestimmt, in ewiger Schande zu leben, trug Rozela den Kopf hoch und hatte dies auch ihre Töchter gelehrt. Sie war vornehm. Obwohl Bäuerin. Sie war mutig. Obwohl Frau. Sie kam aus einem einfachen kaschubischen Bauernhaus, hatte weder das Alphabet noch die polnische Sprache richtig gelernt, doch sie hatte allein, ohne Mann, das erste gemauerte Haus in Dziewcza Góra gebaut. Vollgestopft mit Büchern, die sie nie würde lesen können.

Äußerlich kam Ilda der Mutter am nächsten. Sie hatte eine ähnliche Statur, war aber voller, als hätte sie von Rozela nur das Beste mitbekommen – den runden Busen, die breiten Hüften, die schmale Taille, die majestätischen Beine – und das noch vervielfacht. Nur die Beine waren ihr ein wenig krumm gewachsen. In den Knien gingen sie leicht auseinander, wodurch Ildas Gang an den eines Cowboys erinnerte. Und so war sie auch im Leben. Sie fuhr als Erste mit einem Motorrad durch die Stadt, in einer schwarzen Lederkombi, die sie erst auf Tadeuszs Geheiß gegen halbwegs feminin geschnittene Kleider eintauschte.

Heute aber, am Tag des Begräbnisses, wirkte Ilda wie eine der Heiligen aus der Kartuzer Kirche. Still, tief in Gedanken, den Blick aus der Küche hinaus über Hof und See in die Ferne gerichtet, ähnelte sie einer von Licht durchdrungenen Wachsfigur. Als hätte der gerade vergehende Tag ihr das Tor in eine andere Welt geöffnet. Doch im Geiste war Ilda noch immer auf der Herzstation im zweiten Stock des Danziger Krankenhauses in der ulica Kartuska, wo sich vor drei Tagen Tadeusz, der auf einem Metallbett mit gummierten Rädern schon mehr tot als lebendig dalag, mit einer Hand auf ein tausend Mal mit Ölfarbe übermaltes Nachtschränkchen gestützt und den Arzt gebeten hatte, seine Ehefrau hereinzuholen, um Ilda dann vor der nussfarbenen Wandvertäfelung, über einen kleinen Tisch hinweg, unter dessen weißer Lackierung graues, scharfes, ordinäres Metall hervorschien, mitzuteilen, das habe er seiner Treuen Gemahlin hoch und heilig versprochen. Und sie, Ilda, sei ja noch jung. Sie solle nicht ihr Leben mit ihm vergeuden. Seine Gemahlin werde sich um sie kümmern, falls er dieses Zimmer nicht mehr verlassen sollte. Nicht wahr, Gemahlin?

»Die Kaltherzige«. So stand es in kaltem Schwarz auf den Schleifenbändern.

Er war schon verheiratet, als sie sich kennenlernten. Ilda hätte ihn mit ihrem Motorrad fast ins Jenseits befördert. Was er als Zeichen ansah und mit der Sturheit eines Kindes zig Mal erzählte, als wäre sie nicht dabei gewesen: Dass just an dem Tag, an dem er endgültig den Glauben an seine prallen Madonnen verloren hatte und den Kritikern Recht geben wollte, ihm eine von ihnen erschienen sei – rittlings auf einer Sokół 1000. Und Ilda musste zugeben, dass die Statue aus weißem Zement, die mitten in Tadeuszs Atelier in Sopot stand, ihr – Ildas – Gesicht, ihre Brüste und ihren Hintern hatte. Es war keine Maria, wie man sie sonst zu sehen bekam.

Das Motorrad, die Sokół 1000, hatte sie im Januar 1945 aus dem Straßengraben gezogen – mit einer Kraft, die sie sich selbst nie zugetraut hätte –, nachdem hinter dem Haus in Dziewcza Góra auf der Straße nach Staniszewo der Treck vorbeigezogen war. Ein endloser Zug von Menschen mit und ohne Wagen, mit und ohne Kinder, bepackt mit großen Bündeln. Müde, gleichgültig gegen die Dorfbewohner, die sie aus den Fenstern beobachteten, hatten sie sich den Berg hinaufgeschleppt und im nassen Schnee eine sandige Spur hinterlassen. Plötzlich war die Stille von einem merkwürdigen Brummen durchbrochen worden. Als ob Bienen summten – doch woher hätten mitten im Winter so viele Bienen kommen sollen? Ilda hatte aus dem Fenster geschaut und gesehen, wie auf einmal die Leute schreiend auseinanderliefen, wie sie versuchten, sich im nassen Schnee zu verstecken, und dann war die Scheibe aus dem Rahmen gefallen. Warum war sie aus dem Haus gelaufen? Wie hatte sie, schmächtig wie sie war, mit ihren kleinen Händen die schwere Maschine, auf der noch ein Toter lag, aus dem Straßengraben ziehen können?

Wie von Sinnen war sie auf diesem Motorrad vor dem Toten und der an einen Baum gelehnten Frau davongerast, deren Blick ihr begegnet war – verwundert, aber tot. Vorbei an einem eingespannten Pferd, aus dem schon wer ein Stück Fleisch geschnitten hatte, vorbei an den in Panik zurückgelassenen Bündeln und Lumpenhaufen – bis nach Chmielno, wo sie beim Anblick des vertrauten Friedhofs wieder zu sich gekommen war.

In den darauffolgenden Tagen hatte sie mit ihrer Schwester, ihrer Mutter und den anderen Frauen aus Dziewcza Góra die Leichen begraben, ohne ihnen in die Gesichter zu schauen. Fünf Jahre lang, bis zu ihrer Flucht mit Tadeusz, vermied sie es, zum Hang hinüberzusehen.

Tadeusz Gelbert schien eine wahrhaft göttliche Macht über die Körper zu besitzen, die er aus dem Stein meißelte. Er kehrte nicht zu seiner Frau zurück, er ließ sich nicht scheiden. Als er Jahre später all ihre Kleider in den Ofen warf, konnte Ilda längst nicht mehr ohne ihn leben. Sie dachte, umgekehrt sei es genauso – überall auf den pommerschen Friedhöfen standen Madonnen mit ihrem Gesicht und ihren Brüsten, Engel mit ihren Händen und Füßen. Selbst ihr erster gemeinsamer Hund – ein Spaniel, die zottige Peggy – wurde im Grabmal des Danziger Prälaten in der Figur eines Greifs verewigt. Die Pfoten, das leicht gelockte Fell – scheinbar ein Löwe, aber in Wirklichkeit, nun ja, Peggy. Eine Schande.

Nach Jahren des Zusammenlebens begriff Ilda, dass die jugendlichen Motorradtouren in der Lederkombi noch gar nichts waren. Erst als sie mit hochgeschlossenem, gestärktem Kragen und der eleganten Spanielhündin an einer roten Leine durch die Straßen spazierte, wurde sie für die

Leute in Kartuzy zu Luft. Selbst in den Küchen, zwischen den Töpfen und Gerüchen, im Eifer der Vorbereitungen von Feiertagen und Festen existierte nur jene frühere Ilda.

Der Lippenstift am Sarg war also bloß ein Detail eines größeren Ganzen, in dem die Rollen fest verteilt waren und dessen krönenden Abschluss die schwarze Aufschrift auf der Trauerschleife bildete. Der Wind und der begriffsstutzige Küster sorgten dafür, dass sie kilometerweit zu sehen war.

Gerta

1951, Spätwinter. Im Gleichschritt, Arm in Arm, marschierten die Schwestern zur abgelegenen Praxis eines Gynäkologen. In der Mitte ging dieses Mal Gerta, die immer auf die Meinung der Leute Bedachte und seit fünf Jahren Verheiratete, deren Ehe noch immer nicht vollzogen worden war. Die Feier zum vierten Jahrestag ihres ehelichen Zusammenlebens endete in einem Skandal, weil Edward, Gertas Mann, betrunken in der Kirche randalierte. Jetzt, da der fünfte Jahrestag nahte, drohte er damit, er werde sich auf den Markt stellen und in alle Welt hinausschreien, seine Frau sei unten vernagelt.

Abgesehen von der Neigung, nach übermäßigem Alkoholgenuss Unfug anzustellen, war Edward Strzelczyk, Gertas Gemahl, ein sanftmütiger Mensch, der jede Gewalt verabscheute. Dennoch zählte ihre Ehe nicht zu den gelungenen. Truda und Ilda sagten schon lange, sie müsse zum Arzt, doch Gerta hatte eine Heidenangst vor dem neuen Kartuzer Krankenhaus, wo man die Frauen mit den Beinen an

Metallringen festband. Gerta würde sich niemals an den Beinen anbinden lassen! Also blieb alles, wie es war, bis Truda für die Schwester einen Arzt fand, der in der Stadt für seine verständnisvolle Art bekannt war. Er empfing seine Patienten nicht in dem schrecklichen Kartuzer Krankenhaus, sondern in einer Praxis, wo keiner dieser raffinierten neuen Gynäkologenstühle stand.

Die Praxis erwies sich als Zimmer in der früheren Pension Maria, die in Kartuzy keinen guten Ruf genoss. Es gab kein Schild an der Tür, und auch die Einrichtung erinnerte, wie die Schwestern beim Eintreten feststellten, nicht im Geringsten an eine Arztpraxis. Es war ein heruntergekommenes kleines Hotel, seit langem unbeheizt, mit einem Wartebereich hinter der Bar, aus der freilich der Alkohol verschwunden war, und mit einem scheußlichen weinroten Teppichbelag mit Flecken von Flüssigkeiten, deren Herkunft man lieber nicht wissen wollte.

Der Doktor wirkte überrascht, als die Schwestern ihr Anliegen vortrugen: *Non consummatum*, obwohl die Hochzeit fast fünf Jahre zurücklag. Er schaute mit weit aufgerissenen Augen drein und sagte, die Praxis sei eigentlich außer Betrieb, doch er bringe es nicht übers Herz, Pani Gerta fortzuschicken, und weil es so klirrend kalt sei und der Raum sich nicht heizen lasse, möge sie ihm doch bitte nach nebenan folgen, wo es wärmer sei. Dabei deutete er auf einen zweiten Raum, der an ein Kartenzimmer erinnerte und in dem einigermaßen ungeordnet verstaubte Tische, Stühle und Hocker herumstanden. Das Fenster war nicht verhangen, obwohl es zur ulica Sądowa hinausging, also entkleidete Gerta sich heimlich und nur unten und ließ den Rock an. Sie legte sich auf ein weinrotes Sofa, das extra für sie mit einem sauberen Bettlaken bedeckt worden war.

Der Doktor kramte im Hinterzimmer herum und verbot ihr, sich zu bewegen. »Sie haben großes Glück«, sagte er, »dass Sie mit der Jungfernhaut nicht an die Befreier geraten sind – die hätten Sie halb durchschneiden müssen, um einzudringen, und das wär's dann gewesen.« Zum Schluss, während er Gerta mit einer einfachen Taschenlampe zwischen die Beine leuchtete, benutzte er ein Endoskop aus Metall, das ein wenig aussah wie ein Lockenwickler. Er sagte, unten sei alles in Ordnung, sie werde Kinder bekommen. Er riet, dem Ehemann nichts zu verraten. Der solle sich freuen, dass er eine Jungfrau abbekommen habe, auch wenn er fünf Jahre habe warten müssen, um's herauszufinden. Die Schwestern gingen verwundert hinaus – die Menschen hatten den ganzen Krieg über auf jemanden gewartet. Sie warteten noch immer. Nicht allen war mit einem einfachen Schnitt zu helfen.

Und doch waren fünf Jahre eine lange Zeit. Gerta versuchte wirklich, eine gute Ehefrau zu sein. Sie kam jeden Tag in die Werkstatt. Um ihrem Mann Gesellschaft zu leisten. Sie setzte sich in das große Schaufenster, über dem außen das Schild mit der Aufschrift »Uhrmacher – Meister« hing, neben jenen Schreibtisch, mit dem ihre Ehe begonnen hatte. Sie stellte banale Fragen, erzählte, was in der Stadt und in Dziewcza Góra los war, sah ihrem Mann bei der Arbeit zu – kurzum, sie war für ihn da. Und keiner der beiden erinnerte sich mehr daran, dass an dem Tag, als sie einander begegnet waren, Edward in einer Aufwallung von Emotionen, deren Auslöserin sie, Gerta, gewesen war, alles heruntergeworfen hatte, was auf der Tischplatte lag – all die winzigen Zahnräder, Federn, seltsamen Hybriden, Schraubenzieher, Lupen und Kolophoniumstückchen, die wie Bernsteine aussahen. Damals waren sie, beide gleichermaßen erregt, gemeinsam auf den Knien herumgerutscht

und hatten alles wieder eingesammelt, wobei sie unbeholfen immer wieder aneinanderstießen. Seit sie seine Ehefrau
war, räumte sie das Durcheinander jeden Tag alleine auf,
ohne zu klagen. Sie sortierte die Schrauben in ein eigenes
Kästchen, die Zahnrädchen in ein anderes und wunderte
sich, wie wenig Zeit es brauchte, bis wieder alles auf der
Tischplatte durcheinanderlag. Während sie die leeren Kästchen von der Fensterbank nahm, dachte sie, mit ihnen sei
es ähnlich wie mit ihr, sie lägen herum, niemandem zu etwas nütze, doch gleich darauf schalt sie sich innerlich selbst
für diese Schwäche.

Zur Mittagszeit verließ sie die Werkstatt, um aus der Küche der dahinter gelegenen Wohnung tadellos angerichte-
te Kartoffeln mit einem Stück Fleisch in Senfsoße, einem
Klops oder einem Zwiebelhering zu holen. An den Nach-
mittagen brachte sie die Wohnung in einen ehegemäßen
Zustand: In dem einzigen, nicht ganz kleinen, aber dunklen Zimmer verzierte ein bestellter Handwerker mit Hilfe
von Schnüren und Rollen die Wände, ein anderer schnitt
den Schrank so zurecht, dass er zwischen Ofen und Fenster passte. Außer dem von Edward gekauften Ehebett, dem
Schrank sowie einem Tisch und Stühlen brachte Gerta noch
zwei Sessel unter. Mit der Zeit sollten noch zwei Klaviere
hinzukommen, eines davon ein sehr anständiges Instrument, innen mit rotem Plüsch und Straußenfedern ausgekleidet – ein Luxus, dessen Sinn Gerta nie zu begreifen vermochte.

Nach dem Mittagessen nahm Edward sein Fahrrad und
fuhr um die Seen. Gerta räumte währenddessen meist die
Werkstatt auf, manchmal, wenn sie Lust hatte, beendete
sie eine Arbeit ihres Mannes; während der langen Vormit-
tage, an denen sie ihm auf die Hände schaute, hatte sie un-
bemerkt das Handwerk erlernt – sie wusste, wie man die

winzigen Zahnräder löste, wie man zur Feder gelangte, der Seele der Uhr, und wie man das Pendel regulierte, damit es den Rhythmus aufnahm. Wo die echten Rubinstücke lagen, die man auswechseln musste, wenn die Uhr zu schnell ging. Was man brauchte, wenn der Phosphor abbröckelte, wie man ihn mit einem Pinsel auf das Zifferblatt auftrug, damit Ziffern und Zeiger in der Nacht sichtbar waren. Allerdings mochte Edward es nicht, wenn sie sich an den Uhren zu schaffen machte. Also suchte sie sich neue, praktische Aufgaben. Sie legte Gemüse ein. Bald füllten Gläser mit Kraut und Gurken in mehreren Reihen die ganze Wand. Sie legte ein, bis sie eine neue Passion entdeckte – das Polieren von Metall. Nachdem sie herausgefunden hatte, wie leicht man alten Löffeln frischen Glanz geben konnte, kamen erst das übrige Besteck, dann Knöpfe und Tabletts an die Reihe. Die verschiedensten Stücke, auch bei den Nachbarn eingesammelte, weichte sie in einer Lösung aus Salz und destilliertem Wasser ein und ließ sie in Schüsseln vor sich hin köcheln. Hartnäckigere Fälle behandelte sie zusätzlich mit einer Bürste und einer selbst erfundenen Paste aus zerriebener Kreide, Minzöl, Gummi arabicum und Indigo. Auf diese Leidenschaft folgte die Richelieu-Stickerei, im Schlingstich gestickte Blumen, zwischen denen Gerda mit einem scharfen Messer Spitzenmuster ausschnitt.

Auf diese Weise verzierte sie Dutzende, vielleicht sogar Hunderte Bettlaken, Tischdecken, Servietten, Läufer, Blusen und Schürzen, bis sie schließlich im Jahr 1951 eines dieser gestickten Bettlaken in ihrem eigenen Bett mit ihrem eigenen Blut befleckte.

Ein besonders kalter Winter, kurz vor Weihnachten. 1945. Die drei Schwestern gingen im Gleichschritt, Arm in Arm, in der Mitte Truda – stumm und verzweifelt. Sie waren auf dem Heimweg aus Garcz, vom Bahnhof. Der Zug war eben abgefahren und mit ihm Jakob, den Truda nicht heiraten würde, um der Familie keine Schande zu machen.

Am frühen Morgen desselben Tages hatten Truda und Jakob Richert, der Sohn deutscher Eltern, in der Tür des Hauses in Dziewcza Góra gestanden. Er mit einem Kranz aus leicht verwelkten weißen und roten Rosen, die er trotz des Winters irgendwo aufgetrieben hatte, sie mit blondiertem, aber noch immer zottigem Haar, stattlicher, schöner, mit beiden Händen an seinen Arm geklammert.

Drei Jahre zuvor hatten sie am selben Bahnsteig eine ganz andere Truda verabschiedet: abgemagert und verängstigt. Zusammen mit Tausenden anderen, die einander gleichwohl ähnelten, war sie zur Arbeit im Reich eingezogen worden. Und als der von den Deutschen in die Stadt entsandte Häuptling der Mutter empfahl, sie solle der Tochter auch Sommerkleidung einpacken, obwohl gerade erst der Winter begonnen hatte, wussten sie Bescheid.

Jakob hatte sie nach drei Jahren Zwangsarbeit in deutschen Fabriken halbtot in Berlin wiedergefunden: auf dem Kopf Berliner Platinblond, auf den Lippen Zinnoberschminke, doch darunter – eine runzlige Greisin, die zu oft dem Tod von der Schippe gesprungen war, als dass noch echtes Leben in ihr hätte sein können.

Einen Tag vor Jakobs Ankunft war der Bunker eingestürzt. Die Trümmer, unter denen die Deutschen begraben wurden, hätten auch Truda verschüttet, wenn man sie hineingelassen hätte. Die Deutschen hatten gesagt, die Polin nehme ihnen die Luft weg. Sie stand in einem Türsturz, auf der Innenseite. Vom gesamten Gebäude blieb nur eine einzige Wand übrig – solide und dick, und in der Wand der Bogen mit der Tür. Der Staub fraß sich in ihre Augen und machte sie fast blind.

In der verwanzten Baracke, in der noch der Schweiß der Kriegsgefangenen und der Vorbewohner hing, stand vor dem verschütteten Keller eine Pritsche. Auf dieser Pritsche zog Truda jede Nacht ihren Rock fest über den Kopf, damit ihr keine Wanzen in die Augen krochen – unten war sie nackt, die Unterhosen hatte man ihr abgenommen.

Noch früher waren da ein paar widerlich dicke und lüsterne Deutsche, die sie und die anderen Mädchen aus dem Zug bis auf die Haut auszogen. Sie hatten auch Stöcke und vergnügten sich damit, ihnen im Schamhaar herumzustochern, sie auf den Hintern zu schlagen, ihre Brüste anzuheben, ihnen die Stöcke zwischen die Pobacken zu schieben. Oder die nackten, durchgefrorenen, im Frost stehenden Frauen mit eiskaltem Wasser abzuspritzen. Nach dieser Hygienedusche gab man ihr von all ihrer Habe zwei Kleider und einen Wollmantel zurück, feucht und verfilzt. Sie zwängte sich mit Gewalt in dieses steife, klebrige Korsett.

Unterwäsche erhielt sie erst nach vielen, vielen Monaten von Marie, ihrer Vorarbeiterin in der Porzellanfabrik. Sie stieg regelmäßig zu ihr hinauf ins Dachgeschoss, wie ein Schaf, wie eine Puppe, und ließ sich von ihr ausziehen. Von Marie stammte das Berliner Blond. Marie saß in dem Bunker, in den man Truda nicht hineinließ.

Jakob fand sie in den Trümmern, wie durch ein Wunder hatte sie überlebt, sie war verwirrt, wusste nicht, wo sie war. Er sagte den Deutschen aus der Fabrik, er habe vereinbart, eine Arbeiterin mit Deutschkenntnissen mitzunehmen. Er meldete jemandem, der mit einem Gewehr umherging, das Mädchen, das aus den Ruinen gekommen sei, gehe mit ihm, und schubste sie Richtung Ausgang: »Raus mit dir!« Die Deutschen zuckten die Achseln, sollte sie nur verschwinden, sie hatten Wichtigeres zu tun. Und so nahm der Wehrmachtsdeserteur die polnische Arbeiterin mit. Das war noch, bevor auf dem Reichstag die sowjetische Flagge gehisst wurde.

In den folgenden Wochen gab Jakob Truda das Leben zurück. Sie flohen in Kohle- oder Personenzügen, er mit einem von Hühnerblut getränkten Kopfverband und dem Arm in einer Schlinge, sie mit stümperhaft gefälschten Papieren. Die Nächte verbrachten sie in verlassenen Häusern. Nahe der alten und neuen polnischen Grenze gab es davon genug. Sie fuhren, ohne selbst zu wissen, dass die Deutschen schon kapituliert hatten. Manchmal nahm jemand sie für ein paar Stunden auf und gab ihnen etwas Warmes zu essen, meist aber schlichen sie sich in leerstehende Gebäude.

Hätte er ihr gesagt, sie solle die Schminke vergessen, die sie noch in Berlin anstelle von Brot gekauft und unterwegs verloren hatte, dann wäre sofort klar gewesen, dass sie eines Tages voneinander enttäuscht sein würden. Doch er versprach, er werde ihr die Schminke zurückbringen. Und er brachte sie zurück. Und es spielte keine Rolle, dass das Etui ein anderes war, dunkler und ohne Spiegel. So begann zwischen ihnen ein einzigartiges, unwiederholbares Mysterium. Sie liebten sich rhythmisch, ohne Hast, und sahen einander durch Tränen der Rührung in die Augen, sie fielen aus der Zeit in einen Raum jenseits von Erde, Kosmos und Tod.

Sie hatten es nicht eilig auf ihrer Reise, denn sie wussten

beide nicht, ob der Tag, an dem sie ihr Ziel erreichten, nicht auch der Tag ihres Abschieds sein würde. Sie sprachen nicht darüber, ob sie wirklich heimkehren wollten oder sollten. Er hielt es für selbstverständlich, sie war zu dankbar für seine Fürsorge, um ihn zu fragen. Er brachte sie zurück, obwohl sie nicht fahren wollte.

Truda bedauerte später noch jahrelang, dass aus dieser Reise kein Kind hervorging. Aus dieser alles durchdringenden Liebe hätte ein Gott geboren werden sollen. Aus den Nächten in den komplett ausgeräumten Wohnungen, in der halb niedergebrannten Scheune, in der von Glassplittern übersäten Kirche, weil die Flugzeuge so tief geflogen waren, dass die Bleiglasfenster aus den Rahmen gesprungen waren. Sie hatten sich mit solcher Inbrunst übereinander hergemacht, dass ein Kind hätte entstehen müssen. Dann hätte vielleicht die Mutter nicht anders gekonnt. Besser einen Deutschen im Haus als noch einen Bastard in der Familie …

Aber es gab kein Kind. Jakob wollte, dass sie warteten. Bis der Schnee geschmolzen sei, bis die Wunden des Krieges getrocknet seien. An einem Dezembertag begleiteten ihn daher die drei Schwestern zum kalten, unter Schnee begrabenen Bahnhof. Sie mussten warten, weil der Zug Verspätung hatte – oder vielleicht hatte er gar keine Verspätung, alle wussten ja, dass die Züge fuhren, wie sie konnten. Truda hielt sich mit beiden Armen an Jakob fest, zum ersten Mal in ihrem Leben betete sie zur heiligen Barbara, deren Kopf die Weichsel hinauf zu schwimmen vermochte, dass dieser Zug nie einfahren möge. Zurück blieb ein leerer Bahnsteig.

Rozela

Als sie ihre drei Töchter – Gerta, Truda und Ilda – in ihrem neuen Haus ins Bett legte, dachte Rozela, dass sie es wohl niemals warm bekommen würde. Es war Winter, 1932. Die Wände hatten noch nie Wärme gespürt.

Es war ein solides Haus, das erste gemauerte Gebäude im Dorf, mit Klinkerdach und Doppelfenstern, die viel größer waren als die des alten Holzhauses. Innen war es hell vom Weiß der Wände und vom Glanz des Schnees vor der Tür. Rozela deckte ein großes Daunenfederbett über die Töchter in ihren Pullovern.

Das Haus hatte sie von der Entschädigung für den Unfalltod ihres Mannes Abram Groniowski bauen lassen, der beim Aufbau von Gdingen in der ulica Wolności von einem Gerüst gestürzt war. Sie hatte sich hinterher oft gefragt, ob Abram das Meer gesehen hatte, während er fiel. Sie selbst hatte noch keine Gelegenheit gehabt, es zu sehen, doch sie konnte sich seine Wucht, seine Kraft und seinen Geruch vorstellen. Ob Abram das Meer gesehen hatte, wurde nie ermittelt, doch das Geld von der Versicherung erhielt sie so schnell es irgend ging. Jemand aus der Stadt brachte die Nummer des Kontos in der Kartuzer Bank, damit die Witwe das Geld abheben konnte.

Wer Abram wirklich war, hatte sich nie herausfinden lassen. Noch zu Lebzeiten von Rozelas Mutter Otylia war er eines Tages aufgetaucht. Ein Auto, eines der ersten, die man in Dziewcza Góra zu sehen bekam, blieb auf der Straße liegen und rührte sich nicht mehr vom Fleck. Die Panne ereignete sich unmittelbar vor den Fenstern des alten Holzhauses. Dziewcza Góra zählte damals fünfzehn Häuser, die zwischen See und Berg verstreut waren. Das alte Haus, das kleinste und ärmste im Dorf, lag direkt am Hang. Sie wohnten darin zu zweit – Rozela und ihre Mutter Otylia. Um nicht zu verhungern, bauten sie im Garten Kartoffeln und Roggen an, hielten Hühner und verdingten sich auf den umliegenden Höfen. Das Dorf mischte sich nicht in ihr einsiedlerisches Leben ein, und auch sie hielten sich von den Nachbarn fern. Selbst wenn sie in der Vorerntezeit tagelang Suppe aus getrockneten Brennnesseln essen mussten, selbst wenn sie wochen- oder monatelang kein Brot hatten, hätte Otylia sich nie dazu herabgelassen, jemanden um etwas zu bitten. Das Weibsstück mit dem Kind. Die Mutter des kleinen Bastards. Nein, sie wollte den Leuten keinen Grund geben, sich auf ihre Kosten besser zu fühlen.

Sie, die in ihrem ersten, besseren Leben auf dem Gut in Staniszewo gedient hatte, hätte sich nicht auf die Bänke gesetzt, die man vor den Häusern direkt in den Sand stellte und auf denen man von Frühjahr bis Herbst abends barfuß saß. Denn auch die Nachbarn luden die junge Frau mit dem Kind nicht auf ihre Bank ein. Wenn Rozela durchs Dorf ging, trug sie immer Schleifen an den Zöpfen. Die Mutter hätte ihr eher die Haare ausgerissen, als sie ungekämmt aus dem Haus zu lassen. Den Nachbarn sagte Rozela nur ein kurzes, kühles »Guten Tag«, auf das ihr manchmal jemand antwortete. Dziewcza Góra war in diesem Punkt wie jedes andere Dorf. Immer gab es ein Haus, über das man nur hinter vorgehaltener Hand redete, dessen Bewohner man zu Tauffeiern einlud und zugleich hoffte, sie würden nicht kommen. Rozela stammte aus einem solchen Haus.

Sie lebten also zu zweit im letzten und ärmsten Haus des Dorfes – bis zu dem Tag, an dem Abram Groniowskis Auto liegenblieb. Abram fragte bei ihnen nach einem Stück Draht, um die Gangschaltung von unten an der Getriebestange zu befestigen. Doch es schneite, und das zwischen dem glatten See und dem Hang verschwimmende, sich zerstreuende weißblaue Licht verlieh womöglich dem Haus, der Küche und Rozela eine magische, geheimnisvolle Aura. Er fragte nach Draht und blieb zum Tee. Er sagte etwas über den märchenhaften Vornamen der Tochter der Hausbesitzerin und über den merkwürdigen Ortsnamen – Dziewcza Góra, Mädchenberg, dann fragte er Rozela, ob sie im Schlaf träume. Sie antwortete, es sei besser, nicht zu träumen, denn in Träumen ließe sich vieles entdecken, und nichts sei für den Menschen schlimmer, als zu viel zu wissen. Ihre Stimme klang ein wenig schrill, als versuche sie, sie höher wirken zu lassen. Er dachte, sie wolle sich über ihn lustig machen.

Er sagte ihr, sie sei ein Fräulein wie bei Kraszewski – wer auch immer das sein mochte –, ganz anders als die Städterinnen, die auf hohen Absätzen in die Büros stöckelten und auf Schreibmaschinen tippten, bis sie den Herrn Abteilungsleiter heirateten – sofern das Glück ihnen hold war – und in ihre Mietshäuser mit den blankgeschrubbten Toiletten im Parterre zurückkehrten. Er fügte noch ein paar Sätze über die Tiere hinzu, die in der Wahrheit lebten und stürben, doch sie verstand nicht, worum es ihm eigentlich ging. Dann schaute er ihr direkt in die Augen und sagte, während er den Blick leicht auf ihren Busen hinabgleiten ließ, sie wären nicht das erste derartige Paar, wenn sie ihn heiraten würde.

Rozela, Otylias uneheliche Tochter, hatte nie geglaubt, dass sie einmal heiraten würde, obwohl sie einen kräftigen Körper hatte, schöne mädchenhafte Arme und breite Hüften, einen großen Po und wohlgeformte Schenkel wie eine Stute. Sie wusste sehr wohl: Es hätte jede andere junge Frau sein können, aber wenn dieser Herr ihr vor dem Altar die Treue schwören wollte, dann war es von Gott so gewollt. Ihre Mutter hatte der Verlobte kurz vor der Hochzeit sitzen lassen, als sie schon in ihrem Bauch heranwuchs, was konnte ihr also Schlimmeres widerfahren? Noch im selben Winter stand sie im dunkelblauen Rock und himmelblau gesticktem Mieder – ihr künftiger Gemahl hatte ihr ein großes Knäuel Seidengarn mitgebracht und sich gewundert, dass sie kein ganzes Kleid fertigbekam – in der Chmielnoer Kirche vor dem Altar und sagte ja. Und der allmächtige, gütige Gott besiegelte den Bund.

Am Tag darauf starb Otylia, die taktvoll abgewartet hatte, um die Hochzeit nicht zu verderben. Sie legte sich schlafen und wachte nicht wieder auf. Als man sie drei Tage später auf dem Friedhof neben der Chmielnoer Kirche begrub, war Rozela allein. Ihr Mann hatte sich aufgemacht, den nächsten Gipfel zu erobern. Es tat sehr weh, als sie neun Monate später ihre erste Tochter gebar. Die zweite und die dritte, gezeugt in den seltenen Momenten, in denen ihr Mann zu Hause war, brachte sie ebenfalls in seiner Abwesenheit zur Welt. Er tauchte, von einem Instinkt geleitet, immer rechtzeitig auf, um ihnen Namen zu geben – einfache und kaschubische.

Als Gerta schon auf der Welt war, wurde er Fischer und fuhr zwei Jahre auf einem Kutter auf die Ostsee hinaus. Er versicherte jedes Mal, falls er eines Tages nicht zurückkommen sollte, werde sich jemand melden und die Dinge regeln. Dann verschwand er wieder und tauchte irgendwann wieder in Dziewcza Góra auf. Er saß reglos auf dem Brunnen, erzählte von einem Menschen namens Siddhartha und sagte, wie Gott: »Ich bin, der ich bin.« Auf dem Feld vor dem Haus versuchte er Pferde zu züchten, doch das langweilte ihn bald. Er begann mit der Imkerei, doch die Bienen verschwanden auf die Bäume der Umgebung. So lebten Abram und Rozela acht Jahre aneinander vorbei, bis Abram, der sich gerade als Lohnmaurer verdingt hatte, vom Gerüst fiel.

Der Mann, der wegen der Entschädigung kam, fragte, ob Rozela wirklich allein ein Haus bauen wolle. Warum sollte sie keines bauen? Am Tag nach dem Begräbnis brachte sie die Töchter ins Dorf, zu Nachbarn, und fuhr nach Kartuzy, um einen Maurer zu finden. Sie war zum vierten Mal schwanger, doch offensichtlich wusste der allmächtige, gütige Gott ihre Kräfte einzuschätzen: Die Schwangerschaft endete vorzeitig, das Haus wurde gebaut. Sie versöhnte sich mit ihrem Mann. Selbst die kupfernen Türgriffe und die kleinen Glasscheiben in drei Farben entsprachen den Plänen, die er für ihr künftiges Heim gemacht hatte. An den Kronleuchter im Wohnzimmer hängte sie einen Strauß aus den – angeblich ewig haltbaren – Polymerblumen, die die Ingenieure aus Gdingen per Post für Abrams letzten Weg geschickt hatten.

Eingeweiht wurde das Haus in dem außergewöhnlich kalten Winter sieben Jahre vor dem Krieg. Die drei kleinen Mädchen saßen in einer Reihe auf dem Bett, und vier Männer, die aus Gdingen direkt von der Baustelle geschickt worden waren, trugen die Möbel herein. Allesamt neu, mit Ausnahme des Ehebetts, in dem Abram die Töchter gezeugt hatte, doch das hatte nichts von Sentimentalität. Rozela hatte zu große Achtung vor den Dingen, als dass sie in ihrem Leben mehr als ein Bett gekauft hätte.

Die folgenden neun Jahre verlebten sie in Ruhe und Wohlstand. Rozela schickte die Töchter nach Kartuzy auf die polnische Schule, dann aufs Gymnasium. In der Erntesaison gingen die Mädchen statt zur Schule in die Erdbeeren oder Kartoffeln, immer aber, wie ihre Mutter, mit Schleifen an den Zöpfen.

Im Krieg nähte Rozela dicke Vorhänge. Sie hingen zur Bergseite hin. Als die Armeen vorüberzogen, fehlte im Haus immer noch eine Tochter. Einen weiteren Sommer und einen weiteren Herbst hielt Rozela am Fenster Ausschau nach Truda.

Doch, o Wunder, an jenem Dezembertag hörte sie sie gar nicht. Zuerst roch sie den Gestank: Der üble Männergeruch drang ein, ehe sie den Blick zur Tür wandte. Sie kannte diesen Geruch, jede Zelle ihrer Nase, jede Pore ihrer Haut erinnerte ihn. Ihr ganzer Körper wollte vor ihm weglaufen. Truda, die lang Ersehnte, kam mit einem Mann ins Haus. Für Rozela war sie freilich unsichtbar. Rozela sah nur ihn. Der Mann sagte: »Na, da wären wir«, und machte drei Schritte auf sie zu. Truda, die hinter ihm stand, sagte etwas zur Mutter, doch für Rozela existierte nur der schlechte Geruch des Mannes. Vielleicht, wenn sie ihr Zeit gegeben hätten? Das Feuer knisterte im Ofen, Rozela erstarrte.

Dann brach es aus ihr heraus: »Hau ab! Verschwinde! Raus!«, schrie sie mit aller Wut, zu der sie imstande war, und warf nach ihm, was ihr in die Hände kam. Die beiden standen da und sahen mal einander an, mal Rozela. Sie zwang ihren Körper mühsam zur Ordnung und sagte, während sie mit einer Geste, die als beiläufig durchgehen konnte, ihren Rock glattstrich: »Raus aus meinem Haus!« Einen Deutschen werde ihre Tochter nicht heiraten. Nur über ihre Leiche.

Er ging. Truda lief ihm nach, die Schwestern folgten ihnen.

Rozela legte Holz aufs Feuer. Sie setzte den Kessel auf. Sie knetete mit den Fingern Klöße aus Kartoffelmehl. War vielleicht selbst das Holz, das unter dem weißen Kachelherd knarzte, so unwirklich wie dieser Besuch? Der Körper spürte noch immer den Gestank, der Körper erinnerte sich, wie viel Zeit es brauchte, die Bolzen eines Bügeleisens im Feuer aufzuheizen. Es brauchte sehr viel Zeit. Das Blut, das zuvor vor Angst erstarrt war, würde wieder fließen, die Haut würde noch sensibler und empfindlicher werden. Als an jenem Morgen die Iwans kamen, diese sechs oder sieben, vielleicht auch sechs Milliarden, erhitzte sich das Metall unter dem Herd ganz langsam. Zuerst vergewaltigten sie sie, einer nach dem anderen, und zum Schluss legten sie Rozela das glühende Bügeleisen auf den Bauch.

Sie wollten Geld. Den Kraszewski aus Abrams Nachlass, der auf gutem Papier gedruckt war, zerrissen sie, um sich Zigaretten zu drehen, die sie dann auf ihrer Haut ausdrückten. Unablässig fragten sie: Wo? Doch sie konnte ihnen nichts geben, was sie selbst nicht besaß. Das dauerte tausend Jahre oder vielleicht ein paar Tage, bis die kleine, magere Truda auftauchte. Sie wurde von einem Trupp Soldaten mit vorgehaltener Waffe gebracht. Sie weinte, und die Zöpfe flatterten ihr um die Ohren. Truda!? Nein, nur nicht sie! Lasst Truda in Frieden! Rozela übergab sich auf die Hose eines blonden Soldaten. Der wurde wütend und begann sie zu prügeln und zu treten. Es vergingen vielleicht noch einige Stunden oder vielleicht ein paar Tage, bevor sie wieder aufstand. Ach, der Kopf. Das konnte unmöglich Truda gewesen sein! War vielleicht gar kein Mädchen da gewesen?

War vielleicht gar nichts passiert? Sie hätte das wirklich geglaubt, wäre da nicht die Spur des Bügeleisens gewesen. Eine matschige, blutige Fleischwunde, die Rozela selbst so wenig anschauen wollte, dass sie sie sofort unter zwei Röcken verbarg.

Wann und wie sie aufs Feld hinausgekommen war – sie wusste es nicht. Sie bemerkte nur, dass die weiche Erde feucht vom Schnee war. Das erste Gras kam schon durch. Wind. Der Himmel. Sie klopfte die Schürze aus und kämmte sich mit der Hand durch die Haare. Sie blieben ihr zwischen den Fingern hängen. Sie packte noch einmal zu. Wieder blieb ein Büschel hängen. Sie sah zu, wie der Wind diese schwarzen, weichen, verblichenen Haare packte und weit davontrug, wie sie hoch über den Feldern davonflogen und verschwanden. Alle. Rozela ging ins Haus zurück und band sich ein Kopftuch um.

FRÜHJAHR

Rozela

Wirklich, was vorher war, spielte nun keine Rolle mehr. Der Bienenschwarm, der während des ganzen Krieges orientierungslos umhergeschwirrt war, hatte schließlich einen dicken, soliden Ast gefunden. Der Apfelbaum trug zum ersten Mal Früchte – grün und sauer – und wartete, dass man sich endlich um ihn kümmerte. Am Hang des Berges, wo einst reihenweise die Toten gelegen hatten, wuchsen jetzt Gänsedisteln, man konnte sie kiloweise abmähen, zuckern und kochen, um dann einen zähen Heilsirup einzuwecken. Die wild verstreuten Gräber waren mit Klee bewachsen, unter dem dichten Grün war ihre längliche Form kaum noch zu erkennen. In Häuserruinen wucherten Brennnesseln.

Nach fünf Jahren Krieg war es jetzt an der Zeit, das Leben wieder an seinen rechten Platz zu rücken. Den Apfelbaum kalken, damit die Würmer herauskrochen, den Zaun reparieren, die Johannisbeeren richten und schneiden, den Brunnen säubern – das war das Wichtigste. Sobald der Schnee geschmolzen war, fischten Truda und Gerta mit einer langen Stange alles heraus, was man hineingeworfen hatte. Den Fang breiteten sie säuberlich geordnet unter dem Küchenfenster aus: ganze sechsunddreißig Flaschen, achtzehn leere Konservendosen – Schweinemett, aber mit Adler auf den Etiketten –, Schuhe, Kleider, Kochgeschirr, Glasscherben; zwei Armeegürtel, an denen eine tote Katze hing – zum Glück war der Kadaver an einem Stück Blech oberhalb des Wasserspiegels hängengeblieben; ein Holster, zwei Schuhsohlen. Eine vermoderte Männerhose.

Die Flaschen legten die Schwestern zur Seite. Rozela dachte kurz daran, die Büchsen zu retten, die verbrannt werden sollten; das Blech war gut für Johannisbeerstecklinge oder um aus Seifenresten ein neues Stück zu machen. Sie winkte ab. Kurz darauf sah sie, wie Gerta eine nach der anderen mit einem Stock aus dem Feuer schob.

Das Feuer machten die Töchter ausgerechnet an der Stelle mitten im Hof, wo auch die russischen Soldaten ihr Lagerfeuer angezündet und einen verbrannten Fleck Erde hinterlassen hatten. Wie einen Stempel. Truda versuchte mit feuchten Streichhölzern, die Flammen zu entfachen. Die hatten sie von dem Händler bekommen, der mit den in dieser Zeit nötigsten Dingen umherreiste und ungeachtet seines blonden Haars der Zigeuner genannt wurde. Kräftig, breitschultrig, die Haut weißer als es Rozela je gesehen hatte, und ein leicht rötlicher Bartansatz – der Zigeuner hatte schon mehrfach bei ihnen Halt gemacht.

Zu den Streichhölzern hatten sie einen Welpen bekommen. Eine scharfe Rasse, versicherte der Rote Zigeuner. Fast ein Kaukasier. Rozela wollte ein möglichst bedrohliches Tier, um das Haus zu bewachen, allerdings keinen Russen. Aber das ist doch ein polnischer Hund, erklärte der Händler leicht gekränkt. Unterdessen nahm Truda das Hündchen auf den Schoß, die kleine flauschige Kugel bebte vor Angst. Also machte Truda das übliche Theater: Das Hundilein brauche keine Angst haben, es werde bei ihnen bleiben, und sie werde dafür sorgen, dass es ihm gut gehe. Das alles sagte sie mit zitternder Stimme, dazu raufte sie sich die Haare und rang die Hände.

Der Rote Zigeuner, der noch immer darauf beharrte, dass es ein sehr bedrohlicher Hund sei, legte noch eine Kette drauf, fast drei Meter, obwohl er beteuerte, ein halber genüge. Truda verdrehte weiter die Augen. Da baute er ihnen umgehend auch eine Hundehütte aus im Feld herumliegenden Blechteilen, die einst zu einem Flugzeug gehört haben mussten. Bis es ihr nach ein paar Wochen langweilig wurde, lief Truda gleich nach dem Aufwachen hinaus zum Hund, und ihr hinterher mit schnellem, energischem Schritt Rozela, die ihre Tochter daran erinnerte, was noch alles im Haus zu erledigen war.

Es gab immer noch mehr als genug zu tun. Zum Beispiel der Fußboden. Der Krieg hatte seltsame Dinge mit ihm angestellt. Ja, dort waren sie entlanggetrampelt mit ihren schwarzen Sohlen. Sie hatten Dreck hereingeschleppt, Schlamm, der an den Sohlen getrocknet war und sich hinterher, vermischt mit Gott weiß was, in die Dielen gefressen hatte. Die anderen, die ihr den Abdruck des Bügeleisens in den Bauch gebrannt hatten, trugen metallbeschlagene Schuhe. In den jahrelang mit dem Schrubber blankgeputzten Dielen waren siebzehn tiefe und breite Kratzer zurückgeblieben. Eine richtige Landkarte.

Geblieben war auch das Blut. Ihr Blut. Das Blut bekam man am schwersten weg. Oh, hier, am Herd, war es herausgespritzt, als die Iwans endlich verschwanden. Rozela war gerade dabei, Möhren zu schneiden, mit ihrem kleinen, nach jahrelangem treuen Dienst abgewetzten Küchenmesser, als der ganze Schmutz, die ganze Ohnmacht, die ganze Verdorbenheit auf den Fußboden troffen und sich hinterher nicht mehr wegwischen ließen.

Als sie beim Putzen an die Kellerluke kam, dachte sie, irgendwann müsse sie auch dort hineinschauen. Der Eingang war solide gemacht. In der Mitte der Küche hatte der Schreiner, wohl eingedenk der Erfahrungen des ersten Krieges, eine kaum sichtbare Klappe eingebaut. Der Raum unter dem Fußboden war eng, noch enger als in Rozelas Erinnerung. Ein Erwachsener konnte nicht aufrecht stehen. Also hatten auch die beiden Franzosen, die mitten im Krieg aufgetaucht waren, darin nur hocken können. Obwohl sie winzig waren, zumindest schien es Rozela so, denn sie hatten sie angesehen wie Kinder. Gehetzt, schmutzig, abgemagert. Sie seien aus einem Transport ins Lager geflohen, hatten sie gesagt.

Eines Tages hatte sie die Luke geöffnet, um ihnen etwas Grießbrei mit Soße zu reichen, da lagen sie umschlungen auf dem Boden. Unter der Decke schauten ihre nackten, warmen Körper hervor. Sie hatten sich noch mehr erschreckt als Rozela. Und waren gegangen, kaum dass es dunkel war. Sie hatte aufgeatmet, als sie die Tür hinter ihnen schloss, obwohl sie ihre Angst gesehen hatte. Die Deutschen hätten nicht gefragt, warum sie die Franzosen aufgenommen hatte oder wer sie waren. Sie hätten sie an die Wand gestellt und wie aus Schläuchen mit ihren Gewehren drauflos gespritzt.

Bei ihrer Flucht hatten die Franzosen sie angeschaut, als habe sie etwas Böses getan. Ähnlich hatte auch die dunkelhaarige Frau geschaut, die mit einem kleinen Mädchen lange vor den Franzosen gekommen war. Ihr hatte Rozela nicht in die Augen zu sehen gewagt. Einer der Franzosen hatte beim Hinausgehen mit der Faust gegen den Türrahmen geschlagen. Auf dem Boden war eine kleine Blutspur zurückgeblieben, die sich in die Schwelle eingefressen hatte. Die Frau mit dem Kind war hastig und schweigend gegangen. Ohne jede Spur.

Nun war es Zeit, alles aus dem Haus zu räumen und zu putzen, den Keller eingeschlossen. Die Strohmatratze, die noch immer nach den Franzosen roch, auszuklopfen, die Decke, unter der sie sie entdeckt hatte, auszuwaschen, weil man sie noch brauchen konnte. Sie fasste sie mit spitzen

Fingern an. Kurz dachte sie, sie würde stürzen, aber wo hätte sie im Keller hinstürzen sollen? Und wenn die Klappe zufiele? Sie brauchte frische Luft, ja – ganz einfach atmen. Nur nicht ohnmächtig werden.

Als sie die Wand mit einem feuchten Tuch abwischte, entdeckte sie einen von unbekannter Hand tief in den Ziegel geritzten Schriftzug: »Veni sancte spiritus«, und darunter einen zweiten, in einer anderen Handschrift: »Spiritus flat ubi vult«. Was immer das heißen mag, dachte sie, und dass Spiritus gut wäre für ihre immer noch eiternde Wunde am Bauch. Das heruntergekommene, durch den Krieg verarmte Haus brauchte außerdem Geld, und was verkaufte sich besser als Schnaps? Man könnte neue Setzlinge für den Garten kaufen, neue Bettwäsche, denn die alte hatten die Iwans mitgenommen. Vielleicht neue Kleider? Ein paar Schweine? Wie war das noch? Tannenberg 1410, ein Kilo Zucker, vier Liter Wasser, zehn Deka Hefe. Durch das Küchenfenster sah sie, wie der Rote Zigeuner mit Gerta und Truda Sand vom See in den Hof schleppte. Wie sie mit dem gelben, dicken Sand das Feuer zuschütteten und auch den schwarzen ausgebrannten Fleck – mit frischem, kühlem Sand, der noch nach Tang roch. Ohne große Umschweife fragte sie den fahrenden Händler, ob er beim nächsten Mal Zucker mitbringen könne. Nein, keine Tüte. Einen großen Sack.

Die Wochen vergingen, doch der Brief kam nicht. Truda suchte nach Erklärungen: Vielleicht war es noch zu früh, vielleicht verkehrte die Post noch nicht. In Berlin war sicher viel los. Oder war Jakob vielleicht untergetaucht? Die Hakenkreuzflagge hatte noch über dem Reichstag geweht, als er sie mit den gefälschten Papieren nach Hause gebracht hatte.

Auch sie versuchte, das Haus wieder ins frühere Leben zurückzuführen. Sie durchwühlte die Kartons ihres Vaters und holte die letzten Kraszewskis vom Dachboden, die im Krieg nicht verbrannt worden waren. Schöne Bücher mit Ledereinbänden. Sie machte Platz für sie in der Etagere, die gleichfalls dem Feuer entgangen war und aus der noch während der Anwesenheit der Soldaten das blaue Porzellan verschwunden war. Sie holte ganz allein den Sessel vom Dachboden – er war vor langer Zeit hinaufgetragen worden, weil eine Hofkatze ihn vollgepinkelt hatte –, indem sie das Möbel, das sie mit dem Rücken abstützte, Stufe für Stufe die Treppe hinabrutschen ließ. Die übrigen Teile der schönen Sitzgarnitur hatten Brandlöcher von Zigaretten und aufgeschlitzte Polster. Aus den alten Plüschvorhängen, die den ganzen Krieg über das Haus vom Blick auf den Berg abgeschnitten hatten, nähte Truda Schonbezüge, wobei sie sich mit der Nadel die Finger zerstach.

Sie säte Erbsen und stellte beizeiten Stangen auf. Sie weißte den Apfelbaum, grub im Garten fünf neue Beete um und entdeckte verblüfft, dass dort wilde Tomaten wuchsen, also stellte sie auch für sie Stangen auf. Sie strich alle Wände weiß, was das Haus heller machte. Doch beim Malern spritzte ihr Kalk ins Auge. Sie sah die Welt wie durch zwei enge Spalten, halbblind, und fühlte sich wie ein Hund, der an der Kette verreckte, immer dickeren Schaum vor dem Maul hatte, um schließlich zu einem trockenen leeren Sack mit Knochen zu verdorren. Ob Jakob sie so noch wollen würde, wenn er zurückkäme? »Truda wird keinen Deutschen heiraten.« Der Bahnsteig, der Zug, das Ende.

In Gedanken antwortete sie Jakob auf den Brief, der nicht kam. Schrieb über die Augen, den Kalk, die zerstochenen Finger und dass Berlin sicher schon frühlingshaft grün war. Obwohl sie seine Adresse nicht kannte, war sie überzeugt, dass Jakob in Berlin wohnen musste. Mit umso größerem Eifer widmete sie sich dem Haus. Umso emsiger schwang sie die Pinsel, ohne darauf zu achten, wo die Tropfen hinflogen. Umso erbarmungsloser war sie gegen die Quecken, die sie meterweise aus der Erde grub, als spüre sie dort dem wahren Bösen nach, nicht einer Pflanze.

Verbissen wehrte sie sich dagegen, dass die Blumen, die ihr Verlobter mitgebracht hatte, vom Tisch geräumt wurden. Die Rosen standen da, bis das Wasser verdunstet war und die Blütenblätter abfielen. Es blieben nur die verwelkten Stengel übrig. Truda wickelte sie irgendwann in Zeitungspapier und legte sie in den Schrank, wo niemand sie anfassen durfte.

Truda hatte gesagt, sie werde die Wände streichen. Doch woher den Kalk nehmen? Auf einem Fahrrad, das, versteckt unter zusammengerechten Ästen, wie durch ein Wunder den Krieg überlebt hatte, fuhr Gerta durchs Dorf und fragte, ob jemand welchen zu verkaufen habe.

Sie hatte beschlossen, die Farbe mit Honig zu bezahlen. Bis jetzt hatte sie den Bienen nie etwas weggenommen, doch sie war immer gut im Bäumeklettern gewesen. Der Schwarm ihres Vaters, der den Stock verlassen hatte und verwildert war, hatte sein Nest in einer alten Weide. Sie nahm von zu Hause eine Leiter und beräucherte, in eine Gardine gehüllt, den Baum mit einem brennenden Holzscheit. Der Rauch betäubte die Insekten. Gerta selbst wäre dabei fast in Flammen aufgegangen. Die Hand in einem dicken Gummihandschuh, holte sie eine ganze Wabe heraus. Aus irgendeinem Grund wussten die scheußlichen Bienen, in welches Haus man ihren Honig getragen hatte, also flogen sie noch einige Tage dort herum und stachen die Schwestern, Rozela, Passanten und selbst das Vieh. Als sich der Honig aus der Wabe schleudern ließ, wurde ein ganzes Glas voll.

Den Nachbarn, die fragten, ob das bedeute, dass sie sich mit Bienen auskenne, log Gerta vor, nein, keinesfalls, es gebe da einen fahrenden Händler, der sich in Truda verliebt habe, der komme zu ihnen und bringe den Honig mit.

Wie sie von Haus zu Haus lief, sah sie, dass die Männer, die aus dem Krieg heimkehrten, von ihren Frauen an die Tische gesetzt und wie Heilige behandelt wurden, während sie selbst mit Töpfen, Speisekammern, Nähen, Stopfen und Kleben beschäftigt waren. Alle fragten nach Truda und dem Deutschen. Und Gerta wurde rot und log wieder.

Ilda

Das Reinemachen erstreckte sich vom Dachboden bis in den Keller. Die Schwestern hatten alle Hände voll zu tun, denn das Haus war größer als die anderen in Dziewcza Góra. Und anders als die Häuser in der Umgebung, die aus Holz gebaut waren, hatte es zwei Eingänge, den Haupteingang zur Straße hin, zu dem man durch einen mit Rosen bepflanzten Garten gelangte, und einen Hintereingang mit Veranda, von der aus man den See sah. Die Türen und Fenster waren ebenfalls größer und eleganter als in den anderen Häusern des Ortes. In das Zimmer zur Straße führte eine hohe verglaste Tür, die mit Scheiben in verschiedenen Farben dekoriert war. Zwischen allen drei Zimmern und der Küche gab es Durchgänge, so dass man im Kreis laufen konnte.

Das Zimmer mit der verglasten Tür war das eleganteste, die gute Stube. Rozela hatte einen kleinen Bücherschrank und eine Etagere hineingestellt, außerdem ein mit rotem Plüsch beschlagenes Bett, auf dem jetzt ein gewöhnlicher dunkler Stoff lag, weil die Polsterung angesengt und aufgeschlitzt worden war. In der Mitte stand ein Tisch aus Nussholz, der zum Bücherschrank gehörte. Darauf lag immer eine frische und saubere Tischdecke. Der Teppich, der unter den Tisch gehörte, war während des Krieges im Hof verbrannt worden, und einen neuen gab es nicht. Die Tür zu diesem Zimmer war stets verschlossen.

Gegenüber befand sich Rozelas bescheidenes Zimmer, über einem gewöhnlichen, einfachen Tisch hingen die Polymerblumen, es gab einen großen Eichenschrank und ein von Axthieben beschädigtes Bett. Dahinter die Küche. Mit Dielenfußboden, einem weiß gekachelten Herd mit schwarzen Platten, über dem immer etwas trocknete, und einer Anrichte, in der Rozela in perfekter Ordnung die unterschiedlichsten Dosen und Gläser mit Mohn, Grieß, Zucker, Salz und Kräutern aufbewahrte. Neben dem Tisch ein Drahtgestell für eine Schüssel zum Waschen, und darunter immer ein Eimer mit frischem Wasser. Auch die Küche hatte ihren eigenen Tisch – einen einfachen Holztisch am Fenster, durch das man den Garten und den See sah. Gegenüber der Küche lag das Zimmer der Töchter. Es war dunkel, weil die Fenster klein waren und teils von der Veranda verdeckt wurden, und nicht besonders geräumig, weil die gute Stube sich im Haus breitmachte. Für das dritte Zimmer blieb deshalb kaum Platz. Mit Mühe passten drei Holzbetten hinein.

Alle Räume waren weiß gestrichen, was in Dziewcza Góra für Erstaunen gesorgt hatte, weil doch jeder wusste, dass Küchenwände blau gestrichen werden mussten, zumal man ja auch in den Gutshäusern Farben verwendete – und Rozelas Haus glich mehr einem Guts- als einem Bauernhaus. Doch Rozela war der Meinung, da ihre Mutter ihr Leben zwischen weißen Wänden verbracht hatte, sollte sie das ebenfalls tun.

Nun wurden die Wände aufgefrischt. Der Staub, die dunklen Flecken um die Öfen, hier und da auch Spuren von verspritztem Essen, durchs Fenster eingedrungenem Wasser, erschlagenen Fliegen – das alles musste übermalt werden. Die Spuren der Hof- und Waldtiere, die ins Haus eingedrungen waren. Die Spuren der schweren Männerschuhe. Das Blut.

Als Ilda vor dem Streichen die Möbel zusammenschob, fand sie in der Stube hinter der Etagere ein mit kobaltblauem Leder beklebtes Holzkästchen, von dem alle geglaubt hatten, es sei im Krieg verlorengegangen. Das letzte Andenken an ihre Großmutter Otylia. Weder Ilda noch die anderen Schwestern konnten sich an sie erinnern, doch sie wussten, dass sie vor dem Ersten Weltkrieg am Gutshof gedient hatte und für die Kinder zuständig gewesen war. In ihrem vergeblichen Bemühen, sie zu bändigen, den herrschaftlichen Nachwuchs zur Ordnung zu rufen, stieß sie hier etwas um, zerbrach da etwas. Einmal stolperte sie mit einem Krug Milch über herumliegende Kindersachen, fiel hin und ruinierte den Teppich – einen schönen und sehr teuren Import aus dem Fernen Osten. Sie wurde entlassen. Zum Abschied schenkte man ihr ein hübsches Kästchen. Die arme Otylia hörte nie auf, sich dafür zu schämen, dass sie so tolpatschig und primitiv war, dass sie selbst ihre Hoffnung auf ein besseres Leben am Gutshof zunichtegemacht hatte, indem sie den Milchkrug auf dem Teppich verschüttete. Sie allein war schuld. Sie ganz allein, ein unnützes Ding!

Endgültig platzten ihre Träume, als sie im Brautkleid in der Chmielnoer Kirche stand und vergeblich auf ihren Verlobten wartete. An der Unterseite des kobaltblauen Kästchens, mit dem sie nach Hause zurückkehrte, um zur Verzweiflung ihrer Mutter und ihres Stiefvaters die uneheliche Rozela zu gebären, klebte anfangs ein Kärtchen mit der Aufschrift »L'Amour«. Doch mit der Zeit verblasste der Schriftzug. Ilda fand in dem Kästchen einen Knopf mit einer Perle, die echt aussah. Sie fragte ihre Mutter, woher sie kam und ob sie Oma Otylia gehört habe, aber die Mutter befahl ihr, sie sofort wieder zurückzulegen. Davon wollte freilich Truda nichts wissen, sie schnappte sich die Perle, kaum dass sie sie erblickte, und biss darauf, wovon ein leichter Kratzer zurückblieb. Sie sagte, es sei ihre. Weder Ilda noch Gerta, überwältigt von Trudas

Habsucht, hatten die Kraft, sich mit der Schwester zu streiten.

Truda

Nach den ersten Wochen, in denen Truda sich die Hände
blutig schuftete, verfiel sie ins andere Extrem. Sie glich
nun den von Hoffmannstropfen abhängigen Mädchen,
die sie in der Fabrik gesehen hatte. Sie konnte nicht schlafen und sie konnte nicht essen, sie wusste auch nicht, wie
sie den nächsten Tag überleben sollte.

   Sie floh vor den Schwestern, vor der Mutter, vor der Welt,
sie versteckte sich auf dem Dachboden und wünschte sich
nichts weiter, als dass man sie endlich in Ruhe ließe. Truda
zog die Perle auf eine Schnur, verbarg sie unter der Bluse
und nahm sie niemals ab. Im Traum brannte ihr Haar, vom
Haar griff das Feuer auf Wald und Berghang über, sie verlor die Perle, irgendwelche Menschen versuchten, ihr diesen Schatz zu rauben. Doch jeden Morgen, wenn Truda
gleich nach dem Erwachen prüfte, ob die Perle noch da
war, fand sie sie. Zum Vergnügen und um nicht zu viel
nachdenken zu müssen, begann sie mit dem Anhänger
wie mit einem Pendel zu spielen. Und je länger sie den
gleichmäßig und immer dynamischer schwingenden Knopf
betrachtete, desto mehr Erinnerungen kehrten zurück. Berlin und der Staub des zerstörten Bunkers. Der Rhythmus,
in dem sie an die Tür geschlagen, der Rhythmus, in dem
am Bahnhof das eiskalte Wasser sie überlaufen hatte.
Schließlich Jakob und der rhythmische Druck seines Körpers. Als sie wie zwei Straßenköter übereinander hergefal-

len waren und sich durch den leeren Eisenbahnwaggon gewälzt hatten.

Und sie spürte, als wäre sie wieder mit ihm vereint, wie sich jeder Zentimeter ihrer Haut gleichsam in einen angeketteten Hund verwandelte, der nach nichts als dem Leben lechzte. Sie spürte, wie ihr Blut kreiste. Der Puls hämmerte. Sie stellte sich Sekunde für Sekunde vor, wie Jakobs kräftiger Körper sie niederdrückte. Sie lebte auf. Eingeschlossen auf dem Dachboden, hatte sie wieder einen Körper, wie Tausende Hunde, die das Leben spürten – Dorf- und Hofhunde, die beim Anblick einer Hündin zu sabbern und mit dem Schwanz zu wedeln begannen. Das Dröhnen des Blutes übertönte jeden anderen Gedanken.

Wenn sie hinterher, im Bewusstsein grenzenloser Schuld die auf Generationen übergreifende Schande schluckend, die Hand aus dem Schlüpfer zog, blieb nur ein großes, leeres Nichts. »Einen Deutschen heiraten – nur über Mutters Leiche.«

Gerta

Gerta litt, weil sie überzeugt war, dass sie sich von den Schwestern am meisten anstrengte. Sie sah, wie die Mutter Truda auf Schritt und Tritt hinterherlief. Die mittlere Schwester schwieg geheimnisvoll, die Mutter sah ihr über die Schulter. Truda verschwand auf dem Dachboden, die Mutter scharwenzelte um die Treppe herum. Die Schwester setzte sich vor den Spiegel und schlug sich ins Gesicht oder zerrte mit einer Bürste an ihrem Haar und weinte, dass es so dünn sei. Die Mutter fiel auf dieses Theater herein, tröstete sie und überlegte, wie sie ihr helfen konnte. Als Gerta einmal den Zustand ihres Zopfes beklagte, fuhr die Mutter sie an: »Was sind schon Haare! Nichts als Ärger. Alle Heiligen scheren sich den Kopf für den Schleier.«

Einmal, nachdem sie Truda dabei angetroffen hatte, wie sie sich mit der Bürste Haare ausriss, zerschlug die Mutter ein Ei auf einem Teller und bedeutete dann den Töchtern mit einer unwillkürlichen, beiläufigen Geste, sie sollten sich zum Kämmen hinsetzen. Sie setzte sie auf ihr eigenes Bett, als wären sie immer noch Kinder, so wie damals, als sie die schwere Drahtbürste nahm und ihnen ohne Mitleid die Kopfhaut blutig kratzte. Es tat weh? Umso besser, sie sollten sich daran gewöhnen, sagte sie. Oder glaubten sie, ein Kind zu gebären täte nicht weh? Und sich dieses Kind machen zu lassen? Und diese Männer zu ertragen, die Gott weiß woher zurückkämen und sich dann nachts in ihrem Bett mit Gott weiß was herumschlügen – glaubten sie, das täte nicht weh? Nun, Fräuleins, endete sie immer mit der gleichen Sentenz, das ist doch der Kern der Sache, dass es wehtut, und eure Pflicht ist es, den Schmerz zu ertragen.

Die Kinderqualen hatte Gerta daher geduldig ertragen, sie dachte, das sei eine erste Vorbereitung auf das Frausein. Jeden Morgen fügte sie sich nach dem Füttern der Tiere und dem Fegen des Hofes als einzige der Schwestern widerspruchslos dem Ritual des Kämmens. Truda lief weg oder schaute der Mutter so süß in die Augen, wie sie nur konnte, Ilda schrie für alle drei zusammen, sobald die Mutter sich ihr näherte. Nur sie hielt den Kopf hin und fand die Schwestern erbärmlich, schwach und missraten.

Doch was Gerta als Kind nur mühsam ertragen hatte, bereitete ihr nun Freude. Eine starke Mutter, die sie drei mit einer Handbewegung auf das Bett kommandierte und ihnen die Köpfe mit Eigelb und Rizinus einrieb – konnte es etwas Besseres geben? Als die Iwans gekommen waren, war die Mutter so hilflos gewesen! Von den Tagen, die Gerta unter dem Küchenfußboden gesessen hatte, war ihr nichts im Gedächtnis geblieben, bis auf die Hilflosigkeit der Mutter. Wie viele Männerstimmen waren oben zu hören gewesen? Sie erinnerte sich nicht. Was hatten sie in der Küche gemacht, wie lange waren sie dort geblieben? Sie erinnerte sich nicht, obwohl sie, von der Mutter im Keller versteckt, aufmerksam auf jeden Schritt gelauscht, ihn abgewogen und eingeschätzt hatte. Wie lange hatte sie dort gesessen? Hatte sie gegessen? Hatte sie uriniert? Sicher, sie musste uriniert haben. Hatte sie getrunken? Vielleicht aus der Flasche, die sie gefunden hatte? Hatte sie Urin getrunken? Es musste kalt dort gewesen sein, wenn es selbst jetzt, im warmen Frühling, jedes Mal kühl heraufwehte, sobald man die Klappe öffnete, doch Gerta erinnerte sich nur, dass sie sich vor Angst in die Hose gemacht hatte. Nicht vor Kälte. Wie viel Zeit vergangen war, bevor ihr der Urin die Beine hinunterlief, wusste sie nicht. Sie hatte eine merkwürdige Wärme gespürt und sich gefürchtet wie nie zuvor.

Von oben hatte man Gerangel und Schreie gehört und wie sich die Dielen bogen, wie sie ächzten und gleichsam wie Mäuse fiepten. Der Urin war geflossen, als etwas an der Klappe zerrte. Oben wimmerte abwechselnd die Mutter wie ein Kind, dann schrie sie wie eine Ziege, aber Gerta dachte nicht an die Mutter, sie dachte nur daran, dass die Klappe sich nicht bewegte. Mit der ganzen Kraft ihres Willens hielt sie die Klappe an Ort und Stelle. Ich gebe alles, sagte sie, wenn sie nur nicht hier zu mir hereinkommen. Als die Mutter oben zu heulen begann, hatte Gerta nur einen Gedanken: Hör auf damit, Frau. Halt den Mund, hör auf zu schreien, hör auf zu schreien, sonst fange ich auch an. Und dann finden sie auch mich. Sie hörte nichts mehr außer dem rhythmischen Beben der Klappe, dem Jaulen der Balken, dem Knacken und Stöhnen des Fußbodens. Sie spürte, dass sie versagt hatte.

Sie erinnerte sich nicht, wann sie aus dem Keller herausgekommen war. Sehr lange war nichts geschehen, kein Geräusch oben, alles war still. Nachdem sie die Klappe geöffnet hatte, sah sie ein entsetzliches Durcheinander – umgestürzte und angesengte Möbel, zerbrochene Teller. Die Mutter war fort. Sie fand sie erst im Feld mit den Mirabellen, in demselben, nun zerrissenen Kleid aus blauem Flanell. Die Mutter fragte nur: Wo ist Truda?

Truda! Truda war wohlbehalten und gesund. Schlimmer noch, sie überlebte in Berlin, um mit ihrem »geliebten Verlobten« zurückzukehren und Schande über sie alle zu bringen. Nicht genug damit, dass die arme Mutter wieder allein das Haus aus dem Krieg gerettet hatte, nun zitterte sie auch noch um Truda.

Die älteste Tochter bemühte sich, hilfreich und freundlich für drei zu sein. Sie schaute in den Keller, wo die Mutter hockte und mit Engelsgeduld Röhren und Mensuren für die Schnapsproduktion zusammenschraubte. Sie sah umso angespannter hinein, als von dort diese schreckliche Kälte heraufwehte.

Ilda

Gerta folgte der Mutter wie ein Hund. Als Mama ihre idiotische Frisierprozedur anordnete, warf die Älteste unter zusammengezogenen Augenbrauen den Schwestern einen solchen Blick zu, dass Ilda sich gehorsam kämmen ließ, obwohl sie sich viele Jahre zuvor geschworen hatte, so etwas nie wieder mit sich machen zu lassen.

Ilda erinnerte sich noch gut daran, wie die Mutter sie einmal an den Haaren gepackt und bis auf die Haut kahlgeschoren hatte. Das war an dem Tag, als Vater nach Hause kam. Er brauchte Ruhe. Ilda war sieben Jahre alt, sie betrachtete den Vater durch die halboffene Tür: ein schlanker Mann, gekleidet wie ein Bauernknecht, aber mit teuren Samtschuhen an den Füßen. Er war ihr sehr ähnlich – dieselben Augen, dasselbe helle Haar. Und war doch ganz anders als sie alle – das Gesicht goldgebräunt, auf eine Weise, wie es die hiesige Sonne nicht vermochte, die Bewegungen auf eine gewisse Weise vornehm. Und natürlich die Schuhe.

Der Vater saß in der Stube bei Tee und Brot, das die Mutter ihm auf einem Teller aus dem – eigens für Gäste bestimmten – Service mit den Vergissmeinnicht servierte. Den Töchtern hatte sie befohlen, stillzusitzen und ihr keine Schande zu machen. An diesem und den darauffolgenden Tagen sollte alles im Haus in idealer Ordnung verlaufen. Die Mutter briet Fleisch, obwohl Werktag war, sie ließ die Töchter Blumen für die Vasen pflücken und sich schließlich zum Kämmen hinsetzen. Sie befahl ihnen zu lächeln. Die Drahtbürste kratzte so schrecklich! Es tat so weh, als die Mutter das dichte Haar von Ildas Kopf riss! Die jüngste Tochter machte an diesem Tag nicht mehr Geschrei als sonst. Doch an diesem Tag griff die Mutter plötzlich zur Schere. Im Hühnerstall, in den Ilda wegen ihres ungehörigen Benehmens vor dem Vater gesperrt worden war, hörte sie, wie die Eltern wegen der abgeschnittenen Haare stritten, bis der Vater die Tür zuschlug und nach Gdingen fuhr. Und kurz darauf stürzte er vom Gerüst. Am Tag der Beerdigung bauten Truda und Gerta sich vor ihr auf und frag-

ten: »Weißt du, kleine störrische Ilda, dass du ihn umge-
bracht hast?«

Sie wusste immer, dass sie ihrem Vater ähnlich war. Sie
glaubte immer, dass sie eines Tages denselben Weg gehen
würde. Noch bevor sie mit den Füßen richtig an die Pedale
kam, machte sie mit dem Fahrrad eine Tour über Chmielno
und Staniszewo um Dziewcza Góra herum. Während des
Krieges wollte sie anstelle von Truda zum Arbeitsdienst
eingezogen werden, doch sie kam bloß zur Kartuzer Post,
wo sie Tag für Tag in einem Hinterzimmer Briefe sortieren
musste. Sie riss immer wieder aus, um für Truda in Gdingen irgendwelche Formalitäten zu erledigen oder sich in
der Werft einen Stempel abzuholen. Einmal in der Woche
fuhr sie auf dem Motorrad, das sie im Graben gefunden
hatte, nach Chmielno, um nachzuschauen, ob an der Kir-
chentür eine neue Totenliste aushing und ob Trudas Name
darauf stand.

Als alle längst wussten, dass der Krieg dem Ende zuging,
fuhr sie noch einmal zur Kirche, um die Liste zu prüfen. Es
war warm, die Sonne verwandelte den Schnee schon in
einen weichen Brei. Als der Priester sah, dass eine junge
Frau vor der Tür stand, scheuchte er sie auf den Glocken-
turm und verbot ihr, herauszukommen. Wenig später trieb
er noch einige Mädchen und Frauen hinein und verbarrikadierte die Tür mit schweren Möbeln. Manche hatten die
Gesichter mit Kohle geschwärzt und von Pflaumenmus und
Teer verklebtes Haar. Sie sahen aus wie Wilde oder Kran-
ke. Sie hatten keine Ahnung, wann sie wieder hinausgelas-
sen würden.

Sie saßen unter dem Dach des Turms, fast unbekleidet
wegen der Hitze, als es losging. Durch die Spalten des Holz-
daches sah Ilda nicht Tod, nicht Schande, sondern ein Mysterium. Als sammele Gott selbst in einer Staubwolke und

unter Motorengebrüll seine Spielsachen ein. Als zeige er eigens für sie, mit einer Energie, die nicht eines Vernichtungs-, sondern eines Schöpfungswerks würdig gewesen wäre, was wahre Macht war. Die Wucht, welche die heulenden Opels und Dodges, die dumpf dröhnenden Fords mit den Schweinemäulern, die Studebaker-LKWs und die den Boden zerwühlenden Motorräder – die Harleys, Indians und Zündapps – auf Nebenstraßen und Feldwegen entfesselten, raubte ihr den Atem. Wie gern hätte sie in diesem Staub auf einer der Maschinen gesessen! Ach, wie das alles heulte, dröhnte, dass die Erde bebte und die Glocken mitschwangen.

In der Nacht, als die Armeefahrzeuge in den Straßengräben standen, rasten Expresskolonnen in voller Beleuchtung an ihnen vorüber. Sie erinnerten Ilda an die Zeit, in der nach der Christmette die ganze Kirche erleuchtet wurde. Ein gewaltiger Anblick! Wenn sie einnickte, träumte sie von der Fortsetzung des Kriegsschauspiels. Wie schön die Männer auf diesen Maschinen waren! Vom Dach aus, betört von der Hitze, betrachtete sie sie voller Verwunderung.

Irgendwann wurden die Möbel beiseitegeschoben, und sie durften den Turm verlassen. Das Erste, woran sie dachte, war das Motorrad. Es war zum Glück sicher untergestellt, der Priester hatte es unter einer Plane versteckt.

Als sie nach Dziewcza Góra zurückkam, fand sie das Haus zerstört vor, die Hunde getötet. Vor dem Haus stand die komplett kahle Mutter. Entsetzt sah Ilda, wie die Mutter ihr wortlos einen Teller hinstellte. Einen Teller mit Vergissmeinnicht. Vom ganzen Service war nur einer übriggeblieben.

Jetzt war wirklich Frühjahr! Alles ging voran! Das Haus erhob sich. Die Wände waren schon schön. Der rotbärtige
fliegende Händler, der sich von Trudas Gleichgültigkeit
nicht entmutigen ließ, kam noch immer regelmäßig und
brachte jedes Mal etwas Nützliches mit.

Die erste Charge Spiritus, die Rozela im Keller brannte,
brachte er mit gutem Gewinn unter die Leute. Manche
brauchten nun Schnaps nötiger als Brot. Als er die nächste
Charge abholen kam, brachte er in einem mit einer Schnur
am Fahrradlenker befestigten Karton drei Ferkel mit. »Das
sind polnische weiße Landschweine«, sagte er mit einem
Seitenblick auf Truda. Es klang, als seien sie mindestens
aus Gold.

Die Ferkel zogen in die Küche ein. Sie waren klein, zutraulich, vorwitzig, sie steckten überall ihre Rüssel hinein,
und wenn man es ihnen verwehrte, legten sie den Kopf
schief und sahen einen an wie Hunde. Sie bekamen einen
Schlafplatz am Ofen, im selben Karton, in dem sie gekommen waren. Rozela meinte, es sei gut, sie von Anfang an
zur Reinlichkeit zu erziehen. Das werde nützen, wenn sie
schließlich in den Stall kämen. Sobald eins von ihnen auf
den Fußboden machte, packte sie es sanft an den Seiten,
hielt seinen Rüssel an die Pfütze und sagte: »Bäh!« Und
dann stellte sie das Ferkel in ein Häufchen Sand, das eigens
vom See herbeigeholt worden war. Sie begriffen im Nu, was
gemeint war.

Truda, die anfangs die Ferkel nicht gemocht hatte, gab
ihnen Namen. Das rührige und verspielte, dessen Rüssel
mit weichem Milchflaum bedeckt war, taufte sie Weißchen.
Das stille und sensible mit den lustigen Flecken an der Seite

nannte sie Tüpfel. Der kleine Eber bekam den Namen Gustaw, weil an ihm nichts Auffälliges war. Deshalb sollte er wenigstens einen interessanten Namen haben.

Gerta fing an, für die Schweine zu kochen. Sie stand vor allen anderen auf, um auf einem Sieb über einem Topf Kartoffeln zu dünsten, die sie anschließend mit Gemüseschalen und Kleie zerstampfte. Truda versuchte die Ferkelküche hier und da zu verfeinern. Einmal gab sie Thymian zu den Kartoffeln. Die Ferkel begannen zu niesen und rotzten Truda die Schuhe voll. Vor Wut warf Truda den Rest der Kräuter in den Ofen. Es roch wie in der Kirche, aber nur kurz, dafür hatten sie später nichts, womit sie die Suppe hätten würzen können.

Dank Gertas Kartoffelstampf wuchsen die Ferkel schnell, und nach einem Monat mussten sie aus der Küche ausziehen. Rozela beschloss, ihnen in dem kleinen Gebäude am See, das sie nach Abrams Plänen gebaut hatte, obwohl es mit seinem Tod überflüssig geworden war, einen Stall einzurichten. Das Gebäude stand dort, wo die Mirabellen aufhörten und der Garten geradewegs auf die Felder hinausging. Abram hatte diesen Ort als Observatorium oder Labor geplant, zumindest hatte er etwas in der Art gezeichnet und Rozela hatte das Gebäude exakt nach Plan errichten lassen, einschließlich eines Herds mit zwei Kochplatten in einem eigenen Raum.

Freilich musste erst noch Ilda überzeugt werden, die die Hände rang, als ginge es wirklich um eine wichtige Sache. Sie war dagegen, dass das väterliche Heiligtum ausgerechnet den Schweinen überlassen werden sollte. Gerta und Truda stimmten sie schließlich um. Letztere, die anfangs die Schweine nicht gemocht hatte, empfand nun solches Mitleid mit ihnen wie mit Säuglingen, und auf diese Weise erweichte sie auch die Schwester, indem sie ihr tief in die Augen schaute und sagte: Sieh doch nur, die armen Ferkelchen, wie süß sie sind, bis Ilda schließlich nachgab.

Das Labor musste ein wenig umgebaut werden. Der Meister, der als Lohn eine Flasche reinen Spiritus erhielt, behandelte die Sache als dringend. Er schüttelte nur den Kopf darüber, dass Schweine so wohnen sollten, und schlug einen flachen Kanal in den Boden, der als Rinnstein dienen würde. Dann ließ Rozela ihn noch ein Bord mauern, und als er fragte, warum, antwortete sie, auch Schweine hätten es gern schön, deshalb wolle sie ihnen ein paar Dinge zur Zierde hinstellen. Darauf erwiderte der Meister nichts mehr, sondern atmete nur derart tief ein, dass es fast aussah, als würde er platzen. Doch bis zum Abend war alles fertig. Rozela hatte ihm zwei Extraflaschen hausgemachten Spiritus versprochen, wenn er statt zu fragen und zu reden seine Arbeit schnell erledigen würde.

Auf das in Augenhöhe an die Wand gemauerte Bord stellte sie altes Zeug von Abram: Mensuren, die nicht zur Schnapsproduktion taugten, angebliches Mondgestein, das er wer weiß woher mitgebracht hatte, eine nackte Frauenfigur aus Bronze oder Messing, die zu schade zum Wegwerfen war und zu unhandlich, um sie als Hammer zum Nägel-Einschlagen zu benutzen. Und schließlich das Bügeleisen. Ihr altes, abgenutztes. Die Töchter wollten wissen, was es im Schweinestall solle, aber Rozela antwortete entschieden: Das ist ein kaputtes Bügeleisen, lasst ja die Finger davon. Sonst reiße ich euch die Hände ab.

Der Umzug in die Schweineküche – so nannte Rozela den Ort – wurde noch am selben Abend erledigt. Tüpfel quiekte und wand sich, als Truda und Gerta es auf dem Arm durch den Garten trugen, es sah sich nervös um und schien wahrlich erstaunt, weil es zum ersten Mal die Welt sonnenüberflutet in der goldenen Stunde sah. Weißchen lief ganz nach seiner Art folgsam an der Leine über den Pfad zwischen den Beeten, und der junge Eber, der überhaupt nicht gehen wollte, hing wie tot mit dem Kopf nach unten in Ildas Armen. Als sei ihm alles gleichgültig.

Die Schweine begriffen sofort, wozu der Rinnstein diente: Als der Rote Zigeuner drei Wochen später wieder vorbeischaute und sah, wie anmutig sie sich im Stall hinhockten, fragte er Rozela scheinbar im Scherz, ob sie auch ihre Tochter verzaubern könne. Sie konnte es nicht.

Nach den Ferkeln brachte der Rote ihnen noch Küken, die schnell zu großen Hühnern heranwuchsen. Eines davon stach hervor. Während die anderen jeden zweiten Tag zwei Eier legten, legte es sechs. Es bekam einen Namen: Agatka. Es legte eifrig, nur hackte es hinterher mit dem Schnabel und kratzte mit den Krallen, wenn jemand ihm die Eier wegnehmen wollte. Man konnte sich dem Huhn nicht ohne einen Stock oder ein altes Betttuch nähern, das man ihm überwerfen musste, um dann die Eier unter ihm hervorzuklauben. Hinterher lief es unglücklich im Hof herum und setzte sich auf Steine, mitunter auch auf jemandes Kopf oder sogar auf ein Katzenjunges. Der Rote Zigeuner riet, sie sollten es mit eiskaltem Wasser übergießen: »Ja, direkt aus dem Brunnen, aus dem Eimer. Damit es zu sich kommt.« – »Was ist denn das für eine Idee?!« Rozela war empört. »Am Ende erkältet sich das Tier noch«, sagte sie mit Blick auf den fliegenden Händler.

Durch einen Zufall fanden sie heraus, was half. Einmal verheddert sich das Huhn im Betttuch. Um es zu befreien, schwenkte Rozela den Stoff an den Seiten hin und her. Ohne Erfolg. Sie schwenkte immer weiter, bis sie hörte, wie das sonst wütende und kampflustige Huhn verzückt zu gackern anfing. Es gurrte geradezu vor Zufriedenheit. Nachdem sie Agatka eine gute Viertelstunde geschaukelt hatte und ihr schon die Arme wehtaten, ließ sie das Tier laufen und sah, wie es leicht schwankend langsam durch den Hof ging. Sie hätte schwören können, dass es über die ganze Breite seines Schnabels lächelte. Es setzte sich unter den Apfelbaum, wo es, ohne jemanden zu belästigen oder nach Eiern zu suchen, einige ruhige Stunden verbrachte.

Die Idee für die Hühnerschaukel war von Gerta. Sie nahm einen gewöhnlichen, etwas größeren Weidenkorb und hängte ihn an einem Seil an den Apfelbaum. Sobald später jemand den Weg entlangging, kreischte das Huhn los, damit er zu ihm kam und es schaukelte. Anfangs kicherten die Leute oder lachten sogar laut, doch bald gewöhnten sie sich daran. Ständig kam jemand in den Hof, um das Huhn im Korb zu schaukeln, und Rozela revanchierte sich mit Eiern. »Ein großartiges Huhn«, sagte sie immer wieder. »Wirklich großartig, auch wenn es nicht weiß, wozu es lebt.«

Ilda

Drei Monate nachdem der Rote Zigeuner die Ferkel gebracht hatte, war es Zeit, das erste von ihnen zu schlachten. Die Mutter entschied, welches unters Messer solle. Es traf Tüpfel. Tüpfel war am schnellsten gewachsen und wog schon an die achtzig Kilo. Die Mutter sagte, sie wünsche keine Schweineliebesdramen in ihrem Haus, unter Tieren, die von ihrer Hand gefüttert wurden. Der Eber solle sich an die Arbeit machen. Tüpfel, das immer eine Gelegenheit zum Vergnügen suche, lenke ihn von seinen Pflichten ab.

Die Mutter befahl Ilda, sich aufs Motorrad zu setzen und sich in Kartuzy nach einem Schlachthaus zu erkundigen. Denn weder Rozela noch eine ihrer Töchter hatten eine Ahnung davon, wie man Schweine schlachtete. In der alten Welt, noch vor dem Krieg, hatte man natürlich Hühnern oder Gänsen die Köpfe abgehackt, doch alle wussten, dass ein Schwein zu groß war, um von einer Frau geschlachtet zu werden. Es gab niemanden, den sie hätten um Hilfe bitten können. Die Cousins aus der Umgebung hatten nur noch auf den Fotos in der Schachtel mit dem kobaltblauen Ledereinband die Augen offen. Keiner von ihnen war aus dem Krieg heimgekehrt. Ilda fuhr nach Kartuzy. Doch sie fand kein Schlachthaus, obwohl sie von Krzyżowa Góra bis an das entlegenste Ufer des Karczemne-Sees die ganze Stadt durchkämmte. Sie kam zurück und sagte, es gebe wohl keines mehr, und die Leute, die sie danach gefragt hätte, hätten sich nur an die Stirn getippt. Es heiße, Schweine würden jetzt von der Miliz requiriert, und wer zu Hause Fleisch verstecke, könne sogar im Gefängnis landen. Das klang glaubwürdig. Das kommunistische Regime requirierte alle möglichen Dinge: Gerätschaften zum Schnapsbrennen, Räucheröfen, Fahrräder, Autos, Taschenlampen, Generatoren. Das wussten sie aus den Wochenschauen des Wanderkinos.

Der Rote Zigeuner, der die mittlere Schwester besuchen kam, sprach das Thema von sich aus an: Er würde gern helfen, er kenne sich aus, er wisse, wo man den Schnitt ansetzen müsse. Er müsse nur die Messer komplettieren – und Fräulein Truda müsse ihm helfen, sie müsse mit dem Tier sprechen und es mit ihrer warmen Stimme beruhigen. Ilda musste noch einmal nach Kartuzy fahren, diesmal, um scharfe Messer zu besorgen, doch auch die gab es nicht. Zum Glück besuchte der Rote Zigeuner sie zwei

Tage später wieder und hatte das nötige Werkzeug dabei.

Ilda sollte den Platz vorbereiten. Sie entschied sich für das Stück festgetrampelte Erde unter dem Apfelbaum – dort konnte man das Tier mit einem Seil am Stamm anbinden. Sie legte das Messer auf ein Stück blaues Flanell, das sie in der Truhe mit den noch brauchbaren Stoffresten gefunden hatte. Es war ein warmer Tag, ein Hauch von Sommer lag schon in der Luft, und nur der Hund, der seit dem Morgen an seiner Kette riss, störte die Stille. Sie mussten beginnen. Von Truda geführt, kam Tüpfel dieses Mal ganz schüchtern aus dem Stall. Den ganzen Weg durch den Garten lief es brav und zutraulich hinter ihr her. Ganz anders als sonst. Ein kluges Tier, es schien, als sei es bereit, einen höflichen Knicks zu machen. Als ahne es schon, dass etwas geschehen würde. Alles ging gut, bis Truda sich an den Kopf fasste, wenig später ans Herz und dabei murmelte, sie werde gleich ohnmächtig. Sie jammerte und klagte so lange, bis auch der Hund unruhig wurde und vor seiner Hütte herumsprang. Das Kettengerassel erschreckte das Schwein. Ilda, die das von Truda veranstaltete Theater erboste, hätte gute Lust gehabt, die Schwester zu packen und zu schütteln, beließ es aber bei Worten. Doch da begann auch Gerta zu murren, warum jetzt und warum ausgerechnet im Hof. Und als die drei anfingen, lauthals zu streiten, zerrte das Schwein an seiner Leine, dass der Apfelbaum wackelte. In seiner Angst zerrte es noch einmal, diesmal stärker, und quiekte schrill und markerschütternd. Da endlich verstummten die Schwestern.

Rozela

»Ins Haus mit euch«, sagte Rozela zu ihnen wie zu kleinen Kindern. Und als ihre Töchter beleidigt abzogen, nahm sie selbst sanft die runzlige Schnauze des Schweins in die Hand und sagte ihm, es müsse sich nicht fürchten, sie, Rozela, wisse, was das für ein Tier bedeute, es sei nun einmal nicht anders. Man müsse das Leben teilen. Je länger Rozela das Schwein streichelte, desto zutraulicher wurde es. Dabei verheimlichte Rozela nichts. Sie blickte Tüpfel ernst und lange in die Augen – sie waren blass, blau, mit kaum sichtbaren rötlichen Rändern –, bis das Tier verstand.

Und so saßen sie da, Rozela streichelte, das Tier hielt den Hals hin, bis das Schwein wie ein Kind zu weinen begann. Rozela kannte das schon: Große, glänzende Tränen, die aus trüben Augen flossen. Sie streichelte also weiter. Es verging vielleicht eine Stunde, vielleicht zwei, bis sie fand, nun sei es genug. Sie rückte ein wenig zurück, damit ihr Kleid nicht mit Blut besprizt würde, packte den weichen, mit weißem Flaum bewachsenen Rüssel mit beiden Händen und sagte dem Roten, er solle anfangen.

Der Mann erledigte die Sache mit einem Schnitt. Er traf gut. Das Blut spritzte zuerst gegen den Baum und auf Rozelas Hände – die Kleidung bekam nichts ab –, dann floss es ruhig, in rhythmisch pulsierenden Wellen. Rozela ließ den erbleichenden Rüssel nicht los. Sie sah, wie der Rote Zigeuner sich am Apfelbaum übergab, auf sein Fahrrad stieg und davonfuhr. Das Schwein sah sie mit feuchten, erstaunten Augen an, und sie, Rozela, wusste, dass sie diesem Blick standhalten musste. Sie sprach so warm und so ruhig, wie sie konnte, dass nun alles gut sei, dass sie das Schlimmste hinter sich hätten. Sie streichelte den Schweinekopf, und das Blut floss. Noch lange saßen sie zusammen unter dem Baum. Bis der Körper des Schweins kühl wurde.

Truda

Tüpfel musste auf den Küchentisch gebracht werden. Es wurde schon Abend, als die Schwestern durchs Küchenfenster sahen, wie die Mutter es allein versuchte. Gerta und Ilda eilten ihr zu Hilfe, doch auch zu dritt schafften sie es nicht. Die Klauen rutschten ihnen aus den Händen, der Kopf fiel herab. Sie riefen Truda. Die dachte, jetzt sei ein guter Moment für eine Ohnmacht, doch je länger sie den in der Schweineküche gemästeten Körper betrachtete, desto weniger Angst machte er ihr. Nur versuchsweise packte sie eine Klaue. Ein Körper wie jeder andere auch. Sie versuchte, ihre Hand auf den Kopf zu legen. Es war mit Sicherheit noch immer Tüpfels Kopf. Schließlich holte sie aus dem Haus eines der Bettlaken, die sie eigenhändig aus Stoffresten zusammengenäht hatte, und half, das Schwein daraufzurollen. Auf dem Laken schleiften sie es über das ausgedünnte Gras. Dabei machten sie einen Halt am Brunnen, wo die Mutter den toten Körper mit einem Eimer Wasser übergoss. Dann wusch sie mit einem Lappen aus blauem Flanell die Haut Stück für Stück ab, bis sie sauber war. Zum Schluss zogen sie Tüpfel auf dem Laken die Treppe hinauf.

Der Tisch erwies sich als zu hoch. Sie ließen das tote Tier also auf dem Fußboden liegen und legten alle Lumpen, die sie im Haus finden konnten, unter den Kadaver, damit das Blut nicht in den Spiritus im Keller tropfte. Truda, die dachte, dass ihre Aufgabe damit erledigt sei, hatte beizeiten das nötige Werkzeug auf dem Tisch ausgebreitet: die langen und kurzen Messer des Roten Zigeuners, irgendwelche längst vergessenen, auf dem Dachboden ausgegrabenen Hämmer, ein komisches kleines Hackmesser mit Bernsteingriff und eine rot lackierte Holzsäge. Daneben hatte sie noch eine kleine, nun mit heißem Wasser gefüllte Regenwanne gestellt und eine Bürste, Lappen und einen Pinsel ordentlich auf den Rand gelegt. Außerdem fünf Töpfe unterschiedlicher Größe. In jedem schwamm eine Kartoffel, denn nur so konnte man feststellen, ob die Lake aus Wasser, Salpeter und Salz fertig war und die Mischung stimmte. Am Ende holte Truda noch ein Kopfkissen, obwohl sie ahnte, dass die Mutter über die Verschwendung von Gänsefedern schimpfen würde. Sie holte es, damit das Schwein bequem lag.

Sie begannen mit dem Kopf. Sie betteten ihn sanft auf das Kopfkissen. Sie stellten eine Schüssel davor, und pressten Stück für Stück noch ein wenig Blut aus dem Kadaver. Dann nahm die Mutter ein Messer und schnitt dort weiter, wo der Rote Zigeuner begonnen hatte. Am Kopfansatz sahen sie die Wirbelsäule. Die Mutter fuhr mit dem kleinsten Messer genau zwischen die Wirbel. Mit feinen, genau abgemessenen Bewegungen stemmte und bohrte sie eine Öffnung, die gerade so groß war, dass ein Meißel hineinpasste. Am Ende gab sie ihn Truda. Die schlug sanft mit dem Hackmesser darauf, bis es in den Knochen knackte. Die Wirbelsäule teilte sich in zwei Stücke. Sie schoben Tüpfels Kopf, der bequem auf dem Kopfkissen lag, zur Seite. Er sah aus, als schlafe das Tier.

Truda nahm eine Kerze und machte sich ans Abbrennen der Haut, wobei sie sich fast die weiß gebleichten Haare versengte. Nach und nach rötete sich die Schwarte, doch sie platzte dabei auch auf, also wählte Truda eine andere Methode und hielt die Flamme nur ganz leicht an die zarten hellen Härchen, die zum Rücken hin in Borsten übergingen. Ihre Schwestern nahmen unterdessen ein Stück Kohle und konzentrierten sich darauf, die Linien, die sie sich von dem aus einem alten Buch ausgeschnittenen Bild eines ausgeweideten Schweins abschauten, auf Tüpfels Körper zu übertragen, damit sie wussten, wo sie schneiden mussten, um die Schulter zu entfernen, wie sie das Messer zum Schinken führen mussten, was mit den Füßen zu tun war und auf welcher Höhe sie den Schwanz abzuschneiden hatten. Mit dem Bild hatte der Rote Zigeuner eine gute Idee gehabt.

Die dickste Linie verlief quer zwischen Tüpfels Beinen und auf der anderen Seite mitten durch die Wirbelsäule. Truda dachte, das sei selbst mit einer Säge unmöglich zu schaffen, doch es genügten zwei Messer und das Hackmesser. Acht Hände schnitten, tauchten ein, zogen Fleischstücke heraus und rissen sie vom Knochen. Truda sagte halb zu sich selbst, halb in den Raum, das alles sei wie im Theater – dem, das vor dem Krieg manchmal ins Dorf gekommen war, damals war der Himmel schöner geworden, die Wolken bauschiger und sogar das Gras auf dem Berg hatte gesungen. Jetzt wirkten der heulende Wind, das Gras, der Himmel, der See vor dem Fenster und schließlich ihre eigenen über Tüpfel gebeugten Gestalten auf Truda plötzlich wie ein Teil eines geheimnisvollen Schauspiels.

Es wurde dunkel, doch es gab noch viel zu tun. Sie beendeten ihre Arbeit im Schein einer Öllampe und des Feuers aus dem offenen Ofen. Im orangegelben Licht glänzten die frischen feuchten Muskelstücke, die sie aus dem Hinterteil des Schweins geschnitten hatten, als wären sie gerade mit Zuckerguss überzogen worden. Truda rollte sie mit Hilfe eines blauen Seidenfadens zu runderen Formen zusammen. Die von Borsten befreiten, in Scheiben geschnittenen Speckschwarten, aus denen Schmalz gemacht werden sollte, hingen an einer zwischen Küchentür und Fenster aufgespannten Leine. Das durch den Wolf gedrehte und mit Majoran und Kümmel gewürzte Fleisch aus der Schulter hatten die Schwestern mit Hilfe eines alten und dicken Trichters in die gründlich gereinigten Därme gepresst. Herz und Leber waren zerstückelt, mit Blut und viel Majoran und Pfeffer übergossen und in Gläser gefüllt worden, die der Rote Zigeuner auf Trudas Wunsch geliefert hatte. Diese Gläser kamen auf den Herd, damit der Inhalt sich hielt. Fünf von ihnen bestimmten die Schwestern für den fahrenden Händler. O ja, ganz sicher waren sie Tüpfel zu Dank verpflichtet.

Sie waren schon so gut wie fertig, doch die Mutter suchte noch nach der Gebärmutter. Behutsam ertastete sie mit den Fingern etwas in einem Haufen Gedärm. Langsam und vorsichtig zog sie sie heraus: eine kleine, rötlich glänzende Kugel aus elastischem Gewebe mit kleinen membranartigen Flügeln an den Seiten. Eine Art rötliche Fledermaus, nichts Besonderes. Die Mutter betrachtete sie im Licht und strich noch, zutiefst verwundert, mit den Fingern über die Schmetterlingsflügel, bevor sie die Achseln zuckte. »Unbegreiflich«, murmelte sie leise. »Und traurig.« Dann warf sie den Fleischlappen ins Feuer.

Sie überlegte, ob sie dasselbe nicht auch mit dem zu nichts nützen Ringelschwanz tun sollte – aber nein. Es war ja trotz allem der Schwanz ihres Tüpfel. Truda umwickelte ihn schließlich mit einer roten Schleife und hängte ihn über den Herd. Dort blieb er jahrelang.

Sie arbeiteten bis vier, vielleicht fünf Uhr morgens, bis im Kellerraum unter dem Fußboden, der kalt war, weil sie den Gasofen vorübergehend ausgeschaltet hatten, unter der von unbekannter Hand geschaffenen Inschrift »spiritus flat ubi vult« in perfekter Reihe fünf Pökeltöpfe mit Schinken, Speck und Koteletts standen. Als die Frauen sich bei Tagesanbruch schlafen legten, dachte jede von ihnen, dass es ein guter Tag war. Ein wirklich gutes Frühjahr.

Ilda

Zwei Wochen nach dem großen Einpökeln verkündete Ilda der Mutter und den Schwestern, sie werde ausziehen. Als sie auf der Suche nach Messern durch Kartuzy gefahren sei, habe sie in einem Schaufenster am Brunoplatz ein Stellenangebot des Amtes für Umsiedlungen gesehen. Sie habe sich beworben. Nun sei die Zusage gekommen, also gehe sie.

Es war weniger ein Auszug als eine Flucht. Am besten gefiel Ilda an der Stelle, dass sie in Olsztyn war. Die Wirklichkeit stellte sich als weniger aufregend heraus. Ilda musste jeden Morgen im Büro antreten und Menschen in den Westen schicken, an Orte, in denen es noch freie Häuser gab. Die entsprechende Liste musste täglich per Telefon aktualisiert werden. Die Verbindung rauschte, und der Kommandant, der ein sehr merkwürdiges Polnisch sprach, explodierte geradezu vor Wut darüber, dass er alles mehrfach sagen musste: »Nicht: Możieeelno, Mogiieelno! Bahnhof Szczelin. Nein! Strzelin!« Ilda entzifferte die Namen der unbekannten Orte so gut sie konnte und studierte eifrig die Landkarte. Wenn das Büro schloss, saß sie mit einer Öllampe da und wanderte mit dem Finger: von Strzelin nach Wałbrzych, von Kiezmark nach Nibork, manchmal auch von Wiecznia nach Safronka, neugierig, wohin das Leben sie selbst noch führen würde.

Zum Schlafen ging sie in die allgemeine Schlafstelle. In Baracken, die noch nach Verbranntem rochen und die angeblich aus Sztutowo stammten, wo während des Krieges ein deutsches Konzentrationslager gestanden hatte und Tausende Menschen durch den Kamin geschickt worden waren, hatte man nun Betten aufgestellt, auf denen die Nachkriegsflüchtlinge kampierten. Töchter, Mütter, Tanten, denen sich bisweilen ein Mann zugesellte. Sie alle besaßen nicht mehr als ein Bündel Kleider und Kleingeschirr. Obwohl sie meist nicht lange auf eine Zuweisung warten mussten, versuchten alle, sich etwas Eigenes zu schaffen, so gut sie es konnten: ein Beet mit Radieschen, die sie nicht ernten würden, einen eigenhändig aus Steinen auf einem Stückchen Boden zwischen den Unterkünften errichteten Herd, obwohl es ringsum viele ähnliche, verlassene Kochstellen gab.

Die Stimmung war heiter wie bei einem Dorfpicknick: Es wurde gesungen, Aluminiumtöpfe kreisten zwischen den verschiedenen Grüppchen, man produzierte, was immer die Abende versüßte – von Spielkarten bis hin zu gezuckerten Grießbällchen, die selbst von denen geschätzt wurden, denen die Zähne ausfielen. Ein merkwürdiges Picknick: blinde Großmütter, die aus Kordonettseide Strümpfe strickten, jüngere und ganz junge Frauen, die unablässig Wäsche wuschen oder trockneten, Kinder, die man zum Reinigen eines Service antrieb, das man in den Ruinen der einstigen Gerlach-Fabrik in einer Kiste gefunden hatte und für das man bei den Händlern des Lagers einen guten Preis bekommen konnte. Allgemeine Heiterkeit, gemeinsames Lachen, Leben. Irgendwer beschmierte Kleider, die zum Auslüften aufgehängt worden waren, mit Hundekot, Gott weiß wer machte mit Nägeln Löcher in fremde Schuhe.

Wenn jemand offensichtlich die Atmosphäre des Picknicks störte – wie etwa die junge Blonde aus der Hauptstadt –, dann wehe ihm oder ihr! Sie hatte ihren Verlobten in Warschau in den Flammen zurückgelassen, im ersten Stock, in einer Wohnung mit erbsengrünen Wänden. Immer wieder erzählte sie in allen Einzelheiten davon, obwohl niemand es hören wollte. An jenem Tag waren die Deutschen mit Flammenwerfern von Haus zu Haus gegangen. Haus für Haus setzten sie in Brand, mit allem, was darin war. Und sie, junge Aufständische aus dem Ghetto, flüchteten über die Dachböden und beschossen, obwohl sie keine Chance hatten, die Deutschen aus Pistolen. Der Verlobte bekam einen Gewehrschuss ab. Er beschwor sie bei allem, bei ihrer Liebe, ihrer gemeinsamen Vergangenheit und ihrem künftigen Leben, sie solle mit den anderen gehen. Zwei Häuser weiter stand schon alles in Flammen. Er fragte nur, ob sie ihm eine Kugel verpassen könnten, damit er auf menschlichere Art sterbe. Sie konnten es nicht. Sie ließen ihn lebend zurück. Später hörte sie, wie er schrie, wie die Hitze aus dem brennenden Haus emporschlug. Tagsüber erzählte die junge Blonde, die niemand nach ihrem Namen fragte und der niemand zuhörte, nachts weckte sie alle mit ihren Schreien. Das hätte man ihr noch verziehen, es gab jetzt viele, die nachts schrien, doch ihre Trauer war unverzeihlich. Mal verschüttete jemand ihre Suppe, mal warf jemand ihr Kochgeschirr ins Klosett oder riss ihre Wäsche von der Leine, die beiden armseligen, vergrauten Unterröcke, die vielfach gestopften Strumpfhosen und das hässliche fleckige Unterhemd.

Die Leute wollten keine Trauer, sie wollten Hoffnung. Ilda sollte sie ihnen geben. Hatte sie das Haus gesehen? Gab es dort Möbel? Vielleicht sogar gepolsterte? Also antwortete sie, ohne die geringste Ahnung zu haben, es gebe

Möbel, es sei eine besonders schöne Gegend, es gebe einen Fluss und einen Berg, zumindest sage die Landkarte das, die Kühe dort sollten überdurchschnittlich viel Milch geben. Und nicht alle seien im Krieg getötet worden.

Nachts indes brodelte es unter den Decken. Manchmal war von Heirat die Rede, manchmal zogen Kinder einen Zugbegleiter oder Briefträger an den Hosenbeinen, um ihn zur Gründung eines gemeinsamen Haushalts zu bewegen. Und wenn einer einwilligte, umsorgten die Frauen ihn wie einen Helden, selbst wenn er ein Schuft und ein Feigling war. Sie pflegten fremde Wunden, als hätten sie hinter ihren Häusern keine eigenen Leichen begraben. Hinterher schauten sie vorwurfsvoll, tadelnd, mitunter sogar verzweifelt drein, wenn der Lagerist, der ihnen nicht mehr »Guten Tag« sagte, nur noch Augen für Ildas enormen Busen hatte.

Die Männer sahen sie an. Trotz ihrer wenig femininen Kleidung, trotz der zu großen Hemden mit Klappen auf den Brüsten und der sackartigen Hosen, trotz der grauen und hässlichen Unterwäsche, die sie demonstrativ zwischen den Gott weiß wo erbeuteten Spitzenunterröcken aufhängte, fühlten sich die Männer von Ilda angezogen. Sie wollte keinen von ihnen.

In der ersten Zeit fuhr sie nur selten nach Dziewcza Góra. Höchstens alle drei, vier Wochen, um mit der Mutter und den Schwestern einen Teil des Samstags und den Sonntag zu verbringen. Sie vertrieb sich die Zeit am Tisch oder streifte durch den Garten, bevor sie sich wieder aufs Motorrad setzte und nach Olsztyn zurückkehrte. Anfangs war sie von der Veränderung begeistert, nach einigen Monaten bekam sie leichtes Heimweh. Nach der Mutter und ihrer rauen Wärme, nach Gerta und ihrem unerträglichen Hang, das ganze Haus zu dirigieren, am meisten aber nach Truda – nach ihren seltsamen Einfällen, ihrer Impulsivität, ihrer Exaltiertheit und ihrer Art, über einem Teller Suppe den zottigen Kopf zu schütteln, aber auch nach ihrer rührenden Angewohnheit, in kalten Winternächten wie in der Kindheit zur Schwester ins Bett zu kriechen, ohne sich darum zu scheren, dass sie längst nicht mehr klein waren. Aneinandergeschmiegt wärmten sie einander dann bis zum Morgen. Ilda selbst hätte sich nie getraut, so etwas zu tun.

Eines Tages war Truda nicht da. Weder Gerta noch die Mutter wollten ihr sagen, warum. Die Mutter schwieg gekränkt, als sei es verboten, überhaupt nach Truda zu fragen, und Gerta sagte nur immer wieder, es sei nichts geschehen. Oder aber, sie habe nichts mitbekommen. Als sie hereingekommen sei, habe Truda sich ja schon die verletzte Wange gehalten und der kalte Bolzen des Bügeleisens auf dem Fußboden gelegen. Unter Drohungen und Erpressungen bekam Ilda schließlich aus der Schwester heraus, dass Truda nun in Gdingen wohnte. Sie komme gut zurecht. Das sei ihre Sache. Wenn sie nicht zurückkommen wolle, solle sie es lassen.

Truda

Seit Jakob gegangen war, malte Truda sich manchmal aus, wie sie ihre Sachen packte und das Haus verließ, um ihm zu folgen. Die ärmlichste Wohnung in der hässlichsten Stadt wäre besser als das Dorf. Obwohl Jakobs Abschied schon sechs Monate zurücklag, war kein Brief gekommen. Und ausgezogen war nicht sie, sondern Ilda. Truda konnte nicht länger warten.

Als sie wieder einmal ohne Brief aus der Kartuzer Post

kam, stolperte sie an der Treppe über herumliegende Werbezettel. Reklame für Gdingen. Auf Zeitungspapier stand geschrieben, die neue Stadt biete jedermann die Aussicht auf ein neues Leben – Schulen, begehrte Berufe, Zukunft, Anstellung und vielleicht sogar einen dauerhaften Wohnsitz. Jedes dieser Worte klang für Truda wie eine Verheißung. Sie stellte sich vor, dass dies ein angemesseneres Wiedersehen wäre. Wenn Jakob endlich zurückkäme, fände er sie nicht zwischen Schweinen vor, sondern in einem eleganten Großstadtbüro.

Am nächsten Tag fuhr sie früh los, um sich zu bewerben. Sie musste einmal umsteigen. Truda erschrak, als sie in Danzig vom Bahnhof, dessen Wände glücklicherweise stehengeblieben waren, bis zum Horizont nichts als Ruinen sah. Die Leute hatten Korridore durch die zertrümmerten Ziegelsteine, zerbrochenen Balken und zerschlagenen Schindeln gegraben. Sie blieb im Bahnhofsgebäude. Am liebsten wäre sie gleich wieder nach Hause gefahren. Zum Glück war Gdingen ganz anders – eine neue Stadt, ebene, breite Straßen. Schöne Häuser und darin Schaufenster an Schaufenster. Und in jedem einzelnen – eine bessere Welt. Stoffe, Porzellan, die Lichter der Stadt.

Sie kehrte nur nach Dziewcza Góra zurück, um ihren Koffer zu holen. Anders als Ilda, die zwei Paar Unterhosen, ein Paar Hosen und zwei Männerhemden in eine gewöhnliche Papiertüte gepackt hatte, brauchte Truda für die Schule deutlich mehr. Sie legte Kleider für warmes und kaltes Wetter heraus, Haarfestiger, etwas Schmuck, Creme, Strumpfhosen, Schuhe, Tücher, Wimperntusche, Lippenstift und ein halbes gedünstetes Hähnchen. Die Kleider wollte sie bügeln, denn sie konnte in der Stadt ja nicht in zerknittertem Aufzug unter die Leute.

Das Bügeleisen stand in der Schweineküche. Die Mutter

hatte gesagt, es sei kaputt, doch Truda wollte das überprüfen. Was konnte an so einem Stück Metall schon kaputt gehen? Sie legte eine Decke auf den Tisch, breitete ein Leintuch darüber und stellte das Bügeleisen darauf ab. Sie zog den Bolzen heraus. Im selben Augenblick kam die Mutter herein. Sie packte den Bolzen und schlug Truda mit dem schweren Metallteil ins Gesicht.

Und so erschien Truda an ihrem ersten Tag in einem ungebügelten Kleid in der Schule. Zum ersten Mal in ihrem Leben hatte ihr die Kraft gefehlt, sich die Haare zu richten. Ihre Wange war geschwollen, und um das linke Auge lag ein violetter Schatten, den sie nicht überschminkt hatte. Truda lief mit eingezogenem Kopf durch das modische Gdingen, sie schaute nur auf den Weg vor ihren Füßen, unempfänglich für den Zauber der Schaufenster, für die Eleganz der breiten, messingbeschlagenen und mit Nussholz verkleideten Türen. Als sie die richtige Adresse gefunden hatte, achtete sie nicht auf die breite, moderne Fassade der Oberschule für Erwachsene. Ohne den Blick zu heben, bat sie die Frau in der Pförtnerloge des Schülerinnenwohnheims um den passenden Zimmerschlüssel. Sie machte sich nicht einmal etwas daraus, dass sie kein Zimmer für sich bekam, sondern nur ein Bett in einem stickigen, mit Etagenpritschen zugestellten Saal.

Alle Blicke vermeidend, ging sie bis zum Ende des Raums und setzte sich auf das letzte Bett. Ohne mit jemandem auch nur ein einziges Wort zu wechseln, verkroch sie sich unter ihre Decke und schlief mit dem festen Entschluss ein, nie wieder einen Fuß nach Dziewcza Góra zu setzen.

Gerta

Truda schickte keine Lebenszeichen. Nachrichten von ihr gelangten über die Nachbarin ins Dorf: Sie werde gelobt, weil sie wie verrückt arbeite und selbst noch über den Büchern sitze, wenn alle schon nach Hause führen. Man könne sie nachts wecken, und sie wisse aus dem Kopf den Abstand der Leerzeichen aus dem Schreibmaschinenkurs und alle Arten von Hering, die sie in Warenkunde habe lernen müssen. Sie habe eine schier animalische Begabung für Zahlen. Jede falsche oder überflüssige entdecke sie sofort – wie eine Katze, die eine Maus sehe, wo sonst niemand sie bemerke. Sogar der alte Wilnaer Professor, der sich mit letzter Kraft über den Steinfußboden schleppe, komme, um sie wie ein Zirkustier anzuschauen und anderen zu zeigen. Das alles erfuhren die Mutter und die Schwestern, ohne dass Truda ihnen ein einziges Mal geschrieben hätte.

Eines Samstags stand Truda unerwartet in der Tür und fragte nach dem Brief. »Was für ein Brief?« Gerta wusste von nichts. Die Mutter zuckte nur die Schultern. Truda war von der Kartuzer Post über einen Brief aus Berlin informiert worden, den sie jetzt lesen wollte. »Das muss ein Irrtum gewesen sein«, sagte die Mutter, doch weder Truda noch Gerta glaubten ihr.

Truda ging mit der Mutter in die gute Stube und sie redeten lange miteinander. Als sie herauskam, war sie schon weniger verbissen und stur. Erst wollte sie nicht von der Schule erzählen, um schließlich zuzugeben, dass sie nach Monaten, in denen sie Tag und Nacht gelernt hatte, nun ein enormes Wissen besaß, das aber völlig nutzlos war. Und dass sie keine Idee hatte, wie es weitergehen sollte.

Gerta konnte die Lebensentscheidungen ihrer Schwestern nicht begreifen. Beide hatten das Haus verlassen, die Mutter, das eigene Bett, den Garten, den See und die Küche, in der man sich an den eigenen Ofen lehnen und sich, wann immer man wollte, eine Scheibe Brot schneiden konnte, nur um ihre Nächte in Sälen voller fremder Menschen auf nebeneinandergereihten Metallpritschen zu verbringen. Sie verstand auch die Welt nicht, aus der die Schwestern zurückkehrten. Nicht Trudas Anstrengungen in der Schule, weil sie nur eine Meldegenehmigung erhielt, sofern sie Klassenbeste wurde und sofern die Schule ihr eine Stelle zuwies, denn in Trudas Welt durfte man nicht wohnen, wo es einem gefiel. Nicht Ildas Erzählungen von Menschen, die bewusst in die falschen Züge stiegen, weil sie glaubten, dort, wo andere hingeschickt würden, sei es besser als dort, wo sie hinsollten. Von Menschen, die Beschwerden schrieben – über Ilda, über die Partei, über die neuen Nachbarn. Weil die Häuser nicht in Ordnung seien und die Information schlecht organisiert. Wenn Ilda klagte, die Leute schrieben Lügen, drohte Gerta empört, sie werde damit zur Zeitung gehen. Die Journalisten müssten darüber berichten! Aber Ilda winkte ab. Hinterher dachte sie, vielleicht müssten die Menschen heute streiten. Angesichts eines Lebens zwischen Gräbern, ausgebrannten Höfen, eingestürzten Brücken, gesprengten Straßenzügen und entgleisten Bahnen, die, wie der Zug in der Nähe von Pępowo, mit den Rädern nach oben neben den Bahndämmen lagen, spürten vielleicht alle dieselbe Wut in sich.

Diese Wut war auch in ihrem Haus. Man konnte ihr nicht entkommen. Ilda sprach dauernd von Hoffnung. Doch woher sollte Hoffnung kommen? Gerta sah keine Hoffnung, wenn sie mit Honig und Eiern hausieren ging. Stattdessen sah sie die betrunkenen Banden, die abends von Anwesen zu Anwesen zogen, als könnten diese Burschen, die aus der Kriegshölle heimgekehrt waren, nicht mehr in einer normalen, geordneten Welt leben. Gerta fürchtete diese Männer. Sie rechnete damit, dass sie irgendwann auch zu ihnen kämen, und sie betete, dass es nicht dazu kommen möge. Eines Nachts jedoch hörte sie, dass die Schweine laut quiekten und die Kette heftiger als sonst an die Metallhütte schlug. Das mussten sie sein. Gerta wollte sofort die Tür verriegeln, doch die Mutter nahm den Schürhaken und ging durch den Garten direkt zur Schweineküche. Gerta eilte ihr hinterher. Im Licht der Karbidlampe sah sie hinter Mutters Rücken zwei Männer. Den kleineren von ihnen kannte sie noch von vor dem Krieg, als er noch kein rotes Gesicht hatte. Es hieß damals, er könne alles reparieren, was einen Motor habe. Dann hieß es, er habe sich zu nah an einem entgleisten Zug ins Lager herumgetrieben, als die Deutschen auf die Juden schossen, und auch ihm hätten sie eine MG-Salve hinterhergeschickt. Alle dachten, er sei ums Leben gekommen. Als sie ihn im Stall entdeckten, zog er die Hosen hoch und floh.

Sie kehrten schweigend ins Haus zurück. Gerta legte sich im hintersten Zimmer schlafen, doch sie hörte durch die Wand, wie die Mutter in der Küche umherging und mit Geschirr klapperte. Als sie am nächsten Morgen bei Tagesanbruch aufstand, fand sie die Mutter im Garten. Sie riss mit dem Schürhaken Quecken aus, dass die Erdklumpen nur so flogen. Auf dem Küchentisch lagen fein säuberlich aufgereiht Fäden, die zuvor ewig durcheinander in einer leeren Teeschachtel gelegen hatten. Jetzt waren sie nach Farben geordnet und akkurat auf Spulen gewickelt.

Unterdessen kam der Strom nach Dziewcza Góra. Die Masten waren schon aufgestellt, die Hauptleitungen von Kartuzy schon gespannt. Nun mussten nur noch die umliegenden Häuser ans Netz angeschlossen werden.

Nachdem Truda, die in letzter Zeit immer öfter nach Hause kam, die drei jungen Arbeiter im Hof entdeckt hatte, lud sie sie in die Küche ein. Als sie jedem von ihnen ein Stück Brot gab, war mit einem Mal ihre ganze Koketterie, ihre ganze Heiterkeit wieder da. Statt in den Baracken, sagte sie, könnten sie doch einfach bei ihnen nächtigen, in der guten Stube. Dann packte sie ihre große Tasche und fuhr nach Gdingen. Rozela und Gerta mussten die Gäste versorgen.

Außer den Monteuren tauchte, als habe er es gerochen, kurz nach Truda auch der Rote Zigeuner auf. Er begleitete sie im Bus zur Schule, um noch am selben Nachmittag mit einem Hund zurückzukommen. »Ein echter Teufel«, erklärte er der verblüfften Rozela laut, damit die Monteure es hörten.

Es war ein merkwürdiger, hässlicher Hund. Langgezogener Rumpf, die krummen Beine so kurz, dass der Bauch fast über den Boden schleifte, ein großer Kopf mit scharf abgeschnittenem Maul und großen Ohren, die aussahen, als stammten sie von einem anderen Tier. Der Rote Zigeuner, sichtlich irritiert über die fremden Männer im Haus, dessen Herr er bislang vergeblich zu werden versucht hatte, nahm den Hund in beide Hände und reckte ihn scheinbar zum Scherz in Richtung eines der Monteure. »Der Teufel wird gut auf das Haus aufpassen«, sagte er. Und als habe der Hund die Absicht des Roten verstanden, sträubte sich sein Fell, Schaum trat ihm vors Maul, und er begann schrill und wütend zu bellen, bis seine Augen sich röteten. Dann sprang er dem fahrenden Händler vom Arm und riss mit einem kräftigen Biss ein Loch in Rozelas Rock. Die derart verbissen angebellten Monteure arbeiteten plötzlich schneller, bald waren die Kabel verlegt und die Männer bereit zum Aufbruch. Hauptsache, nicht übernachten.

Der Rote Zigeuner behauptete, es sei ein Rassehund, doch Rozela verlangte eine Kette für ihn. Und so wohnten jetzt zwei Hunde in einer Hütte: der zottige, ängstliche Große und der verbissene Kleine. Der größere hätte leicht zehn von der Art des kleineren auf einen Schlag verschlingen können, und doch bestimmte der Kleine von Anfang an, wem von ihnen wie viel Platz in der Hütte zustand.

Der neue Hund erwies sich als aufbrausend, aber durchaus verständig. Er begriff sofort, wer ihn fütterte und wer bei der Fütternden in Gnaden stand. Er wusste, dass man Rozela freundlich begrüßen, ihren Töchtern gegenüber brav sein und den Roten dulden musste. Die erzwungene Artigkeit kompensierte der Hund durch doppelte Boshaftigkeit gegenüber dem Briefträger, den Leuten, die kamen, um das Huhn zu schaukeln, und dem Huhn selbst. Wenn er wütend wurde, sabberte er, und wenn er sabberte, wollte er trinken. Und er trank dann so viel, dass er umgehend mit aufgeblähtem Bauch einschlief. Anschließend war für einige Zeit Ruhe.

Die Kabel waren verlegt, doch auf den Strom mussten sie noch ein paar Wochen warten. Es wurde schon fast Sommer, und die Polymerblumen, die sie um das neue, noch nicht in Betrieb genommene Stück Kabel mit der Glühbirne gehängt hatte, verloren einige weitere Köpfe. Am ungeduldigsten war Truda. Sie hatte aus Gdingen ein neues, elektrisches Bügeleisen mit rotem Holzgriff mitgebracht.

Im Vergleich zu dem klobigen alten Bolzeneisen wirkte es schlank und zierlich, ja filigran. Sie stellte das neue Prachtstück so energisch auf den Tisch, als ramme sie ein Schwert in den Boden eines Schlachtfeldes. Dabei sah sie der Mutter hochmütig in die Augen.

Das neue Bügeleisen kam auf dem Schrank zu stehen, das alte verschwand endgültig. Rozela war sicher, dass Truda dahintersteckte. Truda glaubte, es sei eine Geste der Mutter. Eine Art Entschuldigung.

Als der Strom endlich floss, zog Truda den Tisch aus, legte eine Decke und ein Bettlaken darüber und verteilte die Bügelwäsche über die Stühle: noch mehr Bettwäsche, ihre beiden Kleider, das grüne und das blaue, Gertas Kleid und ein tailliertes Männerhemd, das sie irgendwo für Ilda besorgt hatte. Und dann nahm sie mit einer ausladenden und feierlichen Geste, als setze sie sich an ein Klavier, den Stecker und steckte ihn in die Steckdose. Der Strom floss. Das Bügeleisen wurde heiß.

Rozela bemühte sich sehr, Truda und Gerta nicht merken zu lassen, wie ihre Hand jedes Mal zitterte, wenn Truda ihr das Bügeleisen reichte. Es war wohl ein schlechtes Zeichen, dachte sie, dass es so leicht war. Der erste Kontakt mit dem Stoff, das erste Zischen des mit Wasser besprühten Betttuchs, die aufsteigende Dampfwolke, die ihr fast das Gesicht verbrannte – all das flößte Rozela gehörigen Respekt ein. Sie packte den roten Griff fester und fuhr mit dem heißen Metall über das Gewebe. Wie wendig das neue Bügeleisen war!

Als sie das Gerät am Abend ausstöpselten, türmten sich ringsum Stapel frisch gebügelter Bettwäsche. Truda war stolz auf sich, weil sie zum ersten Mal von eigenem Geld einen Gegenstand für den gemeinsamen Haushalt gekauft hatte, Gerta war aufgeregt, Rozela nachdenklich und still.

Die Töchter gingen noch in den Garten, um im Mondlicht den See zu betrachten, Rozela kümmerte sich um die Bettwäsche. Der Stoff duftete, als sie ein Stück nach dem anderen in den Schrank legte. Das eigene Bettzeug in den eigenen Schrank.

Gerta

Schande! Weißchen trieb es mit einem Wildschwein, und Truda trieb es mit dem Zigeuner! Erst das eine und gleich darauf die andere!

Zuerst Weißchen. Das Schlitzohr. Es wirkte, als könne es kein Wässerchen trüben, aber es war imstande, Kartoffeln aus der Küche zu klauen oder auf die Straße auszubüchsen, wenn man es unbedacht in den Garten ließ. Nur wie hatte es die Stalltür aufbekommen?! Irgendwie musste es ihm gelungen sein, denn als Gerta am frühen Nachmittag den Hof inspizierte, war alles so, wie es sich gehörte, doch abends fand sie die Tür zu den Schweinen sperrangelweit offen. Der trottelige Eber stand wie immer da und schaute zum Fenster, durch das er ohnehin nichts sehen konnte. Und Weißchen war weg. Dafür hörte man hinter den Mirabellen, die inzwischen so groß geworden waren, dass sie an den Schweinestall heranreichten, ein Grunzen und Rumoren. Ohne groß nachzudenken, nahm Gerta einen der Stöcke, mit denen sie die Erbsen stützten, holte tief Luft und tauchte ins Gestrüpp ein. Sie spürte, wie die Zweige sie kratzten, was ihre Wut nur steigerte. Und als sie auf der anderen Seite ankam, erblickte sie den bebenden Hintern.

Wie schrecklich! Wie entsetzlich! Wie abscheulich!

Mit ihrem Stock allein gegen alle Welt und alle Verdorbenheit, holte sie aus und zielte auf den massigen behaarten Körper, der ihr sein Hinterteil präsentierte – genau auf den hoch gebogenen Schwanz. Sie traf offensichtlich einen wunden Punkt, denn der massige Körper sprang hoch und jaulte so laut auf, dass vom gegenüberliegenden Ufer des Sees ein dumpfes Echo zurückdröhnte. Und als sie anstelle des haarigen Hinterteils zwei Hauer vor sich erblickte, kannte sie keine Gnade. Sie schlug mit aller Kraft zu, immer und immer wieder, sie ließ ihre ganze Wut über die menschliche Verwilderung und Verrohung heraus. Dabei bemerkte sie nicht einmal, dass der Stock zerbrach. Sie schlug weiter mit dem scharfen abgebrochenen Ende auf das Tier ein, als schleudere sie Blitze und nicht bloß ein Aststück.

Vielleicht war der Kontrast zwischen dem G e r a d e n o c h und dem J e t z t für das Wildschwein zu groß, vielleicht brachte das Übermaß an Empfindungen das Tier völlig durcheinander. Doch schließlich gelangte der vier Zentner schwere Körper zu dem Schluss, dass es genug sei. Erst eilig, dann etwas langsamer lief es quiekend und ohne sich umzuschauen in Richtung Wald. Über den See tönte bloß das wütende, schrille Gebell des Hundes und das Rasseln der Kette an der Blechhütte.

»Na, immer schön ruhig«, sagte Gerta zu Weißchen, als sie allein waren, während sie ihm direkt in die Schweinsaugen blickte. »Ruhe. Wir halten den Mund und gehen nach Hause.« Und sie gingen. Gerta voran, ihr Schützling hinterher, demütig und zufrieden.

»Dummes, verdorbenes Schwein«, sagte Gerta und sperrte die Sau in den Stall.

Sie wollte nicht, dass irgendjemand von der Sache erfuhr. Wie hätte sie davon erzählen sollen, ohne rot zu werden?

Leider hatte Truda von der Veranda über die Mirabellen hinweg alles mitangesehen. Und sprach von nichts anderem mehr, als Gerta nach Hause kam. Wie ihre Schwester mit dem mickrigen Stöckchen … Wie die vier Zentner in Panik geflüchtet seien. Und wie noch davor Weißchen gestöhnt und vollkommen glücklich ausgesehen habe.

»Diese Iwans sind doch alle gleich«, sagte darauf ihre Mutter, Rozela.

»Aber warum denn die Iwans?«, wunderte sich Truda.

»Und warum fragst du Mama so aus?«, schaltete Gerta sich eilig ein und fügte noch hinzu: »Soll das ein Verhör werden? Bist du die Gestapo?«

Diese Wendung der Dinge war selbst für Gerta zu schnell, doch sie konnte sich nicht mehr beherrschen. Als Truda überrascht verstummte, präzisierte sie, indem sie ihre ganze Wut und ihre ganze Scham in eine Frage packte:

»Hat vielleicht dein Deutscher dir das beigebracht?«

Hinterher war es so, wie es immer war. Gerta tröstete sich damit, dass Truda immer übertreiben musste. Sie rechtfertigte sich, indem sie der Schwester vorhielt, selbst als Tüpfel geschlachtet worden sei, habe sie sich ans Herz gefasst und geschrien, sie werde sterben. Am Ende wurde sie wütend, denn es war immer besser, wütend zu sein, als zu weinen oder sich zu entschuldigen. Aber warum sah außer ihr sonst niemand die Theatralik in Trudas Gesten? Sie selbst hätte sich eine solche Unbeherrschtheit und Hysterie niemals erlaubt. Truda ging noch trauriger, noch gekränkter umher. Schließlich blieb sie mitten in der Küche stehen und sagte: »Wenn ihr unbedingt einen Polen wollt, könnt ihr einen bekommen.«

Zwei Wochen später, als sie von der Schule zurückkam, fuhr der Rote in seinem Auto vor. Es war ein schönes Auto, ein schwarzer BMW mit weiß-blauem Schachbrett vorn.

Gerta und Truda, die einander immer noch böse waren, schauten ihn zusammen an, sie klopften mit den Fingern an die Karosserie, dann stiegen sie ein, um die gefederten Sitze auszuprobieren. Gerta versuchte, nichts schmutzig oder kaputtzumachen, aber Truda hüpfte auf den Sitzen herum wie ein Kind, bis sie zu Gertas Beschämung verkündete, die Brüste täten ihr weh. Sie hatte flache, aber straffe Brüste mit immer abstehenden Warzen, die sie sich beim Hüpfen fast blutig gescheuert hatte. Aber sie hörte nicht auf herumzualbern. Sie hüpfte weiter, nur hielt sie jetzt ihre Brüste fest und sah sich immer wieder ins Dekolletee. Der Rote Zigeuner ebenso.

Den ganzen Tag verbrachten sie so im Auto. Truda kratzte mit den Fingernägeln am Lack, drehte am Lenkrad und schaltete das Licht ein und aus, während Gerda mit einem Flanelltuch abwischte, was Truda angefasst oder mit Essen bekleckert hatte. Doch als es allmählich dunkel wurde und Gerta die Schweine und die Hühner füttern ging, hörte sie, wie der Motor ansprang. Sie fuhren davon – allein!

Sie blieben fast bis zum Morgen weg. Als Gerta am nächsten Morgen ihre Schwester sah, der alles wehtat und die sich gekühlte Kohlblätter auf die blutig gekratzten Brustwarzen legte, wäre sie fast in Tränen ausgebrochen. »Was für ein Monster«, sagte sie aufrichtig entsetzt über den Roten Zigeuner wie über das Wildschwein. Worauf Truda lächelnd abwinkte: »Jetzt übertreib mal nicht.«

Truda

Das Auto, mit dem der Rote Zigeuner angefahren kam, war seit Monaten das erste Ding aus der wirklichen Welt. Die perlrosa lackierten Fingernägel, das sorgfältig gebleichte Haar, Schminke, Kleider und Absätze konnten nicht darüber hinwegtäuschen, dass der Sommer nahte und Truda unter Schweinen lebte. Selbst Gdingen – eine tausendfach vollkommenere Stadt als das gottverlassene Dziewcza Góra – änderte daran letztlich nichts. Die Absätze, mit denen Truda jetzt durch Gdingen hätte stöckeln können, verschlissen und verschmutzten im Sand des Dorfes, und es hatte nicht einmal Sinn, sie zu reparieren. Die gebleichten Haare sogen den Gestank der Schweine auf, sie rochen nach dem im Ofen verbrannten Holz und nach Asche. Diese Gerüche waren tausendfach beständiger als der Duft der Stadt und des Küstenwindes.

Solange sie noch auf eine baldige Nachricht von Jakob hoffte, ertrug Truda dies alles. Mehr noch: Gelegentlich weinte sie wehmütig und aus tiefstem Herzen, wenn sie im Garten im Gras saß und zusah, wie der Himmel über dem See die Farbe wechselte, weil sie sich vorstellte, es sei schon geschehen, sie sei ausgereist und sehne sich nun entsetzlich nach der Mutter, den Schwestern, dem Wasser, dem Schweinestall, doch werde das alles nie wiedersehen. Zutiefst gerührt malte sie sich aus, wie sie nachts in ihrem Berliner Bett krank vor Heimweh zusammengekauert an Jakobs Seite lag. Im wahren Leben freilich war der See da und die Nachricht blieb aus.

Unterdessen sehnte sie sich nach Berlin. Nicht nach der Stadt, die das Leben aus ihr herausgesaugt hatte, sondern vielmehr nach der Friedrichstraße mit ihren Schaufenstern, in denen Puppen Kostüme aus »puderrosa« Georgette trugen, und nach den in der Straßenmitte vorbeifahrenden modernen, renovierten Straßenbahnen, die in den Kurven genauso laut klapperten wie die Absätze der Frauen. Das Berlin ihrer Träume war schick, wiederaufgebaut, und niemand dort erinnerte sich mehr an den Krieg.

Ganz selten nur verirrten sich ihre Gedanken an Orte wie die Mansarde ihrer einstigen Vorarbeiterin, jener Marie, die Truda gesagt hatte, zu ihrer Augenfarbe müsse sie blond tragen. In ihrem ärmlichen, hässlichen Zimmer mit dem Metallbett, den schimmelnden Wänden und dem abblätternden Spiegel hatte sie Truda den Kopf mit Farbe eingeschmiert und den Ammoniakgestank mit ein paar Tropfen schweren Parfüms übertüncht. Derart verändert, mit blondem Haar, war Truda anschließend in Maries Bett gestiegen wie in einen Traum. Und sie hatte das Werk vollendet, indem sie sich für das Geld, das eigentlich für die Wochenration Brot bestimmt war, Schminke gekauft hatte. Ein Mann hatte sie auf der Straße angesprochen: Er hatte eine Schachtel, und darin Wunderdinge in goldenen, gravierten Etuis mit Spiegeln. Sie entschied sich für Rot. Sie erinnerte sich nicht mehr, was und ob sie überhaupt gegessen hatte, freilich war sie weder vorher noch nachher noch einmal so überzeugt, das Richtige getan zu haben.

Wegen dieser Schminke war Jakob in das Haus zurückgekehrt, in dem sie wild übernachtet hatten und aus dem sie am Morgen hatten fliehen müssen. Er war zurückgekehrt, obwohl er damit riskierte, erkannt zu werden. Er war zurückgekehrt, weil auch er begriffen hatte, dass man diesen Krieg, diesen Niedergang, diese Demütigung nicht ertragen konnte, wenn man nicht einmal seine Schminke zu retten vermochte. Truda hatte ihn nicht bitten und ihm nichts erklären müssen. Jetzt vergalt sie es ihm, indem sie wartete.

Der erste Brief traf ein, kurz nachdem das Wildschwein über Weißchen hergefallen war. Nachdem sie gelesen hatte, was Jakob ihr schrieb, wollte Truda nur eines: Schmerz spüren, möglichst starken Schmerz. Das Blut, das ihr armes, gehetztes Herz durch den Körper pumpte, sollte all ihre Gedanken auswaschen. Sie sagte dem Roten Zigeuner, er solle den Motor anlassen. Und dann bat sie ihn, er solle im Wäldchen anhalten. Sie zog sich selbst den Büstenhalter aus, und er begann sie schüchtern zu küssen. Und dabei bewegten ihn die Gestalt ihres Schlüsselbeins und die Schwellung ihrer vom Hüpfen wundgescheuerten Brustwarzen so sehr, dass es ihm gelang, auch in ihr Gefühle zu wecken. Überzeugt, eine Jungfrau vor sich zu haben, gab er ihr Ratschläge, wie sie sich hinlegen sollte, damit es nicht wehtäte, während er sie in alle Richtungen drehte, sie hochhob, hin und her schob und mal so und mal so zurechtlegte, als sei sie eine Feder. Dabei stützte er sich mal mit dem Rücken, mal mit den Knien auf die Lehne der Sitze, und das ganze Auto knackte und ächzte bedenklich.

Als sie fertig waren, fragte sie ihn, wie er eigentlich richtig hieß. Sie lächelte, denn es war ein hübscher Name. Als sie später zu Hause im Dunkeln ins Bett schlich, dachte sie zärtlich: Jan. Allerdings war das nicht die Empfindung, die sie sich wünschte. Darum stand sie ebenso leise wieder auf, ertastete im Dunkeln in der Tischschublade das kleinste und schärfste der Messer, mit denen sie Tüpfel zerlegt hatten, und ritzte sich auf der Höhe ihres Leberflecks, gleich unter dem Schlüsselbein, ein Kreuz in die Haut. Vor langer Zeit, in einem anderen Leben, hatte Jakob ihr mit einem aus dem Feuer geholten Stück Kohle an dieser Stelle ein Herz aufgemalt. Jetzt blutete es leicht und Truda verspürte Erleichterung. Endlich.

In dem Brief, den sie am Tag zuvor von der Post geholt hatte, schrieb Jakob Richert auf Deutsch:

Liebe Truda,

ich will nicht lange schreiben, wie sehr ich mich an Dich erinnere. Bitte, sei mir nicht böse, aber warte nicht mehr auf mich. Wenn Du irgendetwas brauchst, gib mir Bescheid. Ich weiß, Ihr habt es schwer. Ich werde alles schicken, was Ihr braucht.

Dein J.

PS Ich habe geheiratet.

Ilda

Er hatte einen Brief geschickt, und Truda bat ihn um Schuhe?!

Als Ilda am darauffolgenden Freitagabend zum Urlaub nach Hause kam, rannte ihre ältere Schwester mit zwei Blättern Papier durch den Hof, verfolgt von Truda, die ihr diese Blätter abnehmen wollte. Gerta schrie, nur über ihre Leiche, sie werde nicht zulassen, dass ihre Schwester sich so kompromittiere. Truda schrie zurück, so laut, dass es in den Ohren wehtat, Gerta sei dumm und habe nicht den blassesten Schimmer. Auf dem ersten Blatt stand ein Satz, in gleichmäßiger, ruhiger und disziplinierter Schrift mit roter Tinte geschrieben: Truda bat um Schuhe mit passend hohen Absätzen und in genau der Art, wie man sie jetzt in Berlin trug. Auf dem zweiten Blatt – einer herausgerissenen Zeitungsseite – fanden sich ein genauer Umriss des Fußes und die Maße: Länge und Höhe des Fußrückens.

Ilda nahm Gerta den Brief ab und gab ihn Truda zurück. Diese achtete nicht einmal darauf, dass das Papier zerknittert war, klebte den Umschlag zu und bat die Schwester, den Brief zur Post zu bringen. Sie selbst machte sich daran, das Bettzeug zu waschen. Sie band sich – entgegen ihrer sonstigen Art – ein Tuch um den Kopf, knotete das zu weite Kleid in der Taille zusammen und nahm die Hände fast nicht mehr aus den überall im Hof verteilten Schüsseln mit Seifenlauge, so dass der perlrosa Lack auf ihren Fingernägeln aufweichte. Als der Rote Jan mit seinem schwarzen BMW in den Hof gefahren kam, flüchtete sie ins Haus.

Auch in den folgenden Tagen flüchtete sie immer. Sie arbeitete wie eine Maschine – flickte Unterwäsche, strich mit einem großen Pinsel die Auskleidung des Brunnenschachts, reparierte den Zaun im entlegensten Teil des Gartens und verließ das Haus, sobald er es betrat. Jan, der offensichtlich glaubte, er sei der Grund, versuchte sie anzusprechen, herauszufinden, zu erraten, was sie sich vielleicht wünschte. Keine Antwort. Mal brachte er junge Kaninchen mit, die Rozela nahm und für die sie sich gleich einen Käfig machen ließ, dann einen weichen, flauschigen Chinchilla, den Truda nicht einmal ansah. Als sie einmal, während sie das Geflügel verscheuchte, das in den Garten eingedrungen war und das Tomatenbeet zerwühlte, die Bemerkung fallenließ, sie hätte vom Leben Fasanen erwartet, aber nur Hühner bekommen, war Jan wie beflügelt: Endlich ein konkreter Auftrag. Zwei Tage später brachte er – man wusste nicht, verlegen oder stolz – vier magere, graue Küken. »Das sind Pfauen«, sagte er. »Sie sind nur noch jung.«

Truda kam nicht dazu, etwas zu sagen, denn der Kleine, der schärfste Hund der Welt, machte einen solchen Terz, dass die Blechhütte zu wackeln begann. Die Pfauen streckten vor Schreck die Beine von sich. Der Rote Jan horchte nervös an ihrer Brust, ob sie noch lebten. Sie lebten. Als sie wieder zu sich kamen, versteckten sie sich flugs unter dem Auto und wollten nicht wieder herauskommen. Sie schrien nur, während Jan versuchte, sie herauszuziehen. Sie schrien auf Pfauenart, so tief und anrührend, dass sich einem die Nackenhaare aufstellten. Sie jammerten und klagten so unendlich traurig unter dem glänzenden deutschen Auto, dass sämtliche Katzen der Umgebung neugierig angelaufen kamen. Die Pfauenküken schrien so ergreifend aufrichtig, ihr Weinen oder kindliches Klagen ging so sehr ans Herz, dass Truda Tränen in die Augen traten. Und dann ging es los. Sie weinte den ganzen Abend. Die Schwestern versuchten sie zu trösten, Jan versuchte es, doch es half nichts. Sie weinte die ganze Nacht, den nächsten Vormittag und den ganzen Tag bis in den späten Abend. Sie weinte und weinte und wrang so viele Taschentücher aus, dass sie eine ganze Waschschüssel mit ihnen füllte. Sie ging ins Bett, um zu weinen, sie ging vom Bett barfuß hinaus auf die Veranda, um zu weinen. Nach fünf Tagen und fünf Nächten hatte sie alles aus sich herausgeweint. Sie ging vors Haus und sagte in den Hof: »Ich liebe Pfauen.«

Dann fing sie an, ihnen das Leben einzurichten. Oh, hier musste der Rote Jan in der Scheune einen Schlafplatz herrichten, damit sie es warm hatten und die ausgemergelten und verwilderten Katzen der Umgebung nicht zufällig eines der Küken fingen. Dort, unter den Mirabellen, musste mehr Gras gesät werden, weil die Pfauen nicht mit ihren Schwänzen durchs Gemüse laufen sollten. Und das Gemüse musste natürlich eingezäunt werden. Jan hatte es nicht eilig, weiterzuziehen, er war endlich glücklich.

Ilda, die ihre Rückkehr nach Olsztyn immer mehr hinauszögerte, baute zusammen mit Jan ein idiotisches Haus für die Pfauen. Er sah sie konsterniert an, sagte aber nichts, wenn sie zum Hammer griff oder, noch schlimmer, lange Bretter durch den Hof schleppte, als sei sie ein Mann, für den man sie beim besten Willen nicht halten konnte. Ilda hämmerte und besserte mit Fußtritten nach. Wie einfach das doch war! So ganz normal die eigene Kraft zu spüren!

Gerta

Schinken und Speck des Ebers – denn auch Gustaw hatte dran glauben müssen – lagen im Keller unter dem Fußboden in Pökeltöpfen, vielfach gewendet und inzwischen so weit trocken, dass es höchste Zeit war, sie zum Räuchern zu bringen. Die Adresse bekam Rozela vom Roten Jan, der inzwischen fest mit dem Haus verwachsen war, die Hochzeit mit Truda war beschlossene Sache. Nur das Datum stand noch nicht fest, weil Truda sich, nach Meinung der Schwestern idioticherweise, sträubte. Die Schwestern mussten den Schinken allein transportieren. Jan sagte, er könne sich nicht in der Räucherei sehen lassen, weil er jetzt bei der Miliz arbeite. Die private Fleischproduktion sei illegal und eigentlich müsse er Rozela und ihre Töchter wegen des Schweinefleischs unter dem Fußboden verhaften.

Die Mutter fragte ihn vorwurfsvoll, ob er keine bessere Arbeit finden könne. Jan verstummte und klopfte nervös mit dem Fuß auf den Boden. Schließlich presste er hervor, er schwöre, er habe getan, was das Beste sei. Sie ließen ihn in Ruhe.

Ilda und Gerta brachten den Schinken zur Räucherei. Der Rote Jan half ihnen, das fest mit blauen Seidenfäden verschnürte Fleisch in den Beiwagen des Motorrads zu laden: zwei Scheiben Speck noch an den weißen Knochen, zwei schon gut getrocknete Keulen und Wurst in Därmen. Gerta setzte sich auf diese Ladung wie eine Königin auf ihren Thron. Sie fuhren los und verschwanden in einer dicken Staubwolke.

In Kartuzy konnten sie lange den richtigen Hinterhof nicht finden, doch sie fürchteten sich, nach der Adresse zu fragen. Schließlich kam ein junger Mann zu ihnen hinaus und sagte, wenn sie die Räucherei suchten, dann müssten sie in den und den Hof. Sie hielten vor einem kanariengelben Mietshaus, und Ilda stieg ab, um sich zu erkundigen. Gerta blieb im Beiwagen, auf den Schinken. Der erste Hund kam angelaufen, kaum dass Ilda im Haustor verschwunden war. Gerta versuchte ihn zu vertreiben, indem sie mit den Händen fuchtelte und ihm herrisch in die Augen sah, doch die Schinken, die dort zusammengepresst unter ihrem Sitz lagen, hielten den Hund in ihrem Bann. Sie zog einen Schuh aus und schlug ihn auf den Kopf, doch bald darauf tauchte ein ganzes Rudel von Straßenkötern auf.

Als sie zurückkam, fand Ilda Gerta verweint, zerzaust und rot vor Angst und Wut. Um das Fleisch zu schützen, hatte sie die Knie zusammengepresst und mit dem Schuhabsatz um sich geschlagen. Einer der blöden Hunde hatte nach dem Schuh geschnappt und das Leder von der Sohle abgerissen.

»Das sind doch meine einzigen Schuhe«, klagte Gerta, als sie Ilda kommen sah.

Erst der von Ilda angelassene Motor vermochte schließlich die Hunde einzuschüchtern. Als er mit höchster Drehzahl aufheulte, hörten sie auf, um das Motorrad herumzuspringen. Doch selbst jetzt gaben sie nicht auf. Als Gerta und Ilda langsam über das Kopfsteinpflaster in den Hof rollten, waren sie von dem ganzen bellenden Rudel umringt. Die Pferde, die gleich neben dem Hoftor standen, wurden scheu, also verpasste ein Mann unter gemurmelten Flüchen den Hunden ein paar Fußtritte, doch auch das schreckte sie nicht ab. Ohne den Motor abzustellen, fand Ilda die richtige Tür und hämmerte mit voller Kraft dagegen, immer wütender, bis jemand öffnete.

Der Mann aus der Räucherei wirkte erbost. Er brüllte, sie würden ihm noch die Miliz in den Hof holen, und war so unangenehm, dass Gerta in Tränen ausbrach. Je lauter er brüllte, umso hemmungsloser heulte sie. Sie weinte, bis die Leute zusammenliefen, weil sie dachten, der Mann aus der Räucherei habe ihr etwas angetan. Sie wollten ihn schon an der Schürze aus seinem Kabuff zerren, da nahm er das Fleisch aus dem Beiwagen, befahl Ilda, mitzukommen, und schloss die Tür. Gerta blieb allein im Hof zurück, ohne Fleisch und mit den Hunden, die immer noch keine Ruhe gaben.

Da sah sie ihn. Er erinnerte sich offensichtlich auch an sie, denn er blieb kurz stehen, zögernd, bevor er zu ihr gelaufen kam und fragte, was passiert sei. Bevor er sie mit Namen begrüßte, bevor er ihr den vom Hund ruinierten Schuh abnahm und sie zu sich nach Hause einlud, schaute er Gerta in die Augen – es war ein trauriger Blick.

Er wohnte in dem kanariengelben Mietshaus. Er führte Gerta, die auf nur einem Schuh neben ihm her humpelte, durch dunkle Flure, deren Wände mit Amoretten bemalt waren.

Sie fand sie unpassend. Er hatte eine enge, kleine Wohnung zum Hof und zur Straße hin einen prächtigen Uhrmacherladen mit Eichenmöbeln, den er jetzt schloss, damit Gerta sich waschen konnte. Er entschuldigte sich, dass die Wohnung nicht aufgeräumt sei, brachte eine Schüssel Wasser und Seife und ließ sie im Laden allein. Nach einiger Zeit kam er zurück und klopfte schüchtern; in den Händen hielt er Gertas Schuh, geklebt und mit Klemmen fixiert.

Es dauerte eine Weile, bis der Kleber fest war. Er brachte zwei Tassen Tee und öffnete dann, um die nervöse und eingeschüchterte Gerta zu unterhalten, die Schubladen des großen Eichenschreibtischs. Er zeigte ihr Kästchen, die mit Seide ausgekleidet und mit Urushi lackiert waren, einfache Einmachgläser, in denen er echte Korallen aufbewahrte, ein Glas mit einer Salbe, mit der man angeblich im fernen China Leichen einrieb, damit sie nicht verwesten, bevor die Totenträger sie zur Bestattung abholten. Zum Schluss packte er Bilder aus – selbstgezeichnete Amoretten. Er sagte, das seien Skizzen, die fertigen Resultate habe sie im Treppenhaus gesehen. Sie verriet ihm nicht, dass sie ihr nicht gefielen. Sie wollte schon gehen, weil sie sicher war, dass die Schwester sie suchte und sich Sorgen machte, als plötzlich mehr als ein Dutzend Uhren gleichzeitig zu schlagen begannen und der Mann vor Begeisterung den Mund aufsperrte wie ein Kind. Da dachte sie, dass in diesem dürren Uhrmacher doch ein empfindsames Herz stecken müsse.

Sie hatte den ganzen Krieg lang Zeit gehabt, ihm zu vergeben. In der Tür fragte sie ihn unverblümt nach seiner Frau. Er sagte, er sei Witwer, und stützte sich so unbeholfen auf den Tisch, dass alles herunterfiel, was darauf lag. Vielleicht lag es am Harz-Weihrauch-Geruch des zerbrochenen Kolophoniums, dass sie sich wieder ganz benommen fühlte.

Truda

Als die Schwestern nach Hause zurückkamen, spürte Truda
rasch, dass etwas Besonderes vorgefallen war. »Wer war
das?«, fragten sie jetzt beide. Gerta schwieg. Truda hakte
nach: »Ist er wirklich Maler?« Gerta wimmelte sie ab, es
sei ein Uhrmacher und allenfalls Sonntagsmaler, und die
Amoretten, die er im Flur des Mietshauses an die Decke gemalt habe, seien hässlich. In Trudas Kopf nahm gleichwohl
ein Gedanke Gestalt an. Sie brauchte ein Porträt! Sie und
die Schwestern mit dem See im Hintergrund, mit der Aussicht auf Dziewcza Góra, etwas Mohn aus dem Garten,
Blau- und Grüntönen. Ein schönes Porträt, das sie Jakob
nach Berlin schicken konnte. Und wo ein Bild gebraucht
wurde, war auch ein Maler vonnöten. Je mehr die Schwestern Truda die Idee auszureden versuchten, umso sicherer
wurde sie ihrer Sache. Sie mussten sofort zu diesem Maler
fahren und eine Bestellung aufgeben.

Gerta sagte, sie werde dieses Haus niemals wieder betreten, Ilda, die nicht verstand, worum es ging, wollte um keinen Preis Modell stehen. Doch dann stand der Maler von
selbst vor der Tür, im Anzug, mit Blumenstrauß, unsicher
und schüchtern. Er atmete flach und schnell, als mache ihm
etwas Angst, und begann schließlich tief und lange zu seuf-
zen. Truda zählte staunend die Seufzer: Bevor der Gast seinen Tee bekam, seufzte er ganze dreiundzwanzig Mal. Sie
konnte nicht glauben, dass ihre Schwester der Grund sein
sollte.

Er stellte sich vor: Edward Strzelczyk. Und dann schwieg
er. Auch Gerta saß wortlos und sichtlich verlegen da. Truda
kam zu dem Schluss, jetzt oder nie. Zuerst fragte sie den
Gast nach dem Malen – was ihm daran am besten gefalle,

wo er es gelernt habe, wie er zusammen mit den Kunstprofessoren hinter Stacheldraht im Lager gelandet sei. Je mehr sie wissen wollte, desto schweigsamer wurde der Gast. Sie fragte also ganz direkt: Ob er nicht in ihrem Auftrag ein Porträt malen wolle. Selbstverständlich, antwortete er sofort mit einem Eifer, den sie nicht erwartet hatte. Wenn Fräulein Gertas Schwester dies wünsche, dann werde er ein Porträt malen, falls nötig an Ort und Stelle. Truda begann also zu beschreiben, wie sie sich das Gemälde vorstellte, und als sie fertig war, sagte der Sonntagsmaler nichts mehr. Um das Schweigen zu brechen, erzählte Truda mit dem ihr eigenen Hang zur Übertreibung, wie sie sich bei einem Sturz vom Pferd (obwohl es in Wahrheit ein Stuhl war) den Arm gebrochen und wie sie vor dem Krieg auf der Bühne gestanden hatte (im Gymnasium vor der eigenen Klasse). Sie erzählte auch, wie sich die Frauen in Berlin die Haare blond färbten, und zwar angeblich nicht nur die, die man sehe, was beim Gast Konsternation und bei Gerta Entsetzen hervorrief. Dann fing sie davon an, dass sie ihren Vorkriegsverlobten verlassen habe, weil ihre Liebe zum polnischen Vaterland ihr nicht erlaubt habe, einen Deutschen zu heiraten. Hier warfen ihre Schwester Gerta und der Sonntagsmaler sich einen vielsagenden Blick zu.

Schließlich fasste der Gast Mut und sagte, er beherrsche ein Kunststück. Er könne einen Stuhl mit den Zähnen über den Kopf heben. Ungebeten legte er das Jackett ab, lockerte die Krawatte und knöpfte sich den Kragen auf. Er setzte sich einen Stuhl mit der Lehne an die Zähne. Die Stuhlbeine zitterten, als sie in die Luft flogen, und die Adern am Hals des Malers schwollen bedrohlich an. Als der Stuhl zu schwanken begann und absehbar war, dass er dem Athleten auf den Kopf fallen würde, stellte er ihn wieder ab. Die Schwestern mussten zugeben, dass er für einen Maler ungewöhnlich stark war. Das Kompliment beflügelte Edward Strzelczyk, der mit einem Blick auf Gerta sagte, er könne auch einen Tisch heben. Gerta räumte höflich die Tassen ab, er stützte das Tischblatt auf die Stirn, ließ es bis auf den Kiefer herabgleiten und wuchtete dann den Tisch mit den Beinen Richtung Decke. An der Kante blieb für immer ein deutlicher Zahnabdruck zurück.

Truda kannte auch ein Kunststück! Sie könne es ihnen gern jetzt vorführen! Ohne auf Gertas Proteste zu achten, holte sie den Knopf mit der Perle aus dem kobaltblauen Kästchen und sagte, er solle sich eine Frage stellen. Ob er sie laut aussprechen müsse? Nein, das sei nicht nötig. Habe er seine Frage gestellt? Kopfnicken. Und die Perle begann wild zu kreiseln, so dass Truda die Hand ausstrecken musste, damit sie nicht an ihrer Brust hängen blieb. Der Gast freute sich ungemein, als Truda ihm die Antwort verkündete: »Ja.« Truda drängte ihn, er solle jetzt unbedingt nach einer toten Person fragen, weil sie auch mit dem Jenseits in Verbindung treten könne. Sie beharrte darauf, sie werde es ohne sein Einverständnis versuchen. Das Kreisen des Perlenknopfs verriet, dass sich eine verstorbene Frau mit ihnen im Raum befinde. Gerta und der Maler sahen sich wieder merkwürdig an. Der Gast wurde traurig und verzichtete auf weitere Auskünfte des Knopfes.

Doch Truda konnte sich nicht beherrschen. Vom Knopf kam sie auf die albernen Geschichten von Geistern und Toten, die sie so liebte. So wie die von der zweiten Gerta, die genauso geheißen habe wie ihre Schwester, aber früh gestorben sei. Ihr Grab sei sieben Mal aufgebrochen und leer vorgefunden worden. Der Witwer habe am Grab gewacht, die Nachbarn hätten gewacht, auf dem ganzen Friedhof sei keine Menschenseele gewesen, doch am Morgen – sei die zweite Gerta wieder ausgegraben gewesen. Der Maler erblasste, er schaute zur ersten Gerta und sagte, er wolle die Geschichte nicht zu Ende hören, doch Truda erzählte unerbittlich weiter. Der Priester habe viele Flaschen Weihwasser vergossen, doch was auch immer es gewesen sei, es sei mächtiger als Weihwasser gewesen. Als man schließlich mit einem Spezialkran einen Stein auf das Grab der Frau gelegt habe, sei die Erde erbebt. Im gleichen Augenblick seien der Witwer, der Priester und der Kranführer gestorben. Während sie das alles erzählte, schüttelte sie den Kopf, rollte mit den Augen und gestikulierte so wild, dass eine Tasse vom Tisch fiel. Der Maler hielt es nicht mehr aus, er verabschiedete sich von den Schwestern.

Die Fortsetzung erzählte Truda, als sie schon in der Tür standen. Schuld sei der Ehemann gewesen, der jahrelang zu einer anderen Frau in ein Dorf bei Staniszewo gegangen sei. Dieser Frau habe er erst erzählt, er liebe seine Ehefrau nicht, dann aber, dass es Gerede geben würde. Und schließlich, dass die Nächte – bitte sehr – ihr gehörten, die Tage aber seiner Ehefrau, auch über ihren Tod hinaus. Er sei also selbst an allem schuld. So sei es nun einmal mit den Männern, eine einzige Frau sei ihnen nicht genug. Truda verstand nicht, warum Gerta die ganze Zeit so wütend war. Sie hätten doch einen Termin vereinbart, an dem sie für das Porträt Modell stehen würden.

Rozela

Der zweite Brief aus Berlin kam sehr schnell. Genau genommen war es kein Brief, sondern ein Paket: Ein in geblümtes Papier eingeschlagener, zusätzlich mit grauem Packpapier umwickelter großer Karton mit zwei Paar Schuhen. Ein goldenes mit Säulenabsatz, in dem Truda gleich durch die Küche polterte, und ein schwarzes, äußerst elegantes, dessen Absätze aber für eine unbescholtene junge Frau eindeutig zu hoch waren. Außer den Schuhen schickte der Deutsche Dinge, die erkennen ließen, dass er keine Ahnung hatte, wie man jetzt in Polen lebte. Wo hätten sie etwa die schöne blaue Seife aufschäumen lassen sollen? Was fingen sie mit Süßigkeiten an, von denen die Zähne schmerzten?

Die Rosengelee-Bonbons landeten für Jahre in der Anrichte. Die Seife schnitt Rozela in kleine Stücke und verteilte sie über die Schränke, damit man bei jedem Öffnen den ausländischen Duft riechen konnte. Die Badekugeln, die zur Anwendung in Wannen gedacht waren, die es in Dziewcza Góra nicht gab, tauschte Truda in Gdingen gegen fünf Kilo Reis. Rozela sagte ihrer Tochter, sie solle den Deutschen um Medizin für die Tiere bitten.

Weißchen war nach der Begegnung mit dem Wildschwein trächtig. Die Geburt verlief schlecht. Sie dauerte ganze vier Tage. Truda, die aus diesem Grund nicht zur Schule fuhr, holte regelmäßig Wasser aus der Küche, das sie Weißchen aus einem Becher direkt in die Schnauze goss. Gerta massierte den Bauch des Schweins, und Rozela bemühte sich, so gut sie konnte, den Geburtskanal für die Ferkel frei zu bekommen. Vier Tage, drei Nächte. Das Penizillin, das Jan wie durch ein Wunder in Gdingen auf einem von weit her gekommenen Schiff aufgetrieben hatte, half dem Schwein durchzuhalten. Acht von neun Ferkeln überlebten. Weißchens Milch ließ sie rasch wachsen.

Es waren schöne Ferkel, doch statt glatter Köpfe hatten alle eine gekräuselte schwarze Mähne. Rozela hätte diesem Detail keine Aufmerksamkeit geschenkt, wäre unter den Merkwürdigkeiten, die das neue Regime in den Dörfern bekanntmachte – etwa das Verbot, Schweine zu schlachten, Wodka zu brennen oder Mohn im Garten zu säen –, nicht auch das Verbot gewesen, das polnische weiße Landschwein mit anderen Rassen zu kreuzen. Das hatte ihnen vor einigen Wochen der Dorfvorsteher, der auf seinem Fahrrad vorgefahren war, höchstpersönlich mitgeteilt. Bei Zuwiderhandlung werde nicht nur requiriert, sondern auch verhaftet. Die Miliz kontrolliere regelmäßig und suche nach Schwarzbrennereien in den Häusern, und es wäre dumm, wegen Schweinen ins Gefängnis zu gehen. Bevor er fuhr, warf Rozela Jan einen vorwurfsvollen Blick zu, und der senkte verlegen die Augen.

Rozela hoffte, die schwarzen Schöpfe würden verschwinden, wenn die Ferkel heranwüchsen, doch nichts dergleichen geschah. Im Gegenteil, die Mähnen wurde mit der Zeit dichter und lockiger. Sie dachte, man könnte sie abrasieren. Weil sie selbst Klingen nur zum Anspitzen der Stangen benutzte, mit denen sie im Garten die Erbsen stützte, sollte der Rote Jan es tun. Der wollte nicht und versuchte, sich mit seiner Arbeit bei der Miliz herauszureden, doch sie ließ ihm keine Wahl.

Man musste sich die Schweine zwischen die Knie klemmen, die längeren Zottel mit der Schere stutzen und den Rest mit einem Pinsel einseifen und abrasieren. Jan rasierte und brummte vor sich hin, man müsse die Schweine schnellstmöglich schlachten und essen. Truda sollte die Tiere festhalten. Doch die dummen kleinen Viecher begriffen nicht, dass es kein Spiel war. Statt stillzustehen, rissen sie sich los und quiekten so laut, dass das Echo über den See hallte. Sie waren gewitzt und flink. Nicht nur Truda, auch die drei Schwestern zusammen schafften es nicht, sie festzuhalten. Ohne die Mithilfe des Kartuzer Uhrmachers, der Gerta inzwischen regelmäßig besuchte, wäre aus der Schur nichts geworden. Den Tag und den Abend verbrachten sie unter dem Quieken und Klagen der Schweine, das Truda unterdrückte, indem sie die Schweine, die gerade rasiert wurden, mit einem Seidentuch knebelte. Als sie es endlich geschafft hatten, waren alle völlig erledigt.

Doch schon am nächsten Tag zeigte sich, dass das Fell nachwuchs. Schon nach einer Woche war die nächste Schur fällig. Unterdessen kam die Volksmacht nach Dziewcza Góra, ausgerechnet am Tag vor einer weiteren Prozedur. Die Milizionäre aus Danzig inspizierten den Schweinestall von allen Seiten, zählten die Ferkel und zogen schließlich wieder ab. Doch nachdem sie einmal da gewesen waren, war klar, dass sie wiederkommen würden. Alle wurden immer geschickter im Scheren – Jan, der außerdem immer nervöser wurde, Rozela und ihre Töchter, aber auch Edward, der zu helfen versuchte. Freilich wussten auch alle, dass sich das Geheimnis nicht auf Dauer würde bewahren lassen.

Gerta war sich des Uhrmachers nicht sicher, also fragte sie die Mutter, ob sie ihm vertrauen könne. Sie hatten sich, erzählte sie, im letzten Vorkriegssommer kennengelernt, als Rozela Gerta zur Hochzeit einer Cousine nach Rzeszów geschickt hatte. Er – jung, stolz und schon in einer polnischen Uniform – saß im selben Waggon. Er unterhielt sie während der ganzen Fahrt mit Geschichten und Bekenntnissen. Und am nächsten Morgen, als sie in Przeworsk auf den nächsten Zug warteten, betrachteten sie gemeinsam den Sonnenaufgang. Gerta dachte, sie hätte sich verliebt. Beim Abschied am Bahnhof versprachen sie einander, sich wiederzusehen. Und sie hatte ihn wiedergesehen: noch am selben Abend, auf der Hochzeit der Cousine, in der Rolle des Bräutigams. Nun wollte sie wissen, wie sie diesem Menschen vertrauen solle. Doch Rozela sagte nur, sie solle ihn heiraten, wenn er sich schon so sehr um sie bemühe. Es sei nicht klug, so erklärte sie ihrer Tochter, von den Männern allzu viel zu erwarten.

SOMMER

Truda

Die Ferkel mit dem Fell landeten auf dem Hochzeitstisch. Rozela bestand nur darauf, das cleverste zu behalten, dasjenige, das als Erstes gelernt hatte, in die Rinne zu pieseln. Gertas Gästen wurden rasierte Tiere aufgetischt, Trudas Gäste aßen die Ferkel mit dem Fell.

Gerta sagte, ihre eigene Hochzeit sei eine ernste Sache. Sie wünsche nicht, dass es später heiße, sie hätte die Gäste mit gebratenen Katzen abgespeist. Truda indes wollte niemandem etwas vormachen. Am Ende sei es sowieso einerlei, sagte sie, wenigstens auf dem Tisch sollten die Ferkel sie selbst sein.

Gerta heiratete den Uhrmacher Edward Strzelczyk, der, seit er den von einem Hund zerbissenen Schuh repariert hatte, beharrlich immer wieder zu ihnen gekommen war. Den Schuh reparierte er im April, im Mai bat er um ihre Hand und schenkte Gerta einen überaus schönen Platinring. Die Hochzeit sollte Anfang Juli stattfinden.

Kurz vor der Hochzeit lieferte der Uhrmacher das bestellte Porträt. Nach Trudas Ansicht war das Resultat ihres Posierens eher mäßig – drei traurige Gestalten, zweifellos weiblich, jede mit einem Blumenstrauß in der Hand, im Hintergrund der glatte, blaue See, der mit dem Himmel verschmolz, und Fische, die mal aus dem Wasser, mal aus den Wolken sprangen. Die Gestalten waren mit Namen versehen, allerdings wollte Truda unbedingt Astrida sein, also musste der Uhrmacher den Namenszug übermalen. Nun hätte man das Gemälde nur noch verpacken und nach Berlin schicken müssen, doch Truda-Astrida fand plötzlich, dass das Bild eine dumme Idee gewesen war.

Sie stellten das Porträt unter den Tisch an die Wand und dort blieb es, Truda aber beschloss zu heiraten. Den fahrenden Händler Jan Kotejuk. Die Sache war dringend, und wie durch ein Wunder fand Trudas Verlobter einen freien Termin auf dem Standesamt – eine Woche vor Gertas Hochzeit. Truda wollte eigentlich nicht, aber ihre Periode blieb aus. Zuerst lief sie weinend durchs Haus, betrachtete im Spiegel ihre Brüste und ihren Bauch, setzte sich, ohne dass die Mutter davon erfahren durfte, in siedend heißes Wasser, trank einen Sud aus Eicheln und Johanniskraut, Regenwasser mit verwesenden Würmern und versuchte alle möglichen anderen unsinnigen Rezepte, die ihr Gerta vorschlug, die seit Jahren derartige Kuriositäten in einem Heft sammelte – wobei es meist um Fragen der Haushaltsführung ging. Alles vergebens. Am Ende fand die Mutter heraus, was Sache war, und es gab kein Zurück mehr.

Trudas Hochzeit war still und kurz. Angesichts der veränderten Umstände mussten die für die Trauung der älteren Schwester vorgesehenen Ferkel zwischen zwei Festgesellschaften aufgeteilt werden. Es ging bescheiden zu, denn Gerta lief hinter der Mutter her und lamentierte, für sie würde nicht genug übrigbleiben. Außerdem ließ Truda sich nicht in ein langes Kleid stecken. Abgesehen von den festlichen Schuhen – den goldenen aus Berlin, die sie eigens für das Fest weiß gefärbt hatte – war sie ganz normal gekleidet. Sie besaß zwar ein schönes Spitzenkleid, dass sie sich aus Berliner Stoff selbst genäht hatte, indem sie verbissen das Pedal der Singer-Maschine trat und dabei unbarmherzig ihre Knie in die frische Schwangerschaft rammte, doch kurz vor der geplanten Hochzeit wuchs plötzlich ihr

Bauch und das Kleid war zu eng. Nichts zu machen. Und so bekam Truda ein weißes Kostüm zum Knöpfen – einen rasch ausgeliehenen weißen Alltagsrock, der von einem Gummizug zwischen Knopf und Knopfloch zusammengehalten wurde, und ein weites Hemd von Jan, von dem man in der Nacht vor dem Fest den Kragen abtrennte. Während der Trauung und der Feier durfte niemand Truda fotografieren. Der Rote Jan musste den Fotografen davonjagen. Das Erinnerungsfoto für die Gäste wollten sie erst machen lassen, wenn Truda wieder in ihr Kleid passte. Das Bild wurde nie gemacht.

Dafür trug sie die Schuhe, die sie wollte. Jan hatte noch einen Versuch unternommen und Truda andere, schöne und weiße besorgt, doch die Fabrikarbeit kam nicht gegen die Berliner Schusterei an. Die Schuhe des Verlobten scheuerten Trudas Füße blutig. Nun ja, vielleicht nicht nur die Schuhe, denn die angehende Braut schmirgelte auch heimlich ihre Fußsohlen mit Steinen. Als Jan sah, wie die Frau seines Lebens in den geschenkten Schuhen litt, warf er sie eigenhändig ins Feuer.

Die Gäste saßen auf vom Bräutigam gezimmerten Bänken, die man, weil es regnete, ins Haus getragen hatte. Gefeiert wurde in allen drei Zimmern. Fersenschläge und Stampfschritte, Lieder und Trinksprüche. Truda tanzte in ihrem von einem Gummizug zusammengehaltenen Rock so wild, dass sie mit ihren hohen Säulenabsätzen in allen drei Zimmern den Fußboden zerkratzte. Wegen des Kindes versteckte der Rote Jan ihr Schnapsglas, und auch er selbst trank keinen Tropfen, nicht einmal bei »Bitter, bitter ist's dem Brautpaar«. Er sagte, derlei Bräuche interessierten ihn nicht. Dafür nippte Truda umso eifriger an den Gläsern der anderen Gäste. Im Tanz wirbelte sie von einem Arm in den nächsten, sie lachte und schüttelte ihre platinblonden Locken, stieß sich den Bauch und ignorierte alle Versuche Jans, sie auf die Erde zurückzuholen. Sie amüsierte sich buchstäblich bis zum Umfallen, ohne Rücksicht auf ihre Schwangerschaft oder ihren Ruf, geschweige denn auf die strafenden Blicke der älteren Schwester, die ja noch nicht hatte heiraten können.

Nach der Feier fiel Truda, noch in Schuhen und sich den Bauch haltend, wie tot aufs Bett. So hätte sie bis zum nächsten Morgen geschlafen, im Schlaf geredet und mit den Füßen gestrampelt, von denen Jan die Schuhe abgezogen hatte, doch sie wurde von Übelkeit geweckt. Weil sie nicht mehr einschlafen konnte, weinte sie sich an Jans Schulter aus. Sie klagte über die Schwangerschaft. Der Rote Jan tat kein Auge zu in seiner Hochzeitsnacht, er trug die von Truda gefüllten Schüsseln hinaus, wischte ihr das Gesicht und hörte ihre Klagen an.

Gerta

Ihre Hochzeit hatte die erste sein sollen. Als Gerta hörte, dass Truda einen früheren Termin bekommen hatte, bat sie ihren Verlobten, er solle etwas unternehmen. »Wir haben es auch eilig«, sagte sie. »Alles ist bereit, die Ferkel müssen so bald wie möglich gebraten werden.« Doch Edward blieb hart. Termin sei Termin. Wenn sie ihn änderten, würden die Gäste murren. Die Mutter fügte hinzu, sie würden in der Kirche heiraten, und man dürfe Gott nicht ohne Not belästigen.

Um ein Haar hätte die Trauung sogar in den Herbst verlegt werden müssen. Zwei Wochen vor der Feier besetzten

Konservatoren aus Danzig die Chmielnoer Pfarrkirche. Sie bekämpften Schädlinge in der Holzkonstruktion des Altarraums. Sie behandelten den kompletten Innenraum mit Terpentin, so dass man keine Luft mehr bekam. Der Priester, der dem verzweifelten Paar das göttliche Sakrament nicht vorenthalten wollte, schickte die beiden mit einem Empfehlungsschreiben nach Kartuzy zum Pfarrer der Stiftskirche am See.

Diese Wendung der Dinge entschädigte Gerta für alles. Im Gegensatz zur schlichten Dorfkapelle war die Stiftskirche groß und mächtig, der Innenraum war golden ausgemalt, der Altar mit den spiralförmig gedrehten Säulen so hoch, dass man die Details in den oberen Partien kaum erkannte, wenn man davor stand. Es gab Bilder von Madonnen in königlichen Gewändern, die in Schlössern posierten, Bilder von Heiligen mit würdigen und erhabenen Namen. Sogar die Frau in schlichtem Schwarz, die sich auf eine Hand stützte und in der anderen einen Schädel hielt, trug Perlenohrringe.

Am Tag vor der Trauung pflückte sie mit den Schwestern im Garten Blumen. Dann zwängten sich Gerta und Ilda auf den Sitz des Motorrads, damit die schwangere Truda im Beiwagen fahren konnte, und fuhren in die Stadt, um auf dem Markt zusätzlich Rosen zu kaufen. Als sie damit das Chorgestühl, die Bänke und die Seitenaltäre schmückten, fragte Ilda, ob Gerta keine Angst hätte. Nicht vor dem Heiraten, meinte sie, sondern vor den ganzen Toten auf den Kirchengemälden, den Schädeln, den ins Holz geschnitzten Skeletten, den verzerrten Gesichtern, den durchbohrten Seiten. Und nicht zuletzt vor dem Engel aus Alabaster, der am Ausgang seine Sense über ihren Köpfen schwang, als wollte er sie abschneiden.

Gerta dachte nicht ans grausige Heiraten, sondern an ihren Schleier. Hing diese Sense, das Pendel der Kirchturmuhr, nicht zu tief? Würde sich der Schleier nicht darin verheddern? Plötzlich kam es ihr vor, als habe sich das Böse mit etwas noch Schlimmerem gegen sie verschworen: erst die geschlossene Kirche, jetzt dieses Pendel, das ihr den Schleier vom Kopf zu reißen drohte.

Ohne Trudas Gejammer über ihre Müdigkeit und ihren Bauch zu beachten, schleppte sie die Schwestern noch einmal mit zum Pfarrer, um ihn davon zu überzeugen, dass die Uhr angehalten werden musste. Der alte, schmale Geistliche wollte davon nichts wissen, er erklärte ihr, in der sechshundertjährigen Geschichte dieser Kirche habe sich noch nie ein Schleier im Pendel verheddert. Das Uhrwerk würde sich verstellen, wenn man darin herumhantierte. Da wisse ihr Verlobter als Uhrmacher sicher Rat, hielt Gerta dagegen. Der Geistliche sagte, man könne die Zeit nicht anhalten und man könne auch dem Unvermeidlichen nicht entkommen, doch Gerta hörte ihm nicht zu. Sie wollte sogar selbst auf den Turm steigen, um die Uhr anzuhalten. Da griff Truda sich an den Bauch, streckte die Beine auf dem Pfarrhaussofa aus und verlangte, sie sollten sofort einen Arzt rufen.

Es verging einige Zeit, bis ein merkwürdiger, im Umgang kühler Arzt aus dem neuen Krankenhaus erschien, der sagte, bis zur Geburt sei es noch ein gutes Stück hin und die Schwangere sollte vorsichtiger sein und lieber im eigenen Bett liegen statt in Pfarrersbetten. Inzwischen war es so dunkel geworden, dass man nicht mehr auf den Turm hinauf konnte. Gertas Empörung war ebenso heftig wie zuvor ihr Angriff auf die Uhr. Diese Hinterlist werde sie Truda nie verzeihen! Das sei das Ende ihrer schwesterlichen Liebe! Sie konnte freilich nichts mehr unternehmen, sie mussten nach Hause zurückkehren.

Am Nachmittag probierte Gerta vor dem Spiegel den Schleier an. Sie bekniete Ilda, sie solle – entgegen dem Brauch, der besagte, dass der Bräutigam die Verlobte in der Nacht vor der Hochzeit nicht sehen dürfe – Edward holen fahren, damit dieser bei Tagesanbruch auf den Turm steige. Sie bekniete ihren Schwager. Vergebens. Sie konnte die ganze Nacht nicht schlafen, weil sie an den Schleier dachte.

Als sie sich am Morgen von den Schwestern ankleiden und sogar schminken ließ, obwohl dazu Trudas Hand nötig war, achtete sie darauf, dass der Schleier mit zusätzlichen Spangen festgesteckt wurde. Sie setzte sich in die gute Stube und wartete auf den Bräutigam. Sie glaubte immer noch, das Pendel der Kirchenuhr ließe sich anhalten. Doch der Bräutigam traf blass vor Aufregung ein und bat um einen Stuhl. Er sah aus, als verstehe er nichts von dem, was man ihm sagte. Gerta fing mit dem Pendel an, redete aber nicht zu Ende. Sie musste sich um den Bräutigam kümmern, nicht um die Uhr. Es war ein schöner, wenngleich nebliger Tag, es waren viele Gäste da, im Haus herrschte gehöriger Trubel. Als sie in den BMW des Schwagers stiegen, dachte Gerta immer noch an den Schleier.

Als sie die Kirche betraten, spielte die Orgel, das hatte Edward zuvor arrangiert. Der Schleier verheddderte sich nicht in der Sense. Dafür geriet Gerta, die nach oben schaute und den Abstand einschätzte, auf der Treppe ins Stolpern.

Von der eigentlichen Trauung blieb ihr nur wenig in Erinnerung. Von der Feier etwas mehr: Jemand verschüttete Saft auf dem Tischtuch, doch das Kleid wurde gerettet, die Gäste schrien, sie würden viele Kinder bekommen. Der ansonsten nicht schüchterne Bräutigam wurde rot vor Aufregung, nahm eine Flasche Schnaps und begoss alle wie aus einer Duschbrause. Wieder konnte das Kleid gerettet werden. Sie erinnerte sich, dass es lange dauerte, bis der Schleier abgesteckt war, dass die Leute sich wunderten, wie viele Spangen es waren, und dass sie litt, weil die Spangen ihr die Haare ausrissen. Sie warf den Schleier hinter sich, er landete in den Händen eines unaufhörlich kichernden Pummelchens. Obwohl sie sehr, sehr gerne Ilda getroffen hätte.

Ilda

Sie mussten Gerta helfen, die Blumen in der Kirche zu verteilen. In dieser Kirche. Ilda ging selten zum Gottesdienst. Seit der Priester sie auf dem Kirchturm eingesperrt hatte, war sie vielleicht einmal in ihrer Gemeinde in Chmielno gewesen. Sie hielt es für richtig, dass Truda und Jan sich keine kirchliche Trauung hatten aufschwatzen lassen, und stritt deswegen immer wieder mit der Mutter, die jedes Mal in Tränen ausbrach. Sie teilte die in den Wochenschauen propagierte Auffassung, dass Gott nicht existiere, dass die Menschen ihn erfunden hätten, weil sie sich vor dem Tod fürchteten. Sie selbst, so dachte sie, war frei von dieser Angst. Wer geboren wurde, musste sterben. Manche hatten Glück und starben in ihren Betten, andere hatten keins und der Tod mähte sie unter fremden Fenstern dahin oder stürzte sie von Gerüsten. Nichts von alldem war ihre, Ildas, Schuld.

Doch die Kartuzer Kirche war etwas Besonderes. Jedes Mal, wenn sie auf der Straße nach Chmielno von Kartuzy nach Dziewcza Góra fuhr, kam sie an dem mächtigen Backsteinbau vorbei. Er hatte ein seltsames Dach – schwarz, metallen, in der Form eines Sargs. Das zwischen Bäumen und

Gräbern gelegene, sich im Wasser des Klosterteichs spiegelnde und in eine merkwürdige Stille getauchte Gebäude weckte Unruhe in ihr. Sie versuchte dieses Gefühl irgendwie zu unterdrücken. Kurz vor der alten Linde bog sie mit dem Motorrad ab, hinunter in eine Gasse zwischen Klostermauer und Brauerei, und ließ den Motor wild aufheulen. Sie machte Lärm, um ihre Angst vor der Kirche zu betäuben. Sie fürchtete, dieser Koloss, ein zorniger Riese, könnte sich in Bewegung setzen und sie zermalmen.

Als sie die Blumen für die Hochzeit hinbrachten, sah sie die Kirche zum ersten Mal von innen. Im Innenraum spürte sie die Stille und ihre Angst noch stärker. Die von göttlicher Eingebung erfüllten Heiligen verschwanden im grünlichen Licht, das durch die Buntglasfenster hereinfiel. Sie standen in unnatürlichen Posen auf schmalen Mauervorsprüngen. Es schien, als könnten sie jeden Moment abstürzen. In der tiefen Stille hörte sie ihren eigenen schnellen Atem und die Schritte der Schwestern, die sich aufgeteilt hatten, um die Blumen zu verteilen. Verschüchtert betrachtete sie den im Seitenschiff hängenden Jesus, der ergreifend blass und durchgefroren aussah. Sie konnte den Blick nicht von ihm losreißen. Als wäre er eben erst gestorben, als sollte gleich alles rings um ihn herum erstarren. Sie, Ilda, eingeschlossen.

Als sie die erste Verunsicherung abgelegt hatte, begann sie sich umzuschauen. Sie staunte über die gerahmten Atlaskissen an den Wänden des Seitenschiffs. Die goldenen Reliquienstickereien mit den Knochensplittern von Heiligen, deren wunderliche Namen in schlichten kleinen, inzwischen verblassten Schriftzügen auf Pergamentstücken vermerkt waren. Langsam begriff Ilda, welch ein Wunder es war, dass gerade dieser Ort den Krieg unbeschadet überstanden hatte. Die ganze Kraft der Vernichtung und des

Leids, die Gewalt, der Zorn und der Tod waren an ihm vorübergegangen. Ganz offensichtlich, so dachte sie, hatten auch die mit Bajonetten und in Panzern in den Tod ziehenden Soldaten den Tod gefürchtet. Unter dem Dach in Gestalt eines Sarges hatten sie die letzten Reste von Heldenmut verloren.

Als am folgenden Tag der Hochzeitszug an der Kirche vorfuhr, war unter den Gästen, den Helferinnen und ihren männlichen Begleitern nichts von Verwunderung oder Furcht zu merken. Die Wagen, denen mit Schleifen geschmückte Pferde vorgespannt waren, hielten auf dem Platz zur Seeseite hin, die Tiere schnaubten, die Gäste sangen *Hoch soll'n sie leben*. Als die Hochzeitsgäste die Kirche betraten, spielte die Orgel so laut, dass die an Musik nicht gewöhnte Ilda sich die Ohren zuhalten musste. Sie stand in der ersten Reihe, sie trug ein Kleid, und alle Blicke richteten sich auf sie, nicht auf die Braut. Auch als sich die Familie zum Erinnerungsfoto aufstellte, drängten sich alle um sie. Jemand nahm ihren Arm, jemand anderes wollte seine Hand auf ihre Hüfte stützen. Zu Ildas großem Vergnügen bemerkte keiner der Gäste, nicht einmal der hinter seinem Objektiv schöne Augen machende junge Fotograf, dass die ganze Gesellschaft unter der Sonnenuhr mit dem Totenschädel und dem Schriftzug »Memento mori« abgelichtet wurde.

Zu Hause hatte Ilda anschließend, wie schon bei Trudas Hochzeit eine Woche zuvor, alle Hände voll zu tun. Sie servierte die Teller mit der Suppe und die Schüsseln mit den gebratenen Ferkeln, trug das gebrauchte Geschirr hinaus, spülte es und lud neue Essensportionen auf die Teller. Wann immer es möglich war, flüchtete sie auf den Dachboden, von wo sie – wie einst vom Kirchturm – durch die Ritzen die Hochzeitsgäste beobachtete. Es liefen so viele Frauen im Haus herum, dass niemand ihre Abwesenheit bemerkte – abgesehen von Gerta, die ihren Schleier nicht werfen wollte, solange Ilda nicht da war. Wie durch ein Wunder konnte sie dem direkt auf sie gezielten, eine baldige Heirat verheißenden Stück weißen Tülls gerade noch ausweichen.

Truda

Truda, die von Tag zu Tag runder wurde, ignorierte sowohl Jan als auch ihre Schwangerschaft. Vor lauter Bauch sah sie die Welt nicht mehr, es schien, als würde sie jeden Moment platzen, doch sie legte wie immer ihre Aquamarin-Ohrringe an, stieg wie immer in die Schuhe mit den hohen Absätzen und marschierte zum Busbahnhof, wobei sie majestätisch durch den Sand stakste oder um die Löcher im Gehweg herummanövrierte.

Sie fuhr zur Arbeit. Ein halbes Jahr vor der Hochzeit hatte sie eine Stelle im Seeschifffahrtsamt bekommen. Ohne Rücksicht darauf, dass sie sich hätte schonen sollen, absolvierte sie weitere Kurse und neue Fortbildungen. Einen Monat vor dem Geburtstermin schrieb sie sich für ein Studium ein. Abends setzte sie sich an den Küchentisch, wobei sie immer wieder mit dem Fuß gegen das Porträt der drei Schwestern am See stieß, und packte neue Unterlagen und Bücher aus.

Truda war wütend. Nachdem Jan und sie Mann und Frau geworden waren, hatten sie ein schönes Liebesleben. Das währte allerdings nicht lange. Nach der Hochzeit war es anfangs so, dass Jan jeden Abend die Zimmertür abschloss, die Vorhänge zuzog, Truda auszog, sie – wie auf einen Stab – auf seinen aufragenden Phallus setzte und ihr frivole Dinge ins Ohr sagte. So trug er sie im Zimmer herum, stolz auf seine Härte, als sei es wirklich ein solider Holzstab und kein Penis. Sie mochte das. Sie mochte das Feuer, mit dem er sie aufs Bett warf, und sie liebte geradezu das Lodern des Lebens, das er in ihrem Körper entfachte. Sie mochte auch die Zärtlichkeit, mit der er sich vergewisserte, dass ihr dabei nichts Schlimmes zustieß. Um sie am Ende, jedes Mal gleichermaßen beschämt darüber, dass er zu weit gegangen sei, wie ein Kind zu umsorgen. Als habe er noch immer nicht begriffen, dass sie keine Jungfrau mehr war.

Sie mochte das und wollte mehr. Doch nun waren all ihre geliebten Frivolitäten und Rituale tabu. Ihr Mann hatte erklärt, die Ausschweifungen müssten aufhören, weil da nun ein Kind sei, das sich in ihrem Bauch bewege. Das Kleine dürfe ja nicht von dort drinnen seinen Penis anschauen. Truda, bei der die Schwangerschaft bewirkte, dass sie Jan begehrte wie nie zuvor, versuchte ihn zu überzeugen, zu verführen, zu überreden, zu begrapschen, doch er sagte immer nur: Er wäre das letzte Schwein, wenn er sie nicht in Ruhe ließe. Als ob sie Ruhe brauchte!

Die wütende und immer kugeligere Truda revanchierte sich auf ihre Weise. Sie weigerte sich, Jans Hemden zu bügeln, aber auch, in seinen BMW einzusteigen. Obwohl sie ihren Bauch kaum noch schleppen konnte, stieg sie jeden Morgen auf ihre Absätze und lief zum Bus, wo sie würdevoll den vordersten Sitz einnahm. Mit absolut gleichgültiger Miene schaute sie in die Spiegel über dem Kopf des Fahrers, in denen sich das schwarze Auto ihres Mannes spiegelte. Oder aber sie schaute nicht. Erst auf dem Busbahnhof in Gdingen gewährte sie ihm die Gnade, sein Auto zu nutzen. Der Trolleybus war einfach zu viel. Der Rote

Jan hielt ihre Marotten für Schwangerschaftssymptome und fügte sich.

Als Truda die Berliner Absätze endgültig abgenutzt hatte, packte sie sie in einen Karton und befahl Jan, ihn zur Post zu bringen und nach Berlin zu schicken. In dem Brief, den sie beifügte, schrieb sie neben einem selbstverfassten Gedicht, es seien ihre Lieblingsschuhe gewesen. Sie erbitte also ein weiteres Paar, um darin – wie sie schrieb – ein weiteres Jahr zu durchtanzen.

Der Bauch wuchs unerbittlich weiter.

Gerta

Edward, Gertas Ehemann, war ein feinfühliger Mensch. Als nach der Hochzeit, bei der er sowohl auf Gertas als auch auf seine Gesundheit angestoßen hatte – er konnte schließlich nicht zulassen, dass seine junge Frau gläserweise Alkohol in sich hineinschüttete –, die Gäste eingeschlafen oder in ihren Kutschen nach Hause gefahren waren, brachte er sie nach Kartuzy in die Wohnung über dem Laden. Sie legten sich ins Bett wie ein altes Ehepaar. Er küsste sie nur. Mit respektvoller Hingabe. Später versuchte Gerta, an das mütterliche Haarekämmen zu denken, an die Muttergottes in der Kirche, und sich irgendwie unter ihm zurechtzulegen, doch es funktionierte nicht. Edward entschuldigte sich höflich. Er dachte, es sei seine Schuld.

Am Morgen küsste er sie wieder, wie zuvor, und fragte, ob sie das Nachthemd ausziehen könne. Während sie an den Schleier dachte, mit dem sie ihre Schwester verfehlt hatte, versuchte sie noch einmal, ihn in sich aufzunehmen. Und wieder, wie beim vorigen Mal, hörte sie eine Entschuldigung. Er bestand darauf, dass sie im Bett blieb, und stand allein auf, um den Ofen einzuheizen. Sie wunderte sich, dass er so ungeschickt an die ehelichen Dinge heranging – sie war ja nicht seine erste Frau.

Obwohl Sommer war, froren sie. An den folgenden Tagen tauschten sie die Rollen. Nun entschuldigte sie sich, wenn sie morgens eilig aus dem Bett sprang und sagte, man müsse Feuer machen, bevor er sie bitten konnte, das Nachthemd auszuziehen.

Gerta fand keinen Gefallen am Leben im Zimmer des Kartuzer Mietshauses. In Dziewcza Góra gab es das helle Licht der Sonne und den frischen Geruch des Grases, hier hatte sie eine Backsteinmauer vor dem Fenster. Dort gab es immer etwas im Garten zu tun, hier bestand ihr einziger Beitrag zum Leben darin, den Tisch zu decken.

Sie ging zu Edward in die Werkstatt und wünschte sich, es wäre wieder so wie damals, als sie auf dem Bahnhof in Przeworsk gesessen hatten. Es war kein bisschen so. Sie fragte ihn nach den Wunderdingen in den Schubladen – und nun stellte sich heraus, dass all diese Kuriositäten in einem traurigen, weil erotischen Zusammenhang standen: das Bernsteinfeuerzeug in Gestalt eines Pferdes, dem die Flamme unter dem Schwanz hervorschlug, oder der Glashalter, der aus einem merkwürdigen Leder gefertigt war – aus der Vorhaut eines Elefanten, wie Edward ihr errötend und stotternd verriet.

Unterdessen sollte dort, in Dziewcza Góra, Truda gebären. Gerta erzählte ihrem Mann behutsam und ängstlich davon, denn in ihrer Ehe waren Kinder nicht in Sicht. Als Edward endlich sagte, sie müsse wohl zu ihr fahren, kochte sie ihm Rouladen, die sie in penibel mit Wochentagen beschriftete Gläser füllte, und briet ihm Koteletts. Sie stieg aufs Fahrrad und eilte der Schwester zu Hilfe, nach Hause, wohin sie sich inzwischen längst zurücksehnte.

Truda war schon furchterregend dick, doch noch immer fuhr sie zur Arbeit nach Gdingen. Sie kam spät nach Hause, in ihrem Schlepptau der Rote Jan. Ilda pendelte zwischen Dziewcza Góra und Olsztyn. Die Mutter wusste nicht, wo sie mit der Arbeit anfangen sollte. Die Pfauen, um die sich niemand kümmerte, hockten tagelang auf dem Scheunendach und vertrieben mit ihren kräftigen Schnäbeln die aufdringlichen Katzen. Die metallene Hundehütte war immer noch nicht ausgetauscht worden, im Garten wucherten die Quecken, aber das Schlimmste waren die Schweine. Die kleine Herde war angewachsen, weil der Rote Jan noch ein paar Junge mitgebracht hatte. Der Eber, den die Mutter trotz des schwarzen Fells am Leben gelassen hatte, hatte sich als so intelligent wie seine Mutter und so problematisch wie sein Vater erwiesen. Er öffnete die Stalltür und ließ die Schweinegesellschaft durchs Dorf laufen. Er selbst stahl sich in fremde Ställe und trieb es mit fremden Schweinen.

Als Gerta an jenem Tag in Dziewcza Góra ankam, war der Eber wieder einmal verschwunden und man musste ihn suchen. Gerta durchkämmte die Wiese, den halben Wald, die Hügel am See – nichts. Sie ging ins Dorf. Sie ging von Hof zu Hof, doch niemand hatte einen Eber mit schwarzem Fell gesehen. Nur sie selbst stellte beschämt fest, dass es im Dorf immer mehr Ferkel mit dunklen, gekräuselten Borsten gab.

Es wurde schon dunkel, als sie das hinter dem Berg am anderen Ende des Dorfes gelegene Haus an der alten Flussgabelung erreichte. Sie hörte deutlich das Quieken der Schweine – es war das Quieken von Schweinen, die wegen irgendetwas erregt waren. Sie spähte durch das kleine Fenster an der Rückseite in den Stall, konnte aber nichts sehen. Das Grunzen im Inneren klang vertraut. Um mehr sehen zu können, rollte sie einen Stein an die Wand und stellte sich darauf. Als sie sich hochzog und den Kopf tiefer durch die Fensterluke steckte, rollte der Stein unter ihren Füßen weg, und Gerta, die versuchte, das Gleichgewicht zu halten, stützte sich so unglücklich auf die Fensterbank, dass sie in den fremden Stall fiel. Nachdem sich ihre Augen an das blassweiße Licht des Mondes gewöhnt hatten, entdeckte sie dort zehn auf sie gerichtete Augenpaare, darunter ein Tier mit schwarzem Fell auf dem Kopf.

Der Stall war von außen verschlossen. Ohne im Dunkeln viel zu erkennen, suchte Gerta etwas, das ihr als Stütze dienen konnte, um durch das Fenster wieder hinauszuklettern. Der Eber, der zu wissen schien, worum es ging, bot sich ihr an. Das hätte funktioniert, wenn nicht plötzlich jemand die Tür geöffnet hätte. Da machte das Schwein unter ihren Füßen einen Satz. Und Gerta landete rittlings auf seinem Rücken, wo sie sich nur mühsam an der schwarzen Mähne festhalten konnte. Die Unglücklichen, so schossen sie in die helle Nacht hinaus – der Eber mit Gerta auf dem Rücken und in ihrem Gefolge alle anderen Schweine aus dem Stall.

Das war ein Ritt! Sie jagten dahin, stießen an Zäune, an denen Töpfe klapperten, warfen die an die Straße gestellten vollen Milchkannen um, trampelten über Stock und Stein und weckten das ganze Dorf. Bald liefen ihnen nicht nur die Schweine, sondern auch die Dorfhunde hinterher. Und wohl jeder in Dziewcza Góra sah das Schauspiel mit an: Gerta Strzelczyk auf dem Eber, der sie – unter Hundegebell und mit einer ganzen Schweineherde im Schlepptau – geradewegs in den eigenen Stall trug. Das gab Gesprächsstoff für mindestens hundert Hochzeiten und Begräbnisse!

Wie hätte sie zu den Gaffern sprechen sollen, wenn nicht hochmütig? Vom Rücken des Ebers, sich an seine Mähne klammernd, warf sie ihnen grobe Flüche zu. Und als sie mit der ganzen tierischen Entourage zu Hause ankam und in ihrem eigenen Hof die Hunde endlich den hitzköpfigen Eber festsetzten, nahm Gerta einen Stock und trieb rasend vor Wut alle Schweine in die Umzäunung. Dann lief sie hinaus auf die Straße und drohte den Nachbarn. Zuletzt hämmerte sie, noch immer zutiefst empört, an die Haustür und schrie in die helle Mondnacht hinaus, sie habe von ihnen allen die Nase voll. Rozela und Truda, die ihr in der Stube das Bett bereiteten, sagten kein Wort. Verheult, verschwitzt, ohne sich zu waschen, aber immer noch stolz, legte Gerta sich schlafen.

Zwei Tage ging sie hoch erhobenen Hauptes durchs Dorf und sprach mit niemandem auch nur ein Wort. Am dritten Tag kam Edward aus Kartuzy. Er stellte sein Fahrrad unter dem Apfelbaum ab und sagte, die Geschichten, die man sich in Kartuzy über seine Frau erzähle, interessierten ihn nicht, und nachts umherlaufende Schweine seien genauso wenig seine Sache. Doch Gerta werde er mitnehmen, denn ihr Platz sei in seinem Hause. Sie fuhren zurück, den Berg hinauf, er vorneweg, sie hinterdrein, jeder auf seinem eigenen Fahrrad.

Ilda

Es waren kaum noch Häuser übrig, die Ilda an die Nach-kriegsflüchtlinge verteilen konnte. Die größeren Gehöfte im Westen waren besiedelt. Was noch zu haben war, war wenig attraktiv. Anwesen, aus denen die Deutschen nicht ausziehen wollten, Häuser mit Kriegsschäden oder Woh-nungen, in denen man sich Küche und Abort mit den Nach-barn teilen musste. Auch in der Umsiedlungsstelle in Olsztyn war immer weniger los. Die erste Welle der Großmütter und Mütter mit Kindern war abgereist, die zweite Welle der wie durch ein Wunder zusammengeführten Familien, die einander monatelang gesucht und im verbrannten War-schau abgewartet hatten, war ebenfalls untergekommen. In die allgemeine Schlafstelle kamen nur noch die Unglücks-raben. Etwa der Warschauer, der schon fünfzig verschie-dene Adressen gehabt hatte und den überall Gespenster quäl-ten. Oder der Ingenieur aus Radom, der selbst aussah, als sei er schon lange tot, aber jeden Tag vor dem Einschlafen ein Foto seiner Frau hervorholte und sie umbringen wollte. Man hatte ihm gesagt, sie habe im Krieg einen anderen ge-heiratet, also suchte er sie nun, um sich zu rächen. Denje-nigen, die behaupteten, seine Frau lebe nicht mehr, wollte er nicht glauben. Wenn ihm jemand erzählte, sie sei in Wrocław, Szczecin oder Złotoryja gesehen worden, fuhr er gleich hin, doch zuvor bat er Ilda, als hinge sein Leben davon ab, sie solle in ihren Unterlagen die Adresse ausfin-dig machen.

Als sie eines Abends nur noch zu zweit in der Schlafstelle übrig waren, hätte Ilda Grund gehabt, sich zu fürchten, doch sie empfand keine Furcht, sondern eher eine Mischung aus Erregung und Resignation. Sie legte sich in den Kleidern auf ihr Bett am anderen Ende des Saals und wartete, was geschehen würde. Doch nichts geschah. Wie jeden Abend sagte der Ingenieur der Frau auf dem Foto, wie sehr er sie hasste, und schlief mit dem Bild in der Hand ein. Ilda dachte, dass ihr diese Arbeit nicht mehr gefiel.

Wenn sie sah, wie wenige Häuser noch zu verteilen waren, bedauerte sie manchmal, dass sie nicht wenigstens eines für sich zurückgehalten hatte, um an einem anderen Ort ein neues Leben zu beginnen. Doch Dziewcza Góra hielt sie merkwürdig fest. Je weiter Ilda sich in Gedanken entfernte, desto mehr vermisste sie ihre Mutter und ihre Schwestern.

Unterdessen hatte sich auch in Dziewcza Góra einiges geändert. Der Rote Jan fühlte sich, seit er Truda geheiratet hatte, unter ihrem Dach wie zu Hause. Ilda ertrug es nicht, wie ungeniert er sich in ihre Angelegenheiten einmischte. Wenn er Setzlinge mitbrachte, sagte er ihr gleich, wo sie sie pflanzen sollte. Kam er mit Hühnern, dann nicht ohne Anweisung, was Ilda aus den Eiern backen sollte. Er behandelte sie wie einen jüngeren Bruder. Er drückte ihr Hammer oder Säge in die Hand. Weil sie Motorrad fuhr? Immer wieder sagte er, die Schlafstelle sei kein Ort für sie, und zählte ihr stundenlang auf, welche anderen Posten er ihr von heute auf morgen besorgen könne, obwohl sie es gar nicht hören wollte. Je mehr er drängte, desto hartnäckiger verweigerte sie sich.

Seine Frau Truda behandelte der Rote Jan wie ein vergöttertes Kind. Jeden Widerspruch ignorierte er, als sei es eine Laune, jede Träne nahm er so ernst, als ginge die Welt unter. Und Trudas Tränen flossen wirklich leicht.

Wenn Jan jemanden respektierte, dann Rozela. Denn die Mutter war, sehr zu Ildas Verdruss, von ihnen allen am meisten in Jan verliebt. Als sie ihm eines Tages den Teller so energisch auf den Tisch stellte, dass es schepperte, und ihn nicht einmal ansah, sondern verbissen auf den See hinausschaute, während sie ihm wortlos das Essen auftat, begriff Ilda, dass sie sich zum ersten Mal uneins waren. Es ging um das Krankenhaus für Truda. Jan bestand darauf, dass das Kind in der neuen Entbindungsstation unter ärztlicher Aufsicht zur Welt kommen solle, wie sie die Volksmacht allen Frauen garantiere. Nur über ihre Leiche, drohte Rozela und stampfte mit dem Fuß auf. Männer sollten sich bei Geburten nicht einmischen. Jan versuchte es auf die sanfte Tour, es sei sicherer, besser. Worauf die Mutter zurückschrie, wenn es dazu käme, dann würde sie melden, was die Volksmacht in diesem Haus im Keller unter der Küche dulde. Als die Geburt unmittelbar bevorstand, verkündete Jan, er müsse auf Dienstreise gehen, und verschwand.

Rozela

An einem Augustabend ging es los. Die Luft war so heiß, dass sie in der Lunge brannte. Alle warteten im Haus auf den Abend, weil sie glaubten, es würde ein wenig abkühlen. Doch es kühlte nicht ab. Truda saß nass vor Schweiß über ihren Büchern, neben dem von ihrem Schwager gemalten Bild, das inzwischen unter dem Tisch seinen festen Platz gefunden hatte. Sie saß dort, die geschwollenen Beine auf den benachbarten Stuhl ausgestreckt, während Ilda und die Mutter nebenan schwitzten. Da begann es zu laufen. Als würde Truda auf den Fußboden urinieren. Ohne Unterbrechung, wie aus einem Krug.

Truda versuchte lange, gleichgültig zu bleiben. Auf die

Gleichgültigkeit folgte hilflose Verwunderung. Warum jetzt? Sie hatte noch nicht alle Prüfungen absolviert. Und sie hätte noch länger mit sich gerungen, wenn nicht der Schmerz in der Wirbelsäule eingesetzt hätte. Sie versuchte weiterzulesen, doch sie konnte sich nicht mehr konzentrieren. Sie stand auf, weil sie es im Sitzen nicht mehr aushielt, und da begann ihr Bauch zu tanzen. Er wölbte sich und quoll über, er spitzte sich zu, dann wurde er wieder flach, er nahm immer neue Formen an, wie alle gebärenden Bäuche. Truda rief Rozela zu, sie solle etwas tun, damit es aufhöre, doch dieser Prozess war unumkehrbar.

Rozela stand unterdessen wie versteinert da. Der Bauch rollte sich von selbst von einer Seite auf die andere. Es war höchste Zeit, einzugreifen. Der gebärende Bauch konnte die kleine Truda jeden Augenblick zu Fall bringen. Rozela befahl der Tochter mit merkwürdig schwacher Stimme, sie solle sich hinlegen. Dann befahl sie Ilda, alle Türen zu öffnen, die Fenster fest zu verschließen und viel warmes Wasser zu bringen.

»Ja, mein Kind«, sagte sie zu ihrer Tochter, als sie sich zu ihr setzte und ihr das Kreuz massierte. Während sie Truda hielt, beschwor sie das Schicksal: »Du wirst dein Töchterchen zur Welt bringen und alles Schlimme vergessen, das verspreche ich dir.« Sie erzählte ihr dasselbe, was einst die Hebammen auch ihr erzählt hatten. Dass sie sich einlassen müsse auf das, was geschehe, dann würde sie zur Ruhe kommen und die Notwendigkeit spüren, die eigene Nichtigkeit und die benötigte neue Kraft. Der Bauch nahm den Rhythmus auf, der komplizierte Mechanismus der Geburt begann sich einzustimmen. Und in diesem Augenblick – was seltsam war – überfiel Rozela der Zweifel. Sie verlor den Glauben. Sie schaute zwischen Trudas Beine und war ganz durcheinander im Kopf. Nicht dass sie Truda bis dahin nicht von dieser Seite gesehen hätte. Sie hatte ihre Töchter oft von Würmern und wunden Hintern kuriert, und wenn diese sich geniert hatten, hatte sie verächtlich abgewinkt und gesagt: »Ach, Kindchen«, als sei damit alles erklärt. Der Anblick gespreizter Beine war nichts, was sie hätte erschrecken können. Sie zweifelte, weil das, was sie sah, so zerbrechlich war. Die russischen Soldaten waren wieder da. Wut und Angst trübten ihre Gedanken, sie spürte nicht Kraft in sich wachsen, sondern kaum zu bändigenden Zorn. Dieses zarte, von der Natur raffiniert geschaffene, rosige kleine Tier – könnte man es doch einfach zermalmen, vernichten!

Und obwohl sie wirklich, wirklich gern bei dieser Geburt hatte dabei sein wollen und seit vielen, vielen Wochen Punkt für Punkt und Schritt für Schritt in der Erinnerung zusammengetragen hatte, was ihre Tante, die Hebamme, gesagt hatte, so förderte ihr Gedächtnis jetzt nur dies zu Tage: diese sechs oder sieben, vielleicht auch sechs Millionen Männer, die sich über sie beugten, während sie dalag wie Truda jetzt, diese zwei oder drei, die ihre Beine festhielten und spreizten, bis fast das Becken brach. Das Bügeleisen, die Schläge, die Angst.

Atmen, dachte sie. Atmen! Bis zehn zählen, jedes Einatmen, jedes Ausatmen für sich. Ausatmen, den Rhythmus der Welt aufnehmen – und nicht mehr an jenes andere denken. Die Geburt nahm ihren Lauf. Man musste diesen mächtigen, allmächtigen Bauch zähmen, um dem Kind auf die Welt zu helfen, um Truda zu schützen.

Es war ein präziser Mechanismus. Jede Handbewegung Rozelas, jedes Rauschen, jeder Flügelschlag und jedes laute Geräusch vor dem Fenster konnte ihn zum Stillstand bringen. Ausatmen. Nicht denken, ausatmen. Jetzt klang ihre Stimme wie die einer Fremden, die sachlich und konkret immer neue Anweisungen gab: Wasser! Papier! Handtücher! Trudas Schreie jagten ihr einen Schauer über den Rücken: »Stoppt das! Stoppt es!« Ausatmen, ausatmen, sagte sie immer wieder zu sich selbst und hoffte, Trudas Knie würden sich aneinanderpressen. Um diesen Ort ein für alle Male zu verschließen und zu vergessen. Doch das hier war nicht mehr zu stoppen.

Sie kämpften. Rozela tat das Ihre, indem sie der Tochter abwechselnd zu pressen befahl und Einhalt gebot, wenn sie sah, dass zu starker Druck den Damm zu zerreißen drohte. Truda das Ihre, indem sie mit dem Unvermeidlichen haderte, nicht presste, wenn sie es sollte, und innehielt, wenn sie es nicht sollte. Und der unerbittliche Bauch das Seine. Sie unterlagen. Ein heißer Schwall klebrigen Bluts schwappte aus den gerissenen Fasern. Auf dem Blut schwamm ein Kind. Ein Junge.

Wieder hörte Rozela ihre eigene Stimme, die ruhig und sachlich sagte, jetzt nur noch der Mutterkuchen und dann nähen. Und als mit dem Blut auch dieser große, membranartige, von Adern durchzogene Baum aus Trudas Bauch floss, betrachtete Rozela ihn im Licht und stellte fest, dass kein Stück fehlte. Ganz so, als habe sie heute nur auf den Mutterkuchen gewartet, nicht auf das Kind. Als sie später die Nadel in den gepeinigten, hilflosen und völlig erschöpften Körper der Tochter stach, um den Dammriss zu nähen, konnte Truda nicht einmal mehr schreien. Sie starrte nur dumpf an die Decke.

Ilda

Er war kaum größer als ein Hühnerrumpf. Ebenso kompakt und kräftig wie ein gerupftes Hähnchen. Er ballte die Fäustchen, streckte und beugte die fleischigen, starken Schenkel, als staune er, dass sie funktionierten. Dabei machte er auch gleich Pipi auf den Tisch, den Fußboden und auf ihre Hände. Der Kleine.

Die Mutter hatte ihr das Kind gegeben, ohne es anzuschauen. Ilda hatte versucht, es neben die Schwester zu legen, damit es die Brust finden konnte, aber Truda hatte ihren Sohn nicht nehmen wollen. Also war es bei Ilda geblieben. Ein kleines Menschlein, bedeckt von Blut und einer seltsamen gelben Schmiere, das sich auf ihrem Arm streckte. Sie hielt es fest, unsicher, ob nicht zu fest, und betrachtete es verwundert und gerührt.

Wenn der Kleine doch nur nicht so schmutzig und verschmiert wäre. Sie befeuchtete ein Flanelltuch im noch warmen Wasser und rieb ihn ab. »Mama«, sagte sie, »sieh nur, wie stark er ist.« Und zu Truda, aufmunternd: »Schau mal, was für einen schönen Sohn du zur Welt gebracht hast.« Aber sie sah nur, dass ihre Mutter zutiefst erstaunt und bewundernd die Plazenta im Licht betrachtete und dass ihre entkräftete Schwester nur schlafen und nichts mehr spüren wollte. So blieben sie also für sich. Der nach Blut und Teig riechende Kleine und sie.

Er war hungrig. Er begann sich zu winden. Doch was konnte sie ihm geben? Noch einmal legte sie ihn an Trudas Brust, doch die Schwester drehte sich weg. Sie fragte die Mutter, bekam aber keine Antwort. Der Junge begann zu weinen. Er ballte die Fäustchen, warf den Kopf in den Nacken und streckte sich. Er suchte.

Sie gab ihm einen Finger. Er saugte kräftig und beruhigte sich endlich, doch schon bald merkte er, dass er zum ersten Mal in seinem Leben betrogen worden war. Also gut, dann eben die Brust. Er saugte so stark und unerbittlich, dass Blut floss. Er schmiegte sich völlig begeistert an sie. Trotz des Schmerzes, der Ilda bis ins Rückenmark fuhr, nahm sie die Brust nicht aus seinen kräftigen, noch zahnlosen Kiefern.

Sie versuchte abermals, Truda das Kind zu geben. Vergebens. Die Schwester sagte nur, sie wolle schlafen, sie habe keine Milch. Und so gab Ilda ungeachtet von Schmerz und Müdigkeit dem Kind einige weitere Stunden die eigene Brust und vergaß über diesen Schmerz, wo sie war und wer sie war. In dem Zimmer, in dem die heiße Luft stand und vor dessen Fenstern sie die Vorhänge zugezogen hatten, damit Truda schlafen konnte, fühlte sie sich wie eine Heilige. Und der Kleine sah sie so rührend vertrauensvoll an, dass sie sich geradezu schämte. Sie versuchte, ihn anzusehen, wie er sie ansah, doch sie konnte einem derart starken Blick nicht standhalten. Als er endlich einschlief, kam Gerta angefahren. Ilda war wütend auf ihre Schwester, weil sie das Kind aus dem Schlaf riss.

Die Mutter bat Gerta, sie solle eine Flasche nehmen und die Runde um den See machen. Sie erklärte ihr genau, in welchen Häusern es kleine Kinder gab. Und als Gerta mit der geschenkten Milch zurückkehrte, machten sie aus einem Stück Lappen einen Schnuller für den Kleinen. Wie er saugte! Er trank, und die gemischte Milch der Mütter von Dziewcza Góra lief ihm übers Kinn. Als er satt war, spuckte er den Lappen aus und wollte wieder die Brust. Ilda ignorierte den missbilligenden Blick der älteren Schwester, die es offenbar für etwas völlig Widernatürliches hielt, dass ein Kind an der Brust einer anderen Frau saugte, und legte Trudas

Sohn wieder an die eigene, warme und große Brust. Bis zum Ende des Tages gab sie das Kind nicht aus dem Arm, und sie nahm es auch mit, als sie spätabends fürchtete, sie könne einschlafen und es fallen lassen. Sie schliefen auf dem Bett in der Stube ein. Für Ilda war es kein erholsamer Schlaf. Immer wieder wachte sie auf und prüfte, ob der Kleine atmete, ob er lebte.

Zu guter Letzt musste auch dies geschehen: Am nächsten Morgen wollte Truda, die nach einer durchschlafenen Nacht etwas besser beieinander war und nicht mehr so stark von Schmerzen geplagt wurde, ihren Sohn haben. Sie streckte die Hände aus, Ilda reichte ihr zögernd den Kleinen. Da begann das Kind zu schreien. Und je fester Truda es umarmen wollte, desto lauter schrie es. Ilda musste sich am Tisch festhalten. Dabei geriet der Tisch ins Wackeln, und die dort abgestellte Flasche mit dem Rest Muttermilch fiel herunter. Das Glas zersprang klirrend, die Milch spritzte herum. Der Kleine schrie. »Nimm du ihn!«, sagte Truda. Und Ilda spürte sofort, wie die Welt ins Gleichgewicht zurückfand.

»Jetzt ist es passiert. Irgendwer muss die Scherben wegräumen«, sagte Truda.

Gerta

Es gefiel Gerta ganz und gar nicht, was sie in Dziewcza Góra zu sehen bekam. Truda lag blass, halb besinnungslos und mit Schmerzen im Bett, ihre Wunde war mehr schlecht als recht mit blauem Seidengarn genäht worden. Gerta fand, die Schwester brauche einen Arzt. Nachdem sie die

Milch gesammelt hatte, lief sie ans andere Ende des Dorfes, wo der Besitzer des – von Jans BMW abgesehen – einzigen Autos wohnte. Sie fühlte sich unwohl, als sie den Nachbarn erklärte, was mit dem Schwager passiert und warum er fort war. Mit dem Kind sei alles gut, aber niemand dürfe das Haus betreten. Sie wollte nicht, dass jemand sah, dass ihre jüngere Schwester Trudas Kind ihre Brust gab. Eine weitere Schande hätte sie nicht überlebt. Am Ende fuhren sie: vorn der Fahrer, auf dem Rücksitz Gerta, die ihn drängte, schneller den Berg von Łapalice hinaufzufahren, und an ihrer Schulter die leidende Truda, die verdächtig teilnahmslos hinnahm, was mit ihr geschah.

Im neu eröffneten, großen und weißen Krankenhaus hielt sich die völlig erschöpfte Truda nur mühsam in ihrem Sitz aufrecht, während sie im Gang warteten. Endlich kam ein Arzt, der sogleich ausrief: »Aberglaube! Hinterwäldler!« Er forderte, man solle sofort auch das Kind bringen. Truda wurde durch eine große Metalltür geführt, hinter der man Frauen weinen und schreien hörte – so fürchterlich schreien, dass Gerta sich fragte, ob das Krankenhaus eine gute Idee gewesen war. Eingeschüchtert durch die ärztliche Strenge, fuhr sie dennoch nach Hause, um Trudas Sohn zu holen. Mit dem Taxi, damit sie umgehend zum Krankenhaus zurückkehren konnte. Doch Ilda wollte das Kind nicht hergeben. Nein, sie lasse es nicht gehen. Das war reiner Wahnsinn, vielleicht sogar ein Verbrechen, aber sie ließ sich nicht umstimmen. Also fuhr der Taxifahrer allein nach Kartuzy zurück, dazu noch ohne Geld. Das sollte er sich bei Gertas Mann holen. Sie selbst, völlig verwirrt und verlassen inmitten von Frauen, die anscheinend alle verrückt geworden waren, beschloss, auf Jans Rückkehr zu warten.

Unterdessen war in den letzten Tagen der Haushalt in

Dziewcza Góra komplett vernachlässigt worden. Im Hof jaulten die beiden Hunde, die kein Futter bekamen. Die zwischen ihnen umherlaufenden Pfauen kreischten, so laut sie konnten, und überschrien die Hühner. Das Huhn, das geschaukelt werden musste, hatte sich inzwischen mitten im Hof, direkt neben dem Brunnen, ein Nest gebaut und in dieses Nest schon zwölf Eier gelegt, die es wie immer verteidigte. Es verjagte also die Pfauen, so oft sie ihm zu nahe kamen, und auch die Hunde und machte dabei noch größeren Lärm. Der Garten war ausgetrocknet. In der Mitte des Pfads stapelten sich die unbenutzten Gießkannen, aus denen in der Hitze das Wasser längst verdunstet war. Die Erbsen waren verwelkt, die Kartoffeln knochentrocken. Die Mirabellen, die gerade reif wurden, fielen von den Bäumen und begannen zu gären. Vom Schweinestall wehte ein schwerer, zäher Gestank herüber. Resigniert machte Gerta sich daran, das Chaos zu bändigen. Sie nahm sich eine Harke und harkte die Zwetschgen zusammen. Sie versorgte die Schweine. Sie reparierte den Pfauenkäfig und befestigte einen zweiten Ring an der Hundehütte, damit die Hunde nicht mehr an einer gemeinsamen Kette rissen. Kurzum: Sie veranstaltete ein Großreinemachen, während sie auf die Rückkehr des Schwagers und auf Nachrichten von ihrer Schwester aus der Klinik wartete. So traf Edward sie an: verschwitzt, mit offenem Haar, roten Wangen, glänzender Haut und feuchten Augen, erschrocken über die plötzliche Wendung der Dinge, aber seltsam glücklich.

Sie fuhren, wie immer, auf ihren Fahrrädern hintereinander her. Sie warteten geduldig im Krankenhaus, bis sie hörten, dass Truda über den Berg sei, dass sie genese und dass die Ärzte nun endlich das Kind sehen wollten. Doch was konnte Gerta tun? Als sie in ihrem Hof ankamen, verkündete Edward, noch bevor er seine Frau in die Wohnung ließ, dass sie jetzt Kaninchen züchteten. Er habe schon fünf Tiere gekauft, drei Männchen, zwei Weibchen, doch er müsse noch eine Dame finden. In der Küche stand zwischen Tisch und Wand gezwängt ein hoher Käfig. Als die stille und lange, für August erstaunlich lange Nacht kam, ging es im Kaninchenkäfig drunter und drüber. Es scharrte, rumpelte und dröhnte, dass Gerta dachte, die Küche breche zusammen, während sie bis zum Hals zugedeckt unter einer Decke lagen. Nebeneinander. Und traurig.

Truda

Jan kam drei Tage nach der Geburt des Kindes. Er machte Truda im Krankenhaus ausfindig. Er hatte einen Pelz dabei, in dem er Truda in Begleitung der nun hilfsbereiten und höflichen Ärzte hinausführte. Zu Hause schwieg Truda, sie ignorierte die Fragen ihres Mannes. Da half auch der Fuchspelz nichts. Sie presste Jan das Versprechen ab, dass sie keine weiteren Kinder bekommen würden. Der Kleine wuchs dank der Milch der Schwester, die, zu Ildas großer Verwunderung und Freude, schließlich aus ihrer Brust geströmt war, obwohl sie das Kind gar nicht geboren hatte. Die jüngere Schwester gab den Jungen jetzt nicht mehr aus der Hand. Sie belegten zu zweit die gute Stube. Nach der ersten Verblüffung und der ersten Enttäuschung darüber, dass nicht seine Frau den Sohn stillte, akzeptierte Jan, dass es wohl so sein musste. Truda und er wohnten im alten Zimmer der Schwestern, dem dunklen zum See hin, von ihrem Sohn trennte sie also nur eine Tür. Er bekam den Namen Jan, nach seinem Vater.

Einen Monat nach der Geburt kehrte Truda, die der Rat der Ärzte keinen Deut interessierte, in ihr altes Leben zurück. Jeden Morgen steckte sie in aller Ruhe die Ohrringe an, schlüpfte in den Pelz, stieg in ein Paar der aus Berlin geschickten hochhackigen Schuhe – und ließ gnädig zu, dass Jan sie zur Arbeit fuhr. Als ihr Sohn ein Jahr alt wurde, hatte Truda in Gdingen einen Schreibtisch und eine Gruppe von Frauen, denen sie Aufgaben übertrug, und sie träumte von einem eigenen Büro und einer Assistentin zum Kaffeekochen. So sollte Jakob sie sehen, damit er merkte, was ihm entgangen war. Großstädtisch und gut frisiert.

Das Leben mit Jan und dem Kind im Raum nebenan ging seinen Gang. Abend für Abend vollzogen sie jetzt ihre erotischen Rituale. Die nackte Truda wurde auf Jans nackten Hüften getragen, geküsst und aufs Bett geworfen und zum Abschluss des Liebesspiels wie ein Kind oder eine Jungfrau behandelt. Wenn Jan bisweilen zu weit ging, indem er seine Frau zu heftig anfasste oder Ausdrücke gebrauchte, bei denen eine Jungfrau zu Asche hätte verbrennen müssen, bat er, immer aufs Gleiche bewegt, um Verzeihung.

Truda schrieb trotzdem weiter nach Berlin. Den Brief brachte meist Jan zur Post, der jedes Mal murrte, das sei nun das letzte Mal, und das Kuvert mit spitzen Fingern und ausgestrecktem Arm entgegennahm. Hinterher versöhnten sie sich jedes Mal auf dem knarrenden Bett, hinter verschlossener Tür.

Vielleicht hätte auch Truda auf Jan böse sein müssen. Wegen der Schwester. Denn Jan, der Ilda bisher wie einen Lausbuben behandelt hatte, erkannte schließlich die Frau in ihr. Jetzt beobachtete er heimlich, wie Ilda ihre große Brust auspackte und seinen Sohn stillte. Der Kleine hielt sie mit beiden Händen gepackt, als wollte er Brust und Tante verschlingen, und Jan sah jedes Mal gleich beglückt dabei zu. Truda verbarg ihre Eifersucht, denn so, wie es war, war es für alle das Beste. Nur beschäftigte es sie, dass der Sohn wuchs, Ilda aber nicht daran dachte, ihn abzustillen. Schließlich nahm Jan – auf ihr Zureden – den Kleinen mit auf eine Spritztour. Als sie zurückkehrten, wollte der Junge die Milch der Tante nicht mehr.

Ilda

Im Spätsommer kam Klein Jan zur Welt und im Frühjahr des folgenden Jahres wuchsen den jungen Pfauen wunderschöne Schwänze. Sie spannten nun zwei Meter große blaue Fächer auf, Klein Jan schaute begeistert und mit ihm Ilda, die endlich die Arbeit im Umsiedelungsbüro aufgegeben hatte. Kraft eines merkwürdigen neuen Gesetzes durfte eine unverheiratete Frau sich nicht einfach um ihren Haushalt kümmern, also hatte Jan ihr eine Heimarbeit verschafft, damit ihr nicht eine Stelle außerhalb von Dziewcza Góra zugewiesen wurde. Für die Genossenschaft »Bäuerliche Selbsthilfe« sollte sie aus Weiden Lampenschirme flechten, die in einem Warschauer Kunsthandwerksladen verkauft wurden.

Ilda musste die Weiden noch nicht einmal anfassen. Einmal alle paar Wochen brachte Jan einige junge Milizionäre mit nach Hause, die dann, in der Küche im Kreis sitzend, für Ilda Schirme flochten. So hatte sie Zeit, sich um den Neffen zu kümmern. Sie fütterte ihn und badete ihn. Gemeinsam beobachteten sie, wie sich das Gefieder der Pfauen grün färbte, wie sie lernten, vom Scheunendach in den Hof hinabzufliegen, und wie schließlich zwei noch immer graue, unscheinbare Weibchen in der Scheune im Heu und hinter einem Haufen Brennholz Nester bauten.

Sobald vier schwarz gesprenkelte Eier im Stroh lagen, begannen die Weibchen, bis dahin Objekte großer Pfauenliebe, mit den Männchen zu kämpfen. Beide Pfauen betrachteten jetzt die Eier als ihren größten Feind. Unablässig versuchten sie, an sie heranzukommen, um sie zu vernichten. Und sie hätten sie vernichtet, wären nicht die Weibchen gewesen. Die Mütter der noch ungeschlüpften Pfauenküken bewachten die Nester sehr gewissenhaft und verließen sie nur nachts kurz, um Nahrung zu finden. Wenn sich ein Pfau näherte, verteidigten sie die Eier mit Schnäbeln und Klauen. Bis eines Tages der größere der beiden Pfauen, derjenige, der als Erster fliegen gelernt hatte, entdeckte, dass eines der Nester leer war. Mit aller Kraft, die in seinen Flügeln steckte, flog er hin, um vor dem Weibchen anzukommen. Es gelang ihm. Er schlug stolz ein Rad, als er die Eier zertrat. Das Weibchen, das sah, was geschah, aber nicht mehr eingreifen konnte, umkreiste anschließend das Nest und schaute ungläubig hinein, sie scharrte mit den Klauen im Stroh und drehte und wendete die zerbrochenen Schalen. Das dauerte sehr lange. Schließlich setzte es sich apathisch und auf Vogelart verzweifelt vor den Zaun. In den nächsten Tagen konnte nichts seine Trauer lindern. Bis es irgendwann gleichsam alles vergessen hatte. Wieder umwarb der große Pfau das Weibchen, wieder hieß es große Liebe, Nest und Eier. Nachdem dieses Mal die Küken glücklich geschlüpft waren, stolzierte das Elternpaar mit ihnen als Musterfamilie über den Hof. Als wäre nie etwas zwischen ihnen vorgefallen.

Von Zeit zu Zeit versuchte einer der Milizionäre, die zum Schirmflechten ins Haus kamen, sich in Unkenntnis der familiären Verhältnisse mit Klein Jan anzufreunden, um

Ildas, der vermeintlichen Mutter, Herz zu gewinnen. Bisweilen bekannte einer frei heraus, dass er nichts gegen eine Braut mit Kind habe. Ilda nannte diese Verehrer Pfauen und beklagte sich beim Roten Jan über sie. Kein Einziger von ihnen kam danach noch einmal nach Dziewcza Góra.

Gerta

Gerta wartete sehnsüchtig auf eine Nachricht, dass sie auf dem Land gebraucht werde. Die Kartuzer Kaninchen waren noch schlimmer als die Schweine in Dziewcza Góra. Sie waren dumm, ihnen wuchsen zu lange Zähne, mit denen sie die Käfigstäbe zernagten. Gerta setzte durch, dass sie aus der Küche in einen Verschlag auf der anderen Seite des engen Hofes umgesetzt wurden. Das war noch schlimmer. Fortan hatten sie die Kaninchengeräusche direkt unter dem Fenster, an dem sie schliefen.

Edward fand sich damit ab, dass seine Gattin in zwei Häusern lebte. Neben der Kartuzer Wohnung, die unter ihrer Hand langsam die Gestalt eines ordentlichen Salons annahm, kümmerte sie sich noch um ihr Geburtshaus, in dem sie mindestens einmal in der Woche vorbeischaute. Sie bestimmte, was zu tun war, und trieb, wen sie nur konnte, zur Arbeit an. Oder erledigte sie gleich selbst.

In der Stadt hörte sie, dass jemand eine Brunnenpumpe verkaufen wolle, mit der man fließendes Wasser ins Haus holen könne. Sie leistete eine sofortige Anzahlung vom Geld ihres Mannes und fuhr nach Dziewcza Góra, um dem Roten Jan zu sagen, dass er sich um die Montage kümmern müsse. Aus Gründen, die sie nicht begreifen konnte, hatte niemand einen Sinn dafür. Jan war in der Stadt beschäftigt, Truda saß tagelang im Büro, nach Hause kam sie allenfalls auf einen Sprung, Ilda interessierte sich nur für Klein Jan, und die Mutter kam nicht aus dem Garten, wo sie gegen die Quecken kämpfte. Nun gut. Sie machte sich selbst ans Werk.

Als sie den Brunnendeckel abnahm, kam einer der Pfauen vom Scheunendach angeflogen und setzte sich auf die Ummauerung. Er schaute in den Brunnen und sah sich selbst. Fasziniert betrachtete er sein Spiegelbild, drehte den Kopf mal nach rechts, mal nach links, und sprang. Direkt ins Wasser. Erst erschrak er, dann sammelte er sich und begann zu schwimmen. Bis Gerta ihre jüngere Schwester fand und bevor sie diese mit Hilfe der Mutter in einem Eimer in den Brunnen hinunterließ, verging eine Stunde, vielleicht auch zwei. Schließlich holten sie den Pfau heil und lebendig heraus. Nur hatte er vom kalten Wasser steife Beine bekommen. Die Mutter rieb sie mit Spiritus ein und wärmte sie in der Küche über dem Herd, doch es war nichts mehr zu machen.

Gerta dachte praktisch. Ohne jemanden zu fragen, nahm sie den Vogel, hackte ihm mit der Axt den Kopf ab und kochte ihn gründlich aus. Unter dem ausladenden bunten Federkleid verbargen sich gut vier Kilo Fett. Mit der Pfauenbrühe hätte man das ganze Dorf versorgen können, so dick und aromatisch war sie. Sie schmeckte auch Edward; die beiden Gläser, die Gerta aus Dziewcza Góra mit nach Kartuzy brachte, aßen sie an einem Abend auf. Danach fragte Gerta ihren Mann nach den Kaninchen. Wo sie doch so viele hatten, konnten sie da nicht einen Teil für den Verzehr bestimmen? Edward war empört.

In Dziewcza Góra hinterließ der verspeiste Pfau ein furchtbar verzweifeltes Weibchen. Es rannte durch den Hof, lief durch die Mirabellen bis hinaus in die Felder, und sie mussten es suchen. Ilda und Klein Jan fanden es schließlich weit hinter Dziewcza Góra. Sie brachten es in ein Stück Stoff gewickelt nach Hause. Es half alles nichts. Ein neues Männchen musste her. Gerta durchkämmte die Kleinanzeigen in der Zeitung und fand eine Annonce: »Priester in der Nähe von Hrubieszów verkauft Pfauen.« Ohne zu zögern oder zu fragen, rief sie an und handelte den Preis aus. Dem Priester sagte sie, ihr Schwager komme den Pfau abholen.

Truda

Schon lange wollten die Kolleginnen aus Gdingen einmal die Pfauen sehen, von denen Truda so viel erzählte. Doch sie konnte ja schlecht die an städtische Verhältnisse gewohnten Frauen in ein Haus mit Plumpsklo einladen. Sie gab Jan eine Woche, ein Badezimmer zu bauen. Die Brunnenpumpe lag weiter unmontiert im Hof, Klosettschüssel, Badewanne und Waschbecken waren nirgends zu bekommen. Doch Truda wollte nichts von alldem hören, also fand Jan notgedrungen eine Lösung. In der gerade entstehenden neuen Schule in Kartuzy wurden einige Keramikstücke als Verlust gemeldet. Die zur Arbeit abkommandierten Milizionäre bauten flugs einen neuen Raum an die Küchenwand und erweiterten das zweite Fenster zur Tür. Die Badewanne wurde vor eine blau gestrichene Wand gesetzt, die Klosettschüssel daneben, das Rohr wurde diskret unter die Johannisbeeren hinausgeführt. Die im Brunnen montierte Pumpe transportierte das Wasser direkt in den Hahn.

Die Farbe und die im See gewaschenen Vorhänge mit Paradiesvogel-Dekor waren noch nicht richtig trocken, da standen die Kolleginnen aus der Stadt vor der Tür. Vier Frauen in Kostümen, in Schuhen mit Absatz, alle frisiert wie Truda und alle ganz »Ah!« und »Oh!«. Sie besichtigten das Haus und den Garten. Truda führte die Gäste so, dass sie die Schweineküche umgingen. Die Pfauen schlugen wie bestellt ihr Rad. Dann balancierten die Kolleginnen auf ihren Absätzen gemeinsam zum See, wobei sie alle naselang in Löcher im Weg traten. Am Ufer gab es Kartoffelsuppe, die sie mit großem Appetit auslöffelten. Am Abend wuschen sich die Besucherinnen im neuen Badezimmer, als sei es die normalste Sache der Welt. Truda log wie gedruckt: Sie hätten gerade keine richtigen Handtücher, nur leinene. Die anderen habe der Wind abgerissen, als sie zum Trocknen im Hof gehangen hätten.

Am nächsten Tag, nachdem sie auch das Kind angeschaut hatten, brachte Jan die Frauen mit dem Auto nach Gdingen zurück.

Ilda

Manchmal ärgerte sich Ilda über die zu laut mit ihren Absätzen durch die Küche stampfende mittlere Schwester. Sie drohte, am Ende werde Truda die Weidenlampenschirme zum Flechten bekommen, doch sie meinte es nicht ernst, denn allein zu Haus, mit Trudas Kind, fühlte sie sich zum ersten Mal glücklich. Noch nie hatte es in ihrem Leben etwas so Einfaches gegeben. Der Kleine hatte sie völlig in seinen Bann geschlagen. Sie gelehrt, ihm in die Augen zu schauen. Anfangs, beim Stillen, hatte Ilda seinen intensiven

Blick nicht ertragen. Sie war ihm ausgewichen. Doch er hatte weiter geschaut, ruhig, aufmerksam, und ihren Blick gesucht, was auch immer er darin sah. Als er drei Monate alt war, konnte sie schon stundenlang in seinen Augen schwimmen wie im stillsten See. Er biss und lutschte ihre Brustwarzen blutig, was sie trotz der Schmerzen zuließ. Er war so zerbrechlich und zutraulich. Er saugte so lange, bis Milch floss. Und sie empfand Glück. Er hatte ihr Herz gewonnen, der Lausebengel, der Wundertäter.

Man sagt über solche Kinder: ein Wildfang. Als er größer wurde, kroch er zu den Hunden in die Hütte, zu den Pfauen in die Voliere, um sich dort in den Sand einzugraben. Er fiel in die Jauchegrube, fing eine Schlange am Schwanz, zum Glück eine gewöhnliche Ringelnatter. Er verteilte Weiden in der ganzen Küche und versteckte sich darunter. Oder er ritt auf den Schweinen durch den Hof, womit er seine arme Tante Gerta in den Wahnsinn trieb.

Seit der Kleine da war, hatte die sonst so furchtlose Ilda panische Angst um sein Leben. Sie legte ihm das Ohr an die Brust und lauschte, ob er atmete. Manchmal stellte sie sich vor, er sei gerade gestorben. Er liege reg- und leblos da, und die Welt existiere weiter. Hinter der Wand kicherten Truda und Jan, das Holzbett bog sich, die Federn quietschten, und Ilda bereitete sich auf den Tod vor. Der Kleine schien das zu merken. Er öffnete die Augen und betrachtete sie einfach ganz ruhig. Dann ließ die Furcht langsam nach.

Sie selbst starb oft beinahe vor Angst. Mal lief der Kleine zwischen die Gänse, die ihn zu zwicken begannen, mal stürzte sich ein verirrter Hund auf ihn. Oder der Kleine zündelte im Hof, bis das Gras um ihn herum zu brennen anfing. Ilda konnte in diesen Situationen keinen Schritt tun. Sie war vor Angst wie gelähmt. Obwohl sie ganz in der Nähe stand, zog sie ihn nicht aus dem Feuer, und es war nicht zu sagen, worüber sie mehr entsetzt war, über das Feuer oder über sich selbst. Zum Glück sprang Jan, der gerade nach Hause gekommen war, dem Kleinen bei und löschte die Flammen mit seiner Jacke. Ilda konnte den ganzen Abend nicht aufhören zu weinen.

Sie vermisste ihn, sobald er aus ihren Augen verschwand. Sie war eifersüchtig auf ihn. Als Trudas Kolleginnen kamen, packte sie den Kleinen in ihr Motorrad – eingewickelt in eine Decke, damit er nicht herausfallen konnte – und fuhr mit ihm los, nach Chmielno und Zawory, durch Kartuzy bis nach Mirachowo, Hauptsache, die Welt ließ sie in Ruhe.

Gerta

Wenn Gerta nach Dziewcza Góra fuhr, sammelte Edward seine Manneskraft. Wenn sie zurückkehrte, unternahmen sie weitere vergebliche Versuche, mit einem Eifer, der ihres ersten Males würdig gewesen wäre. Gerta war sehr duldsam, doch manchmal schrie sie unbedacht auf. Dann stieg er unbeholfen von ihr ab und entschuldigte sich bei ihr.

Wenn er sich abends, um ihr aus den Augen zu gehen, in die Werkstatt zurückzog, malte er. Es waren seltsame Gemälde: Eine scheinbar schöne Landschaft, die man fast über dem Tisch hätte aufhängen können, doch in der Ecke machte ein Jagdhund einen Haufen. Ein stilles Dorf am Morgen, doch das Geschlecht der Bullen glänzte rosa. Gerta versuchte ihrem Mann zu erklären, dass Kunst nicht beschämen dürfe und dass er die ganze Familie der Lächerlichkeit preisgebe, wenn er diese Bilder seinen Geschäftskunden zeige. Dann sah er sie meist mit hochgezogener Augenbraue an, ohne ein Wort zu sagen.

Sie dachte sich etwas aus. Als Geschenk zum Hochzeitstag wünschte sie sich von ihm ein Porträt einer würdigen Persönlichkeit, eines bekannten Dichters oder auch Komponisten. Sie gab ihm einige aus der Zeitung ausgeschnittene Fotos zur Auswahl. Edward war einverstanden und entschied sich für eine Fotografie von Chopin. Gerta war selig: Der Komponist trug ein weißes Hemd, einen schwarzen Frack und ein schwarzes Halstuch. Ein solches Gemälde würde in einem goldenen Rahmen einen sehr ordentlichen Eindruck machen, man würde es im Schaufenster des Ladens oder über dem Klavier aufhängen können, wenn es irgendwann gelänge, eines anzuschaffen. Der Chopin geriet Edward ohne jede Absonderlichkeit, vielleicht nicht allzu ähnlich, aber dafür genau richtig für übers Klavier. Jedenfalls so lange, bis das Bild von Lepra befallen wurde. So ein Pech. Offensichtlich war das Holz schlecht grundiert worden, denn nach drei Monaten begann die Farbe abzublättern und es bildeten sich rote Flecken. Nach diesem Vorfall warf Edward seine Farben in den Müll.

Rozela

Alle waren mit sich selbst beschäftigt. Niemand bemerkte, was mit Rozela vorging. Rozela zählte. Für die Graupensuppe eintausendsiebenhundert Graupenkörner, dreihundert Möhrenstückchen, rund achtzig Würfel Sellerie und Petersilie. Dazu gut zwanzig, vielleicht dreißig Kartoffeln in größeren Stücken. Weil sie die Schule nach der vierten Klasse verlassen hatte, hätte sie nie gedacht, dass sie sich jemals alle Zahlen bis hundert würde merken können. Jetzt zählte sie endlos. Um sich nicht vom trüben Fluss der Gefühle mitreißen zu lassen, hielt sie sich seit der Geburt des Enkels hart an die Details – an die Zahl der Gemüsestückchen, die sie in die Suppe warf, das Ticken der Uhr, deren Rhythmus sie mit großer Aufmerksamkeit verfolgte, das Umschichten des ausgerissenen Unkrauts von einem Haufen auf einen anderen, bündig ausgerichteten. Sie berührte die Tiere so, dass ihr keine Empfindung entging, sie packte Teller, Töpfe und Eimer fest mit beiden Händen und setzte beim Nähen achtsam jeden Stich, Schleife für Schleife. Wie mühselig das war, als müsste sie sich, verstrickt in Tonnen von Algengewächsen, aus der Strömung des trüben Flusses retten. Zentimeter für Zentimeter arbeitete sie sich zum Ufer vor. Die Uhr tickte gerade zum zweihundertfünfundzwanzigsten Mal.

Als der Enkel zwei wurde, gelang es Rozela, ihren Zähltick unter Kontrolle zu bringen. In dieser Zeit freundete sie sich mit dem Keller an, wo sie außer Schnaps auch guten Obstwein produzierte. Sie probierte und überlegte, welche Zutaten sie verwenden könnte. Einmal warf sie aus Unachtsamkeit Pflaumentrester in den Hof. Die Schweine, die der Eber wieder einmal aus dem Stall befreit hatte, machten sich darüber her, bis sie anfingen, Slalom zu laufen und umzufallen. Sie lagen im Sand und strampelten mit den Hufen, ohne auf die Hunde zu achten, die so verwirrt waren, dass sie nicht einmal bellten. Zufällig kam gerade jemand am Haus vorbei, sah die betrunkenen Schweine und erzählte es im Dorf herum. Die wütende und beschämte Rozela stauchte zuerst ihre Töchter wegen irgendwelcher Nichtigkeiten zusammen, dann knöpfte sie sich den Schwiegersohn vor. Sie schrie, das sei absolut inakzeptabel – nicht genug damit, dass er und Truda ohne kirchliche Trauung zusammenlebten, sie hätten auch das Kind nicht taufen lassen. Jan, der anfangs schwor, eher werde er die Autoschlüssel verschlucken, als dass er mit seinem Sohn zur Kirche fahre, gab schließlich klein bei. Am darauffolgenden Sonntag wurde – ohne großes Aufsehen, um die Sache nicht noch schlimmer zu machen – der Kleine in Chmielno nach dem Gottesdienst in Anwesenheit von Truda, Jan, Ilda, Rozela sowie Gerta und Edward auf den Namen getauft, der schon in den Geburtsdokumenten stand: Jan. Weil er ständig Brände legte, nannten sie ihn zu Hause Feuerjanek.

Kaum war diese Sache erledigt, sorgte sich Rozela schon wieder wegen anderer Gerüchte. Es gab in Dziewcza Góra wohl niemanden, der nicht Truda, sondern Ilda für die Mutter ihres Enkels hielt. Rozela, die ein ganzes Leben lang nichts auf das Geschwätz der Leute gegeben hatte, war seit der Geburt des Kindes nicht mehr sie selbst. Jede Kleinigkeit schmerzte, erschütterte sie. Als sei ihre ganze Haut jetzt dünn und pergamenten wie an der Stelle ihres Bauches, wo das Bügeleisen seine Spur hinterlassen hatte.

Gerta

Die Strzelczyks bekamen Besuch von einem Kriegskameraden. Ein seltenes Ereignis. Der Gast beglückwünschte Edward zu seiner schönen Gattin, fragte nach den Kindern, klopfte ihm auf die Schulter, offenbar müssten sie sich noch gedulden, und erklärte der verdutzten Gerta: »Wir haben ein Jahr auf derselben Ofenseite gesessen.«

Edward schloss den Laden, hängte einen Zettel an die Tür, dass er in sehr dringenden Fällen in der Wohnung zu finden sei, und setzte sich mit dem Besucher an den Tisch. Es sprach nur der andere, dessen Kopf über den Gläsern, die er selbst auffüllte, fröhlich hin und her wackelte. Erst höflich über seine Frau und seine Kinder, über seine Arbeit als Begleitschützer. Anschließend über Edward. Hatte Edward Gerta von der Zeit im Kriegsgefangenenlager erzählt? Nein? Dann wollte er es tun. Sie hatten zusammen im Stalag gesessen. Edward war im Lager weithin bekannt, selbst unter den Offizieren. Nicht nur deshalb, weil er von Anfang an dort saß; andere Gefangene ohne militärischen Dienstgrad wurden maximal ein paar Monate festgehalten, er jedoch volle vier Jahre. War vielleicht in den Unterlagen etwas durcheinandergeraten, fragte der Kamerad, und es ging den Deutschen eigentlich um seinen Bruder, den Offizier? Seine Bekanntheit verdankte Edward vor allem der Tatsache, dass er zeichnen konnte. Wenn jemand ein größeres Format von einem abgenutzten Foto verlangte, dann gerieten ihm die Frauen und Verlobten immer noch ein wenig schöner. Edward hatte im Lager Spielschulden ohne Ende, fügte der Besucher treuherzig hinzu. Doch dank seiner Zeichnungen hatte er immer alles zurückzahlen können, bis auf den letzten Groschen.

Und hatte Edward seiner Frau von der Katze erzählt? Edward wollte sich nicht erinnern, man sah, wie er sich auf dem Stuhl wand, doch der Gast musste die Geschichte unbedingt erzählen. Ihnen war eine Katze zugelaufen. Sie schleppte Mäuse in die Baracke, in schlechteren Zeiten immerhin Kakerlaken. Einmal brachte sie ihnen Spinnen. Sie beobachteten frühmorgens, wie das Tier sie mit den Pfoten zusammenwischte, damit sie nicht auseinanderliefen. Die Katze schlief bei Edward auf der Pritsche. Als an jenem Tag ein Klirren zu hören war, wussten alle sofort: zerbrochenes Porzellan. Wäre es ein Rasierspiegel gewesen – sieben Jahre Unglück, nichts zu machen. Das Foto einer Geliebten – halb so wild. Oder selbst eine Fensterscheibe – es wäre kalt geworden, ein guter Vorwand, sich die Langeweile beim Lagerarzt zu vertreiben. Aber es war eine Porzellanschüssel. Den Glückspilzen, die im Lager an einen solchen Schatz kamen, war ihr Geschirr mehr wert als Geld oder Zigaretten. Sie würde wissen warum, so der Gast zu Gerta, wenn sie jemals versucht hätte, nach einer dünnen Suppe den Talg vom Boden einer Aluminiumschüssel aufzulecken. Das ganze Lager habe also mitbekommen, wie der Besitzer der zerbrochenen Schüssel der Katze nachbrüllte: »Du verdammtes Scheißvieh!« Edward habe ihn deshalb verprügeln wollen, aber die anderen hätten ihn zurückgehalten, weil in der Abteilung ein Maler mit geschickten Händen gebraucht wurde. Irgendwann habe jemand das Tier mit zerstoßenem Glas vergiftet. Ob Edward wisse, dass der mutmaßliche Täter heute ganz in der Nähe wohne, in Kościerzyna?

Edward schwieg weiter, doch der andere hörte nicht auf zu reden. Ob Gerta wisse, wie sehr Edzio allen im Lager leidgetan habe wegen seiner Frau? Das habe er sicher erzählt, nicht wahr? Die meisten hätten vor der Gefangenschaft ein Mädchen gehabt, doch habe es niemanden gegeben, der geheiratet und es nicht geschafft habe, die Frau zu kosten. Niemand außer Edward sei direkt von der Hochzeit, ohne eine Nacht mit seiner Frau zu verbringen, an die Front gefahren, niemand sei ohne Kampf in Gefangenschaft geraten und habe den ganzen Krieg im Lager verbracht. Sie alle, seine Kameraden, hätten gesehen, wie er weinte, als er den Brief mit einem Foto seiner jungen Frau im Sarg erhielt.

An dieser Stelle röteten sich Edwards Augen. Er sagte:

»Es reicht!« Man sah ihm an, dass er nicht scherzte. Sie verabschiedeten den Gast, der eilig aufbrach. Am Abend versuchte Gerta behutsam, so sanft sie konnte, mehr zu erfahren. »Lass mich in Ruhe«, sagte er schroff. Er ging in der Werkstatt auf und ab, die Augen noch immer gerötet, die Fäuste in den Hosentaschen. In dieser und den folgenden Nächten schlief er im Laden, auf einer Decke, die er sich neben dem Schreibtisch ausbreitete.

Fünf Tage später war ihr vierter Hochzeitstag. Der schon am Morgen betrunkene Edward zerbrach den kunstvoll aus Silber geschmiedeten Kranz, den Gerta zur Seidenhochzeit auf dem Kopf tragen sollte, schlug den Tisch in Stücke und warf zuletzt das Chopin-Porträt an die Wand.

Truda

Wie wenig sie ihre Männer kannten! Erst machte der Schwager der Familie Schande, indem er am Hochzeitstag die Gäste vergraulte, und dann erwies sich Jan, dem Truda einen Sohn geschenkt hatte, als der letzte Schuft. Die Kleine von der Post mit dem kessen blonden Schopf hatte ihr scheinbar vertraulich zugeflüstert: »Jan hat irgendwo in Polen noch ein Kind!« Angeblich in der Nähe von Hrubieszów. Dort fuhr er in letzter Zeit öfter hin.

Mit großen und überaus energischen Schritten eilte Truda an diesem Tag von der Post zur Kommandantur. Sie achtete nicht auf die Löcher in den Kartuzer Trottoirs, versuchte nicht einmal Steinen auszuweichen und ignorierte die sich biegenden Absätze. So durchquerte sie den Hof des Milizgebäudes und verscheuchte mit einer unwirschen Handbewegung ein paar Hühner. Die sich höflich verbeugenden Untergebenen ihres Mannes würdigte sie keines Blickes. Sie betrat das Büro, schickte einen wichtigen Kartuzer Direktor vor die Tür und sagte: »So etwas hätte ich von dir nicht erwartet.«

Dann – anders, als sie geplant hatte – setzte sie sich auf Jans Schoß und fing an zu weinen. Und er, verwirrt und beschämt, stritt alles ab und verteidigte sich. Nach Hrubieszów sei er doch nur wegen der Pfauen gefahren. Sie solle ihm einen Monat Zeit lassen, er werde alles regeln. Wenn es so weit sei, wenn er sprechen könne, dann – das schwöre er – werde er ihr alles erklären. Sie könne ihm ruhig glauben: Es gebe keine andere Frau.

Am Abend dieses unseligen Tages erinnerte sich Truda an den Brief aus Berlin. Noch mit Tränen in den Augen öffnete sie das Kuvert und las: »Die Eheleute Anne Marie und Jakob Richert geben mit Freude die Geburt eines Nachkommens bekannt.« Das beigelegte Foto zeigte ein dickes Kind in einem Meer von Spitzen auf dem Schoß einer Frau. Es glich Jakob. Die Frau hatte braunes, gewelltes Haar, dunkle, etwas schiefe Augen und ein sehr weißes, mädchenhaftes Gesicht – Truda entdeckte keine Spur von Schminke. Sie sahen einander sehr lange in die Augen und Truda hielt ihrem Blick stand. Schließlich nahm sie das Foto und stellte es an die Zuckerdose, direkt gegenüber der Küchentür. Beim Hinausgehen sah sie der anderen Frau noch einmal in die Augen, stolz und herausfordernd: Sie sollte wissen, dass sie nicht die Erste war.

Abends ließ sie sich wie immer von Jan ausziehen, doch als er sich an sie heranmachen wollte, befahl sie ihm, aufzustehen und das Zimmer zu verlassen. Offenbar, so dachte sie, hatte er doch etwas auf dem Kerbholz, denn er gehorchte. Zum ersten Mal seit Jahren durchweinte sie eine einsame Nacht. Am Morgen fand sie Jan schlafend auf den blanken Küchendielen, bedeckt nur mit seiner Uniformjacke. Er schlief und schnarchte, den Kopf an die Anrichte gelehnt, und von dem Foto über ihm sah die andere Frau Truda dreist ins Gesicht.

Ilda

Wie wenig sie doch ihre Männer kannten! Erst hörte Truda, dass ihr Feuerjanek irgendwo in Polen einen Bruder habe. Kurz darauf kam Gertas Mann auf dem Rad angefahren, doch statt es wie sonst auf dem Hof abzustellen, lauerte er Ilda in der Schweineküche auf, zur Seeseite hin. Er drückte ihr ein Foto in die Hand und sagte, sie müsse unbedingt nach Kościerzyna fahren und die Adresse des Mannes auf dem Foto erfragen. Sie wollte wissen, warum er nicht den Roten Jan frage, worauf Edward zusammenzuckte. Warum denn Jan? Weil ihr Schwager bei der Miliz arbeite. Er bestand darauf, Ilda solle die Adresse herausfinden, sie werde schon allein zurechtkommen. Nur solle sie um Gottes willen niemandem davon erzählen.

Ilda versprach Edward, in der kommenden Woche nach Kościerzyna zu fahren. Als sie schon auf der Hauptstraße in Kartuzy war, an der Kreuzung Gdańska und Parkowa, lief ihr ein schmächtiger Mann, kaum größer als ein Kind, direkt vors Motorrad. Sie wich aus, er sprang zur Seite, und so hätten sie einen Zusammenstoß vermieden, wenn nicht der Seitenwagen den Bordstein touchiert und das Motorrad die Richtung geändert hätte. Weil der Mann so leicht war, flog er einen Meter hoch in die Luft, bevor er mit dem

Rücken aufs Kopfsteinpflaster prallte. Die Leute liefen zusammen, jemand schrie Ilda an, doch der Mann stand auf, klopfte sich die Hände ab und sagte den Leuten, sie sollten weitergehen, es sei nichts passiert. Er sah sie an, als sähe er ein Wunder. Dann sagte er: »Das kann kein Zufall sein.« »Warum?« Sie müsse sich in seinem Atelier in Sopot eine Skulptur ansehen. Dann werde sie alles verstehen.

Ilda traute Fremden nicht, sie war es leid, frech angesprochen zu werden. Doch dieser Mann hatte etwas Besonderes: Er war schmächtig gebaut, aber seine dunkelblauen Augen schauten so streitlustig und entschlossen durch die schwarze Brille, dass manch größerer und kräftigerer Mann ihm aus dem Weg gegangen wäre. Trotz der fast kindlichen Statur strahlte er Kraft und Angriffslust aus. Außerdem, da sie ihn fast überfahren hatte, schuldete sie ihm ein wenig Freundlichkeit.

Also fuhren sie nach Sopot. Sie am Lenker der Sokół, er im Beiwagen. Den ganzen Weg über sah er sie lächelnd an, mit demselben kindlichen Lächeln öffnete er ihr eine große Glastür. In einem hohen, hellen Raum standen in dichtem Staub Klötze aus weißem Stein. Und ganz am Ende – die Skulptur einer Frau mit einem Kind an der nackten Brust. Sie war etwas größer als Ilda, aber sie hatte ihr Gesicht, als hätte der Künstler sie nach der Natur kopiert. Sie hatte auch ihre Brüste, wenngleich weniger prall. Ilda war perplex.

Er bat sie, zum Tee zu bleiben, da sie nun schon mit zu ihm gekommen sei. Und er fragte, ob er seine Madonna, die lebendige, noch ein wenig anschauen dürfe. So saßen sie schweigend da, tranken Tee aus Tassen, die nach pulverisiertem Stein rochen und die er aus einer Spüle voller Meißel und Einmachgläser geholt hatte. Sie saßen da, und er hörte nicht auf, Ilda zu betrachten. Sie fragte ihn, wie er heiße. Er deutete auf ein Schild, das an der Wand lehnte: »Tadeusz Gelbert. Bildhaueratelier«.

Als sie mit dem Tee fertig waren, fragte er, ob sie hungrig sei. Er sagte, er habe oben etwas zu essen, und Ilda, der gleichwohl kurz durch den Kopf schoss, dass es sich nicht gehöre, mit Fremden wer weiß wohin zu gehen, nahm die Einladung an. Sie dachte, es werde ihn sicher kränken, wenn sie ihm zeigte, dass sie ihm nicht traute. Sie stiegen eine steile Holztreppe hinauf, wie sie sonst eher auf Dachböden führte. Hinter der Tür erblickte Ilda eine andere Welt: In einer kleinen, mit einem dicken Plüschvorhang vom Atelier abgetrennten Wohnung standen zwei Polstersessel, ein Sofa, ein kleines Regal mit Nippes und sogar ein Schreibtisch, auf dem penibel geordnet Stücke von geschliffenen bunten Steinen lagen. Die Fenster der Wohnung gingen auf eine ruhige Seitenstraße hinaus, in der Eschen wuchsen. Die Äste eines der Bäume berührten die Scheiben. Als er ein Fenster öffnete, hörte sie das Meer und roch seinen Duft.

Zu essen gab es gebratenen Fisch, den Tadeusz aus einem sehr modernen Kühlschrank in der kleinen dunklen, ans Wohnzimmer angrenzenden Küchennische holte. Sie fragte, wer das Essen gekocht habe. Er antwortete, Pani Kazia schaue regelmäßig vorbei. Sie wollte wissen, ob Pani Kazia hübsch sei. Er lächelte und sagte, eher nicht. Dann saßen sie sich in den Sesseln gegenüber. Er versuchte nicht einmal, sie zu berühren. Sie erzählte ihm ein wenig von Dziewcza Góra, von der Arbeit mit den Umsiedlern und von ihren Schwestern. Sie fragte, was ihn nach Kartuzy verschlagen habe. Er habe seine Ex-Frau und seine fast erwachsenen Söhne dort untergebracht, habe ihnen ein Haus am Kreuzberg gekauft. Sie hätte gern mehr über seine Familie erfahren, doch er wollte nicht darüber sprechen.

Stattdessen erzählte er ihr von Penelope, die aus Liebe zu

Odysseus am Tag webte und das Gewebte in der Nacht auf-
trennte, von Homer, der diese Geschichte von der größten
Liebe der Welt aus dem Kopf deklamierte, ohne sie je auf-
geschrieben zu haben. Er erzählte von Caravaggio, vor dessen Gemälden er, ein harter Mann, immer weinen müsse,
und davon, dass die Zeitgenossen ihn geringgeschätzt hätten, weil er Prostituierte als Madonnen gemalt habe. Er erzählte von Motiven dieser Gemälde: abgeschnittenen Köpfen, Morden, dem Tod. »Das Studium fremder Werke«, sagte
er, »ist die beste Schule der Kunst.« Sie empfand große Bewunderung für sein enormes Wissen. Und sie dachte, dass
er zwar schreckliche Dinge erzählte, aber wenn er so liebte,
wie er sprach, dann würde sie vielleicht bei ihm bleiben.

Sie bat ihn, zu erzählen, wo er herkam. Und sie hörte die
Geschichte von einer Frau, die im Ersten Weltkrieg, in der
Zeit des großen Hungers, aus einem Zug nach Warschau
gestoßen wurde, nachdem man ihr das in den Dörfern beschaffte Brot abgenommen hatte. Mit letzter Kraft schleppte sich die Frau in einen Wald, ohne zu wissen, wo sie war
und wohin sie ging. In diesem Wald entdeckte sie mitten
auf dem Weg einen Säugling. Sie wurden gefunden, weil
das Kind aus vollem Hals weinte. Sie überlebte, weil das
Kind schrie, er, weil ihn die Frau mit ihrem Körper wärmte. Und als sie in einem Dorf irgendwo bei Radom wieder
zu Kräften kamen, stellte sich heraus, dass ihr Haus zerstört und ihr Kind getötet worden war. Und so blieben
sie zusammen. Er, der seine leibliche Mutter nicht kannte,
und sie, der er das verlorene Kind ersetzte.

Ilda verbrachte die Nacht mit dem Bildhauer. In ihren
Kleidern, zugeknöpft bis zum Hals, schliefen sie aneinandergeschmiegt irgendwann in seinem schlichten, aber sauberen Bett ein, das im zweiten, fast leeren Zimmer stand.
Am Morgen, als es noch grau war, zog er sie in diesem Bett

aus. Da wusste Ilda, sie würde nicht nach Hause zurückkehren.

Rozela

Am Nachmittag kam Gerta angeradelt. Sie weinte und sagte,
vor ihrem Haus habe es einen Unfall mit einer Sokół gegeben. Rozela ließ sofort den Schwiegersohn aus der Stadt rufen und schickte ihn dann zurück nach Kartuzy, mit ge-
nauen Anweisungen – die sie flüsterte, damit Feuerjanek
nichts mitbekam –, an welchen Stellen und wonach er fragen solle.

Ilda war weder im Krankenhaus noch in der Leichen-
halle. Jemand hatte gesehen, wie sie mit dem Mann, den
sie angefahren hatte, auf dem Motorrad verschwunden war.
Die Nachforschungen dauerten bis zum Abend. Die von
Jan ausgesandten Milizionäre fanden sogar zwei Motorräder vom Typ Sokół, doch keines davon war Ildas. Sie
selbst tauchte anderntags in Dziewcza Góra auf. Sie erzählte
von dem Unfall und erklärte, sie müsse sich um den Ge-
schädigten kümmern. Und werde gleich zu ihm zurückkehren. Sie sei erwachsen. Niemand könne es ihr verbieten.

»Und wer soll sich um das Kind kümmern?«, schrie
Rozela. Und warum stünden Gerta und Truda da und
glotzten wie die Kälber? Sähen sie nicht, was dieses Mädchen vorhabe?!

Und als Nächstes sperrte sie Ilda in den Keller unter der
Küche. Sie öffnete einfach die Tür und sagte: »Rein da mit
dir.« Dann stellte sie einen Stuhl auf die Klappe im Fußboden, einen zweiten platzierte sie so, dass sie die Füße darauf-

legen konnte, und machte es sich auf den beiden Stühlen bequem. Sie beschloss sogar, auf ihnen zu schlafen, nachdem sie sich mit einem Plumeau zugedeckt hatte. Die ganze Nacht saß sie so da, am offenen Herd, aus dem orangegelbes Licht flackerte. Den ganzen nächsten Tag saß sie so da. Sie wusste, dass keine der älteren Töchter, die missmutig um sie herumscharwenzelten, auch nur ein Wort sagen würde. Sie scherte sich nicht darum, dass der fünfjährige Feuerjanek fragte, warum sie die Tante eingesperrt habe – sie sagte, er solle den Mund halten und sich nicht einmischen. Durch die verschlossene Klappe hielt sie Moralpredigten, sie kniete sich hin und betete Ave-Marias, damit ihre Tochter zur Besinnung kommen möge. Sie wütete und stampfte mit den Schuhen so fest auf den Holzboden, dass darunter sicher die Wände wackelten. Doch wenn sie es wieder im Guten versuchte, stieß sie nur auf Ildas Widerstand. Sie war so wütend, dass sie sie hätte verhungern lassen, wenn nicht nachts um vier die Müdigkeit sie übermannt hätte. Als sie erwachte, lag sie in ihrem Bett. Die Küche war leer, die Stühle zur Seite geschoben, die Klappe offen und Ilda – verschwunden.

Sie fragte Truda. Warum sie diesem missratenen Mädchen helfe? Sie fragte die betreffs der Familienehre sensible Gerta und hoffte, in ihr eine Verbündete zu finden. Keine der beiden sagte etwas. Rozela versuchte, von Jan etwas zu erfahren, sie wollte ihn dazu bringen, etwas zu unternehmen, doch Jan senkte nur den Blick und räusperte sich unbehaglich.

Unterdessen spürte Rozela, wie – vielleicht wegen ihrer Müdigkeit, vielleicht wegen des Anblicks der offenen Klappe und des leeren Kellers – ihre Wut allmählich abkühlte und der Sorge um die unberechenbare Ilda wich. In den folgenden Wochen versuchte sie die Wut, so gut sie konnte, neu anzufachen: durch Empörung, Spott, Worte und Phantasien, doch die Wut erlosch und die Angst wuchs. Rozela wollte sich nicht ängstigen! Sie beschloss, die Sache selbst in die Hand zu nehmen. An einem heißen und schwülen Tag verkündete sie, nachdem sie zig Male die Stoffstücke für eine neue Patchwork-Decke aufgetrennt und wieder zusammengenäht hatte, sie werde mit dem Zug nach Sopot fahren. Sie werde Ilda aus den Händen dieses Hochstaplers befreien. Sie packte etwas Käse und Brot in einen kleinen Pappkoffer, band sich ein Tuch um den Kopf, zog einen sauberen Rock an und ging zu Fuß zum Bahnhof, um die Bahn mit dem Umstieg in Somonino zu bekommen.

Als sie dort im kühlen, dunklen Wartesaal auf einer Bank auf ihren Anschluss wartete, glaubte sie noch, es werde ihr gelingen. Wieder und wieder stellte sie sich vor, wie sie mit festem Schritt die Treppe hinaufsteigen würde, denn es gab dort sicher eine Treppe. Wie sie an die Tür hämmern und dann, ohne abzuwarten, die Klinke drücken würde. Zwischendurch fürchtete sie, wenn sie zu lange auf den Zug würde warten müssen, könnte der Mut sie verlassen. Dann rief sie sich streng zur Ordnung und versuchte noch einmal, den ersten Schritt auf die Treppe zu setzen.

Der Zug war viel zu lange unterwegs. Sopot erwies sich als groß und überlaufen. Rozela dachte verärgert an Truda. Die hätte mit ihren Farben und ihrem Pelz viel besser hierhergepasst, doch sie hatte nicht fahren wollen. Sie empfand Groll gegen Gerta, deren Gleichgültigkeit sie einfach nicht begreifen konnte. Sie begann die Passanten nach dem Bildhauer zu fragen, doch die meisten waren fremd in der Stadt, so wie sie. Schließlich zeigte ihr jemand den Weg.

Die Straße war breit, zu beiden Seiten standen Pavillons. Die Luft roch nach Algen und frischem Wind. Die Hauptstraße führte direkt zum Meer, sie musste vorher rechts abbiegen, zwei Häuser weiter war die richtige Adresse. Rozela war nie am Meer gewesen, wo sie ihre alten, unerledigten Geschichten hatte. Sie schalt sich in Gedanken: Sie sei nicht hergekommen, um sich mit sich selbst zu beschäftigen. Sie ging, wie man ihr gesagt hatte. Sie nahm den Rock in beide Hände, stieg entschlossen die Treppe hinauf und öffnete die Tür.

Sie saßen in Sesseln. Wie echte Herrschaften: er und Ilda, sie in einem engen Stadtrock, frisiert und hochgeschlossen mit einer schweren teuren Brosche am Hals. Eine Ilda mit gleichsam weißerer Haut und blaueren, glänzenden Augen. Sie glich jetzt Frauen, wie Rozela sie nur zwei Mal gesehen hatte: bei ihrer Trauung und beim Begräbnis des seligen Abram.

Was für eine dumme Idee, hierherzukommen, schimpfte sie in Gedanken mit sich selbst. Sie, aus dem hintersten Dorf – was wollte sie in dieser eleganten Welt, außer ihrer Tochter Schande zu bringen? Sie trat ein, weil sie sie hereinbaten, lehnte aber den Tee ab. Sie wollte sich nicht im Sessel ausruhen. Sie wollte keinen Spaziergang machen. Sie ging durch die Wohnung, schaute durchs Fenster auf die Straße, betastete den Samt und verkündete, ohne der Tochter in die Augen zu schauen, sie müsse schon wieder gehen. Sie ließ sich nicht zum Bahnhof begleiten. Zum Abschied sagte sie, schon in der Tür: Bis zur kirchlichen Trauung wünsche sie diesen Herrn nicht in Dziewcza Góra zu sehen.

Abends setzte sie sich zu Hause wieder an die Singer-Nähmaschine und nähte die Patchwork-Decke sehr viel ruhiger zu Ende.

Gerta

Gerta wollte sofort nach Ildas Verschwinden unbedingt herausfinden, was mit der Schwester los war, wie es ihr ging, wie sie sich eingerichtet hatte, wo sie lebte – und ob die Sache es wert war. Anders als die Mutter, die tat, als habe sie keine Tochter, und beschlossen hatte, ihre Existenz zu verschweigen, versuchte Gerta Truda dazu zu bringen, mit ihr zu Ilda zu fahren. Truda weigerte sich hartnäckig, angeblich wegen Feuerjanek. Sie sagte: »Wie kann man nur ein Kind von einem Tag auf den andern alleinlassen?!« Doch eigentlich ging es wohl nicht so sehr um das Kind, da sie ihren Sohn jetzt, ohne zu zögern, Gerta überließ. Gerta dachte, es handele sich um eine Art Neid. Vielleicht darauf, dass Ilda in der Lage war, mit dem Mann zusammenzuleben, mit dem sie wollte?

Gerta übernahm die Fürsorge für den Neffen, denn Truda verbrachte neuerdings noch mehr Zeit in Gdingen, und Jan hockte lange im Kommissariat. Die in der Stadt kursierenden Gerüchte über Jans Kind taten ihrer Ehe nicht gut. Der Mutter war Ildas Flucht auf die Gesundheit geschlagen, sie war gealtert und geschrumpft. Der Enkel, ein fünfjähriger Hansdampf in allen Gassen, überstieg ihre Kräfte. Wenn er allein im Dorf unterwegs war, geriet er jedes Mal in Kalamitäten. Hier setzte er etwas in Brand, dort machte er etwas kaputt oder prügelte sich mit anderen. Außerdem war er ein echter Schlingel: Seit er bemerkt hatte, wie nervös die Großmutter auf jede Erinnerung an die Russen reagierte, fragte er sie andauernd danach und freute sich, dass es ihm gelang, Verwirrung zu stiften.

Gerta nahm also den Neffen für einen Teil der Woche mit zu sich in die Stadt. Sie setzte ihn auf den Rahmen ihres

Fahrrads und transportierte ihn nach Hause. Im Hof in Kartuzy gab es mehr als genug Kinder; er ging morgens nach draußen, erschien kurz zum Mittagessen und kam dann erst abends wieder ins Haus. Gerta sah durchs Fenster, wie die ganze Bande aufs Dach der Räucherei kletterte oder mit Schüsseln an den Becken zum Wäschewaschen klapperte. Manchmal lief sie mit dem Lappen in der Hand hinaus, um ihn auszuschimpfen – wenn die Kinder, angestiftet vom Halunken Feuerjanek, Abfall in den Kamin der Räucherei warfen oder Katzen Dosen an die Schwänze banden. Doch sie war zufrieden mit dem neuen Hausbewohner.

Ganz anders Edward, der sich über das Kind beklagte und auch darüber, dass er als ihr Ehemann mit ihrem Neffen das Bett teilen musste. Wie denn anders, erwiderte sie, sollten sie vielleicht das arme Kind allein in der kalten Küche schlafen lassen? Sie packte die beiden also zusammen ins Ehebett, sich selbst errichtete sie zwischen den Töpfen ein Reich aus Daunen. Und erst da fühlte sie sich wirklich als Herrin des Hauses. Edward murrte und schüttelte den Kopf, doch er verstand das Spiel, das Gerta mit ihm spielte. Geduldig wartete er bis freitags ab, wenn Feuerjanek mit seinem Vater nach Hause fuhr. Samstags redete sich Gerta vor ihrem Mann mit der Wäsche heraus und gab ihm Berge von Bettwäsche zum Recken und Teppiche zum Ausklopfen. Sollte er sich abrackern. Oder sie bat um mehr Brennholz, wenn es kalt war. Manchmal machte sie sich am späten Nachmittag daran, längst fällige Wäsche zu bügeln. Er aber wartete auf den Moment, in dem sie sich unachtsam irgendwo aufstützte, sich über die Wanne beugte oder die Hände in den Teig steckte, und überfiel sie irgendwo zwischen Speisekammer und Waschküche.

Ihr erstes Mal hatten sie da schon hinter sich. Nachdem

sie beim Arzt gewesen war, hatte Gerta beschlossen, die Sache so schnell wie möglich zu Ende zu bringen. Als sie sich am Abend ins Bett legten und Edward ihr wie immer beiläufig einen Gutenachtkuss gab, setzte sie sich, ohne das Nachthemd auszuziehen, auf seine Hüften. Er straffte sich und wurde nervös. Er sah sie ängstlich an, was sie zutiefst beschämte, also schloss sie die Augen. So saßen sie eine Weile da, und Gerta kniff die Lider zusammen – sie war nicht auf ihn gestiegen, um unverrichteter Dinge wieder abzusteigen. Doch offensichtlich genügten ihr Gewicht, ihr Geruch, ihre Wärme und das offene Nachthemd, damit Edward spürte, was zu geschehen hatte. Er rollte Gerta auf den Rücken und drang etwas unbeholfen, aber ohne größere Schwierigkeiten in sie ein. Sie kniff die Lider fester zusammen, mit aller Kraft ballte sie auch die Fäuste, bis sich die Fingernägel in die Handfläche gruben, doch sie gab sich ihm hin. Sie öffnete den Mund, weil sie spürte, dass Edward sie küsste, sie breitete die Beine weit auseinander. Ihr erster Sex dauerte vielleicht nicht lange, aber er brachte – das war ein seltsames Gefühl – Gertas Herz zum Schwingen wie eine Glocke. Sie schliefen enger nebeneinander ein. Im Morgengrauen versuchte Edward es noch einmal, als wolle er sich vergewissern, dass er letzte Nacht nicht geträumt hatte.

Mit der Zeit wuchs sein Selbstvertrauen, nicht aber ihre Lust. Er lauerte ihr auf, sie tat alles, um sich ihm zu entziehen. Wenn es Gerta gelang, ihrem Mann länger als eine Woche Widerstand zu leisten, wurde Edward nervös und klagte oder schrie wegen jeder Kleinigkeit. Dann nutzte Gerta bisweilen die Gelegenheit, gekränkt zu sein und mit dem Strohsack in die Küche umzuziehen, öfter aber kam sie von selbst zu ihm, schmeichelnd und für so lange, wie Edward nur wollte. So kabbelten sie sich ganze Wochen lang. Als also eines Tages der Schwager bei ihnen auftauchte und sagte, er müsse für zwei, drei Wochen von zu Hause weg, und Truda, sie wüssten ja, die Arbeit im Büro, ob sie also nicht vielleicht – da war Gerta begeistert. Aber natürlich, erklärte sie. Der Junge solle nur kommen. Sie würden sich um Feuerjanek kümmern, solange es nötig sei.

Er blieb sechs Wochen. Manchmal war es richtig schön. Etwa, als Edward, nachdem er das Hemd ausgezogen hatte, dem Jungen in der randvoll mit heißem Wasser gefüllten Wanne den Rücken sauber schrubbte und dann, weil es schade um das Wasser gewesen wäre, auch Gerta abschrubbte und ihr wunderbar Rücken und Arme massierte. In diesem Moment bedauerte sie sogar ein wenig, dass nicht sie, sondern der Junge bei Edward schlief. Manchmal war es schrecklich. Etwa, als der Junge die Rasierklingen fand, die Gerta für ihre Näh- und Stickarbeiten benutzte. Er schnitt sich und bespritzte die Wand mit Blut. Sie mussten mit ihm ins Krankenhaus und die Wunde nähen lassen. Zu allem Übel verdarb er auch einen ganzen Ballen Stoff. Das Blut ließ sich nicht auswaschen. Gerta war so wütend, dass Edward den Jungen vor einer strengen Bestrafung retten musste.

Sechs Wochen ohne Liebe mit Gerta waren für Edward viel zu viel. Eines Nachts bemerkte Gerta auf ihrem Lager am Küchenofen, dass sie nicht allein war. Fortan hatte der Neffe das Ehebett für sich, und Gerta teilte mit Edward den schmalen Strohsack und das Federbett.

Ilda

An jenem Tag, an dem Ilda aus Dziewcza Góra floh und in Sopot vor Tadeusz Gelberts Tür stand, empfand sie Scham, als er ihr öffnete. Sie war keineswegs eine schüchterne Frau, doch sie war so verlegen, dass sie die Augen niederschlug. In den Tagen und Nächten, die sie im Keller ihres Geburtshauses hockte, hatte sie sich sehr nach diesem Mann gesehnt. Stundenlang hatte sie sich ausgemalt, wie sie wieder nackt zusammen im Bett lagen, wie er zu ihr sprach, wie er sie liebkoste. Doch als sie dem echten Tadeusz Gelbert gegenüberstand, kam sie sich lächerlich vor. Ein Ding der Unmöglichkeit: Als wollte sie zurückspringen in einen Traum, aus dem sie längst erwacht war.

Sie begrüßte ihn mit dem etwas merkwürdigen Bekenntnis, sie habe nur einen Satz Kleider und ihr Motorrad dabei. Er freute sich, sie zu sehen. Er schien sich überhaupt nicht daran zu stören, dass sie ohne jedes weitere Gepäck kam, ganz im Gegenteil, er versicherte: »Das wird sich schon finden.« Er rief gleich in Richtung Küche, aus der eine ältere, stattliche Frau kam. Er sagte zu ihr: »Pani Kazia, kochen Sie uns etwas, wir müssen unsere Ilda füttern.« Die verwirrte Ilda sah die Haushälterin an. Die Frau musterte sie kritisch und kühl.

Im Laufe der Zeit erwies sich Kazia als Ildas treuste Verbündete. Sie arbeitete seit Jahren bei Tadeusz, sie kannte ihn noch aus frühester Jugend und hatte ganz eindeutig eine Abneigung gegen die erste Frau Gelbert. Ilda aber schloss sie bald ins Herz: Rozelas Tochter konnte zuhören, und nach den Monaten in der allgemeinen Schlafstelle des Umsiedlungsbüros kannte sie auch viele anrührende Geschichten. Und obwohl Kazia derb und ungehobelt wirkte, ließ sie sich leicht und gern anrühren. Sie revanchierte sich für Ildas Freundlichkeit, indem sie ihr beim Essen die besten Bissen zuschob. Sie sagte immer wieder: Sie sei eine einfache Frau, und es kümmere sie nicht, wie die Großstadtleute lebten, solange sie niemandem Unrecht täten.

Ilda war beileibe keine Großstädterin. Tadeusz, der anfangs von ihrer – wie er sagte – Intuition und ihrem Sinn für Kunst fasziniert war, stellte rasch fest, dass die junge Frau einiges an Bildung nachzuholen hatte. Ilda hatte das polnische Gymnasium in Kartuzy absolviert, ihre Lehrer waren teils aus Wilna gekommen, sie konnte ein wenig Französisch, das ihr einer der Flüchtlinge, die sich im Keller in Dziewcza Góra vor den Deutschen versteckten, beigebracht hatte. Tadeusz meinte freilich, Ildas Ungeschliffenheit würde ihn kompromittieren. Jede Woche gab er ihr eine Lektüre, ein mit Randnotizen versehenes Buch aus seiner Bibliothek. Und so las sie: Homer, Herodot, Schiller, wobei sie sich ein wenig langweilte. Ein andermal waren es dicke, schwere Kunstbände mit schwarz-weißen Reproduktionen farbiger Gemälde. Er setzte sie aufs Sofa und erzählte ihr, wie die Bilder in Wirklichkeit aussahen. Samstags sollte sie anregend über das gelesene Buch sprechen. Manchmal ärgerte er sich, dass sie sich so wenig merken konnte, und begann sie abzufragen wie in der Schule: Wie viele Säulen hatte eine mittelalterliche Kirche? Was war äsopische Sprache? An welchem Ort befand sich das berühmteste antike Orakel? Wer war Talleyrand? Wenn sie falsch antwortete, war er wütend auf sie.

Er selbst hatte keine Ähnlichkeit mit dem Typ Mann, den er in seinen Erzählungen heraufbeschwor. Er war reizbar und aufbrausend, und hinter der Geisteskraft, die Ilda am Tag ihrer ersten Begegnung für ihn eingenommen hatte, lauerte die Angst. Bisweilen servierte er ihr statt einer mitreißenden mythischen Geschichte eine Litanei von Klagen: Er werde als Künstler verkannt, andere Bildhauer stählen seine Ideen, seinen Auftraggebern fehle es an Feingefühl und Geschmack. Währenddessen stapfte er in seinem weißen Kittel und mit einer Leinenmütze auf dem Kopf durchs Wohnzimmer, ohne darauf zu achten, dass er den Steinstaub aus dem Atelier mit nach oben schleppte. Doch sobald er Ilda mit seinen dunklen Tatarenaugen ansah, wurde sie demütig. Sein Blick war sicher und fest, seine Augen noch immer feurig und durchdringend.

Wochen vergingen, Monate, ein Jahr. Ilda gewöhnte sich an das neue Leben, und nur der Blick in den Spiegel weckte noch immer Erstaunen in ihr. Der größte Spiegel hing gleich neben der Treppe, über die man aus dem Wohnzimmer ins Atelier hinabstieg, an einer Wand, die wie die meisten Wände der Wohnung blau gestrichen war. In diesem Spiegel konnte sie sich im Ganzen betrachten. Sie sah immer zuerst das teure, aus gutem Stoff maßgeschneiderte Kleid – jedes von ihnen saß perfekt an dem sanduhrförmigen Körper – und erst dann die sehr schöne, aber etwas steife Frau. Das ovale Gesicht, das sich über den Ohren ringelnde, nach neuester Mode kurzgeschnittene Haar. Die großen, aber etwas erschrockenen, verwundert dreinschauenden blauen Augen. Obwohl sie sie nicht schminkte, hatten sie eine intensivere Farbe als jemals zuvor. Es war eine Frau, der sich die echte Ilda niemals zu nähern gewagt hätte.

Die Anproben bei der Schneiderin gehörten ebenfalls zu Ildas wichtigen Aufgaben. Tadeusz notierte sie jeden Morgen auf gelben Blättern, die er aus einem in Leder gebundenen, mit Intarsien verzierten Notizbuch riss. Nach dem ersten Frühstück, das von der Haushälterin Kazia hübsch und elegant serviert wurde, begann noch am Esstisch die Verteilung der Aufgaben. Das übernahm immer Tadeusz, ohne jemanden zu fragen. Für Kazia, für die Gesellen im Atelier, für sich selbst – aktuelle Bestellungen, Abrechnungen, Bilanzen. Und schließlich für Ilda: ein Besuch im Buchladen, wo für ihn zurückgelegte Bücher abzuholen waren, eine Stippvisite beim Schuster, weil seine Schuhe drückten und repariert werden mussten. Die Anprobe in der Schneiderei für ein neues, von ihm bestelltes Kleid.

Wenn er ins Atelier ging, begann Ilda ihr von ihm geplantes Leben. Bevor sie abends ins Bett gingen, verlangte er einen Bericht über die Erledigung der Aufgaben. Hatte sie alles geschafft, was auf dem Zettel stand? Hatte sie nichts vergessen? Dann legte er sich an ihre rechte Seite und bat sie um ihre Brust für den Mund. Er sagte, anders könne er nicht einschlafen. Und sie lag da und ertrug die Unbequemlichkeit, denn wenn er einmal eingeschlafen war, vermochte sie ihre Brustwarze unter keinen Umständen mehr aus seinen Zähnen herauszubekommen. Sie selbst schlief erst kurz vor Morgengrauen ein, worauf Tadeusz sie bald wieder weckte, damit sie mit ihm frühstücken und ihren Zettel in Empfang nehmen konnte, nachdem er die Brust seiner Geliebten respektvoll mit Vaseline eingerieben hatte. Nichts brachte seinen minutiös ausgearbeiteten Plan durcheinander.

Nachdem Ilda Dziewcza Góra verlassen hatte, wurde es still im Haus. Die Ehe von Truda und Jan trat in eine seltsame Phase. Sie hegte einen Groll, von dem sie sich nicht befreien konnte, er hatte Probleme, die er nicht zu lösen vermochte. Der Rote Jan verbrachte viel Zeit im Kommissariat in Kartuzy, während Truda immer länger in Gdingen blieb. Sie begegneten sich fast nur noch im Schlafzimmer.

Truda mochte die Stadt, sie mochte ihre Arbeit. Im Laufe der Jahre war ihr das große Gdingen vertraut geworden. Die Straßen in Bahnhofsnähe kannte sie inzwischen in- und auswendig. Sie verlief sich nicht mehr. Sie wusste, wo es zum Meer ging und wo in die Stadtmitte, zu den Geschäften. Sie freute sich, wenn sie einen neuen, schöneren Weg zum Bahnhof entdeckte. Die ersten Jahre arbeitete sie im Seeschifffahrtsamt. Das Büro, das Truda anfangs riesig und weitläufig vorkam, schien mit der Zeit zu schrumpfen. Sie hatte die Anordnung der zwanzig Räume im Kopf und hätte überall mit geschlossenen Augen hingefunden. All die Gerätschaften, deren Bedienung sie hatte erlernen müssen, kamen ihr nach einigen Jahren primitiv und langweilig vor. Die Ebonit-Telefone, die elektrischen Rechenmaschinen, in die man jeden Morgen dicke Pappkarten einlegte, um eine Kopie aller Berechnungen zu bekommen, die Fernschreiber. Sie bekam sogar den Überseetelegraphen satt, mit dem man angeblich mit Schiffen kommunizieren konnte und den im Seeschifffahrtsamt nie jemand benutzte. In dieser Zeit wurde sie zu den Polish Ocean Lines versetzt. Das war etwas völlig anderes! Das neu gegründete Unternehmen hatte seinen Sitz mitten im Zentrum von Gdingen in einem ungeheuer modernen, obwohl angeblich noch vor dem Krieg errichteten Gebäude. Eine runde Fensterfront erstreckte sich über alle Etagen, im Erdgeschoss gab es einen großen, weitläufigen Eingangsbereich. So sahen in den Wochenschauen die ausländischen Flughäfen aus. Truda mochte das Klappern ihrer Absätze auf dem schwarzen Granitfußboden im Parterre und den weißen Sandstein, mit dem die höheren Stockwerke ausgelegt waren. Sie liebte es, sich in den Schaufensterscheiben der Läden im Erdgeschoss zu betrachten. Der Weg zu ihrem neuen, frisch renovierten Büro führte durch den Innenhof. Sie musste an zwei Rezeptionen vorbei, in beiden verbeugte man sich vor ihr. Mit dem Lift fuhr sie in die fünfte Etage. Und setzte sich an die Zahlen. Die elektrischen Maschinen, die die Partei der neu geschaffenen Institution zugeteilt hatte, kamen aus Wien. Truda gefiel es, die blauen Plastiktasten zu bedienen, sie mochte das leise Rattern der Maschinen. Anschließend nahm sie sich aber einen ganz gewöhnlichen Kopierstift und Papier und rechnete zur Sicherheit alles noch einmal durch. Die Belastungen und Ausgaben des Amtes, die Überweisungen an die Außenhandelszentrale, die Löhne der Angestellten, die Betriebskosten der Einrichtung. Einnahmen und Ausgaben. Das war ihre Welt.

Gerta

Gerta ging ganz darin auf, Muster zu zeichnen und sie auf Stoffe zu übertragen. Sie liebte das Gefühl, etwas zu schaffen, das es ohne sie nicht gäbe, und konnte Stunden damit verbringen.

Doch es war auch eine Heidenarbeit. Das dünne Leinen,

das Garn, die Nadeln in drei Stärken, der Fingerhut, der Umschlag mit den Rasierklingen. Und davor – das Ausarbeiten des Musters auf Transparentpapier, das schier endlose Übertragen der Formen auf den Stoff, bei dem die perfekte Symmetrie von Flocken und Blättern bewahrt werden musste. Und davor noch – das Beschaffen des Materials. Wie viel Einfallsreichtum und Cleverness nötig war, um an Stoff zu kommen! Wenn der Neffe bei ihnen war, nahm sie den ständig abhandenkommenden, übermütigen Feuerjanek mit in eine Fabrik, in der Tischdecken für den Export genäht wurden. Sie bekniete die Gattin des Herrn Direktor: Ein wenig Stoff würde einigen Frauen mit nichtsnutzigen Männern das Leben erleichtern. Und sie bekam Ballen mit Stoffen, die in den Läden nicht zu haben waren. Einen Teil verteilte sie in Kartuzy an andere stickende Frauen, einen Teil behielt sie für sich selbst. Auf ähnliche Weise musste sie Garn, Klingen und Stärke organisieren – und nicht zuletzt auch die Zeit.

Gertas Tischdecken fanden nicht nur in Kartuzy Gefallen. Wenn sie nach Danzig fuhr, kam sie immer mit leerem Koffer zurück, alles ließ sich verkaufen. Am besten gingen die mit weißem Garn bestickten braunen Decken. Nachdem Feuerjanek einen Ballen Stoff mit Blut vollgespritzt hatte, war der anfangs verzweifelten Gerta die Idee gekommen, das Gewebe braun zu färben. Und ein paar Monate später stellte sich heraus, dass den Leuten just diese Farbe am besten gefiel.

Ilda

Tadeusz Gelberts Statuen gefielen besonders Müttern, die sich für ihre Söhne eine Künstlerkarriere erhofften. Andauernd klopfte eine an die Tür des Obergeschosses in Sopot und fragte nach dem Herrn Bildhauer. Manche waren zurückhaltend, verlegen, andere erzählten Ilda schon auf der Schwelle vom Talent ihrer Söhne, so dass sie warten musste, bis sie fertig waren, bevor sie sie nach unten schickte, durch den Hof ins Atelier. Aus ganz Polen kamen sie, sogar aus den Vorkarpaten. Mit Hähnchen und Schweinehälften, damit nur Herr Gelbert den Sohn als Schüler annahm.

Meist hatte Tadeusz mehrere gleichzeitig. In Verkleidungen, die sie als Künstler zu erkennen geben sollten – Karomützen, Zylindern mit Feder oder englische Melonen, engen Hosen mit seitlich herabhängenden Trägern und Hemden mit Kellerfalte –, fegten sie den Staub vom Fußboden, bohnerten die Treppe und rollten auf Holzpfählen Steinblöcke vom Hof ins Atelier, immer in der Hoffnung, der Meister werde ihnen bald erlauben, selbst den Meißel in die Hand zu nehmen. Doch vor allem vergötterten sie Gelbert, der wirklich erzählen konnte.

Ilda begegneten die jungen Leute mit einer Mischung aus Verdruss und Bewunderung. Sie hütete den Zugang zum Meister, sie war immer an seiner Seite. Seit sie aufgetaucht war, kam Tadeusz samstags nicht mehr zu ihnen ins Atelier hinunter. An diesem Tag nahm er sich Zeit für Ilda – nur für sie, wie er sagte. Das hieß: obligatorisch ein Pferderennen, ein Besuch im Garten in Oliwa, danach Mittagessen. Nach sechzehn Uhr ein Nickerchen. Nach dem Nickerchen eine Stunde Zärtlichkeit. Ilda mochte ihre Art der Liebe, obwohl sie sich wie im Theater vorkam. Die Szenerien, die sie sich auf seinen Wunsch vorstellen sollte, die extravaganten Posen und Gesten, die seltsam langen Monologe, die er hielt, bevor er sie ohne viel Federlesens einfach auf die eine oder andere Seite warf.

Sonntags wiederum absolvierte Tadeusz einen halbstündigen Besuch bei seiner, wie sich herausstellte, noch immer rechtmäßigen Gattin in Kartuzy. Als Ilda ihn fragte, warum er gelogen und behauptet habe, er sei geschieden, stritt er empört alles ab. Sie konnte sich nicht wehren und die Tür hinter sich zuschlagen. Sie konnte nirgends hin. Sie hatte kein eigenes Leben. Mit Ausnahme des einen Besuchs ihrer Mutter hatte sie nicht einmal eigene Gäste. Seit sie erfahren hatte, dass Tadeusz nicht ungebunden war, fürchtete sie sich, die Tür zu öffnen, wenn sie allein war. Denn wie sollte sie sich verhalten, wenn dort die Ehefrau vor ihr stand? Ihre Furcht war unnötig, dazu sollte es nie kommen.

Auch als Ilda eines Samstags, mehr als ein Jahr nach ihrem Umzug nach Sopot, zwei Personen die Treppe heraufkommen hörte, dachte sie zunächst an Tadeuszs Frau. Während sie überlegte, wer da wohl kommen mochte, und sich fragte, in welcher Stimmung er war, saß sie mit immer schneller pochendem Herzen im Sessel. Es klopfte an die Tür, sie öffnete. Gerta und Feuerjanek! Sie hatte den Kleinen so viele Monate nicht gesehen! Er war gewachsen. Sein Haar war heller geworden. Er fiel Ilda um den Hals.

Tadeusz missfiel der Besuch. Er tat beleidigt und warf Ilda scharfe, unfreundliche Blicke zu. Sie entschloss sich, ihn dieses Mal zu ignorieren. Sie bat die Schwester herein, nahm Feuerjanek auf den Schoß, und so saßen sie glücklich da, betrachteten einander und staunten gegenseitig, wie sehr sich der andere verändert hatte. Dann holte der Kleine eine alte Konservendose voller Münzen hervor und verkündete stolz, er habe Geld für sie gesammelt. Er erzählte ihr, wie er der Großmutter Tabletten in den Tee schüttete, nachdem sie sie eingesperrt hatte. Ilda streichelte ihn, sie drückte ihn an sich und war nett zu ihm, um ihm seine Warmherzigkeit zu vergelten, so gut sie nur konnte. Tadeusz ging auf und ab, er murrte, klapperte mit Gegenständen, schob demonstrativ Möbel hin und her, als habe er etwas zu tun, doch er tat nichts. Es war ein schöner Tag, von dem Ilda ein Andenken blieb – ein Foto. Dort standen sie zusammen: Ilda in einem schönen Hut, neben ihr Gerta, hager und groß, man konnte auf diesem Foto erkennen, wie makellos ihre Beine waren, und zwischen ihnen der kleine Feuerjanek – er schaute mürrisch drein, weil der Wind seinen Ballon mitgerissen hatte. Nachdem Ilda die Gäste verabschiedet hatte, machte Tadeusz ihr Vorhaltungen, sie sei undankbar.

Ein halbes Jahr später bekam sie noch einmal Besuch. Sie war nach dem Frühstück schon auf dem Sprung zur Post, als es an der Tür klopfte. Erst sachte und schüchtern, doch dann – ein Hämmern mit voller Kraft. Truda! In der Tür stand ihre Schwester. In einem ungebügelten und schief geknöpften Kleid, mit achtlos aufgetragenem Make-up und verquollenen Augen.

Jan war verhaftet worden. Und alles war ihre, Trudas, Schuld. Hätte sie doch Ruhe gegeben, wie er gebeten hatte! Hätte sie keine Fragen gestellt! Hätte sie nicht ihren ganzen Charme und Einfluss spielen lassen! Dabei hatte sie doch ganz einfach nur herausfinden wollen, wer diese andere Frau war.

Einen Monat zuvor hatte Jan, wie Truda erzählte, ein Kind mit nach Hause gebracht. Angeblich hatte er es im Waisenhaus gefunden, aber er verbot ihr, weiter danach zu fragen. Truda zieh ihn der Lüge, sie ging mit einem Blatt Papier und Bleistift in der Küche umher und rechnete aus, ob das Geburtsdatum nicht etwa mit dem Datum ihrer ersten Begegnung zusammenfiel. Aus den wenigen vorhandenen Dokumenten ging hervor, dass der Junge in den letzten Kriegstagen irgendwo in der Nähe von Hrubieszów zur Welt gekommen war und Józef Król hieß.

Er musste gut zwei Jahre älter sein als Feuerjanek. So mager und klein, wie er war, wirkte er jünger. Die wütende, verletzte Truda drohte Jan, sie werde ihn mitsamt dem Jungen aus dem Haus werfen, wenn er ihr nicht die Wahrheit sage. Jan schwieg. Schließlich sprach Rozela ein Machtwort: Solange das Haus ihr gehöre, werde niemand ein Kind vor die Tür setzen, eher werfe sie die beiden Erwachsenen hinaus.

Mit Józeks Anwesenheit hätte sich Truda noch anfreunden können, zumal der Kleine brav und hilfsbereit war. Er bemühte sich um Trudas Anerkennung und Aufmerksamkeit. Bereitwillig half er bei den häuslichen Arbeiten. Truda, die eine derartige Zuwendung von ihrem eigenen Sohn nicht kannte, schmolz dahin wie Butter. Das Einzige, was an ihr nagte, war ihre unbefriedigte Neugier. Jan wollte nichts erzählen. Also würde sie es selbst in Erfahrung bringen. Sie bat ihre Kolleginnen aus der Stadt, ihre Männer zu fragen, die angeblich in den Kaschuben einigen Einfluss besaßen. Sie erzählte ihnen alles, was sie über den Jungen wusste, und bat um Unterstützung. Sie bat auch einen jungen Archivar aus dem Woiwodschaftsamt, der schon seit langem ein Auge auf sie geworfen hatte, Nachforschungen anzustellen. Den Namen der Mutter des Jungen sollte sie nie erfahren. Dafür erwies sich Jans Name als falsch!

Jan hieß in Wirklichkeit Marcin Król. Dies und alles andere wusste Truda von den Sicherheitsdienstlern, die ihn verhaftet hatten. Er war in der Nähe von Hrubieszów geboren worden, wo er sich bis Kriegsende in den Wäldern versteckte und gegen die Volksmacht kämpfte. Später ging er unter falschem Namen nach Pommern. Niemand überprüfte seine Angaben, nach dem Krieg lebten viele Menschen ohne Papiere. Er hatte die Dreistigkeit, bei der Miliz anzuheuern. Und er wäre womöglich der Verantwortung für seine staatsfeindlichen Aktivitäten entgangen, wenn er nicht nach Hrubieszów zurückgekehrt wäre. Die Leute dort erkannten ihn. Jemand sagte ihm, er habe einen Sohn. Das Kind sei im Waisenhaus, weil man die Eltern für tot gehalten habe. Um den Jungen mitnehmen zu können, gab er seine wahren Personalien an. Vielleicht, so die Sicherheitsdienstler, wäre auch das nicht herausgekommen, doch vor einigen Wochen sei in Hrubieszów eine Anfrage aus Danzig eingetroffen. Sie hätten geantwortet, ein Kotejuk sei ihnen nicht bekannt. Nur ein Król. Der Rest sei dann leicht zu ermitteln gewesen. Wer nach Kotejuk gefragt habe? Staatsgeheimnis.

Sie hatten Jan am frühen Morgen abgeholt, acht Mann und drei Autos, wie bei Angehörigen der uniformierten

Kräfte üblich. Auch sie hatten Uniformen getragen, aber graugrüne, mit Schlagstöcken und Pistolen. Sie hatten die Liste der Anklagepunkte vorgelesen: der falsche Name, die Wälder, die Banden – ein Staatsfeind, der hinterlistig in die Strukturen der Bürgermiliz eingedrungen sei. Er hatte sich nicht einmal von seinen Söhnen verabschieden dürfen.

Unter Tränen hatte Truda erzwungen, dass sie ihr wenigstens sagten, wo sie ihn hinbrachten, und mit dem ersten Bus aus Kartuzy war sie ihnen gefolgt. Sie war an der Haltestelle vor dem Untersuchungsgefängnis in der ulica Kurkowa ausgestiegen, doch man hatte sie nicht hineingelassen. Sie stand vor der Reihe der mit Sperrholz verrammelten Fenster und hätte am liebsten das ganze Gefängnis in Schutt und Asche gelegt, doch Wunschdenken half ihr nicht weiter. Also hatte sie beschlossen, nach Sopot zu fahren und ihre Schwester um Hilfe zu bitten. Und Herrn Gelbert, von dem es in den Kaschuben hieß, dass er einflussreiche Personen kannte. Denn angeblich benötigte man in dieser Sache Beziehungen zu Bierut höchstpersönlich.

Ohne auch nur zu fragen, was zu Hause los sei und wie es der Mutter gehe, schob Ilda der Schwester einen Sessel hin und umarmte sie fest, nahm sie sogar wie ein Kind auf den Schoß. Dann ging sie zu Tadeusz. Der wehrte ab. Machte ein verdrießliches Gesicht. »Das stimmt doch überhaupt nicht«, sagte er. Er schaute an Truda vorbei und sah Ilda vorwurfsvoll an. Er stecke gerade mitten in einer sehr wichtigen Arbeit, aber er könne der Schwägerin gern ein Taxi bestellen.

Doch Truda blieb über Nacht. Die Schwestern schliefen aneinandergeschmiegt auf der schmalen Couch ein, ohne zu bemerken, dass Tadeusz im Schlafzimmer auf und ab ging oder sich auf dem knarzenden Bett wälzte. Truda fragte Ilda ein wenig über ihr neues Leben aus und konnte kaum glauben, was die Schwester über ihr Glück erzählte. Am Morgen stiegen beide aufs Motorrad und fuhren die Adressen ab, die ihnen der Bildhauer auf einen Zettel geschrieben hatte. Im Untersuchungsgefängnis fanden sie niemanden, der ihnen helfen wollte. Auf dem Milizpräsidium schien man vor ihnen zu flüchten wie vor Aussätzigen. Den Staatsanwalt trafen sie nicht an, der Richter verwies sie an die Staatsanwaltschaft.

Gerta

Gerta, die auf die Nachricht von Jans Verhaftung gleich nach Dziewcza Góra geeilt war, sagte in ihrer ersten Empörung, falls nötig, werde sie selbst zu Bierut fahren. Sie glaubte selbst nicht, dass es wirklich so weit kommen könnte. Doch die Mutter sprang vom Tisch auf und hüpfte wie ein streitlustiger Hahn um Gerta herum: Ja, zu Bierut, zu Bierut! Sie werde sogleich alles Nötige für die Reise einpacken. Sie schleppte einen riesigen Koffer vom Dachboden und lud Einmachgläser mit Essbarem hinein. Gerta packte sie wieder aus: Zu schwer, zu viel. Doch die Sache war beschlossen. Ein wenig ängstlich, aber auch angespornt durch Mutters Enthusiasmus und Trudas Tränen entwarf sie einen Plan: Sie würde diesem Bierut einfach erklären, wie viel Gutes Jan für sie getan hatte. Unterwegs würde sie bei der Verwandtschaft vorbeischauen. In der ulica Krasińskiego lebten Cousins, die sie einmal, auf Abrams Begräbnis 1931, gesehen hatten. Die Verwandten würden ihnen ja sicher helfen. Truda brachte ihre besten Kleidungsstücke und Ohrringe, doch Gerta winkte ab: Sie fühle sich nicht als Städterin. Sie packte zwei Wollkleider ein, zwei Paar Unterhosen und Strumpfhosen, drei Flaschen Spiritus und Tischdecken, von denen sie schon vor langer Zeit vierzig Stück nach Dziewcza Góra gebracht hatte, und zwar die schönsten: Richelieu-Stickereien mit Palmetten und Glöckchen, Tulpen und Rosen, Kreuzstichdecken mit Gemüseblättern. Und auch einige der neuen braunen Decken.

Gerta fuhr weniger für Truda oder Jan nach Warschau als vielmehr für sich selbst. Truda hatte einfach nicht das Geschick, Kinder großzuziehen. Es war wie mit den Tischdecken: Erst oh und ah, was für herrliche Stickereien, doch dann vergaß sie wochenlang, sie mitzunehmen, konnte sie nicht finden, brachte sie nicht ins Büro, obwohl sie bei den Frauen dort schnell verkauft gewesen wären und Gerta etwas Geld verdient hätte. Was war an harter Arbeit peinlich? Truda fehlte jegliche Begabung dazu. Und so blieb am Ende alles an Gerta hängen.

Ilda brachte die Schwester zum Bahnhof. Die vierstündige nächtliche Bahnfahrt im offenen Waggon und auf engen Holzbänken verlief still, doch Gerta gefiel diese Stille nicht. Später, als die Sonne aufging, wurde es laut. Die dicht gedrängten Menschen, ihre Gespräche, Streitereien, Bekenntnisse und Gesänge vermischten sich zu einem unerträglichen Lärm. Der Warschauer Hauptbahnhof – ein marodes, heruntergekommenes Gebäude – war ebenso überfüllt wie die Waggons, man kam fast nicht durch. Sie stieg eine kleine Treppe hinab, und endlich sah sie die Hauptstadt.

Obwohl der Krieg seit sieben Jahren vorbei war, sah die Stadt noch immer aus, als wären bis gestern Bomben gefallen. Sie fragte die Leute, wo es zu Bierut gehe. Die Leute sahen sie an wie eine Verrückte, aber sie zeigten ihr den Weg. Mit ihrem großen Koffer ging sie durch Warschau, sie passierte den Zawisza-Platz, an dem nur ein einziges Mietshaus mit von Kugeln durchsiebter Fassade stand. Sie stieg die Bahnüberführung hinauf und bog nach links in die Aleje Jerozolimskie ein. Bald wurde die Straße breiter und eleganter, doch auch hier waren viele Häuser ausgebrannt und teilweise zerstört. Plötzlich brach die Fassadenfront der Mietshäuser ab, und Gerta stand auf einem großen, leeren Platz. Das Kopfsteinpflaster, das sich vom Bahnhof bis hierher gezogen hatte, ging in Asphalt über. Es wurde ruhiger. Die bisher über die Steine rumpelnden Trolleybusse ließen jetzt nur an den Haltestellen ihre Motoren heulen, nur die in der Fahrbahnmitte fahrenden Straßenbahnen klingelten schrill, wenn vor ihnen Menschen über die Straße liefen.

Jemand hatte ihr empfohlen, den Bus zu nehmen. So legte sie einen Teil des Wegs zurück, während sich die anderen Fahrgäste beschwerten, weil ihr Koffer in dem engen, überfüllten Fahrzeug so viel Platz wegnahm. Der Bus ruckte und schaukelte, und sie, eingeschüchtert, verwirrt von der Stadt, krallte sich so fest an den Haltegriff, dass ihre Schultermuskeln verkrampften. Der Koffer wurde immer schwerer. Gerta war völlig erschöpft, als sie am Belvedere, dem Amtssitz des Präsidenten, ankam.

Man wies sie ab. Der Mann in Armeeuniform, der das Tor bewachte, ließ sie nicht einmal bis zur Tür vortreten. Sie stand lange vor diesem Tor, ratlos, hungrig, müde, und sah, wie verschiedene Menschen aus dem Gebäude kamen, von denen keiner Bierut war. Schließlich fragte sie nach der ulica Krasińskiego. Jemand erklärte ihr freundlich, wie man mit dem Bus hinkam. Vor Ort stellte sich heraus, dass niemand ihre Familie kannte und die Adresse überhaupt nicht existierte. Sicher, es gab ein Haus, doch nach dem Krieg war nur ein Teil wiederaufgebaut worden. Die vorübereilenden Passanten beachteten Gerta nicht. Sie hatte Tränen in den Augen. Es war heiß, obwohl es auf den Abend zuging. Die Bäume in Warschau kamen Gerta merkwürdig klein vor, die Gebäude dagegen riesig. Sie spendeten mehr Schatten. Gerta trat in einen Innenhof. Sie öffnete den Koffer, in den die Mutter Brot und Aufschnitt gepackt hatte. Wie die Tischdecken nach Wurst rochen! Als sie die oberste herausholte, näherten sich zwei Frauen. Sie betrachteten die Decke, nickten anerkennend und fragten nach dem Preis.

Der Wind frischte auf, und es sah aus, als würde es gleich zu schütten beginnen, also schlug eine der Frauen vor, sie könnten das Geschäft bei ihr zu Hause abschließen. Die Wohnung war groß und sehr hoch. Die Fenster gingen zur Straße hinaus, unter ihnen an der Wand hingen große gusseiserne Heizkörper, wie Gerta sie noch nie gesehen hatte. Der Tisch im Wohnzimmer bot Platz für gut zwölf Personen. Dort breitete die Gastgeberin die Decken aus, während es immer wieder an der Tür klingelte. Die Nachricht vom Verkauf sprach sich offenbar schnell herum. Die Frauen tratschten und begutachteten die Muster, jede nahm eine Decke, ohne allzu viel zu feilschen. Schließlich fragte eine, warum Gerta eigentlich nach Warschau gekommen sei. Und Gerta begann zu erzählen: von dem Kind, das sieben Jahre nach dem Krieg aufgetaucht war, von Truda, die ihren deutschen Verlobten nicht hatte heiraten dürfen und jetzt allein war, von Jan, der unter falschem Namen gelebt hatte. Sie erzählte – und sah, wie die Frauen still wurden, wie sie anfingen, sich nervös umzuschauen, und wie sich die Wohnung plötzlich leerte. Sie blieb mit der Gastgeberin allein zurück.

Gerta spürte, dass sie die Gastfreundschaft überstrapaziert hatte, und begann ihre Sachen zu packen. Da fragte die Gastgeberin, ob sie einen Platz zum Übernachten habe. Es sei Abend, und sie könne eine einsame Frau, die sich in der Stadt nicht auskenne, nicht auf die Straße lassen.

Sie sprachen nicht weiter über Jan. Nachdem sie Gerta im Esszimmer das Bett bereitet hatte, sagte die Gastgeberin, sie kenne Bierut noch aus der Vorkriegszeit. Sie nannte ihn Onkel. Zusammen mit ihren Eltern habe er vor dem Krieg eine Genossenschaft gegründet, die auf der anderen Straßenseite helle und billige Wohnungen für Arbeiter gebaut habe, doch man habe ihn aus dieser Genossenschaft bald herausgeworfen. Und die Zeit habe bewiesen, so die Gastgeberin, dass man von ihm nur das Schlimmste erwarten könne. Sie fragte, ob man überhaupt jemanden um etwas bitten dürfe, dessen Herz verdorben sei und an dessen Händen Blut klebe. Aber Gerta hatte nicht den geringsten Zweifel.

In dieser Nacht schlief sie tief und fest und träumte von langen Korridoren. Am Morgen erhielt sie Anweisungen, die die Gastgeberin wie eine Beschwörung mit gedämpfter Stimme wiederholte, während sie mit dem Finger auf dem schönen Tisch den Rhythmus mitklopfte: Gerta solle noch einmal zum Belvedere fahren. Statt zum Haupteingang solle sie zum Nebeneingang am kleinen Platz Ecke Aleje Ujazdowskie und Bagatela gehen. Dort solle sie nach einer Frau fragen, deren Namen ihr die Gastgeberin verriet, und ihr den fest zugeklebten Brief aushändigen, den sie ihr gab. Aus Dankbarkeit überließ Gerta ihr alle unverkauften Tischdecken mitsamt dem schweren Koffer ihres Vaters.

Das eingenommene Geld überreichte sie zusammen mit dem Brief der besagten Frau. Die legte, nachdem sie gelesen hatte, was Gertas Gastgeberin aus Żoliborz schrieb, sichtbar erschrocken den Finger an die Lippen und zog Gerta mit zu sich herein. Nach fünf oder sechs Stunden, die sie in einer Besenkammer verbringen musste, schleuste die Frau aus dem Belvedere Gerta unter dem Siegel absoluter Verschwiegenheit in eine Gruppe von Hausfrauenverbänden aus Schlesien ein und sagte, weiter müsse sie sich allein zurechtfinden.

Präsident Bierut lächelte breit beim Anblick der Eintretenden, wie für ein Foto. Gerta sah er nicht einmal an. Sie begriff rasch, dass seine Aufmerksamkeit für sie schnell erschöpft sein würde, also begann sie zu sprechen: über das Dorf, über den Krieg, über das, was geschehen war, während sie im Keller saß, über vergewaltigte Frauen. Über Jan. Sie redete in einem fort, obwohl der Präsident nicht zuhörte, sie ließ sich nicht unterbrechen, obwohl verschiedene Assistenten sie zur Ordnung riefen. Erst als sie von den beiden Jungen erzählte, von denen einer aus dem Waisenhaus gekommen sei und nicht einmal die Gelegenheit gehabt habe, seinen Vater richtig kennenzulernen, sah Bierut ihr endlich direkt in die Augen. Er hob beide Hände, als ergebe er sich. Er ließ ein Schreiben anfertigen. Auf geprägtem Kartonpapier stand zu lesen: »Hiermit wird angeordnet, dass der Genosse Erster Staatssekretär Bolesław Bierut über alle Fortschritte der Ermittlungen und des Prozesses zu informieren ist.« Gerta wusste nicht, ob es eine gute oder eine schlechte Nachricht war, dass von einem Prozess gesprochen wurde.

Die Rückreise kam ihr sehr viel länger und anstrengender vor. Vom Bahnhof fuhr Gerta direkt nach Dziewcza Góra. Dort angekommen, fiel sie so, wie sie war, in Kleidern und Schuhen, auf das mütterliche Bett. In den zwei folgenden Tagen konnte sie nichts und niemand wachbekommen.

Rozela

Rozela wusste es sofort: Ihre älteste Tochter war schwanger. Von Truda hatte sie sich lange täuschen lassen, denn die von Natur aus theatralische und hysterische Truda hatte sich auch früher schon seltsam benommen. Bei der wohlerzogenen und nüchternen, vernünftigen und ausgeglichenen Gerta war das anders. Also machte Rozela sich Sorgen, als sie plötzlich häufiger vergaß, was sie in der Küche wollte, Zucker statt Salz in die Suppe streute, immer schläfrig war und sich nicht konzentrieren konnte. Gewissheit erlangte sie, als sie Gertas Bauch berührte. Er war hart, härter als je zuvor. Sie bat ihre Tochter, die Bluse zu öffnen, und sah die längs über den Bauch mitten durch den Nabel verlaufende Strieme. Alle Frauen in ihrer Familie hatten solche Bäuche, wenn sie schwanger waren. Sie sagte das der Tochter. Gerta schien überrascht, aber auch erfreut.

Rozela hätte sich so gern mitgefreut. Das war sie ihrer Tochter und auch dem werdenden Kind schuldig. Und doch empfand sie vor allem Sorge. Dieses Leben war einfach nicht zu schaffen, dachte sie. Immer neue Veränderungen. Man war kaum mit der letzten fertig geworden, da kam schon die nächste. Sie bekam Angst, dass sie nicht mehr allzu viele verkraften würde.

Ilda

Seit Jans Verhaftung waren einige Monate vergangen, und Ilda und Truda waren noch immer in seiner Angelegenheit unterwegs. Sie pilgerten von Amt zu Amt, von Wohnung zu Wohnung. Sie verkehrten in neuen, niedrigen Wohnblöcken, in alten Mietshäusern, manchmal auch in hoch umzäunten Villen, und verteilten Ringe, Gold und Steine. Tadeusz hatte Ilda einen Beutel voller Schmuckstücke gegeben und gesagt, sie solle damit versuchen, die Zungen zu lockern. Auf diese Weise fanden sie immerhin heraus, wie es Jan erging.

Hinterher freilich fürchtete sich Ilda, die diese Gespräche führte, Truda davon zu berichten. Die Nachrichten aus dem Gefängnis waren entsetzlich. Jan wurde gefoltert. Der Gefängniswärter schleppte ihn morgens zurück in die Zelle. Man ließ ihn hungern. Sein rechtes Bein war völlig vereitert. Gestern hatte er Blut gepinkelt. Und Galle gespuckt. Ilda berichtete der Schwester das alles so schonend wie möglich, dann setzte sie die deprimierte Truda in den Beiwagen, und sie fuhren so lange durch die Küstenwälder, bis Truda sich ausgeweint hatte.

Seit Gertas Rückkehr aus Warschau zogen die Schwestern außerdem mit Bieruts Schreiben von Amt zu Amt. Beim Anblick des Briefs verstummten und schluckten die Vorsteher, Direktoren und der leitende Staatsanwalt. Manche nahmen Truda oder Ilda beim Arm und sagten mit gesenkter Stimme: »Es handelt sich um einen Fall von Hochverrat.« Häufiger kratzte man sich am Kinn und versprach sich zu melden. Die Zeit verging.

Sie waren jetzt mit Tadeuszs Auto unterwegs. Es war eine schöne Syrena, ein Prototyp, der schon bald in die Massenfertigung gehen sollte. Der Bildhauer hatte geglaubt, er werde die schwierige Kunst, ein Fahrzeug zu führen, leicht erlernen – ein Irrtum. Nachdem er um ein Haar mit der Syrena in die Glastür des Ateliers gefahren war, gab er Ilda die Schlüssel, die, mit dem Motorrad vertraut, im Nu heraus hatte, wie es ging. Tadeusz fand, ein Auto passe hundertmal besser zu einer Frau als ein Motorrad, ähnlich wie ein Rock dem Weiblichen angemessener sei als Hosen, und nötigte sie zu einem Tausch: Sie durfte mit der Syrena fahren, aber unter der Bedingung, dass sie die Sokół nicht mehr anrührte. Das Motorrad kam in den Schuppen, in dem die Steinblöcke lagerten, und Ilda versprach, bei ihren Behördengängen in Jans Angelegenheit immer in ausreichender Entfernung zu parken. Vorsicht konnte nicht schaden.

Tadeusz lieferte weiterhin Ringe, Puder und Kaffee. Und hinterher, wenn er mit Ilda darüber stritt, dass sie so oft von zu Hause fort war, rechnete er ihr vor, was wie viel gekostet habe. Am meisten ärgerte er sich über die Gdingener Küste, wohin sie mit Truda fuhr, um Tischdecken zu verkaufen. Die mittlere Schwester hatte gezwungenermaßen, aber auch aus eigenem Überdruss die Polnischen Überseelinien verlassen. Den Direktoren der staatlichen Institution war sie jetzt suspekt, und auch sie wollte mit ihnen nichts am Hut haben. Doch sie musste zwei Kinder durchfüttern. Also hielten die Schwestern vor Schiffen, von denen ausländischen Matrosen an Land kamen, und Ilda begann zu handeln. Sie verscherbelten alles, was sich an den Mann bringen ließ. Den Pelz, den Truda nach Feuerjaneks Geburt von Jan bekommen hatte, kaufte ein kohlrabenschwarzer Brasilianer. Er bekam ihn zu einem Spottpreis.

Truda

Eines Tages stand Truda wieder unangekündigt vor Ildas Tür. Es ging nicht um Jan. Sie konnte sich lange nicht beruhigen. Zwischen den letzten Tränen sprach sie mit schwacher, gedämpfter Stimme. Sie sagte: »Jan sitzt im Gefängnis, und jetzt verliert auch noch Mutter den Verstand!«

Am Vorabend hatte Rozela sich ausgezogen und war in den Garten gelaufen. Sie war klein und zart, also hatten Truda und Gerta sie einfangen können, aber hinterher hatten sie sie mit Gewalt über den Hof zerren müssen, damit sie nicht nackt durchs Dorf lief. Sie hatten sie in dem Zimmer eingeschlossen, dessen Fenster zum See hinausgingen. Die ganze Nacht hatten sie vor der Tür gesessen, durch die Mutters Schreie drangen. Sie hatten vor Hilflosigkeit geweint und nicht gewagt, zu ihr hineinzugehen. Am Morgen war es nicht besser geworden. Mutter musste ins Krankenhaus.

Die Straße von Gdingen nach Kartuzy war schmal. An den Rändern wuchsen Bäume, man musste vorsichtig fahren. Ilda belehrte sich selbst, dass sie unterwegs waren, um ihrer Mutter zu helfen, und nicht, um sich umzubringen, doch vor Nervosität trat sie fester aufs Gas als sonst. Der Berg von Łapalice, der sich kurz vor Dziewcza Góra erhob, hatte zwei scharfe Kurven. Ilda hatte das Auto noch gerade so unter Kontrolle, während sie gegen jede Vernunft beschleunigte und mit irrsinniger Geschwindigkeit von links um den See raste. Als sie in Dziewcza Góra ankamen, wo sie die Mutter abholen wollten, um sie ins Krankenhaus zu bringen, machte diese einen ganz normalen Eindruck. Sie saß da mit einer Schüssel Himbeeren, die sie am See gepflückt hatte, und suchte, während sie einige aß, die süßesten zum Einkochen heraus. Sie freute sich, als sie die Töchter sah, und sagte, aus den Himbeeren wolle sie Saft für Gerta machen. Gerta saß neben ihr, fügsam wie ein Lamm.

Ilda fing an, das Mittagessen vorzubereiten. Sie stellte die Töpfe auf den Herd und schnitt Lauch und Möhren, als der Briefträger in die Küche kam, ein junger Mann, leicht verschwitzt, weil er mit dem Fahrrad direkt aus Kartuzy kam. Mit breitem Lächeln sagte er, er habe ein Telegramm aus Sopot. Im Radio sang gerade das Alexandrow-Ensemble, ein Soldatenchor, mal Schnulzen, mal Märsche. Das Licht fiel durch die offene Tür direkt auf die Schüssel mit den Himbeeren. Plötzlich wurde die Mutter blass und begann zu zittern. Sie sah aus, als wolle sie schreien, aber nein – statt ihrer Stimme hörte man das Platschen von Erbrochenem. Die roten, noch unverdauten Himbeeren ergossen sich auf ihre Oberschenkel. Sie sah das Rot. Das Radio spielte noch immer russische Lieder, als die Mutter entsetzlich zu kreischen begann.

Truda stürzte zu ihr, um sie zu beruhigen. Gerta stand hilflos da und hielt sich den schwangeren Bauch. Der Briefträger wollte Hilfe holen, doch Ilda hielt ihn zurück. »Das bekommen wir allein geregelt«, sagte sie, »und Sie werden uns helfen.« Sie wickelten die Mutter, die nun der junge Mann festhielt, in ein Bettlaken. Rozela hatte keine Kraft mehr zu schreien, sie riss nur stumm den Mund auf wie ein Fisch. »Schon gut, nun wird alles gut«, sagte Truda immer wieder beschwörend. Das gibt eine Schande, dachte sie, es wäre besser, wenn niemand Mutter so zu sehen bekäme.

Im Bettlaken, mit Himbeeren beschmiert, ungewaschen, setzten sie sie eilig in Tadeuszs Syrena und fuhren mit ihr ins Krankenhaus. »Dorthin?«, fragte Ilda. Dorthin, bestätigten die Schwestern vom Rücksitz, die den Namen des

Zielorts nicht aussprechen wollten. Die Mutter saß zwischen ihnen, fest ins Bettlaken gewickelt.

Sie waren schon am Eingang, als die Mutter sich aus der Falle befreite. Truda schnappte nach Luft. Die Mutter hatte sie nur mit zitternder Hand am Knie gepackt. Während sie weiter ihre Finger in Trudas Bein grub, verbarg sie ihr Gesicht im Haar der entsetzten Gerta und begann leise wie ein Säugling zu weinen.

Kurz darauf zerrten die Pfleger sie mit Gewalt aus dem Auto.

Gerta

Nachdem die Mutter abgeholt worden war, bekam Gerta Krämpfe. Sie war gerade erst im sechsten Monat, doch es schien, als werde das Kind gleich zur Welt kommen. Die Schwestern und ihr Mann empörten sich sehr über Gerta, die mit ihrem Bauch, den sie eigentlich schonen sollte, in öffentliche Linienbusse stieg, um nach Danzig ins Krankenhaus zu fahren. Sie fuhr trotzdem. Zwei Mal die Woche. Sie brach bei Tagesanbruch auf und kam gegen Abend zurück.

Das Krankenhaus in Kocborowo, in dem Mutter festgehalten wurde, war abstoßend. Um den roten Backsteinbau mit den vergitterten Fenstern erstreckte sich ein weitläufiger und finsterer Park. Die Gänge waren hell, aber merkwürdig monumental, bevölkert von nachlässig gekleideten, verlorenen und hilflosen Patienten. Gerta ging bei ihren Besuchen immer kerzengerade in der Mitte des Gangs und trug ihren Bauch vor sich her.

Sie saß dann den ganzen Tag im Gemeinschaftsraum und achtete wie ein Wachhund darauf, dass die Mutter zur rechten Zeit ihre Medikamente nahm. Für Rozela war ein junger Arzt zuständig, der von den älteren Kollegen nicht gut behandelt wurde. Sie wollten die Medikamentendosis erhöhen, er beharrte darauf, dass Rozela Groniowska keine zusätzlichen chemischen Substanzen benötige, sondern mit ihrer Vergangenheit ins Reine kommen müsse. Beim Verarbeiten dessen, was sie erlebt hatte, könnten Medikamente ihr nicht helfen. Er schickte Gerta aus dem Raum, doch sie hörte trotzdem, wie er der Mutter erklärte: »Das war nicht Ihre Schuld.« Sie hörte, wie er Rozela fragte, ob sie wirklich glaube, dass sich so viele Männer von etwas so Winzigem wie einem Türhaken hätten aufhalten lassen? Dass nichts von alldem geschehen wäre, wenn sie ihn eingehängt hätte? Er sah, wie ängstlich sie die Pfleger ansah, und verbot ihnen daher den Umgang mit dieser Patientin. Rozela saß stundenlang in seinem Sprechzimmer, wo sie Gespräche führten, die er Therapie nannte. Der junge Arzt hatte einen guten Einfluss auf Mutter. Nach einer mehrere Wochen anhaltenden Schockstarre kehrte sie langsam ins Leben zurück. Sie antwortete immer zusammenhängender auf die Fragen, die ihr gestellt wurden. Schließlich begann sie selbst zu fragen: Was ihre Tochter Gerta in diesem Krankenhaus mache? Ob sie mit einem solchen Bauch nicht doch besser zu Hause bliebe? Sie fand auch ihren Humor wieder. Dem Doktor sagte sie scheinbar im Scherz, er müsse nicht die jungen Männer von ihr fernhalten – wie viele hätten sich in ihrem Leben denn schon um sie gekümmert? Der junge Arzt wusste freilich, dass sich hinter der Maske dieses Humors schmerzliche Wunden verbargen.

Gerta wollte glauben, dass die Mutter Recht hatte. Dass alles wieder war wie zuvor. Sie wollte nichts davon hören, dass die Mutter ihr bei der Geburt nicht würde beistehen können. Der junge Arzt konnte sie nicht davon überzeugen, dass man die Mutter vor jeglicher Erschütterung bewahren müsse und dass in den Geburtskliniken keine Metzger arbeiteten. Gerta blieb stur. Wenn sie gebären solle, dann nur unter der Obhut ihrer Mutter. Sie glaubte fest daran, dass Rozela nur wieder gesund werden müsse, dann werde auch alles andere sich fügen.

Ilda

Vielleicht hätte sie es nicht zulassen dürfen, dass ihre schwangere Schwester die ganze Last der Krankenhausbesuche und der Fürsorge für die Mutter auf sich nahm. Sie hätte sie besser unterstützen, häufiger nach Kocborowo fahren können. Doch Tadeusz begriff nicht, dass es im Leben Wichtigeres geben konnte als ihn. Und Ilda spürte, dass sie in den letzten Monaten, in denen sie so viel Zeit mit Trudas und Jans Angelegenheiten verbrachte, Tadeuszs Geduld bis zum Äußersten strapaziert hatte.

Das Telegramm, das der junge Briefträger, der Mutter so sehr erschreckte, gebrachte hatte, lautete: »Sofort zurückkommen. Stopp. Abends Essen beim Botschafter.« Ilda las es erst spätabends in Sopot im Auto, bevor sie in die Wohnung hinaufging. Sie war niedergeschlagen und todmüde. Und besorgt, dass Tadeusz ihr diesmal nicht verzeihen würde, weil sie die Sitze der Syrena nicht ganz sauber bekommen hatte. Sie rechnete damit, dass er ihr Vorwürfe machen würde, doch sie traf ihn weinend an. Er saß gegenüber der Wohnungstür auf dem Sofa. Bei ihrem Anblick sprang er auf – er sah aus wie ein rotznäsiges, leidendes Kind. Ilda hatte noch nie einen weinenden Mann und auch noch nie einen derart verzweifelten Tadeusz gesehen. Er habe gedacht, sie habe ihn verlassen, sagte er. Und fügte hinzu, so etwas dürfe sie ihm nicht antun.

Sie wusste nicht, wie sie sich verhalten sollte. Sie trat unsicher ein und wartete, wie er reagieren würde. Er zog sie an der Hand zu sich hin, also setzte sie sich neben ihn. So saßen sie lange – sie voller Schuldgefühle, er schluchzend. Um ihn irgendwie zu trösten, nahm sie schließlich seine Hand und legte sie auf ihr Herz. Sie sagte, er solle ihr zuhören: Ob er fühlte, wie ihr Herz schlage? Dann legte sie die Hand auf sein eigenes Herz. Damit er spürte, dass auch er ein sehr starkes Herz hatte.

In den darauffolgenden Wochen gab es weder Zettel noch Aufgaben. Tadeusz folgte ihr wie ein Hund und fragte ständig, ob sie ihn wirklich nicht verlassen werde, Ilda bemühte sich, sie beide zu beschäftigen. Sie las ihm vor, sie sang, sie besuchte mit ihm Museen, Kirchen und fremde Städte, von denen sie dachte, dass auch er sie interessant fände. Sie gingen gemeinsam auf den Markt und kauften Blumen und Obst für zu Hause. Eines Tages entdeckten sie, dass auf diesem Markt Welpen verkauft wurden, Spaniels. Ilda nahm eins der Hundebabys auf den Arm und war begeistert, wie weich und freundlich es war. Sie dachte, ein Hund würde Tadeusz guttun. Dieser registrierte ihre Begeisterung und ihr Lächeln und bezahlte sofort für den Spaniel. Er band ihm eine rote Schleife um den Hals und schenkte ihn Ilda.

Und die Hündin wählte sich Ilda zur Herrin. Sie folgte ihr auf Schritt und Tritt und schlief nachts bei ihr im Bett, auf ihren Füßen. Sie bekam den Namen Peggy. Ilda kämmte ihr jeden Abend das Fell und wählte selbst die Fleischstücke aus, die sie ihr in ungesalzenem Wasser kochte. Trotz der unüberhörbaren Klagen Tadeuszs, der sich wieder vernachlässigt fühlte, ging es Ilda wunderbar mit der treuen Gefährtin.

Nach und nach kehrte aber alles in die gewohnten Bahnen zurück. Es gab Aufgaben, die zu erledigen waren, Empfänge, auf denen Ilda für Tadeuszs Geschmack immer zu schweigsam war oder zu viel redete. Kleider, die er bestellte und die ihm sehr gefielen, und Rechnungen, die er ihr vorhielt, wenn sie Streit hatten. Wenn er sich ärgerte, dass sie seinen Geschichten nicht lauschte, mit den Gedanken woanders war, dass sie wegen eigener Angelegenheiten wegfahren musste, wenn er gerade um ein Bad bat. Sie sagte ihm nicht, dass ihre Mutter im Krankenhaus war. Irgendwie, sagte sie sich, fand sich kein passender Moment. Abends gab sie ihm immer die Brust, wie er es wollte.

Truda

Vielleicht hätte sie es nicht so leicht hinnehmen dürfen, dass Gerta zur Mutter ins Krankenhaus fuhr. Aber sie war schließlich allein mit den Jungen. Auf ihren Schultern lastete der Ausverkauf von Jans Besitz, die Versorgung des Haushalts und der Tiere sowie die Produktion von Spiritus, dieser überaus sicheren und starken Währung.

Der ältere von Jans Söhnen war gerade neun geworden. Er war ein tüchtiger Junge. Wie sein Vater. Er begeisterte seinen jüngeren Bruder und die ganze Familie mit selbsterfundenen Zauberkunststücken, bei denen sogar von den Nachbarn stibitzte Tauben zum Einsatz kamen. So sorgte er für Abwechslung im Haus. Als einmal jemand aus einem anderen Dorf in den Hühnerstall einbrach, verfolgte Józek mit dem Dackel den Dieb und forderte erfolgreich das gestohlene Huhn zurück. Äußerlich glich er Jan. Anders als Feuerjanek, der die aristokratischen, schmalen Knochen und Gelenke seines Großvaters Groniowski geerbt hatte, war Józek klein, aber kräftig. Er wuchs schnell, als wolle er Zeit aufholen, und sah seinem Vater mit jedem Tag ähnlicher.

Er nahm Truda durch sein Verhalten für sich ein. Er nahm auch die Großmutter für sich ein, die ihm beim Mittagessen immer als Erstem den Teller reichte. Die Brüder mochten sich. Sie hielten zusammen, und Feuerjanek wusste, dass sein großer Bruder ihn immer verteidigen würde. Zusammen heckten sie die tollsten Streiche aus: Sie malten die Schweine mit Farbe an, ließen die Hunde aufs Feld, erschreckten Mutter oder Großmutter.

Truda ließ Józek mehr durchgehen als ihrem eigenen Sohn. Doch als sie die beiden dabei erwischte, wie sie Zigaretten rauchten – von denen, die Jakob schickte, damit sie sie gewinnbringend verkaufen konnte –, hatte sie auch mit ihm kein Erbarmen. Sie scheuchte die beiden zur Schweineküche, drückte jedem von ihnen ein Päckchen in die Hand und ließ sie es Zigarette für Zigarette aufrauchen. Die Jungen rauchten, wurden grün um die Nase, übergaben sich, rauchten weiter. Feuerjanek lag anschließend zwei Tage im Bett und übergab sich in eine Schüssel. Sie fand, das sei nur gerecht – bestimmt hatte er den großen Bruder zum Rauchen überredet. Es war nur zu ihrem Besten. Sie würden keine Zigarette mehr anrühren. Truda war immer streng mit ihrem eigenen Sohn, selbst, wenn ihm etwas Schlimmes widerfuhr. Manchmal sah sie nach, ob die Jungen schon eingeschlafen waren, aber nie rang sie sich zu einer zärtlichen

Geste Klein Jan gegenüber durch. Nicht einmal, wenn er schlief.

Gerta

Nach drei Monaten und drei Tagen fand der junge Doktor, dass Rozela das Krankenhaus verlassen könne. Gerta bestand auch diesmal darauf, die Mutter gemeinsam mit den Schwestern abzuholen. Sie schmierte sogar frühmorgens belegte Brote für unterwegs. Ilda kam gerade mit dem Auto in den Hof gefahren, da ging es los. Erst leichte Wehen, dann, überraschend schnell, die stärkeren, die die bevorstehende Geburt ankündigten. Ilda wollte die Schwester sofort ins Krankenhaus bringen, aber für Gerta kam das überhaupt nicht in Frage. Sie legte die Rückbank der Syrena mit Papier aus, stieg ein und verkündete, während sie sich den Bauch hielt: zuerst nach Kocborowo. Obwohl der Schmerz ihr den Atem nahm, behauptete sie hartnäckig, es sei keine große Sache. Ilda nahm ihr die Entscheidung ab. Sie fuhr nach Kartuzy und bog zum Krankenhaus ab.

Gerta war wütend. Das war nicht, was sie wollte. Doch nachdem sie durch die breite Glastür gegangen war, wagte sie nicht mehr, sich den Krankenschwestern und Ärzten zu widersetzen. Sie stieg in eines der am Rücken zuzubindenden Hemden, die sie schon im Krankenhaus in Kocborowo gesehen hatte, legte sich, wie man es ihr sagte, auf ein metallenes Bett und ließ sich in einen anderen Saal rollen. Sie protestierte nicht, als ihre Knie und Füße mit Lederriemen an metallene Bügel gebunden wurden. Die Geburt hatte begonnen, der Muttermund war weit geöffnet. Gerta lag reglos zwischen den weißen Fliesen und den grell leuchtenden Lampen, doch das Kind schien es sich noch einmal anders überlegt zu haben. Am ersten Tag entschuldigte sich Gerta unter Schreien und Geheule bei den Hebammen, dass sie so wenig aushalte. Am zweiten Tag entschuldigte sie sich nicht minder beschämt für das viele Fruchtwasser, das den Arztkittel durchnässt hatte. Wenn der Schmerz nachließ, bat sie, man solle sie wenigstens kurz losbinden, man solle das Fenster öffnen, denn der Bauch drücke so sehr, dass sie keine Luft mehr bekomme. Der Arzt fluchte, die Mutter sabotiere die Entbindung.

Schließlich kamen die Wellen des größten Schmerzes. Gerta versuchte nicht mehr, sich gut zu benehmen, sie begann zu strampeln, zu treten, sie wollte Knie und Füße frei bekommen, doch die Gurte saßen fest. Sie schrie, aber sie gebar nicht. Bis sie zuletzt die Fäuste ballte, die Zähne zusammenbiss, das Kinn auf den eigenen Brustkorb presste und das Kind herausstieß. Sie konnte nur einen flüchtigen Blick erhaschen – es war klein, winzig, runzlig. Die Hebammen brachten es gleich fort, ohne ihr auch nur das Geschlecht zu verraten. Sie streckte die Hände nach ihnen aus. Sie wollte sehr, dass sie ihr das Kind gaben, doch die Hebammen sagten, das dürften sie nicht. Am Ende fiel sie in einen tiefen und leeren Schlaf, aus dem sie von einer Krankenschwester gerissen wurde, die ihr das Kind zum Stillen an die Brust legte.

Ein Mädchen! So sagte die Hebamme, doch Gerta, die den kleinen, leichten Körper auf dem Unterarm hielt, wagte nicht, unter die Windel zu schauen und sich zu vergewissern. Sie lächelte: Lilia. So sollte ihre Tochter heißen. Den Namen hatte sie vor Jahren in einem botanischen Atlas gefunden. Die Kleine wusste nicht, wie sie die Brustwarze zu fassen bekommen sollte, und Gerta hatte keine Ahnung, wie sie sie dem Kind hinhalten sollte, obwohl die Milch schon floss. Bevor das Kind sich satt trinken konnte, kamen die Krankenschwestern. Die Zeit war um. Sie musste ihre Tochter abgeben.

Gegen Nachmittag, nachdem sie noch ein wenig geschlafen hatte, bekam sie das Kind wieder zum Stillen, und wieder wurde es ihr zu früh weggenommen. Sie fühlte sich einsam, verlassen wie nie, sie spürte, wie sich in ihrer Brust die Milch sammelte, doch sie konnte das Kind nicht nehmen. Sie ging zum Fenster und zurück, weil sie nicht sitzen wollte. Zu ihrer Verwunderung sah sie, dass Edward vor dem Gebäude stand und mit einem Blumenstrauß winkte. Er hatte zwei Nachbarn mitgebracht, gemeinsam reckten sie die Köpfe. Er fragte, ob es ein Junge sei. Sie schrie zurück, er solle sich keine Sorgen machen.

Auch am nächsten Morgen stand er da. Er habe Essen mitgebracht, rief er. Er habe es selbst gekocht, so gut er eben könne. Sie ging zu ihm hinunter, das durfte sie inzwischen, in ihrem auf dem Rücken verschnürten Krankenhemd, und versuchte sich so hinzustellen, dass man ihren nackten Hintern nicht sah. Edward überreichte ihr die schon leicht verwelkten Blumen. Er streichelte ihr den Kopf. Ohne das Kind zu erwähnen, fragte er, wie es ihr gehe. Er erzählte auch gleich, er habe schon ein Auto besorgt, um sie nach Hause oder nach Dziewcza Góra zu bringen, falls sie jetzt lieber bei ihren Schwestern sein wolle. Sie wollte nach Dziewcza Góra. Tochter oder nicht, sagte er schließlich, aber dürfe er das Kind wenigstens von draußen einmal sehen? Er wartete noch zwei oder vielleicht auch drei Stunden, bis Gerta das Kind bekam und es ihm endlich zeigen konnte, indem sie das steife Bündel ins Fenster hielt.

Drei Tage nach der Geburt konnte Edward seine Frau

nach Hause holen. Sie fuhren mit Lilia in einem der beiden Taxis, die es in der Stadt gab. Unterwegs regte Edward sich darüber auf, dass es zu warm sei, gleich darauf darüber, dass sich das Kind im Durchzug erkälten werde – während der Fahrer versuchte, sich nicht über seinen übernervösen Fahrgast aufzuregen. Als sie endlich in Dziewcza Góra ankamen, warteten beide Schwestern schon auf der Treppe. Sie waren außer sich vor Begeisterung und rissen sich gegenseitig das Kind aus den Händen. Die gute Stube, die sie für Gerta vorbereitet hatten, quoll über von Blumen: Lilien und Seerosen, derentwegen Truda extra durch die Algen im See gewatet war. Es gab auch Gerberas – für gute Gesundheit, Rosen – für schöne Haut, Margeriten – für Bescheidenheit und Pfingstrosen – für blendende Schönheit, wie die aufgekratzte Truda aufzählte, während sie auf den Schlafsack herabsah, in dem das Kind lag. Gerta sah sich immer ungeduldiger nach ihrer Mutter um. Sie war nicht da. »Wo ist sie?«, wollte sie schließlich wissen. Truda atmete tief ein, sagte aber nichts.

Ilda

Ilda, die geahnt hatte, dass die Schwester nach Dziewcza Góra kommen würde, hatte gekocht, weil man eine Stillende gut versorgen musste. Als sie die Teller auf den Tisch stellte, blitzte an ihrem Ringfinger ein Ring. Nachdem Gerta von der Geburt berichtet, jede der Schwestern das Kind halten lassen und Edward nach Hause verabschiedet hatte, fragte sie, ob Tadeusz ihr einen Antrag gemacht habe. Ilda wurde traurig. Gertas Kind erinnerte sie daran, dass sie selbst keine Kinder hatte und vielleicht nie welche bekommen würde. Noch vor der Niederkunft der Schwester, als Gerta wirklich dick war, hatte Ilda Tadeusz gefragt, ob sie nicht ein Kind bekommen sollten. Er hatte sich fürchterlich aufgeregt. Er hatte gesagt: Keiner Frau wünsche er das. Das sei ein schrecklicher biologischer Atavismus, dessen Konsequenzen er Ilda nicht aussetzen wolle. Ob sie denn wenigstens irgendwann heiraten würden? Er hatte sie merkwürdig angeschaut und war einige Tage später mit dem Ring nach Hause gekommen. Sechs kleine, in Gold gefasste Brillanten – anstelle eines Kindes. Sechs, hatte er gesagt, das ist die Zahl der Liebe. Ob er schon die Scheidung einreicht habe, hatte sie gefragt. Er hatte genickt. Sie hatte ihm nicht geglaubt. Und gleich darauf gedacht, sie sei ungerecht.

Rozela

Sie hatte ihrer Enkeltochter nicht auf die Welt geholfen. Angeblich war Gerta singend im Hof herumgelaufen, hatte sich unter den Apfelbaum gehockt und sich das Kreuz massiert, um die Niederkunft hinauszuzögern. So sehr hatte sie auf sie gewartet. Sie hatten sich um wenige Stunden verpasst. Gerta war ins Krankenhaus gefahren. Geplagt von Schuldgefühlen, weil sie nicht rechtzeitig zurückgekehrt war, widmete sich Rozela dem Anwesen. Der Doktor aus dem Krankenhaus hatte ihr verboten, sich die Schuld zu geben. Um nicht zu viel denken zu müssen, räumte sie den Schweinestall auf und behandelte die Truthähne, die deutliche Symptome der Schwarzkopfkrankheit zeigten, mit

Thymian und Weißem Gänsefuß. Sie kochte Suppe auf Vorrat. Sie jätete das Gurkenbeet. Nach zehn Jahren, dachte sie, war es höchste Zeit, sich um die Hundehütte zu kümmern, was der Rote Jan hätte tun sollen, aber nicht mehr geschafft hatte. Unter dem Blech bekamen die Tiere von der Sonne einen Hitzschlag. Sie schleppte Bretter aus dem Haus, die einst als Schalung im Badezimmer gebraucht worden waren. Den ganzen Tag baute sie, nagelte und dichtete ab. Sie hatte es eilig, weil Gerta ja bald aus dem Krankenhaus zurückkommen würde. Nach zwei Tagen harter Arbeit war sie zufrieden: Die durchaus wohlgeformte Holzkiste hatte ein Dach, das nur noch mit Teerpappe beschlagen werden musste. Für das Innere brauchte sie etwas Stroh, das Truda von den Nachbarn besorgen sollte. Leider liefen ihr die Hunde weg, als sie die Kette aus dem Boden zog, um den Ring an der neuen Hütte zu befestigen. Sie jagten los, wie es von der Kette gelassene Hunde tun, und Rozela folgte ihnen. Die Hunde liefen in den Pilzwald, dann weiter, auf eine Wiese. Rozela ging ihrer Spur nach, horchte auf ihr Bellen. Es war ein außergewöhnlich schöner Tag. Die Luft roch nach Gras und Kräutern. Der Spaziergang hätte ihr große Freude bereitet, wenn nicht die Hunde gewesen wären. Sie hielt kurz an, um an dem ringsum üppig wuchernden Weißen Gänsefuß zu riechen. Das war das beste Mittel, um die Nerven zu beruhigen. Wie um alles in der Welt konnte es geschehen, dass sie irgendwo am Rand von Dziewcza Góra über dem Weißen Gänsefuß völlig vergaß, dass sie auf ihre Tochter wartete?

»Es ist ein Mädchen«, sagte Gerta, als sie spät am Abend die Mutter in der Tür stehen sah. Doch sie wollte ihr das Kind nicht geben. Rozela wollte sie nicht drängen. Vielleicht anderntags? Oder wenn die ersten Wochen überstanden waren? Obwohl ihr alles aus den Händen fiel, machte sie ihrer Tochter jeden Morgen das Frühstück, einen Teller mit frischem Brot und dem schönsten Gemüse, aber Gerta nahm nur den Teller und verschwand mit dem Kind wieder in ihrem Zimmer. Sie nähte Sachen für die Kleine. Nicht mehr benötigte Bettbezüge mit geflochtenen Borten verwandelte sie in Schlafsäcke, Jäckchen und Mützen. Ihre Tochter, die sich in der Stube verbarrikadierte, erlaubte ihr nicht einmal, Maß zu nehmen. Rozela fragte, ob Gerta Schmerzen habe, ob die Wunde gut verheile. Sie wisse, wie man den Heilungsprozess beschleunigen könne. Nein. Gerta wollte ihr nichts zeigen. Das Mädchen wurde einen Monat, zwei Monate, doch Gerta ließ die Mutter immer noch spüren, dass sie sie nicht brauchte. Eines Tages hörte Rozela, wie ihre Enkelin weinte. Normalerweise hörte sie dann immer auch die Stimme ihrer Tochter, doch diesmal – nichts. Die Kleine weinte, und Gerta schien nicht da zu sein. Das nicht enden wollende Weinen beunruhigte Rozela. Sie klopfte an die Tür, niemand antwortete. Sie schaute ins Zimmer. Gerta schlief, sie saß im Nachthemd auf dem Fußboden, das Kind hatte sie im Arm, an der Brust. Die Kleine könnte doch herunterfallen! Rozela nahm sie, so behutsam sie konnte, ohne dass Gerta wach wurde. Sie hielt die weinende Lilia und wiegte sie, bis sie sich beruhigte. Bevor sie sie in die Wiege zurücklegte, trug sie sie noch ein wenig auf dem Arm und betrachtete das kleine Gesicht: große Augen, lange Wimpern, eine rote Stupsnase, an der man die gesunde bäuerliche Abstammung erkannte. Ein schönes Kind. Als sie die Kleine hinlegte, wachte Gerta auf. Sie lächelte. Ohne etwas zu sagen, kletterte sie ins Bett und schlief gleich wieder ein.

Von diesem Tag an gab sie ihrer Mutter das Kind immer öfter, und die Kleine mochte die Arme der Großmutter. Rozela, die sich von den größeren Jungen fernhielt, so gut es ging, und oft wegen ihnen weinte, verstand sich blind mit dem Mädchen. Bevor es noch zu schreien anfing, wusste sie schon, dass es hungrig oder nass war. Ihren Töchtern gegenüber war sie ein Leben lang wortkarg und kühl gewesen, doch für dieses Mädchen hatte Rozela viel Zärtlichkeit übrig. Sie trug es, ohne sich darum zu kümmern, dass sich das Kind daran gewöhnen könnte, sie sang ihm Lieder vor und erzählte ihm von früher. Wie ihr altes Haus in Dziewcza Góra ausgesehen hatte, wie die schon verstorbenen Cousins und Cousinen geheißen und welche Familienbande zwischen ihnen bestanden hatten. Welche Familie im Dorf sich womit verdient gemacht und welche was auf dem Kerbholz hatte. Und die Enkelin schaute aufmerksam und lauschte. Rozela war überzeugt davon, dass das Kind, so klein es war, mehr verstand, als man meinte, und dass es sich an sie erinnern würde.

Obwohl Gerta längst nach Hause zu ihrem Mann zurückkehren wollte, versuchte Rozela die Tochter mit allen Mitteln dazu zu überreden, dass sie wenigstens bis zum Ende des Sommers blieb. Sie sagte, bei so schönem Wetter gehöre das Kind an die frische Landluft, sie stellte die Kleine im Kinderwagen unter den Apfelbaum und setzte sich dazu, direkt auf den Boden. Sie schälte Saubohnen, entstielte Erdbeeren und stopfte Tischdecken. Für Edward, der freitags direkt aus dem Laden zu ihnen kam, richtete sie einen Schlafplatz in der Stube ein. Solange sie die beiden mit dem Kind um sich hatte, war sie ausgeglichen und glücklich.

Stalin war tot. Im Radio lief nur noch Trauermusik, die Geschäfte waren geschlossen, über Ämtern und Behörden wehten Flaggen mit Trauerflor. Die Leute sprachen von nichts anderem. Laut war vom Vater der Nation die Rede, leise von einem Mörder und Schuft und davon, dass es vielleicht endlich ein wenig Freiheit geben würde. Truda, ihre Schwestern und die Mutter hofften, dass sie Jan aus dem Gefängnis herausbekommen könnten. Sie hofften vergebens.

Ein Jahr nach seinem Verschwinden, fast sechs Monate nach Stalins Tod, am Montag, dem 31. August 1953, brachte ein Milizionär die Nachricht nach Dziewcza Góra, dass das Gericht getagt und ein Urteil gefällt habe. Wegen feindlicher Unterwanderung der Bürgermiliz sei Jan zum Tode verurteilt, die Strafe auf Beschluss des Staatsrates im Rahmen einer Amnestie aber in lebenslänglich umgewandelt worden. Truda stürzte sich mit den Fingernägeln auf den Milizionär. Gerta eilte mit ihrem Kind auf dem Arm hinzu und schrie die Schwester an, man würde auch sie verhaften. Truda hätte sich einsperren lassen. Sie kreischte, selbst wenn sie noch einmal nach Warschau fahren müsse, werde sie eine solche Grausamkeit nicht zulassen. Sie würde die Kinder mitnehmen. Die Partei solle ihnen selbst sagen, dass sie ihnen den Vater wegnahm. Gerta zog sie an den Händen fort und beschwor sie, doch bloß den Mund zu halten.

Lebenslänglich bedeutete, dass sie das Leben von nun an ohne Jan planen musste. Der Gedanke, dass sie ihren Mann bis ins hohe Alter nicht wiedersehen würde, ließ Trudas Sehnsucht noch wachsen. Was nun? Sollte sie sich begraben lassen? Sollte sie sich als Ehefrau eines Schattens abends für immer in ein leeres Bett legen? Ganz allein seine Söhne großziehen, obwohl einer gar nicht von ihr war und sie für den anderen keine Muttergefühle empfand? Bis zum Ende ihres Lebens das Haus und den Tisch mit ihrer Mutter teilen, der sie nie verzeihen würde, dass sie in jenem Winter Jakob abgewiesen und ihr Leben zerstört hatte?

Truda schloss sich für den Rest des Tages und über Nacht in ihrem Zimmer ein. Sie dachte nicht viel, und wenn, überlegte sie, was sie den Kindern sagen sollte. Sie legte sich ins Bett, doch sie fand keinen Schlaf. Müde vom Weinen und durchgefroren, weil das Zimmer für Truda wer weiß warum plötzlich kalt wurde wie eine Grabkammer, ging sie zu Gerta, um sich an sie zu schmiegen – doch in deren Bett war kein Platz mehr, dort schlief das Kind. Erstaunlich, dachte Truda, dass es ihren Jan nicht einmal kennengelernt hatte. Sie machte Feuer im Küchenofen, nahm sich eine Decke und setzte sich auf einen Stuhl, von dem aus sie den See sah. So saß sie bis zum Morgen und beobachtete, wie der Tag anbrach. Dann schlief sie kurz ein.

Als sie aufwachte, schrieb sie unverzüglich an Jakob.

Gerta

Wieder einmal mussten sie sich um Truda kümmern, die nicht mehr essen wollte, seit sie von Jans Urteil erfahren hatte. Als sei nichts auf der Welt wichtiger als sie! Mutter und sie versorgten sie also abwechselnd, sie buken und kochten, was sie gern mochte, und Truda nahm die Teller in Empfang und schloss sich in ihrem dunklen Zimmer ein, aus dem sie die Jungen hinausgeworfen hatte, deren durch die Nachrichten aus dem Gericht aufgewühlten Gefühle sie nicht interessierten. Józek und Feuerjanek machten es sich auf dem Dachboden einigermaßen wohnlich, und Gerta, die ihnen irgendwie beistehen wollte, verbrachte so viel Zeit mit ihnen, wie sie entbehren konnte. Was konnte sie ihnen sagen? Sie sagte, sie müssten Geduld haben. Eines Tages werde es eine neue Amnestie geben.

Mit Truda hatte Gerta freilich keine Geduld. Wenn die Schwester ihr dunkles Zimmer verließ, dann nur, um zur Post zu fahren. Sie eilte dann durchs Dorf, ohne nach rechts und nach links zu schauen und ohne zu grüßen, und sobald sie zurück war, schloss sie sich wieder ein. Gerta erklärte ihrer Mutter, man müsse Jan bedauern, nicht Truda, doch Rozela hörte nicht auf sie. Noch vor kurzem war Gertas Tochter, ihre Enkelin, ihr ein und alles gewesen, nun teilte sie ihre Aufmerksamkeit zwischen dem Kind und Truda. Für die älteren Enkel blieb nichts übrig.

Edward kam mit dem Fahrrad nach Dziewcza Góra. Nachdem er durch einen Kunden von Jans Verurteilung erfahren hatte, hatte er den Laden geschlossen und war unverzüglich gekommen; nichts machte in Kartuzy so schnell die Runde wie ein Gerücht. Er war besorgt. Am meisten wohl wegen Gerta. Über dem Teller Suppe, den sie ihm hinstellte, sagte er, mehr zu sich als zu ihr, jetzt, da sie ganz Dziewcza Góra zu versorgen habe, werde er sie wohl überhaupt nicht mehr zu Hause zu sehen bekommen.

Die Vorhaltungen ihres Mannes brachten Gerta noch mehr gegen die Schwester auf. Eines Tages war das Holz für den Küchenherd alle. Gerta hätte selbst neues gehackt, doch dieses Mal war sie fest entschlossen, Truda zum Arbeiten zu bringen. Sie drückte ihr die Axt in die Hand und zeigte ihr die Scheite. Nach einer Stunde erblickte sie die Schwester mit blutigem Kopf. »Die Axt ist abgesprungen«, erklärte Truda. Die Wunde lag einen Zentimeter neben der Schläfe. Was blieb ihr übrig? Gerta gab der Schwester das Kind und hackte selbst zwei dicke Äste klein. Dann bezahlte sie mit Edwards Geld einen Jungen aus der Nachbarschaft, damit er sich in Zukunft darum kümmerte. Und wurde wieder böse, als sie sah, dass Truda in Anwesenheit des jungen Mannes auflebte und ihn verträumt ansah.

Ilda

Ilda mochte ihren Schwager ebenso sehr, wie ihr Truda leidtat. Umso mehr schmerzte sie Tadeuszs Gerede, dass der Rote auch so zufrieden sein könne, denn der Strang sei ihm schon sicher gewesen, und nun werde er spätestens in zehn Jahren freikommen. Sie fragte ihn, ob er irgendwann einmal mit jemand Mitleid gehabt habe. Ilda habe keine Ahnung, wie viele Menschen litten, damit sie mit ihm zusammenleben könne, antwortete er.

Bald darauf war er wieder liebevoll und treu ergeben. Er umschmeichelte sie, machte ihr Komplimente. Und am Nachmittag bat er sie, das Auto anzulassen. Sie fuhren in die Grunwaldzka, zum Notar. Unterwegs sagte er ihr, sie hätten dort einen Termin. Während sie in grünen Sesseln warteten, erfuhr Ilda, dass Tadeusz Gelbert ihr die Rechte an jeder seiner Statuen überschrieb, die nicht verkauft würde. Als sie hinausgingen, fragte sie: »Was bedeutet ›nicht verkauft wird‹?« Er empörte sich, dass sie einfach nichts zu schätzen wisse.

In der Nacht träumte sie vom Roten Jan. Sie stillte wieder seinen Sohn, und er sah sie wieder, wie einst, mit entrücktem Blick an. Im Traum fühlte sie sich wohl. Der bewundernde und hingebungsvolle Blick des Schwagers gefiel ihr, die aus ihrer Brust strömende Milch beruhigte sie und erregte sie ein wenig. Sie wachte beschämt auf. Mit dem Gefühl, alles verloren zu haben, was ihr wichtig war. Sie war dumm. Bevor sie ihre Zettel in Empfang nahm, öffnete sie den Schrank und suchte lange nach einem passenden Kleid – wenigstens sich selbst wollte sie gefallen. Zum Frühstück erschien sie verspätet, gekleidet wie zu einem Empfang beim Botschafter. Sie blickte Tadeusz kein einziges Mal über die Teller hinweg an. Am Abend fuhr sie nach Dziewcza Góra, um zu schauen, wie es Truda ging.

Gerta

Stalins Tod war vergessen, die Leute redeten jetzt über Gomułka. Parteimitglied oder nicht, Hauptsache, es änderte sich etwas. Auch Gerta hatte ihre Hoffnungen: Zum ersten Mal seit Jahren sollten in ihrem Haus in Kartuzy zwei geräumige, helle Zimmer frei werden. Gerta rechnete stark damit, den Zuschlag zu bekommen. Seit Monaten klapperte sie in dieser Sache die Ämter ab. Immer wurde sie abgewiesen, doch schließlich verriet ihr eine wohlgesinnte Frau aus dem Antragsbüro, es liege am Roten Jan. Nachdem sie die richtige Person bestochen hatte – zum Geld aus dem Tischdeckenverkauf fügte sie eine wundersam in Danzig ergatterte Kloschüssel hinzu –, sollte sie warten, bis die Wohnung frei würde. Das geschah kurz nach der Geburt ihrer Tochter. Edward musste nur einen Antrag stellen. Doch er ging mit dem Papier zum falschen Beamten. Der Antrag nahm nicht den verabredeten Weg, sondern landete bei jemandem, der sich erinnerte, wessen Schwägerin Gerta war, und der geplante Wohnungstausch war zum Teufel. Ihr Mann wies jede Schuld von sich. Außerdem, sagte er, sei es unter seiner Würde, Beamte zu jagen wie Rebhühner.

Als die Kleine ein halbes Jahr wurde, kehrte Gerta endgültig mit dem Kind in die Kartuzer Wohnung zurück. Wenn sie den Kinderwagen in den gepflasterten Hof schob, fragte sie sich oft, warum nicht sie in einer der helleren Etagen wohnte, in drei oder gar vier Zimmern mit Balkon. Und immer lautete die Antwort: Es war eine Strafe. Vielleicht für die Großmutter, die schwanger vor den Traualtar getreten war, oder vielleicht für noch weiter zurückliegende Sünden, von denen sie nichts wusste? Wie auch immer. Gerta musste die Strafe auf sich nehmen, um ihrer Tochter dieses Erbe zu ersparen.

Das erste Jahr verging rasch. Das Kind wuchs. Gerta und Edward spielten weiter ihre Spiele, bis sie bemerkte, dass sie erneut schwanger war. Ihr Mann schien begeistert. Die Mutter bot an, bei der Geburt zu helfen – doch diesmal lehnte Gerta selbst ab. Obwohl sie von dem Kartuzer Krankenhaus noch immer die schlechteste Meinung hatte, war es ihr lieber als eine Geburt unter Rozelas Obhut. Das hieß nicht, dass sie ihr nicht vertraute. Angesichts der jüngsten Erfahrungen ängstigte sie sich vielmehr um sie. Früher war die Mutter für sie der Pfeiler der Welt, eine Frau, die alles konnte und alles ertrug – jetzt sah sie, wie zerbrechlich und schwach sie war. Auch das zweite Kind kam also im Kartuzer Krankenhaus zur Welt. Es war wieder eine Tochter, was Edward, der mit einem Jungen gerechnet hatte, sichtlich enttäuschte. Mit zwei so kleinen Kindern hatte Gerta aber keinen Sinn für seine Klagen.

Das zweite Mädchen bekam den Namen Róża. Auch diesen Namen hatte Gerta vor Jahren in dem botanischen Atlas gefunden, in dem sie nach Mustern für ihre Richelieu-Stickereien suchte. Es gab dort verschiedene schöne Namen: Lilia, Róża, Hortensja, Konwalia, Lobelia. Am besten gefiel ihr Lobelia. Sie fand aber, es gehöre sich nicht, seiner Tochter einfach so einen seltsamen Namen zu geben, und überließ die Sache dem Schicksal: Lobelia sollte die dritte heißen, falls sie drei Töchter bekäme.

Róża erwies sich als das Gegenteil von Lilia. Die Ältere war ein gleichsam ideales, stilles, sachliches Kind, sie weinte nur in Fällen höherer Notwendigkeit und lächelte viel. Die Zweite war von Geburt an empfindlich und unersättlich. Licht störte sie, jedes kleinste Geräusch ließ sie wach werden – nicht selten für die ganze Nacht. Und trinken wollte sie rund um die Uhr. Gerta hatte nicht genug Milch für ihre beiden Töchter. Zum Glück konnte Edward wenigstens dieses Problem lösen. Irgendwem reparierte er etwas, jemand anderem versprach er etwas – und plötzlich standen zweiundzwanzig Kartons mit Milchpulver in der Wohnung, von denen jeder achtundvierzig kleinere Packungen enthielt.

Den Sommer verbrachte Gerta mit den Kindern wieder in Dziewcza Góra, im Herbst kehrte sie in die Stadt zurück. Sie versorgte die Kinder, spielte mit ihnen und wusch ihre Sachen. Abends nickte sie vor Erschöpfung über der Wanne mit den Windeln ein. Sie weinte mit der widerborstigen Róża auf dem einen Arm, während sie mit dem anderen Lilia zu füttern versuchte. Enttäuscht von Edward, der nach dem Freudenausbruch bei der Nachricht von einem zweiten Kind nun noch mehr Zeit mit Fahrradtouren durch die Umgebung verbrachte, kämpfte sie, um ihm nicht zufällig eine der beiden Töchter in die Hände zu geben. Er war einfach unfähig! Er wusch die Windeln nicht gut und hängte sie nicht auf, wie es sich gehörte, die von ihm angerührte Milch hatte nie die richtige Konsistenz. Denn wer hätte auch jemals gesehen, dass ein Mann gut mit Kindern umgehen konnte?

Wenn sie wirklich mit ihren Kräften am Ende war, betete sie, die Muttergottes möge ihr eine der Schwestern zur Hilfe schicken. Manchmal half das. Dann ging sie allein spazieren, um den Karczemne-See bis zum Assessoren-Hügel, von wo man Kartuzy im Wasser gespiegelt sehen konnte, und machte sich Vorwürfe, dass sie ihre Kinder im Stich lasse. So schnell sie konnte, eilte sie nach Hause zurück. Um wieder zu leiden, weil sie alles allein machen musste.

Ilda

In der Wohnung über dem Atelier wurde ein Telefon installiert. Tadeusz kreiste drei Tage lang aufgeregt wie ein Kind um den grauen Ebonit-Apparat. Irgendwann musste das Gerät ja klingeln. Da ihn das Atelier vorübergehend nicht interessierte, setzte er Ilda in einen Sessel und erzählte – farbenfroh und blutig, wie es seine Art war. In seine Geschichten flocht er Spekulationen, wer wohl als Erstes anriefe. Er setzte auf seinen Freund, den Botschafter, der wohl wisse, was zu tun sei, nachdem Tadeusz sich höflich hatte verbinden lassen, um die großartige Neuigkeit zu verkünden. Vielleicht wäre es auch jemand von der Partei, weil die Partei jetzt viele neue Denkmäler in Auftrag gab. Oder vielleicht ein Bewunderer seiner Kunst?

Doch, o Graus, die Erste, die anrief, war Gerta. Von der

Kartuzer Post, ganz aufgeregt, weil sie gerade von der Installation des Telefons erfahren hatte (sie gratuliere!). In Kościerzyna stehe ein gutes Klavier zum Verkauf. Ilda müsse unbedingt mit ihr dorthin fahren. Tadeusz war gekränkt und wieder allein.

In Kartuzy stellte sich heraus, das Edward mitfahren wollte. Nachdem er die Nachbarin gebeten hatte, nach den Kindern zu schauen, setzte er sich auf den Beifahrersitz und sagte, er habe ebenfalls etwas in Kościerzyna zu erledigen. Er bestand darauf, mitzukommen. Vor Ort schaute er unablässig nervös um sich, als suche er jemanden. Außerdem stellte sich heraus, dass er die Stadt kannte – obwohl sie vierzig Kilometer von Kartuzy entfernt lag. Er war oft mit dem Fahrrad nach Kościerzyna gefahren.

Als sie an der Adresse aus dem Inserat ankamen, fragte Edward die Schwägerin leise, damit seine Frau es nicht hörte, ob sie noch das Foto besitze, das er ihr vor Jahren gegeben habe. Sie habe sich doch an dem Tag, an dem sie Tadeusz Gelbert kennenlernte, in Kościerzyna nach dem Mann auf diesem Foto erkundigen sollen. Ilda erwiderte, sie habe es leider schon vor langer Zeit verloren. Edward war wütend. Er hatte es der Frau aus dem Inserat zeigen wollen.

Die Frau, die ihnen die Tür öffnete, ähnelte Gerta, nur dass sie eine etwas vollere Figur und helles Haar hatte. Edward, dessen Laune sich schlagartig besserte, folgte ihr merkwürdig lange mit den Augen. Als sie sich hinsetzte, um das Instrument vorzuführen, besiegelte Edward zur Überraschung der Schwestern umgehend den Kauf. Er werde eine frisch aus Warschau eingetroffene Dollina-Kamera verkaufen müssen. Es sei denn, den Herrschaften wäre ein Tauschgeschäft lieber. Er scherzte auch, dass er den Apparat ja beim Bridge zurückgewinnen könne. Die Besitzerin des Klaviers war Feuer und Flamme. Aber sicher doch! Ihnen fehle noch ein Paar zum Bridge. Wenn der Herr es ernst meine, werde man sich sicher handelseinig. Der auf einmal gesprächig gewordene Edward verkündete stolz, er habe das Kartenspiel von echten Meistern gelernt und in der Kriegsgefangenschaft viel geübt. Das für eine Dollina-Kamera gekaufte Klavier sollte am nächsten Tag geliefert werden.

Als Ilda abends nach Hause zurückkam, war Tadeusz nicht da. Von Kazia erfuhr sie, dass er bei seiner Frau und seinen Söhnen war, die Ilda nie kennengelernt hatte. Er besuchte sie regelmäßig, doch während all der Jahre hatte er nicht ein einziges Mal einen von ihnen mit ins Atelier gebracht. Ilda hatte mit der Zeit gelernt, nicht nach ihnen zu fragen. Weder nach der Frau noch nach den Söhnen noch nach Gelberts Mutter. Er hatte sich fürchterlich aufgeregt, als sie einmal ihren Todestag erwähnte. Sie hatte angeboten, das Grab zu reinigen. Er habe jemanden, der sich darum kümmere, hatte er erwidert.

Truda

Seitdem es keinen Grund mehr gab, ständig zu Ämtern und Behörden zu fahren, schrieb Truda immer öfter an Jakob. Im seltensten Fall einmal alle zwei Wochen. Alles, was sie den Briefen an ihren Mann anvertraute, schrieb sie anschließend auch ihrem einstigen Verlobten. Die Briefe ins Gefängnis kamen meist ungelesen zurück, immer mit dem gleichen Stempel: »Von der Militärstaatsanwaltschaft nicht genehmigt«. Die Zensur an der Grenze zeigte mehr Mitleid mit Trudas Gefühlen, denn Jakob schrieb immer sehr schnell zurück.

Die Welt, die Truda in ihren Briefen beschrieb, deckte sich nicht ganz mit der realen. Da ihr Mann ein Held war, blieb sie ihm selbst in Gedanken treu, ihre Söhne waren für ihr Alter überdurchschnittlich klug, die Mutter hatte nach Jahren eingesehen, dass es falsch gewesen war, Jakob davonzujagen, und Gerta war eine echte kaschubische Stolemka, eine Riesin, die von allen um ihre Stärke beneidet wurde. Truda schrieb auf Deutsch, bis auf manche besonders schwierige Gedanken, die sie wie Beschwörungsformeln auf Polnisch festhielt. »Miłość od pierwszego niewidzenia« klang doch viel besser als »Liebe auf den ersten Abschied«.

Die Welt aus Jakobs Briefen war banal. Die Patienten in der Chirurgie, der neue Rasen, das neue Auto. Mit der Zeit schickte Jakob ihr mit den Briefen Groschenromane in rosa Einbänden, die in deutscher Frakturschrift auf billigem Zeitungspapier gedruckt waren und Illustrationen enthielten, die Ilda liebte. Sie zeigten immer sehr realistisch dargestellte küssende Paare. Truda verschlang diese Romane an den Abenden und übernahm hinterher ganze Sätze in ihre deutschen Briefe.

Während sie auf die nächste Lieferung wartete, untersuchte sie die Werbeanzeigen auf den letzten Seiten, Fotografien von Frauen, die zig Kilogramm abgenommen hatten, vorher und nachher. Schnell fand sie heraus, dass die Bilder nicht immer zueinander passten. Auf eine Dickmadame, die auf verschiedenen Umschlagseiten zu sehen war, kamen mehrere dünne Frauen. Wenn sie alle Romane durchgelesen hatte und noch kein Nachschub eingetroffen war, verglich sie wie ein Detektiv stundenlang die Fotos und war jedes Mal stolz, wenn sie einen Betrug entlarvte. Detailliert beschrieb sie Jakob, was in den Anzeigen nicht stimmte, und wunderte sich, dass es Abnehmer für die in den Anzeigen beworbenen Präparate gab. Sie fragte Jakob in ihren Briefen, ob die Menschen in Berlin wirklich so viel äßen.

Ihr war das Essen egal. Zudem hatte sie angefangen, selbst die Zigaretten zu rauchen, die Jakob ihr zum Verkaufen schickte. Immer noch, doch längst ohne die frühere Überzeugung, schrieb sie Briefe, in denen sie um Jans Freilassung ersuchte. Auch diese Briefe blieben unbeantwortet.

Gerta

Das Klavier wurde im Wohnzimmer aufgestellt. Edwards Scherze zum Thema Bridge waren, wie sich herausstellte, ernst gemeint. Beim zweiten Treffen, als er mit der Dollina-Kamera das Instrument bezahlte, bestand er auf einer Partie. Zum Glück für Gertas Vermögen ließ die Verkäuferin sich nicht zu einem Spiel um hohe Einsätze überreden, sondern war lediglich zu einer Partie um den Gegenwert einer Flasche Milch bereit. Sie hieß mit Vornamen Jadwiga. Edward begann sogleich, nach hübschen Koseformen des Namens zu suchen, womit er Gerta zur Weißglut trieb. Das Ende vom Lied war, dass Jadwiga von nun an jeden zweiten Freitag um neunzehn Uhr mit ihrem Mann zum Bridge kam. Gerta war keine gute Kartenspielerin, ganz im Gegensatz zu Edward, der sich zu ihrer Überraschung auch als Freund des Klavierspiels entpuppte. Vor dem Bridge gab Jadwiga auf seinen Wunsch jedes Mal ein kleines Konzert. Obwohl die Töchter weinten und die Musik übertönten, schloss Edward die Augen und lauschte zufrieden. Gerta mochte Jadwiga nicht, was offenbar auf Gegenseitigkeit beruhte. Sie bewunderte jedoch ihren Schliff, ihre Taille, ihre Rundungen und ihr Können am Klavier. Das beruhte nicht auf Gegenseitigkeit.

Die Töchter wuchsen heran, also war nach Gertas Auffassung ein zweites Klavier erforderlich. Zumal sich wieder die Aussicht auf eine größere Wohnung auftat. In Kartuzy, gleich hinter der Schule Nr. 1, verkaufte jemand einen braunen Neugebauer. Gerta leistete eine Anzahlung, um dem örtlichen Advokaten zuvorzukommen – ein paar Ohrringe aus dem Schreibtisch im Laden, die ohnehin seit Jahren ungenutzt herumlagen. Diesmal war Edward allerdings ernstlich erzürnt. Als Gerta nicht nachgeben wollte, drohte er, er werde ausziehen. Aber Gerta ließ sich nicht so leicht einschüchtern. Das Klavier war aus Rosenholz, die Tasten aus echtem Elfenbein, gleichsam wie für Róża gemacht. Zum Glück bestätigte auch Jadwiga, dass es sich um ein außergewöhnliches Instrument handelte. »Das ist eine seltene Gelegenheit«, sagte sie zu Edward, »die darf man sich nicht entgehen lassen.« Wenn sie sich vor der Bridgepartie einmal daransetzen dürfe, werde sie ihnen zeigen, was wirklich tiefe Töne seien. Und so stand bald ein zweites Klavier gleich neben dem ersten an der Wand, sie mussten nur das Bett verrücken und den Tisch verkleinern.

Die zwei Kinderbetten und die beiden Klaviere verschärften den Streit um die Wohnung. Wie könne Edward zulassen, dass seine Familie in solchen Verhältnissen lebe?! Platz sei genug da, es gebe nur zu viele Klaviere! Worauf Gerta sich entrüstete, das sei die Mitgift ihrer Töchter. Ein Symbol. Eine Prophezeiung. Und immer häufiger dachte sie, am mangelnden Platz für die Klaviere seien mitnichten die Verfehlungen ihrer Ahninnen schuld, sondern schlicht die Unfähigkeit ihres Mannes.

Die Streitereien hatten aber keine Auswirkungen auf ihr

Geschlechtsleben. Kurz nachdem das zweite Klavier im komplett überfüllten Wohnzimmer aufgestellt worden war, war Gerta wieder schwanger. Und wieder wurde nichts aus der Wohnung. Mit deutlich sichtbarem Bauch und unter Tränen klagte Gerta den Frauen im Amt ihr Leid. Ohne Erfolg. Die Cousine des Parteivorsitzenden benötige die freigewordenen vier Zimmer. Die Frauen behielten Gertas Tischdecken und versprachen hoch und heilig, ihr bei der ersten Gelegenheit zu helfen. Gerta war wütend – andere hatten schon Telefon, und ihnen ging eine Wohnung nach der anderen durch die Lappen.

Rozela

Rozelas dritte Enkelin Lobelia kam am 28. August 1958, einem Donnerstag, zur Welt. Dieses Datum sollte auch aus einem anderen Grund unvergessen bleiben.

Als die ersten Wehen einsetzten, war Gerta in Dziewcza Góra – mit ihrem inzwischen sehr großen Bauch, müde und aufgequollen, brauchte sie Hilfe mit ihren zwei älteren Töchtern. Róża, die jüngere der beiden, wachte an diesem Tag ungewohnt quengelig auf, noch bevor die Vögel zu singen begannen. Rozela wollte sich um sie kümmern, doch Gerta wollte das Kind unbedingt selbst dazu bringen, dass es noch etwas schlief. Sie nahm die Kleine an der Hand und legte sich mit ihr ins Kinderbett. Mit der Mutter an der Seite fiel Róża das Einschlafen leichter. Sie schliefen beide ein. Kurz darauf erwachte Gerta im nassen Bettzeug. Die Fruchtblase war geplatzt. Truda lief sofort los, um jemanden zu finden, der Gerta ins Krankenhaus fahren konnte.

Rozela versuchte die Kinder zu nehmen, die an Gertas Rock hingen und sie nicht loslassen wollten. Tumult, Chaos, Aufregung – das dauerte eine Weile. Keine der Frauen beachtete den Mann, der in die Küche kam. Keine fragte ihn, was er wollte. Sie sagten, er solle warten. Er bekam eine Tasse Tee und saß da, ohne ein Wort zu sagen. Truda, die ihm gerade mal einen flüchtigen Blick zugeworfen hatte, trieb die Schwester zur Eile, weil das Auto schon wartete, Rozela bemühte sich, die aus Leibeskräften schreienden Kinder abzulenken.

Der Mann fragte, ob er irgendwie helfen könne. Sie erkannten ihn an der Stimme, obwohl sie monoton und stumpf geworden war. Rozela befahl den Enkelinnen, ihn zu begrüßen, genau so, wie sie einst ihren Töchtern befohlen hatte, Abram zu begrüßen. Truda sackte auf einen Stuhl. Rozela schien es, als sehe der Rote Jan nun älter aus als sie. Es habe eine Amnestie gegeben, sie hätten seine Strafe reduziert, sagte er. Nun sei er da.

Rozela sah, wie entsetzt Truda ihn anschaute. Zum Glück war keine Zeit für lange Begrüßungen. Gerta musste ins Krankenhaus gebracht werden. Truda rannte aus der Küche und schlug die Tür hinter sich zu. Jan hatte ihren Schrecken wohl bemerkt, denn er sah sie nicht offen an, sondern schaute höchstens verstohlen. Er fragte nach seinen Söhnen. Die seien in Danzig, in der Schule, erfuhr er von der Schwiegermutter.

Truda

Als Truda endlich begriff, wer da am Küchentisch saß, war ihr erster Gedanke, dass es sich um eine Verschwörung handeln musste. Jemand gab sich als Jan aus. Ihr Mann war breitschultrig, doch da saß ein abgemagerter Mensch mit Kinderärmchen vor ihr. Er versuchte einen Scherz zur Begrüßung. Es misslang. Ihm waren Zähne ausgeschlagen worden, das sah sie sofort.

Im Linienbus aus Kartuzy, mit dem sie am Abend aus dem Krankenhaus zurückkehrte, hatte sie nicht das Gefühl, nach Hause zu fahren. Ohne richtig glauben zu können, was sie am Morgen gesehen hatte, ging sie langsam den Weg zu ihrem Haus und schüttelte sich alle paar Schritte Sand aus den Schuhen. Schließlich kam sie in Dziewcza Góra an und stieß die Haustür auf. Sie setzten sich jeweils an ein Ende des Tisches und stützten einen Ellbogen auf die Tischplatte, mit dem Rücken zum See, der Küche zugewandt, um einander nicht anschauen zu müssen. Er fragte, ob sie die Kleider waschen könne, in denen er gekommen sei. »Man sollte sie besser verbrennen«, antwortete sie. »Aber im Schrank sind saubere Sachen.« Sie holte ihm Hemd, Hose und eine zu einem kleinen Würfel zusammengefaltete weiße Unterhose. Alles gebügelt. Da bat Jan, ohne danke zu sagen, um eine lange Winterunterhose. Es war Sommer, Spätsommer zwar, aber noch warm. In den nächsten Monaten konnte nichts Deprimierenderes mehr geschehen. Der Mann, der nach Hause zurückgekehrt war, war nicht derselbe, der sie sich einst Abend für Abend auf seinen harten Phallus gesetzt und durchs Zimmer getragen hatte. Dieser hier versuchte es nicht einmal. Er wankte, ließ ständig Dinge fallen, hatte Schwierigkeiten, sich im Raum zu orientieren. Um die sich hinziehenden Abende zu füllen, machte Truda ihm Bäder mit Lavendel, Honig, Salbei und Brennnesseln, wobei sie ihn beiläufig erinnerte, dass er das Badezimmer selbst gebaut hatte. Beim Anblick seines müden, von Narben gezeichneten Körpers, dem das Wasser in der Wanne einen noch grünlicheren Ton gab, fing Jan an zu weinen. Zwischen seinen Beinen hing nun ein kläglicher, leerer Sack herab, der in Trude Trauer und Entsetzen weckte.

Sie kochte für ihn. Was er aß, erbrach er gleich wieder auf den Fußboden. Sobald er sich etwas niedriger hinkniete, verlor er das Gleichgewicht, also wischte Truda ihm hinterher. Ihr Jan, nach dem sie sich gesehnt hatte, der einst Bäume gefällt und seine Männer in der Stadt verteilt hatte, der überall hineingekommen war und jedes Problem gelöst hatte, saß jetzt auf einem Stuhl am Kamin und schlürfte wie ein Hund seine Suppe. Sie lief ihm am Kinn herunter. Truda gefror das Blut in den Adern.

Sie schliefen nicht einmal zusammen. Vom ersten Tag an schloss er sich nachts mit einer Pistole im Keller unter der Küche ein. Die Pistole hatte er wer weiß wo aufgetrieben und reinigte sie stundenlang. Er schlief unter einer alten Decke, derselben, unter der einst die Franzosen geschlafen hatten. Ohne Bettzeug, nur auf einem Strohsack. Als Truda ihm einmal ein frisch bezogenes Federbett, ein Laken und ein weiches Kopfkissen hinlegte, warf er die Sachen schreiend hinaus. Er wollte nur, dass Truda ihm aus einer alten Handtasche ein Holster für seine Pistole nähte. Sie setzte sich hin und nähte eins aus ihrer Berliner Tasche, der besten.

Jan war sechs Jahre fort gewesen. Lange genug, dass sich die Söhne an seine Abwesenheit hatten gewöhnen können. Feuerjanek machte einen großen Bogen um ihn, er sah ihn misstrauisch und forschend an, als akzeptiere er nicht, dass der Vater seiner frühen Kindheit und dieser alte Mann ein und dieselbe Person waren. Józek hatte seinen wahren Vater nicht einmal kennengelernt. Jetzt behandelten die Jungen ihn mehr wie ein Möbelstück als wie einen Menschen. Jan schien das zu bemerken. Er kämpfte nicht. Er zog sich in den Schatten zurück.

Trotzdem wurde samstags und sonntags, wenn die Söhne aus dem Danziger Internat nach Haus kamen, die Stimmung etwas erträglicher. Die Jungen brachten Leben ins Haus, sie wollten essen, so dass es sich lohnte zu kochen, sie brachten schmutzige Wäsche mit, um die man sich kümmern musste, sie lärmten herum, so dass Trudas Kopf vor Geräuschen fast platzte und nicht mehr zum Denken taugte. An den übrigen Tagen saßen Jan und Truda am Tisch und schwiegen – vielleicht aus Angst, es könnte bis ans Ende seiner Tage so bleiben. Es vergingen Monate, dann Jahre. Truda beendete ihre Affären in Krankenhäusern und Ämtern. Sie hatte keine Freude mehr daran, seit sie ihrem Mann ins Gesicht lügen musste, wenn sie nach Hause kam. Sie mochte lasterhaft sein, aber sie war nicht gemein.

Gerta

Niemals hätte Gerta ihrer Schwester so etwas zugetraut! Diese aufopferungsvolle Ehefrau, die ihren Mann umsorgte, ohne zu klagen, entpuppte sich, kaum dass man sie mit drei kleinen Mädchen allein ließ, als herzloses Ungeheuer! Die Kinder hatten Kabelstriemen an den Händen! Als sie sah, wie verängstigt ihre Töchter waren, die Truda mit dem

Bus nach Kartuzy zurückbrachte, hätte sie der Schwester am liebsten die dichten Haare ausgerissen. Wenn Truda ihr in diesem Moment in die Augen geschaut hätte, wäre es um sie geschehen gewesen. Schluss, aus. Doch Truda stand, nachdem sie die Mädchen abgeliefert hatte, mit gesenktem Blick in der Tür und sagte nichts. Und als Gerta anfing zu sprechen, in strengem Ton, krümmte sie sich noch mehr. Da öffnete Gerta die Tür ein Stück weiter, bedeutete Truda mit einer Geste, sie solle in der Küche warten, und kümmerte sich um die Kinder. Sie fragte, warum die Tante sie geschlagen habe, und erfuhr, es sei um die Oma gegangen. Sie hätten wissen wollen, wer sie mit dem Bügeleisen versengt habe und warum. Die Tante sei böse geworden wie nie zuvor, und sie hätten sich in der Küche hinknien müssen. Sie habe sie dafür bestraft, dass sie ohne Erlaubnis ins Badezimmer gekommen seien und die Oma aufgeregt hätten, während die Tante sie wusch. Sie hätten ein paar Schläge bekommen und am Ofen knien müssen, und die Tante habe die ganze Zeit geschrien. Sie seien erst aufgestanden, als Onkel Jan hereingekommen sei. Er sei vor Wut rot angelaufen. Und da habe die entsetzte Tante schrecklich zu weinen begonnen.

»Um Mutter steht es mittlerweile ganz schlimm«, sagte Truda zu Gerta, als sie abends in der leeren Küche saßen. »Sie lässt sich nicht einmal mehr waschen. Entweder sie schreit und schlägt um sich, oder sie macht sich ganz steif und ist nicht mehr ansprechbar, wie eine Stoffpuppe.«

Gerta erfuhr, dass Trudas Versuche, Rozela zu waschen, meist erfolglos waren: Die Mutter versuche sich loszureißen, winde sich und verschütte das Wasser. An diesem Tag aber habe sie sich zu einem Bad überreden lassen. Truda habe die Mutter schon entkleidet und im Badezimmer auf einen Stuhl gesetzt, als die Mädchen hereingekommen seien. Sie hätten keine Ruhe geben wollen und so lange Fragen gestellt und geschaut, bis Rozela wieder angefangen habe zu schreien.

Dabei wäre alles nur halb so schlimm, wenn es nur um die Mutter ginge. Doch da sei ja noch Jan. Er sei jetzt seit drei Jahren wieder zu Hause und noch immer ein Invalide. Sie wisse einfach nicht mehr weiter.

»Diese Bügeleisennarbe ist wirklich entsetzlich«, sagte Truda zum Schluss. Gerta müsse sie selbst einmal sehen! Auf der rechten Seite von Mutters Bauch sei die Haut dunkel und dünn wie Pergament. Man erkenne deutlich, dass die Spitze der Narbe vom Bauchnabel wegzeige, und die flache Seite sei dort, wo sich bei Mutter immer die Strumpfhosen einrollten. Nicht auszudenken, wenn sie diese Haut beim Waschen mit dem Fingernagel aufrisse. Während Truda das erzählte, saß sie da wie ein Häufchen Elend, so traurig und niedergeschlagen, dass Gerta Mitleid bekam. Sie dachte mit Entsetzen daran, dass Truda womöglich wirklich mit ihren Kräften am Ende war. Sie küsste die Schwester und sagte, sie solle über Nacht bleiben.

Es war ein Mittwoch. Gerta legte sich zu den Töchtern, Edward musste in der Küche schlafen, weil sie Truda das Bett überließ. Sie spürte den warmen, ruhigen Atem der Kinder und konnte lange nicht einschlafen. Haut dünn wie Pergament. Eine Narbe in der Form eines Bügeleisens. Truda, die womöglich am Ende genauso den Verstand verlor wie die Mutter.

Ilda

Am Freitagmorgen um kurz nach acht, kaum dass die Kartuzer Post geöffnet hatte, rief Gerta wieder an. Ohne Vorrede legte sie los und ließ Ilda nicht zu Wort kommen. Das könne nicht sein. Mutter sitze allein in Dziewcza Góra und niemand besuche sie. Nur Truda sei bei ihr, doch die sei selbst am Ende ihrer Kräfte. Hätte Mutter denn keine anderen Töchter, die sich um sie kümmern könnten? Müsse alles an Truda hängenbleiben, die inzwischen ja auch noch Jan zu bemuttern habe?! Sie, Gerta, werde nicht zulassen, dass es so weitergehe! Auch Ilda müsse sich um ihre Mutter kümmern! Und zwar ab sofort!

Obwohl seit der Rückkehr des Roten Jan schon drei Jahre vergangen waren, war Ilda nur einige wenige Male in Dziewcza Góra gewesen. Sie war mit ihrem eigenen oder vielmehr mit Tadeuszs Leben beschäftigt, sie besuchte Ärzte, Krankenhäuser, ehemalige Philharmoniedirektoren, einflussreiche Beamte im Ruhestand. Sie war Tadeusz ergeben, immer bereit, immer dort, wo er sie haben wollte und wo er sie brauchte. Sie wischte sich die Tränen ab und ging ihm aus dem Weg, wenn er Streit suchte, sie begleitete ihn, wenn er es wünschte, um ihm eine seiner literarischen Geschichten zu erzählen. Nachdem eine Krankheit bei ihm festgestellt worden war, zogen sie drei Monate lang von Arzt zu Arzt, bevor sich letztlich herausstellte, dass es sich um eine weniger bedrohliche Form der Leukämie handelte. Ilda fuhr Tadeusz zu immer neuen Professoren, die mit skeptischen Mienen die Untersuchungsergebnisse studierten. Je günstiger ihre Diagnosen ausfielen, desto weniger wollte Tadeusz ihnen glauben. Abends zu Hause setzte er Ilda in ihren Sessel, und es ging los: Sie alle, Ilda vorneweg, betrögen ihn, verheimlichten ihm die Wahrheit. Hinter seinem Rücken lachten sie über den Naivling, der nicht wisse, dass er sterbe. Manchmal warf er sogar mit Gegenständen nach Ilda oder stieß das von Kazia zubereitete Essen vom Tisch und schrie: »Ich werde verrecken! Ich weiß es! Und dabei bin ich umgeben von Lügnern und Heuchlern, die es kaum erwarten können, auf meinem Grab zu tanzen!«

An dem Tag, an dem Gerta anrief, war Tadeusz wieder unausstehlich. Ilda, die ihre eigene Wut nur mühsam im Zaum hielt, hatte ihn zu beruhigen versucht, so gut es ging. Als sie nun das Gezeter und die Vorwürfe der Schwester hörte, brach der mühsam errichtete Damm. Am Ende fing Ilda selbst an zu schreien. Gertas Mitgefühl sei scheinheilig, denn sie wolle die Probleme durch fremde Hände lösen. Sie habe leicht reden, bloß damit sei niemandem geholfen! Ilda ließ ihren lange verborgenen Gefühlen und Aggressionen freien Lauf, und Gerta kam ihr als Opfer gerade recht. Sie hatte ja sonst niemanden.

Später, als sie wieder für Tadeusz in der Stadt unterwegs war, dachte sie freundlicher an ihre Schwestern und ihre Mutter. Vielleicht musste man Truda tatsächlich entlasten? Ihr Rozela abnehmen, wenigstens für eine gewisse Zeit? Zu sich nach Hause, nach Sopot, wagte sie sie nicht zu bringen. Vielleicht hätte Kazia ihr beigestanden, aber wo hätte die Mutter sich hinlegen sollen. Auf dem Sofa, auf dem sich Tadeuszs Bücher stapelten? Am Tisch, wo er seine Skizzen zeichnete?

Sie dachte, sie könnte mit der Mutter einen Ausflug im Auto unternehmen. Dann hätte Truda wenigstens einen Tag Ruhe. Vielleicht zu einer Heiligen? Zum Besuch einer Kirche würde Rozela sich überreden lassen, und zu den Heiligen hatte sie ein besonders inniges Verhältnis. Die heilige Dorothea käme in Frage – die, die sich in Marienwerder lebendig hatte einmauern lassen. Sie war einmal mit Tadeusz dort gewesen. Ein schöner Dom, mit einem Anbau, in dem die Heilige angeblich ihre letzten Lebensjahre verbracht hatte. Ilda schickte der Schwester ein Telegramm, sie werde am nächsten Donnerstag kommen, und sie solle die Mutter für einen Ausflug fertig machen.

Sie hatte Angst, Tadeusz zu erzählen, dass sie wegfuhr. Sie sorgte sich um seine Gesundheit. Jede Woche dienstags brachte sie ihn zur Bluttransfusion ins Krankenhaus. Wenn sie zurückkamen, war Tadeusz schwach und müde. Dann achtete Ilda besonders sorgfältig darauf, dass ihn nichts irritierte, nichts ihm die Laune verdarb. Trotz Müdigkeit und Krankheit schrieb Tadeusz weiterhin jeden Morgen Zettel mit Arbeitsaufträgen. Als er an diesem Mittwoch in seiner absolut schlichten, makellosen Handschrift für Kazia notierte: »2 magere Hähnchen, persönlich auszuwählen, für bessere Blutwerte«, nahm Ilda all ihren Mut zusammen und fragte, ob sie das Auto benutzen dürfe. Er sah sie nicht einmal schief an, weil sie ihn allein lassen wollte. In mitfühlendem Ton stellte er fest: Sie verbringe letzthin viel zu viel Zeit mit ihm. Damit hatte Ilda nicht gerechnet. Sie fiel ihm vor Dankbarkeit um den Hals.

Truda

Ilda, die sich lange nicht in Dziewcza Góra hatte blicken lassen, machte Truda darauf aufmerksam, dass Jan besser aussehe. Er sei kräftiger geworden. »Ja, tatsächlich«, bestätigte Truda. Das monatelange Axtschwingen im Holzschuppen – womit er jetzt ganze Tage zubrachte, nachdem er den

Nachbarsjungen vom Hof gejagt hatte – hatte ihm seine frühere, aufrechte Statur wiedergegeben. Den Holzschuppen mit der schönen Aussicht aufs Wasser hatte er gleich hinter der Schweineküche am See errichtet. Durch das Tor, das zum Ufer führte, schleppte er Holz aus dem Wald heran und hackte es klein. Er fing an, noch bevor der Tag anbrach, und arbeitete, mit Pausen, bis es dunkel wurde. Anfangs war er schwach gewesen und hatte sich nur mit Mühe auf den Beinen gehalten, nun schwang er die Axt mit einer Kraft und Energie, die ihm niemand mehr zugetraut hätte.

Der Holzschuppen war inzwischen voll, bis unters Dach stapelten sich Stämme und Äste, vor der Küchenwand lagen Kloben und Scheite in doppelter Reihe. »Holz für die nächsten zehn Jahre«, sagte Truda zu Jan, als sie die Vorräte begutachtete. Und er hackte weiter. Irgendwann fing Truda an, Holz an die Nachbarn zu verkaufen. Vom damit verdienten Geld kaufte sie Dinge fürs Haus. Der einst so umtriebige und geschäftstüchtige Jan hielt sich jetzt von den Leuten fern. Er versteckte sich im Holzschuppen, in den nicht einmal seine Söhne hineinschauen durften.

Er weigerte sich, zum Arzt zu gehen. Die schlimmste Abneigung hatte er gegen Zahnärzte. Truda fuhr mit ihm nach Kartuzy – vergeblich. Schließlich holte sie eine Zahnärztin nach Dziewcza Góra – im Taxi, mit allem zahnärztlichen Gerät: einer großen Lampe und einem Holzrad, das durch Treten den Bohrer in Gang setzte. Doch es gab nichts mehr zu bohren. Sie setzten Jan auf einen Küchenstuhl, machten einen Kieferabdruck und zwei Wochen später war die Prothese fertig. Jans Gesicht sah mit einem Mal ganz anders aus.

In dieser Zeit holte Truda wieder das Pendel mit der Perle aus dem kobaltblauen Kästchen hervor. Vielleicht brachte die Untätigkeit sie dazu, vielleicht die jahrelange

Isolation von der Stadt. Sie dachte, sie könnte Jan selbst von seiner durch die Haft verursachten Apathie heilen. Sie setzte ihn auf einen Stuhl, nahm die Perle und vollzog seltsame magische Rituale an ihm. Sie glaubte, das schwankende Pendel reinige ihn von Krankheiten. Jan hielt still, und der Knopf an der Schnur pendelte heftig. Er protestierte nicht, sondern schaute milde zu. Sie hörten erst auf, als Trudas Hand steif wurde – da nahm Jan diese Hand und küsste sie.

Mit der Zeit kam er immer öfter in ihr altes Schlafzimmer. Er legte sich ins gemeinsame Bett, wollte aber nicht berührt werden. Truda versuchte ihn trotzdem zu streicheln, um sich nicht wie neben einem Fremden zu fühlen. Er drehte sich erschrocken weg. Unter ihren Händen spannte er sich an und erstarrte. Sie streichelte ihn weiter. Das Gesicht, die Ohren, den Hals, den Nacken, die Arme, aber nie weiter unten.

Rozela

Rozela begann darüber nachzudenken, ob sie sich im Grab neben Abram Groniowski wohlfühlen würde, ihrem Mann, den sie jahrelang nicht gesehen hatte und der, nüchtern betrachtet, in ihrem Leben nur eine Episode gewesen war. Würde es ihnen gut gehen miteinander? Und was würde er sagen? Er hatte ja, dachte sie, eine junge Frau zurückgelassen, und nun legte man ihm eine Greisin zur Seite. Würde er ihr vielleicht Vorwürfe machen? Wegen ihres Alters? Oder würde Gott sie gnädigerweise verjüngen? Doch wie sollte sie dann ihre Kinder erkennen, wenn auch sie stürben?

Sie dachte jetzt auch, dass sie sich zu Lebzeiten um einen bequemen Sarg kümmern müsse. Ilda, die sie lange nicht mehr gesehen hatte, wollte ihr offenbar eine Freude bereiten. Eines Tages kam sie mit dem Auto angefahren, um mit ihr einen Ausflug zur heiligen Dorothea zu unternehmen, die nach ihrem Tod Rosenduft verströmt hatte. Rozela versuchte sich nicht anmerken zu lassen, wie sehr die Fahrt sie anstrengte. Die fünf Stunden im Auto waren für sie die reinste Qual. Sie kam völlig erschöpft nach Hause zurück. Sie hoffte, tief und fest zu schlafen, doch zu den Plagen des Alters gehörte auch die Schlaflosigkeit. Tagsüber döste sie ein wenig am Kamin, nachts wälzte sie sich im leeren Bett hin und her. Doch nach der Tour zur heiligen Dorothea taten ihr die Seiten schrecklich weh!

Rozela baute zusehends ab. Mal schlief sie beim Möhrenschälen ein, mal vergaß sie den Wasserhahn zuzudrehen und bekam nicht mit, dass die Pumpe Stunde um Stunde brummte und Strom verbrauchte. Sie ging die Schweine füttern, ließ aber den vollen Eimer in der Tür stehen. Sie jätete Unkraut im Garten. Sie legte die Harke auf den Boden und vergaß sie. Dann schlug ihr die Harke mitten auf die Stirn. Sie wurde immer stiller. Sie sank in sich zusammen, wenn sie schweigend und gedankenverloren am Ofen saß, um plötzlich aufzuspringen und etwas über die Iwans und das Bügeleisen herauszuschreien. »Was für Iwans denn?«, fragte manchmal eine ihrer Enkelinnen. Truda konnte es nicht ertragen, sie schrie die Mutter an: »Es ist alles deine Schuld, hör auf, den Kindern Angst einzujagen!«

Nur mit zwei Dingen konnte man Rozela aus ihrem Schweigen und ihrer Lethargie herausreißen. Indem man sie nach den Iwans fragte – das wussten die Enkel nur allzu gut – oder aber nach der Muttergottes. Im zweiten Fall begannen Rozelas Augen zu glänzen, sie wurde gefühlig, sanft und selbst wie ein Kind. Manchmal ließ sie sich kurz ins Leben zurückholen, wenn man sie bat, zu singen. Im Alter war Rozela zum Erstaunen der Töchter, die sich nicht erinnerten, dass ihre Mutter je ihre Stimme gebraucht hätte, zur Sängerin geworden. Wenn sie jetzt einmal anfing, konnte sie gar nicht mehr aufhören. Von *Hoch soll'n sie leben* ging sie fließend zu Marienliedern über, und von diesen über diverse frivole Dorflieder von offenen Schößen und hineinspringenden Fröschen zur *Rota*, dem einzigen Lied, das sie auf Polnisch kannte. Wenn sie sang, fühlte sie sich wieder jung.

In seltenen Momenten spürte sie einen Zustrom an Kraft. Sie kam noch einmal für kurze Zeit zu sich. Dann verteilte sie wieder Aufgaben an alle. Die Möhren mussten nach einem bestimmten Muster geschnitten werden – die Übereinstimmung mit dem Muster überprüfte Rozela persönlich –, die Töpfe mussten in einer festen Ordnung auf dem Herd stehen. Rozela hatte eine Liste mit Dingen, die sie vor ihrem Tod zu erledigen hatte. Ganz oben auf dieser Liste stand die Anschaffung von Kleidern für den Sarg. An einem der Tage, an denen sie neue Kraft in sich spürte, verkündete sie Truda in einem Ton, der keinen Widerspruch duldete, sie wolle eine weiße Bluse, einen schwarzen Rock und schwarze Schuhe – und zwar sofort. Die Tochter sorgte sich: Wo sollte sie die Sachen herbekommen? Die Läden waren leer, man ging zum Einkaufen wie auf die Jagd. Sobald sich herumsprach, dass ein Laden Ware bekommen hatte, bildeten sich lange Schlangen, man kaufte, was zu haben war, und es reichte ohnehin nie für alle. Die Mutter sagte, sie solle Ilda Bescheid sagen. Das tat Truda auch, indem sie sich widerwillig aufs Fahrrad setzte, um zur Kartuzer Post zu fahren und in Sopot anzurufen. Zwei Tage später war Ilda wieder in Dziewcza Góra. Die jüngste Schwester wollte die

Mutter zur Schneiderin bringen. Rozela protestierte scharf: Sie werde sich vor niemandem ausziehen. Zuletzt sagte Gerta, sie müssten die Geschäfte von Kartuzy und Kościerzyna bis Danzig abfahren, vielleicht fänden sie etwas. Rozela gefiel der Vorschlag nicht. Doch sie fuhren. Die Kleider für den Sarg waren schließlich das Wichtigste. In Kartuzy fanden sie nichts. In Kościerzyna gab es knitterfreie Blusen, doch Rozela lehnte ab: Das sei ein noch größeres Unglück als das Polymer, die Plastikblumen zu Abrams Begräbnis. Erst in Danzig fand sie eine Bluse und einen Rock – in einem An- und Verkauf, in dem Matrosen ihre aus dem Westen mitgebrachten Sachen in Kommission gaben. Das Schwierigste waren die Schuhe. Die Volksrepublik sah für den Sarg Pappschuhe vor, was für Rozela nicht in Frage kam. Im Hafenviertel von Gdingen fanden sie schließlich ein Paar schwarze Lederhalbschuhe. Obwohl sie todmüde war und ihr nach der erneuten mehrstündigen Autofahrt alles wehtat, war Rozela zufrieden.

Von nun an begann sie jeden Freitag damit, ihre Totenkleider zu bügeln und zum Schutz vor Motten mit Brennnesselwasser zu besprühen. Gertas Töchter, die zwar heranwuchsen, aber noch immer kindisch dumm waren, räumten manchmal donnerstagabends Rozelas Kleider aus dem Schrank, versteckten sie im Garten oder auf dem Dachboden und freuten sich diebisch, wenn die Großmutter beim Öffnen des Schranks in Panik geriet, schreiend durchs Haus lief und weinte, weil sie keine Kleider hatte, in denen sie sterben konnte. Rozela konnte sich inzwischen nicht mehr merken, dass es immer die Enkelinnen waren, die aus Spaß ihre Bluse und ihren Rock versteckten.

Gerta ermahnte ihre Töchter, sie verteilte Strafen oder versuchte es ihnen im Guten zu erklären. Als Einzige. Niemand, nicht einmal Truda und Jan, unterstützte sie. Alle hielten das Verstecken der Kleider für ein tolles Spiel. Die Kinder!

Gerta liebte ihre Töchter über alles, sie liebte die Schwestern, Edward und ihre Mutter, aber sie fühlte sich einsam. Nie hatten die Schwestern einander so vieles übelgenommen, nie waren sie einander so fremd gewesen wie jetzt. Jede von ihnen hatte ihr eigenes Leben, ihre eigenen Sorgen. Und mit der Mutter ging es zu Ende. Nur Gerta bemerkte das, denn die Schwestern waren mit ihren Männern beschäftigt! Gerta konnte es nicht ertragen!

Sie und Edward gingen sich aus dem Weg. Sie hörte auf, über die enge Wohnung zu klagen, er nahm die beiden Klaviere im Wohnzimmer schweigend hin, und die ganze Wut, die sich in ihnen aufstaute, entlud sich in Kleinigkeiten. Wenn sie durch einen schmalen Flur gingen, stieß er sie scheinbar zufällig mit dem Arm. Wenn sie sich zum Geburtstag auf die Wange küssten, traf er sie mit seiner Backe so, dass es schmerzte. Sie zahlte es ihm mit subtileren Gesten heim: Sie stellte ihm scheppernd den Teller auf den Tisch und reichte ihm die Gabel, als wolle sie ihm in die Hand stechen.

Er war ihr nicht gleichgültig. Seit jeden zweiten Freitag Jadwiga und ihr Mann zum Bridge kamen, beobachtete Gerta wütend, wie Edward die andere Frau ansah. Wie er bei der Sache war, wenn er ihr etwas erzählte. Hinterher, am Abend, räumte sie die Teller unter noch lauterem Geschepper zurück in die Schränke.

Vor ihrem fünfzehnten Hochzeitstag fragte sie ihn, ob er sie nicht porträtieren wolle. Solange sie noch nicht völlig gealtert sei. Er sagte, er rühre keinen Pinsel mehr an.

Ilda

Auf der Suche nach den Totenkleidern für die Mutter hatte Ilda in Danzig ein kleines Miederwarengeschäft entdeckt. Mit ihrem großen Busen hatte sie immer Probleme, passende Büstenhalter zu finden. Was in den Läden verkauft wurde, war nicht für Frauen mit ihrer Figur gemacht – die Brüste quollen über, und die Riemen schnitten ins Fleisch ein. In den Jahren, in denen sie sich um Tadeusz kümmerte, hatte sie keinen Sinn für Dinge wie Büstenhalter gehabt, und die beiden letzten, die in einem inzwischen geschlossenen Betrieb in Sopot genäht worden waren, waren verschlissen, ausgeleiert und ausgeblichen.

Einige Tage später kehrte sie zu der Adresse zurück. Ein kleines Ladenlokal mit Regalen, in denen sich die Stoffe bis unter die Decke stapelten, nicht mehr als ein paar Quadratmeter. Unten stand eine ganz mit Maßbändern und Borten behangene Nähmaschine, oben an der Decke summte eine grelle Leuchtstoffröhre. In einer Ecke stand ein Wandschirm, der knapp einen Spiegel verbarg. Es war eng.

Die Frau im Laden wirkte noch jung, sie sagte, sie komme aus Schlesien und habe das Handwerk von ihrer Mutter gelernt; an die Küste sei sie gezogen, weil die Ärzte es ihr geraten hätten, wegen der Gesundheit ihres Sohnes. Sie freute sich so über die neue Kundin, dass Ilda es nicht übers Herz brachte, einfach wieder zu gehen. Sie entkleidete sich und ließ Maß nehmen, wobei sie versuchte, nicht in den Spiegel zu schauen, auf ihre im Licht der Leuchtstoffröhre blau schimmernde Haut. Sie wünschte sich etwas Hübsches, Weibliches. Mit Tupfen oder bunten Blumen. Die Schneiderin fragte, ob für den Ehemann, beide lächelten und die junge Frau schien nicht zu bemerken, dass Ildas Lächeln gekünstelt war. Ilda bestellte fürs Erste einen Büstenhalter nach alter Fasson – mit Fischbeinstäben, Seidenapplikationen und Hakenverschluss auf der Rückenseite.

Sie sollte ihn an einem Freitag abholen, doch sie schaffte es nicht. Also fuhr sie am Samstag in aller Frühe los. Tadeusz schlief für seine Verhältnisse ungewöhnlich lang. Sie wollte zurück sein, bevor er aufwachte. Der Büstenhalter war fertig, doch es musste noch etwas nachgebessert, unterfüttert werden. Die Frauen gerieten ins Plaudern, sie erzählten sich Familiengeschichten, die Zeit verging wie im Flug. Als Ilda einige Stunden später nach Hause kam, war Kazia in Tränen aufgelöst und Tadeusz raste vor Wut – er hatte angefangen, Ildas Kleider in den Ofen zu werfen. Er schrie, Ilda führe ein Lotterleben, sie warte nicht einmal, bis er kalt sei! All die Kostbarkeiten, die eigens für sie genähten Kleider, Blusen und Unterröcke, die mühsam erkämpften Strumpfhosen verschlang nun das Feuer. Um sie herum tanzten brennende Seidenfetzen durch die Luft.

Gerade hatte Tadeusz die kleine azurblaue Handtasche mit Stickereien in verschiedenen anderen Blautönen in der Hand, in der Ilda seit Jahren kleine Erinnerungsstücke sammelte. Eintrittskarten von Kinobesuchen mit Feuerjanek, getrocknete vierblättrige Kleeblätter, die sie einst, vor ihrer Flucht nach Sopot, zu Dutzenden am Hang in Dziewcza Góra gefunden hatte. Mit ausladender Geste warf er sie in die Flammen, obwohl er aus den Augenwinkeln Ildas flehenden Blick sah. Sie drehte sich auf dem Absatz um und verließ das Haus.

Sie steuerte am Auto vorbei direkt auf ihre Sokół zu. Ein Wunder, dass sie gleich beim ersten Tritt ansprang. Sie setzte sich auf die Maschine und fuhr Richtung Danzig. Sie wusste nicht, dass die halbe Stadt wegen eines Motorradrennens abgesperrt war. Durch Zufall gelangte sie bis zur Startlinie. Ein Helfer, der die neu hinzugekommene Person bemerkt hatte, eilte herbei und heftete ihr eine Startnummer an die Brust. Sie stand zwischen lauter Männern. Sobald der Startschuss fiel, raste sie los – mit Vollgas und mit aller Wut, die sie in sich hatte. Ohne die schmalen Sopoter Gassen zu kennen, ohne nachzudenken, warum und wohin sie fuhr, überholte sie einen Mann nach dem anderen und überquerte als Erste die Ziellinie.

Was dann geschah, beschrieb der »Wieczór Wybrzeża«, der auf der ersten Seite ein Foto von Frau Ilda Groniowski mit dem üppigen Busen abdruckte, der umso imposanter wirkte, als er durch den guten Büstenhalter unter dem maßgeschneiderten Kleid mit der Startnummer noch betont wurde. Sie stand lächelnd da, zufrieden und stolz, wenngleich verquollen vom Weinen. Neben das Foto setzten die Redakteure einen kurzen, eigens kursiv gedruckten Text: *Geboren in Dziewcza Góra, fährt sie seit ihrer Kindheit und kann ein Motorrad in seine Einzelteile zerlegen. In den letzten zehn Jahren lag ihre Sokół im Schuppen. Nie habe sie sich so frei gefühlt wie am Tag des Starts, sagte die Siegerin unseren Reportern.*

Hinterher war schwer zu sagen, wer sich gekränkter fühlte. Ilda trug Gelbert die in den Ofen geworfenen Sachen und die dabei gefallenen Worte nach, an ihm nagten der Zorn über den Zeitungsartikel, das Foto vom Siegerpodest und die Tatsache, dass man Ilda nun in Sopot wiedererkannte, dass nun sie auf der Straße von den Leuten gegrüßt wurde. Gerta setzte die Schwester an den Küchentisch, nahm die Zeitung und sagte, während sie mit dem Finger auf die Mitte des Fotos klopfte: »Freiheit, Freiheit, Freiheit!« Doch die Sokół landete wieder im Schuppen. Tadeusz vergab Ilda, und sie vergab ihm.

Truda

Als die drei Schwestern am Sonntag am Tisch um die Zeitung saßen, in der über Ilda geschrieben wurde – ein Ereignis von in Dziewcza Góra bis dahin ungekanntem Ausmaß –, stand plötzlich die Mutter, die neuerdings wieder herrisch und wach war, hinter ihnen und sagte: »Ich will in meinem Haus Kristallhochzeit feiern. Ich will meine beiden Töchter, die vor fünfzehn Jahre geheiratet haben, noch einmal im Hochzeitskleid und an der Seite ihrer Männer sehen. Und ich möchte auch, dass endlich dieser dritte Herr einmal mit uns am Tisch sitzt, denn nachdem er nun schon so lange mit meiner Tochter zusammenlebt, steht das unserer Familie ganz einfach zu.«

Sie organisierten die Kristallhochzeit für ihre Mutter. Jan zimmerte aus langen Brettern einen Tisch. Am Tag der Feier saß er nicht mit den anderen dort, weil er sich noch immer von den Leuten fernhielt, doch er kam zur Begrüßung und brachte einen Toast aus. Truda und Gerta hatten gekocht, Edward hatte von den Nachbarn Stühle ausgeliehen. Auch Tadeusz war da. Er war bis dahin noch nie in Dziewcza Góra gewesen. Staunend betrachtete er das gemauerte Haus. Er bewunderte die Möbel, die Bücher, die außen mit Holz-

ornamenten beklebten Fensterrahmen und die Messing-
klinken, die Jan einst anstelle der von den Russen gestohle-
nen eingesetzt hatte. Er war höflich und einnehmend – er
lächelte Rozela an, war amüsant im Gespräch, und niemand,
der diesen netten Menschen sah, hätte Ilda geglaubt, dass
Tadeusz jeden Morgen fluchte und zeterte.

Einer der Ehemänner und der Nichtehemann saßen also
mit den Männern aus Dziewcza Góra am Tisch, sie spielten Karten, lachten über Tadeuszs Erzählungen und hüte-
ten das jüngste Enkelkind der Familie, das sie von Schoß
zu Schoß reichten. Jan vergaß für kurze Zeit seine Ängste
und schaute zu ihnen herein. Truda, ihre Mutter und ihre
beiden Schwestern saßen mit den Nachbarinnen aus dem
Dorf und anderen Bekannten in der Küche und tauschten
Familiengeschichten aus.

Als die Gäste gegangen waren, kam Jan zum Ehebett,
knöpfte seine Hose auf und sagte: »Sieh nur.« Ein wenig
verschämt zeigte er Truda seine Erektion. Langsam, ganz
langsam, mit vorsichtigen Bewegungen, um ihn nicht zu
verschrecken, berührte Truda zuerst Jans Gesicht, dann
den Nacken, die Arme, den Oberkörper, den Bauch. Dann
packte sie vorsichtig und sanft den ihr entgegenragenden
Penis. Sie erinnerte sich sehr gut an dieses Gefühl.

Sie standen früh auf. Seltsam – Truda hatte erwartet,
dass die Erde in ihren Grundfesten erschüttert wäre, doch
es war alles wie immer. Der Holzschuppen, das Frühstück,
die Tiere. Abends legte sich Jan wieder im Keller unter seine
Decke. Immerhin hatte er Truda die Hoffnung zurückgegeben.

Rozela

Zwei Tage nach dem Fest klopften zwei Männer in beige-grauen Karosakkos an die Tür. Niemand war da außer Rozela. Truda war bei Gerta in Kartuzy. Jan steckte im Wald, um Holz zu holen, und die Jungen waren in Danzig, wo inzwischen beide auf der Werft arbeiteten. Die Fremden sagten, sie kämen aus Warschau, um Interviews im Zusammenhang mit den Schweinen zu führen. Sie suchten die Person, die am längsten in diesem Haus lebe. Rozela versuchte sich herauszureden: Sie sollten wiederkommen, wenn der Schwiegersohn da sei! Es täte ihnen leid, erwiderten sie. Sie seien von so weit angereist.

Sie bat sie ins Haus. Bevor Truda zurückkam, hatte Rozela ihnen schon erzählt, wie sie allein das Haus gebaut hatte, wie hoch die Entschädigung für den Tod ihres Mannes ge-wesen war und wo sie ihre Sterbekleider aufbewahrte. Sie fragte die Männer gerade, ob sie Bierut kannten, ihre Toch-ter Gerta kenne ihn nämlich, als Truda hereinkam. Sie stell-te auf den Tisch, was vom Fest übrig war, und sah die Gäste forschend an. Sie seien aus Warschau. Bei ihnen am Tierinstitut der Agrarhochschule habe jemand die These aufgestellt, in den Kaschuben werde eine alte polnische Ras-se von Schwarzgaumenschweinen gezüchtet. Diese Rasse sei besonders widerstandsfähig gegen schwierige Lebensbe-dingungen, sehr intelligent und überaus fortpflanzungsfreu-dig. Der Jüngere wirkte ganz aufgeregt, wenn er sprach. Er gebrauchte elegante Formulierungen: »das würde bedeu-ten«, »Hoffnung für die polnische Schweinemast«, »Lösung der Fleischkrise«, »Abkehr von der Notwendigkeit, in der-artigen Krisen das Gerichtswesen zu beanspruchen«. Sie re-deten und redeten, und Truda und Rozela sahen sie mit immer größeren Augen an. Zum Schluss fasste der Ältere, der dachte, die Alte verstehe ihn nicht und ihre Tochter sei in diesen Dingen sicher nicht bewandert, die Sache ganz einfach zusammen: Schweine, die sich vermehrten wie die Karnickel, fraßen, was man ihnen gab, und machten keine Faxen. Nicht wahr? Rozela nickte zustimmend.

Der Jüngere erklärte, damit die hiesigen Schweine als Restbestand einer alten Rasse anerkannt werden könnten, müsse man ihre Echtheit nachweisen und Mischungen ausschließen. Dazu sei ein ausführliches Interview erforderlich. Das Hauptargument, mit dem Kritiker die These von der Existenz einer uralten Rasse von Schwarzgaumenschweinen torpedieren wollten, seien Kreuzungen mit Wildschweinen. Darum müsse die älteste Bewohnerin des Haushalts bestätigen, dass sie sich aus ihrer frühen Jugend oder sogar Kindheit erinnere, dass es keine solchen Kreuzungen gegeben habe und Schweine mit schwarzem Fell den Krieg überlebt hätten.

»Was haben die Leute im Dorf gesagt?«, fragte Rozela. Nun, aus den bisher geführten Interviews gehe hervor, dass es hier schon immer solche Schweine gegeben habe, ohne Beimischungen. Wie hätte Rozela die Herren da enttäuschen können? Natürlich. Noch ihre Mutter Otylia habe hinter dem Haus Ferkel mit Mähne gehalten. Diese Schweine habe es schon immer gegeben, sie hatten immer schwarze Gaumen, wie auch die Kaschuben selbst. Wo sie den Krieg überlebt hätten? Na hier, im Keller unter dem Küchenfußboden. Die schlauen Viecher hätten immer gewusst, wann die Deutschen anrückten. Zusammen mit ihrer Tochter Gerta hätten sie dort mucksmäuschenstill gesessen, als die Iwans gekommen seien.

Wie habe sie die Schweine in den Keller bekommen? Rozela sah ihnen in die Augen und erklärte: »Ganz einfach, sie sind selbst die Stiege hinuntergeklettert.« Hier schauten sich die beiden Herren leicht befremdet an, und der Ältere flüsterte dem Jüngeren zu, das solle er nicht notieren. Abgesehen von dieser Kleinigkeit fanden sie den ersten Teil des Interviews vielversprechend und begannen nun nach Details zu fragen. Was fraßen die Schweine? Wie lange dauerte die Tragezeit bei den Mutterschweinen? Wie verhielten sich die schwarzmähnigen Tiere in der Brunft? Anschließend gingen sie in den Stall und vermaßen und fotografierten die Schweine. Sie wunderten sich, dass die Tiere statt auf den Boden in einen Rinnstock machten. Sie notierten: »Vom weißen Landschwein unterscheidet sich das schwarzmähnige durch seinen Hang zur Reinlichkeit, was die Hypothese bestätigt, dass …« Und dann verabschiedeten sie sich.

Einige Monate später traf ein Brief aus Warschau ein: die Registrierungsurkunde über die Zucht einer vom Aussterben bedrohten Schweinerasse – des polnischen pommeranischen Schwarzgaumenschweins.

HERBST

Truda

Jan war tot. Er starb am 28. Oktober 1966, einem Freitag. Fünf Jahre und drei Monate nach der Kristallhochzeit. Fünf Jahre, nachdem sie ihr gutes Leben zurückgewonnen hatten. Diese Jahre waren wohl die besten ihrer ganzen Ehe gewesen. Kurz vor Jans Tod war Truda wütend auf ihn. Sie drohte, wenn Jan die andere Frau ausfindig machen wolle, werde sie ihn verlassen. So viel Leidenschaft hatte sie noch in sich.

Jan wollte mit Józek, der inzwischen ein 22-jähriger erwachsener Mann war, in dessen Heimatdorf fahren. Er fuhr nicht. Am Morgen des Tages, an dem sie aufbrechen wollten, meldete sich Jan auf dem Kartuzer Kommissariat, demselben, dessen Kommandant er einst gewesen war. Gemäß der Amnestieauflagen musste er jede geplante Abwesenheit vom Wohnort melden und erklären. Man ließ ihn lange warten. In seinem Rücken klapperte ständig der Schlüssel im Gitter. Als man ihn endlich aufrief, lebte er nicht mehr.

Truda holte ihn in einem Taxi nach Hause. Etwas anderes kam für sie nicht in Frage. Gegen den Willen der Mutter, die traditionsgemäß Kerzen anzünden und die Fenster verhängen wollte, bat Truda den Fahrer, dass er ihr half, Jan auf ihr Ehebett zu legen. Sie kochte Wasser, verschloss die Tür und ließ niemanden herein.

Sie verhängte die Fenster und machte die Lampe an. Bevor sie anfing, Jan zu waschen, prüfte sie mit dem Ellbogen, ob das Wasser nicht zu heiß war. Dann tauchte sie ein weiches Flanelltuch in die schöne Porzellanschüssel, in der sonst Teig geknetet wurde, und wusch Jans Körper so sanft, als sei er noch am Leben. Sie wunderte sich, dass er weder kalt noch warm war. Wie immer. Sie war verblüfft, dass er sich so angenehm anfühlte. Nachdem er aus dem Gefängnis zurückgekehrt war, war ihr seine Haut rau und hart vorgekommen. Als sie jetzt auf den nackten Körper blickte, fiel ihr zum ersten Mal auf, dass seine Brusthaare ganz grau geworden waren. Das rührte sie. Sie wusch Jans Brust, verwundert, dass das Herz unter diesem grauen Pelz nicht mehr schlug. Sie sah wieder, wie massiv er war. Ein menschlicher Berg. Ein wuchtiges, sehniges Tier. Wie hatte jemand mit einer so mächtigen Brust, mit einem so bulligen Körper, ihr früher klein und gebrechlich vorkommen können? Sie wusch aufmerksam. Während sie mit dem Flanell über die Haut rieb, untersuchte sie, was darunter war. Ihr ging durch den Kopf, dass diese Berührung ihm Lust auf sie machen sollte, dass er sich auf die Seite drehen, sie an den Brüsten packen und seinen warmen Atem in die weiche Haut ihres Halses pressen sollte. Doch nichts davon geschah.

Vorübergehend verwandelte sich die Rührung in Wut. Während sie seine Genitalien wusch, den nun erschlafften Penis, auf dem er sie früher durchs Zimmer getragen hatte, fing sie an, ihn wüst zu beschimpfen. Dann wurden die immer heftigeren Verwünschungen, die sie ihm an den Kopf warf, weil er sie verlassen hatte, leiser und gingen in Weinen über. Wie sollte sie ohne ihn leben? Wer würde sie so lieben wie er? Ohne auf die Geräusche vor der Tür zu achten, zog sie sich aus und legte sich nackt wie er neben ihn. Sie zog die Decke über ihre beiden Körper. Dieser letzte gemeinsame Schlaf hätte vielleicht bis zum Morgen gedauert, hätte die verweinte Truda vielleicht komplett verschlungen, doch irgendwann wurde ihr kalt. Als sie aufwachte, konnte sie nicht glauben, dass Jan wirklich tot war.

Sie zog sich an, und als sie auch ihn ankleidete, als sie nacheinander die schweren, mittlerweile steifen Arme anhob und langsam, geduldig, den Stoff des Hemdes über die massiven Schultern schob, schnitt sie ihm noch die Fingernägel – sie hatte den Eindruck, sie seien gewachsen, seit sie nebeneinander eingeschlafen waren. Sie stutzte seinen Schnauzer. Als sie fertig war – es war schon stockdunkel –, ging sie zur Mutter und sagte: »Jetzt könnt ihr eure Kerzen anzünden.« Dann versammelten sich die Nachbarn, die schon von Jans Tod erfahren hatten und gekommen waren, um die leere Nacht, die Totenwache zu halten. Ohne Worte, ohne Lieder, in nur bisweilen von Weinen unterbrochener Stille saßen sie da bis zum Morgengrauen.

In den zwei Tagen, die bis zur Bestattung verblieben, übte Truda ihre Rede. Voller Inbrunst und Hingabe sprach sie zu dem Spiegel, den sie gegen den Protest ihrer Mutter enthüllt hatte. In ihrer Rede pries sie Jan, erzählte, was er in seinem Leben alles hatte durchmachen müssen und was er ihr, seiner Frau, bedeutete. An den Abenden kamen die Leute aus dem Dorf, um bei dem Toten zu wachen. Sie trösteten die schweigende, verweinte und wie versteinert am Sarg sitzende Truda. Am Tag des Begräbnisses zog sie das von den Schwestern hergerichtete schwarze Kleid an, ließ zu, dass Ilda ihr einen schwarzen Hut auf den Kopf setzte und feststeckte, und ging mit festem, ausladendem und entschlossenem Schritt los. Vor dem Loch in der Erde sank sie in sich zusammen, schrumpfte. Sie presste die Handtasche an die Brust und hielt sich mal an Jans einem, mal an Jans anderem Sohn fest. Ihre Rede hielt sie nicht.

Eine Woche nach dem Begräbnis setzte sie einen Nachruf in die Lokalzeitung, von der einige Kopien jahrelang erhalten blieben – sie machten in der Stadt nämlich als Kuriosum die Runde. Der Nachruf trug den Titel: »Dank an alle Teilnehmer der Trauerfeier«. Er war lang und gereimt, Truda fand ihn sehr bewegend, und es schien ihr keinesfalls sonderlich übertrieben, dass sie sich mit Penelope verglich. Ein Exemplar steckte sie in einen Umschlag und schickte es ohne weiteren Kommentar nach Berlin.

Ilda

Als sie Truda in Schwarz zwischen den Gräbern vor dem offenen Loch in der Erde stehen sah, weinte Ilda nicht nur um Jan. Es war also nur eine Frage der Zeit? Würde auch sie bald vor einem solchen Loch stehen? Würde die Mutter im Sarg liegen? Oder Tadeusz? Wäre es womöglich der Sarg einer ihrer beiden Schwestern? Sie selbst würde auf der Seite der Lebenden stehen – oder auch nicht. Dieser Sarg war nur der Anfang, dachte Ilda, als sie ihren Schwager Jan verabschiedete.

Schon im Leichenzug hatte sie sich, während sie mit der rechten Hand Truda stützte, mit der linken diskret die Tränen abgewischt. Als sie sich in der Phantasie die kommenden Begräbnisse ausmalte, spürte sie, wie ihr die Knie weich wurden.

Am meisten würde sie um Truda weinen. Obwohl die Schwester sich jetzt kaum auf den Beinen hielt, steckte in ihr noch immer mehr Leben als in ihnen allen zusammen. Sie erlaubte sich noch immer Gefühle. Kein Krieg und keine Liebe hatten ihr diese Fähigkeit genommen. Selbst jetzt, als sie in leicht theatralischer Pose dastand, hatte sie alles in sich: Trauer, Verzweiflung, Liebe. Mochte doch über ihre wunderbare Truda lachen, wer innerlich schon so gut wie tot war. Und Gerta? War sie nicht die mutigste Frau der Welt? Eine, die Schwarz Schwarz nannte und Weiß Weiß? Ilda brach in Tränen aus, weil sie begriff, dass sie eines Tages beide verlieren würde. Oder die beiden sie begraben würden. Sie weinte so sehr, dass ihr die Tränen auf die Schuhe tropften und die Leute sich wunderten, wie sehr der Tod des Schwagers sie schmerzte.

Erst nachdem die ersten Tränen geflossen waren, dachte sie an Tadeusz Gelbert. Lange hatte sie geglaubt, dieser Mann, den sie einst für den Herrn der Welt hielt, fürchte in Wirklichkeit den Tod. Doch an Jans Grab begriff sie, dass Tadeusz nicht mit der Angst vor dem Tod rang, sondern mit etwas viel Schlimmerem. Gelbert fürchtete weniger den Tod als das Leben. All die täglichen Rituale, die gelben Zettel, die Buchläden und die Ausflüge sollten das Leben im Zaum halten. Aber das Leben ließ sich nicht beherrschen und planen.

Sie rechnete in Gedanken: Es war sieben oder acht Jahre her, seit er ihr zuletzt eine gewöhnliche, einfache Zärtlichkeit erwiesen hatte. Es war eine beiläufige Geste, ein flüchtiger Augenblick. Er hatte sie am Kopf gefasst, sich ihre Haare um die Finger gewickelt und sie an der Schläfe gekitzelt, sie hatten gemeinsam gelacht. Je mehr sie nach Nähe verlangte, umso mehr floh er vor ihr – weil er vor dem Leben floh. Wenn sie sich von ihm entfernte, kam er zu ihr zurück, erfüllt von der Angst, sie zu verlieren.

Das war wirklich merkwürdig. Von allen Menschen, die an Jans Grab zusammengekommen waren, weinte Ilda am heftigsten und am lautesten. Die dummen Leute hätten denken können, dass sie mehr mit Jan verbunden hatte. Das Gute war aber immerhin, dass der in Tränen aufgelösten Ilda entging, was die ganze Stadt registrierte: Wie Tadeusz Gelbert beim Anblick seiner rechtmäßigen Ehefrau aus dem Leichenzug ausscherte und bei dieser Frau stehen blieb.

Man kannte sie in Kartuzy, denn sie gab Klavierunterricht für Kinder. Sie hatte einen irritierenden Akzent, weil sie wie die Deutschen das »r« nicht rollte. Ihr Vorname war ebenfalls deutsch: Herta, der Nachname war der ihres Mannes: Gelbert. Sie war von München nach Kartuzy gezogen, der Liebe halber, angeblich wegen ihm. Und sie war geblieben, obwohl der Krieg verlorenging. Und obwohl er sie verließ. Viele neigten dazu, ihm das zu vergeben, denn »sie war ja Deutsche«. Ilda vergaben die Leute nicht.

Was hatte diese Frau am Rande von Jans Trauerzug zu suchen? Wartete sie? Hatte sie gewusst, wen sie sehen würde, hatte sie nach ihm gespäht? Sie lächelte, als Tadeusz an ihr vorüberging, und winkte, freilich nicht übertrieben, als sei zwischen ihnen nie etwas vorgefallen. Die ganze Stadt sah also, wie der Mann, der seit fünfzehn Jahren mit Ilda zusammenlebte, den Trauerzug verließ und zu dieser Deutschen ging. Über dem Klappern und Scharren der Absätze auf dem Kartuzer Pflaster tönte noch lange ihr hohes, deutsches »rrr«.

Der Mutter entging das nicht. Gerta sah, wie sie sich

beim Gedanken an die Schande und die Reaktionen der Leute noch mehr zusammenkrümmte als Truda. Dabei hatte der Arzt aus dem Krankenhaus in Kocborowo gesagt: Die Mutter schonen. Schonen! Gerta rief ihre Töchter zu sich. Sie trug ihnen auf, sie sollten die Großmutter fest an den Händen nehmen und sie stützen. Die kleine Lobelia, für die keine Hand mehr übrig war, hängte sich an ein Bein. So standen sie da, wollten nicht loslassen und stürzten ihre Großmutter fast ins Grab.

Danach verlief alles gut: Der Priester hielt am Grab eine Predigt, in der er Jans Verdienste aufzählte. Vielleicht waren die Leute dumm, dachte Gerta, vielleicht waren auch ihre Schwestern nicht die Gescheitesten, und vielleicht war Jan nicht so gestorben, wie es sich gehört hätte, aber ganz bestimmt war er ein Mann, für den sie sich nicht zu schämen brauchten.

Rozela

Rozela wartete seit Jahren auf ihr Begräbnis. Sie war sicher, dass sie als Erste aus ihrer Familie die Welt verlassen würde. Sie wollte ausruhen. Sie hatte in ihrem Leben genug Häuser gebaut, genug Zäune errichtet, genug Vieh gezüchtet, genug Kinder bekommen. Die Welt raste weiter voran, in immer irrsinnigerem Tempo und ohne Rücksicht auf ihre abgenutzten Knochen und ihr müdes Herz. Es war nicht mehr ihre Welt. Nicht einmal ihr Garten war mehr ihrer. Die Töchter säten ihn schon lange ein, wie sie wollten. Sogar die Enkelinnen trieben Schabernack mit ihr, und sie vermochte sie nicht mehr mit so harter Hand zu führen, wie sie ihre Töchter geführt hatte. Das Einzige, was sie von der Welt noch wollte, war Ruhe. Ewige Ruhe.

Nachdem sie sich fast ganz vom Leben verabschiedet hatte, beschäftigte sie sich intensiv damit, wie sie diese Welt verlassen würde. Womit würde man sie waschen, wer würde sie ausziehen? Truda. Sie hatte von ihren Töchtern die besten Hände. Zum Waschen – ein Aufguss aus Salbei, damit der Geruch bliebe, wenn der Körper verweste. Zum Anziehen – die Kombination, die gebügelt und ausreichend mit Naphthalin bestreut im Schrank hing. Darum musste man sich nicht weiter kümmern. Unbedingt einen Rosenkranz für die Hände. Unter das Kopfkissen Fotos, auf deren Rückseite jede Tochter ihren Namen schreiben sollte. Keine Blumen in den Sarg, dort würden sich Würmer einnisten. Im Kranz sollten keine Chrysanthemen sein, selbst wenn sie im Herbst stürbe. Im Frühjahr oder Sommer hätte sie gern Lilien. Jeder Mensch sollte Lilien auf seinem Grab haben. Sie wünschte sich, dass der Sarg vor dem Begräbnis nicht auf das Tischtuch mit den Richelieu-Stickereien gestellt werden sollte, auf dem Gerta sicher bestehen würde, sondern auf Großmutters schlichte Kreuzstichdecke mit dem Pfingstrosenmuster und dem blauen Hohlsaum. Darauf würde sie sich wohlfühlen. Den Sarg müssten die Töchter vor dem Begräbnis unbedingt testen. Kontrollieren, ob nicht an der Polsterung gespart wurde und ob er innen nicht zu hart war.

Immer öfter malte sie sich nun aus, wie es wäre, im Sarg zu liegen. Sie rechnete damit, dass sich der Traum erfüllen würde, den sie nur ein einziges Mal geträumt hatte, vor vielen Jahren, als sie noch ein Mädchen war. In diesem Traum lag sie auf einer Wasseroberfläche, die so tiefblau war, wie sie weder davor noch danach je eine gesehen hatte. Sie wurde geschaukelt und lag auf dem klaren Wasserspiegel wie auf einem Bett, unter ihr war das Meer, über ihr der Himmel, und überall bis zum Horizont – sie. Ihr Körper hatte keine Grenzen, das Wasser hatte keine Grenzen, die Welt hatte keine Grenzen.

Sie hatte gar nicht aus diesem Traum aufwachen können. Ihre Mutter hatte sie geschüttelt und mit Wasser übergossen. Als Rozela schließlich die Augen öffnete, hörte sie, sie solle es nie wieder wagen, sich zur anderen Seite hinzuwenden. Die Mutter nahm ein Kabel, befahl ihr, sich umzudrehen, und schlug sie ein paar Mal. Das tat weh. In den folgenden Tagen, in denen sie zur Strafe die Margeritenbeete jäten musste, bis ihre Finger bluteten, bedauerte sie, dass sie sich überhaupt gestattet hatte, von diesem Meer zu träumen. Sie bedauerte es umso mehr, als sie sich dorthin zurücksehnte.

Was immer das Meer in diesem Traum gewesen sein mochte, blauer Mantel der Muttergottes oder Teufelstrick – da sie der anderen Seite nun schon so nahe war, dachte sie, sie könne wieder ein bisschen, ein ganz kleines bisschen daran denken, auf seinem Wasser zu liegen. Mit der Muttergottes, der sie es mit einem aufrichtig und innig gebeteten Rosenkranz vergalt, vereinbarte sie, dass diese Rückkehr zu dem alten Traum nichts Schlimmes sei – denn wenn sie es wäre, würde die Muttergottes ihr ein Zeichen geben. Nachdem Rozela ihr Gewissen geprüft hatte und zu dem Schluss gelangt war, sie habe alles getan, was sie im Leben zu tun hatte, wartete sie nur noch geduldig ab.

Ihr kamen erst Zweifel, als sie sah, wie ihre Töchter weinten. Plötzlich wurde sie unsicher. Die Sehnsucht nach dem Meer, das sie sich neuerdings immer unerschrockener vorstellte, erschien ihr mit einem Mal selbstsüchtig.

Zum Glück kam ihr wieder das Leben zu Hilfe. Als sie nach Jans Begräbnis und dem anschließenden Leichenschmaus, zu dem sie eingeladen hatten, nach Dziewcza Góra zurückkehrten, war der ganze Hof voller Pfauenfedern. Und die Männchen, die, im Begräbnistrubel vernachlässigt, plötzlich ihre Schwänze abgeworfen hatten, saßen in der Scheune auf dem obersten Balken, verschämt und traurig, und wollten nicht herauskommen. Rozela verbrachte viele Tage und viele Abende bei den Pfauen, im duftenden Stroh, um die schwanzlosen Vögel dazu zu bewegen, dass sie die Scheune verließen.

Truda

Nach Jans Tod erlebte Truda noch einmal, wie einen Film, die einzelnen Kapitel ihres gemeinsamen Lebens. Sie fand zu den Zärtlichkeiten zurück, erinnerte sich, wie Jan mit den jungen Pfauen im Karton in der Tür gestanden hatte. Sie empfand wieder Bewunderung, wenn sie daran dachte, wie der gealterte, von den Jahren im Gefängnis körperlich erschöpfte Jan trotz allem die Axt gepackt und Holz gehackt hatte, weil er eine solch schwere Arbeit nicht den Frauen überlassen wollte. Sie war hilflos und wütend, weil er sie so egoistisch verlassen hatte. Sie suchte die Schuld bei denjenigen, die Jan denunziert hatten, und schmiedete Rachepläne. Und dann wieder Liebe und Bewunderung. Verehrung. Und wieder Zärtlichkeit. Und Wut. Nach einem Jahr schloss sich der Kreis. Den ersten Todestag verbrachte Truda weinend hinter verschlossener Tür in ihrem gemeinsamen Zimmer.

An Jans zweitem Todestag fuhr sie auf den Friedhof, reinigte das Grab und schmückte es mit frischen Blumen. Sie kam direkt von der Arbeit, aus Gdingen. Drei Mal in der Woche rechnete sie wieder Zahlenreihen durch. Nun auf einer untergeordneten Stelle. Sie entdeckte, wie früher, Fehler in den Berechnungen, die bis dahin niemandem aufgefallen waren. Sie flüchtete in die Welt der Ziffern, um sich nicht erinnern zu müssen. Dadurch wurde ihr Sinn für Zahlen noch schärfer. Die neidischen Kolleginnen im Büro nannten sie eine Hexe, die Fehler finde, wo vorher keine gewesen seien.

Truda zählte und Truda heilte. Sie kehrte in der Überzeugung nach Gdingen zurück, dass sie durch die Pflege Jans die Fähigkeit erworben hatte, Krankheiten zu vertreiben. Sie nahm den Knopf ihrer Großmutter mit ins Büro, und die Frauen standen Schlange, weil sie glaubten, die an der Schnur kreisende Perle könne ihnen helfen. Sie gaben Truda Fotos von kranken Angehörigen, und sie heilte auch diese, indem sie den Knopf über den Fotografien schwingen ließ. Sofern sie in guter Stimmung war. Wenn sie nicht in Stimmung war, blieb der Knopf unter der Bluse, an ihrem Hals.

An einer beruflichen Karriere war Truda nicht mehr interessiert. Ihre früheren Träume hatte sie mit Gedanken an Jakob gesponnen, den sie hatte bezaubern wollen, wenn er zurückgekommen wäre. Im Laufe der Jahre hatte Jakob, obwohl Truda ihm immer noch schrieb, an Bedeutung verloren. Wie die Schuhe, die er immer noch schickte und die nicht mehr die frühere Qualität hatten. Aus dem gleich nach dem Begräbnis eingetroffenen Paar hatte Truda die Einlegesohle herausreißen müssen, weil das schlecht verklebte Leder Falten schlug und drückte. Als sie eines Tages in diesen Schuhen nach Warschau fuhr und eine modebewusste Einheimische sie ihr unbedingt abkaufen wollte, trennte sie sich ohne Bedauern von ihnen. Nachdem sie in den

eingetauschten Schuhen nach Dziewcza Góra zurückgekehrt war, schrieb sie umgehend an Jakob, sie brauche neue
Schuhe, aber diesmal mit gut gefertigter Fütterung.

Sie war mit Gerta in die Hauptstadt gefahren, um als
staatlich anerkannte Züchterin des polnischen pommeranischen Schwarzgaumenschweins bestätigt zu werden. Die
Mutter ging ins siebzigste Lebensjahr und bekam seit kurzem eine staatliche Rente überwiesen. Als Hauptzüchter
sollte jedoch ein jüngeres Familienmitglied benannt werden, und das war Truda. Von nun an konnte sie mit den
Schweinen machen, was sie wollte. Außer sie mit anderen
Rassen kreuzen.

Nach all den Jahren beherrschte sie das morgendliche
Dünsten der Kartoffeln, das Füttern, das Reinlichkeitstrai-
ning und das Zerlegen der Schweine auf dem Küchentisch
mit Hilfe perfekt angeordneter Messer und Hackmesser aus
dem Effeff. Sie hatte sogar gelernt, die Schlagader durch-
zuschneiden, obwohl sie um nichts in der Welt gewollt hätte, dass jemand davon erfuhr. Die Fleischstücke pökelte sie,
wie einst ihre Mutter, im Keller in Salpeterlake ein, die
sie versuchsweise nach eigenem Geschmack und eigenen
Ideen mit verschiedenen Kräutern verfeinerte. Das Fleisch
lagerte sie in Töpfen, die unter dem lateinischen Schriftzug
»Der Geist weht, wo er will« aufgereiht im Regal standen.

Um den Hof kümmerte sie sich allein, denn Feuerjanek
und Józek, die sie beide gleichermaßen als ihre Söhne betrachtete, waren ausgezogen. Der Ältere war gleich nach
Jans Tod nach Bydgoszcz gegangen, wo er eine Arbeit in
einer Elektrofabrik gefunden hatte. Kurz darauf hatte er
Feuerjanek nachgeholt und ihn in einem Arbeiterhotel an-
gemeldet. Sie meldeten sich selten bei Truda. Der letzte
Brief war von Józek – Weihnachtsgrüße mit dem Zusatz,
dass sein Bruder und er wahrscheinlich nach Schlesien zie-

hen würden. Später redete man in Dziewcza Góra und in Kartuzy über nichts anderes mehr als den Dezember 70 und darüber, dass die Regierung in Danzig auf Arbeiter hatte schießen lassen. Die Stadt war abgeriegelt, die Post, die komplett über Danzig lief, blieb liegen, und der Kontakt zu den Jungen riss ab. Sie hörte nur von verschiedenen Seiten, dass sie am Leben waren, aber nicht nach Pommern zurückkehren würden.

An Jans fünftem Todestag fasste Truda den Entschluss, alles hinter sich zu lassen. Nachdem sie den kompletten Holzvorrat, der noch von Jan angelegt worden war, verfeuert hatte, beschloss sie, wegzufahren. In der Stadtverwaltung beantragte sie eine dreiwöchige Erholungskur in Nałęczów. Die Kur wurde bewilligt, das Abfahrtsdatum fiel genau auf Jans Todestag. Truda betrachtete das als Zeichen und Erlaubnis.

Sie war gerade dabei, die Koffer zu packen, als Gerta in Dziewcza Góra auftauchte und um Hilfe bat. Sie schloss sich mit Truda im Zimmer ein, beschwor sie, der Mutter nichts zu sagen, und erzählte ihr eine geradezu kriminelle Geschichte. Der Gerichtsvollzieher sei bei ihnen gewesen und habe ein Klavier gepfändet. Jemand müsse unbedingt die Bücher prüfen, und dieser Jemand könne niemand anderes sein als Truda. Truda antwortete, sie habe keine Zeit, weil sie verreise. Sie beabsichtige nicht, ihre Kur sausen zu lassen.

Sie fürchtete, diese Schande würde sie nicht überleben. Sie ahnte nicht, dass es erst der Beginn einer Lawine war. Der Gerichtsvollzieher kam zu ihnen ins Haus, ein etwas rotwangiger und sehr schlanker junger Mann, den Gerta für kaum älter als ihre Töchter hielt. Er verlangte Zutritt zur Wohnung und zur Werkstatt. Er pfändete, was ihm in die Hände fiel. Von den Uhren die Gustav Becker mit dem Zertifikat der englischen Königin, von der Einrichtung das Klavier aus Rosenholz und das rotfleckige Chopin-Porträt. Er sah Gerta mit einem kindlich-schüchternen Blick an, der gar nicht zu seinem Amt passte, und fügte hinzu, sie müssten guten Willen zeigen und wenigstens einen Teil der Schulden begleichen, sonst werde er weitere Gegenstände beschlagnahmen müssen. Als er ging, war die Wohnung mit versiegelten Banderolen übersät. An den Schränken, am Tisch, am Fernseher, am ersten Klavier – überall klebten die weißen Zettel mit dem rot aufgeprägten Adler.

Gerta hätte es Edward nicht übel genommen, wenn er diesen Burschen verprügelt hätte, doch er stand nur da und sah zu. Am Ende sagte er, Jadwiga werde sich Sorgen machen, wenn sie am Freitag das Rosenholzklavier nicht sehe. Und so standen sie zu zweit im engen Flur. Kein Sterbenswörtchen, sagte sie zu den Töchtern, als sie hinter ihnen die Wohnzimmertür schloss. Sie blickte Edward erwartungsvoll an. Er versuchte, den Besuch des Gerichtsvollziehers mit einem Scherz abzutun. Als er begriff, dass Gerta nicht zu Scherzen aufgelegt war, nahm er seinen Mantel und ging.

Zuerst dachte sie, die Karten seien an allem schuld. In diesem Fall wäre die Sache klar gewesen. Statt der Silberhochzeit – die Scheidung. Sie sah keinen Grund, mit einem

Glücksspieler zusammenzuleben. Es waren aber ganz eindeutig nicht die Karten. Das bestätigte der Gerichtsvollzieher, den Gerta gleich nach Edwards Abgang aufsuchte. Trotz oder gerade wegen der Umstände dachte sie, sie müsse sich ordentlich anziehen. Für sich wählte sie ihre beste Bluse und eine Kette aus Kunstperlen, für die Töchter die graublau karierten Mäntel aus englischer Wolle, die sie selbst genäht hatte. Sie zogen sich an und machten sich auf den Weg.

Die Leute, die vor dem Büro des Gerichtsvollziehers warteten, hielten sie in diesen Mänteln für Gläubiger. Gerta und ihre drei Töchter – Lilia, Róża und Lobelia, inzwischen schon richtige junge Damen – trugen es mit Würde. Sie warteten darauf, dass die Sekretärin des Gerichtsvollziehers sie aufrufen würde: »Die Dame, deren Klavier gepfändet wurde.« Es gab keine Sekretärin. Die jüngste Tochter, Lobelia, bemerkte, dass am Ende des dunklen, vom Wartezimmer aus kaum einsehbaren Flurs, ein Mann den Gerichtsvollzieher am Kragen packte. Sie zeigte ihn Gerta mit dem Finger. Gerta stand auf, Lilia, Róża und Lobelia folgten ihr. Der Mann kniete auf dem Rücken des Jungen und schnürte ihm mit der Krawatte die Luft ab. »Um Himmels willen! Er erwürgt ihn!« Gerta fing an zu schreien, ihre Töchter ebenso. Als das nichts half und der junge Gerichtsvollzieher unter dem Gewicht des massigen Angreifers blau anlief, trat Gerta mit voller Kraft zu. Sie traf die richtige Stelle, den Knöchel. Der offensichtlich heftige Schmerz brachte den Mann zur Besinnung, denn er schüttelte sein Opfer nur noch einmal am Hemd, dann ließ er ab. Immer noch aufgebracht, strich er sich die Kleider glatt. Im Hinausgehen brüllte er, er werde wiederkommen.

»Schämen Sie sich nicht?«, fragte Gerta, die nicht wusste, was sie sagten sollte, den erschrockenen Gerichtsvollzieher. »Das gehört zum Beruf«, erwiderte er und wurde rot. Gerta fragte, ob seine Mutter von seiner Arbeit wisse und ob sie sie gutheiße. Er genierte sich ein wenig. Sie dachte, nach einem solchen Zwischenfall werde er das Büro schließen. Doch nichts dergleichen geschah. Der Gerichtsvollzieher lockerte seine Krawatte, richtete sich das leicht zerknitterte Hemd und begann die Wartenden zu empfangen. Dann kam Gerta an die Reihe. Er holte die Unterlagen hervor und erklärte ihr in mitfühlendem Ton, wenn jemand einen Handwerksbetrieb führe, kämen in regelmäßigen Abständen Kontrolleure, um festzustellen, wie viele Kunden das Geschäft wegen Nachbesserungen oder Reparaturen besuchten. Wenn diese Kontrolleure zu dem Schluss gelangten – und sie könnten schlussfolgern, was sie wollten –, der Handwerker habe eine zu niedrige Zahl von Kunden angegeben, setzten sie eine Steuernachzahlung fest. Und diese Nachzahlungen habe der Bürger Edward Strzelczyk seit zwei Jahren nicht geleistet. Mehr noch, er habe nicht einmal Widerspruch eingelegt, obwohl sich auf diesem Weg immer etwas herausholen ließe. »Dieser Trottel!«, entfuhr es Gerta, was der Gerichtsvollzieher gleichsam mit einem flüchtigen Lächeln quittierte.

Doch das war längst nicht alles. Edward hatte – wie ihr der Gerichtsvollzieher erläuterte, der wieder rot wurde und den Kopf nicht von den Unterlagen hob – auch die monatlich fälligen Beiträge zur Sozialversicherung nicht geleistet. Aus diesen Beiträgen wurden auch die Krankheitskosten der Familie bezahlt. Gerta erklärte, sie sei in ihrem Leben drei Mal beim Arzt gewesen und die Ärzte, zu denen sie mit ihren Kindern gegangen sei, habe sie immer bar bezahlt. Dabei wurde auch sie rot. Und so saßen sie sich gegenüber, beide mit puterrotem Gesicht.

Der Gerichtsvollzieher fragte, wie alt die Kinder seien. Lilia war gerade sechzehn geworden, Róża fast fünfzehn und Lobelia zwölf. Er schickte sie in die erste Etage, zum Familiengericht, wo sie einen Antrag stellen solle, um Komplikationen zu vermeiden. Den Text schrieb er ihr mit Bleistift auf der Rückseite eines Briefumschlags vor: »Ich, Gerta Strzelczyk, Ehefrau von …, Mutter von …, beantrage mit Rücksicht auf das Wohl meiner drei minderjährigen Kinder die Gütertrennung und die Festsetzung von Alimenten, die der Beklagte aus seinen Einkünften zu zahlen hat.« »Alimente haben Vorrang vor anderen Forderungen«, fügte er erklärend hinzu. Als er Gertas Unsicherheit und Verwirrung bemerkte, sah er ihr mit festem Blick direkt in die Augen. Er sagte: »Jemand muss an die Kinder denken.« In diesem Moment kam er ihr überhaupt nicht jung vor. Wieder wurde sie rot. Spätabends, nachdem sie mit den Töchtern zu Abend gegessen, Lilia zum Geschirrspülen abkommandiert und das Bett aufgeschlagen hatte, ging sie zu ihrem Mann in die Werkstatt. Er saß dort im Dunkeln. Sie wollte, dass er etwas sagte, egal was. Und sei es ein einziges Wort. Edward schwieg.

Ilda

Truda rief Ilda von der Post in Kartuzy an, weil sie für die Zeit ihrer Kur jemanden für die Schweine brauchte. Seltsam verklausuliert erzählte sie von einer Familienkatastrophe bei Gerta. Sie redete um den heißen Brei herum, damit keiner der Wartenden auf der Post sich etwas denken konnte, obwohl die Leute in Kartuzy seit gestern ohnehin über nichts anderes mehr sprachen. Und so war Ilda die Einzige, die von alldem nichts begriff.

Ging es um die Mutter, war sie vielleicht wieder im Krankenhaus? Waren die alten Dämonen wieder erwacht? Ohne einen Blick auf den Zettel mit den für sie bestimmten Aufgaben zu werfen, rief sie Tadeusz von der Tür aus zu, sie fahre nach Dziewcza Góra. Er schien nicht einmal unglücklich darüber. Er war in letzter Zeit damit beschäftigt, im Gedächtnis die Akte ihrer vermeintlichen Undankbarkeit zu rekonstruieren, weshalb er gar nicht auf die Idee kam, dass diesmal Ilda etwas von ihm brauchen könnte. Beim Hinausgehen schoss ihr eine Frage durch den Kopf: War es gut oder schlecht, dass er überhaupt nicht bemerkte, dass sie ihn nicht mehr brauchte?

Sie fuhr einen Umweg, um nicht durch Danzig zu müssen, wo es nach den Vorfällen vom Dezember, als die kommunistische Regierung auf Demonstranten hatte schießen lassen, noch immer von ZOMO-Schlägern wimmelte. Zum Glück traf sie auf keine Patrouille, so dass sie nach einer halben Stunde vor Ort war. Mit der Mutter stand alles zum Besten. Auch Gerta war da, sehr erregt, sie warf Truda Gleichgültigkeit und Egoismus vor. Als sie ihre älteste Schwester hörte, verstand die jüngste endlich, was Truda am Telefon gesagt hatte. Edward hatte Schulden gemacht, der Gerichtsvollzieher war im Haus gewesen, und nun galt es zu retten, was zu retten war, wozu erstens die Bücher durchgesehen und Einsprüche geschrieben werden mussten. Sie wollte unbedingt helfen. Sie sah, dass sie dieses Mal nicht auf Truda zählen konnten, sie sah auch, wie verängstigt Gerta war. Sie sagte den Schwestern, sie werde helfen. Truda solle nach Nałęczów fahren, Gerta solle die Mädchen nach Dziewcza Góra schicken und sich darauf konzentrieren, die Unterlagen in Ordnung zu bringen. Die Mädchen wären auf dem Land eine Hilfe. Wenn sie, Ilda, Tadeusz ins Krankenhaus bringen müsse, könnten sie sich um den Hof und um ihre Großmutter kümmern. Es sei auch besser, wenn sie nicht mitansehen müssten, wie der Gerichtsvollzieher Möbel beschlagnahmte, falls es noch einmal dazu käme. Und sie selbst, sagte sie, werde gern einige Zeit fernab von Sopot verbringen. Sie rechnete mit drei Wochen, doch am Ende blieb sie zwei volle Monate. Es war eine schöne Zeit. Morgens gingen sie zu den Tieren, abends saßen sie um den Ofen. Abgesehen von der Zeit in der Schule, zu der Ilda ihre stolzen Nichten mit dem Auto brachte, redeten sie ununterbrochen. Ilda war eine gute Erzählerin.

Je mehr sie erzählte, umso mehr wollten die Nichten wissen. Also erzählte sie, wie Tante Truda nach Lilias Geburt Seerosen für sie gepflückt hatte und dazu im Hemd durch den See gewatet war. Wie sie an der ganzen Küste ein Klavier aus Rosenholz für Róża gesucht hatten, sie sprach von den merkwürdigen Eigenschaften dieses Materials, aus dem man ebenso gern Musikinstrumente wie Betten für Jungverheiratete machte. Sie erzählte von der Göttin Loba, die in fernen Ländern La Lobita genannt wurde. Der Name der Göttin bedeute: eine wilde Frau, eine, die sich nichts aufzwingen und befehlen lasse, die Kinder gebäre, aber nicht heirate, und die mehr sehe als andere. Die Nichten fragten, ob sie in ihrem Leben schon einer echten La Lobita begegnet sei. Vielleicht. Aber das sei ein Geheimnis. Tante Truda habe ein Pendel, das Fragen beantworte. Sie sei ein bisschen La Lobita. Rasch hatten sie das Kästchen und die Perle gefunden. Wenn Lilia und Róża sie hielten, schwang sie nicht so stark wie in Trudas Händen, sondern schaukelte nur leicht vor und zurück. Den meisten Schwung bekam sie, wenn Lobelia sie nahm. Rozelas jüngste Enkelin platzte fast vor Stolz.

Ohne etwas zu verheimlichen, erzählte Ilda von den Söhnen des Roten Jan, die verschiedene Mütter hatten. Davon, wie sie Feuerjanek gestillt hatte, weil die Milch gekommen war, obwohl nicht sie entbunden hatte. Die Mädchen wollten wissen, warum sie keine eigenen Kinder hatte. Sie antwortete offen: Dafür hätte sie sich einen anderen Mann suchen müssen.

Ermuntert durch die Neugier und gerührt von der Aufmerksamkeit ihrer Nichten, suchte sie in ihrer Erinnerung nach weiteren Geschichten. Von dem Deutschen, Tante Trudas Verlobtem, der an einem kalten Dezembertag mit einem Strauß weißer und roter Rosen vor der Tür gestanden hatte. Vor dem Krieg war er mit Truda zusammen zur Schule gegangen und niemand wäre damals auf die Idee gekommen, ihn »den Deutschen« zu nennen. Sie erzählte den Mädchen, wie ihre Mutter Gerta auf einem Schwein durchs Dorf geritten war und wie sie mit einem Stock ein riesiges Wildschwein verjagt hatte. Wie hinterher bei den Hochzeiten Schweine mit schwarzen Mähnen aufgetischt worden waren – rasierte und unrasierte. Schließlich auch davon, wie Großmutter sie in den Keller gesperrt hatte und dass sie ohne Feuerjanek wohl nicht mehr herausgekommen wäre, weil Großmutter sie dort wahrscheinlich hätte verhungern lassen. Während sie das erzählte, hielt sie sich die Seiten vor Lachen. Da sah Lobelia, die Jüngste, ihr in die Augen und sagte: »Aber das sind doch alles ganz traurige Geschichten.«

Weshalb denn traurig? Na, traurig halt. Die Nichten waren sich einig. Und dann fragte Lobelia die Tante noch, warum Truda Feuerjanek nicht liebhabe. Was hätte sie antworten sollen? Sie sagte, die Mädchen sollten keinen Unsinn reden. Und als sie schon bedauern wollte, überhaupt mit der Erzählerei angefangen zu haben, fragte Lilia, ob es

Soldaten gewesen seien, die Rozela mit dem Bügeleisen verbrannt hätten.

Rozela

Rozela öffnete die Tür mit einem solchen Schwung, dass der Rahmen ächzte. Warum sie die Kinder durcheinanderbringe?! Es sei Sonntag, Zeit für die Kirche. Sie wolle nach Chmielno. Auf der Stelle. Sie kämen noch rechtzeitig zur nächsten Messe. Sie befahl Ilda und den Enkelinnen, sich anzuziehen, und schlüpfte selbst so hastig in den Mantel, stieß die Arme mit so heftigen Bewegungen in die Ärmel, als wäre sie zwanzig Jahre alt und nicht siebzig.

Nachdem sie das Haus verlassen hatten, spürten alle die stechende Kälte. Der schneidende, allgegenwärtige Wind, der zusammen mit dem Novembernebel gekommen war, bohrte sich in die Schläfen und in die Nase, durchdrang den Körper bis auf die Knochen. Bevor sich das Auto aufheizte, stießen sie noch ein paar Dampfwolken aus, die anstelle von Worten in die Höhe stiegen.

Während der ganzen Messe saßen sie stumm da, obwohl Rozela sonst immer sehr laut sang und obwohl es sich nicht gehörte, die gemeinsamen Gebete nicht mitzusprechen. Nach der Messe blieb Rozela in der Kirche sitzen, um sich mit der Muttergottes zu unterhalten. Während ihre Tochter und ihre Enkelinnen in den leeren Bänken froren, vor Kälte von einem Fuß auf den anderen traten und die Knie aneinanderrieben, zählte sie der Unbefleckten der Reihe nach auf, was sie in der vergangenen Woche in die Suppe geworfen hatte. Sie hoffte, Maria würde verstehen: In ihrem ganzen Leben war es so wie an diesem Herbsttag. Drei Töchter hatte sie, die liebte sie alle gleich, aber sie konnte sie nicht alle gleich behandeln. Mit Ilda war es am schwersten. Je mehr sie Ilda unterstützen, je mehr sie sie beschützen wollte, zum Beispiel vor der allumfassenden Kälte, umso weniger wollte Ilda das. Wenn sie sich nur selbst davon überzeugen würde, dass das Leben nicht leicht war und man manchmal den Nacken beugen musste. Wenn sie nur nicht immer so trotzig wäre und auf Krawall gebürstet.

Als sie die Kirche verließen, schien draußen die Sonne. Umso greller wirkte das Licht. Trotz des Wetters ging Rozela nicht gleich zum Auto, sondern erst noch auf den Friedhof. Ilda schickte die Nichten ins Restaurant neben der Kirche und sagte, sie sollten sich Kuchen bestellen. Sie selbst stapfte demütig hinter Rozela her. Die Mutter setzte sich auf die Bank, die seit vielen Jahren an Abram Groniowskis Grab stand, und die Tochter kauerte sich schweigend neben sie. Sie sprachen kein einziges Wort. Sie sahen durch das einfache Holzkreuz hindurch wie durch eine Scheibe, jede in eine andere Richtung.

Was hatte Rozela ihrer jüngsten, widerspenstigsten Tochter in all den Jahren geben können? Sie gehörte nicht zu den Müttern, die keine Ahnung hatten, was sie ihren Kindern mitgeben wollten. Selbständigkeit. Lebenstüchtigkeit hatte sie ihr einpflanzen wollen – ohne diese Flatterhaftigkeit, die sich Fräuleins aus besseren Häusern leisten konnten. Eine Frau, die im Leben zurechtkam – das hatte sie mit ihrer Erziehung erreichen wollen. Eine, der es nichts ausmachte, dass ihre Großmutter Otylia am Tag ihrer Hochzeit sitzengelassen worden war, weil sie nämlich auf niemanden angewiesen war. So wie Rozela. Sie hatte eine selbständige Tochter zur Welt gebracht, die immer eine eigene Meinung hatte – aber immer im Widerspruch zur Mutter. Kritisch in wichtigen wie in unwichtigen Dingen. Sehr tiefgründig in allem, was die Mutter betraf – ihre Absichten und Überzeugungen. Eine Tochter, vor der – es fiel Rozela nicht leicht, sich das einzugestehen – sie sich schämte. Sie empfand Respekt vor ihr, aber auch eine Mischung aus Furcht und Verunsicherung. Als Ilda diese die Generationen überdauernde Schande über sie brachte, indem sie eine Beziehung mit einem verheirateten Mann einging, tat sie es mit so unerschütterlicher Überzeugung, dass sie der Mutter allen Mut und alle Sicherheit nahm. Und deshalb, meine lieben Enkelinnen, weil ich sie liebe, habe ich sie eingesperrt, dachte Rozela. Damit sie sie nicht habe ansehen müssen, als sie es ihr verbot.

Mit Truda war es hundertmal einfacher. Trudas Fehler lagen alle klar auf der Hand. Auch mit Gerta war es leichter. Gerta war wie sie – ihre Kopie, ihr Abbild. Eben das, was Gott wohl im Sinn hatte, als er den Müttern Kinder gab – Fleisch vom selben Fleisch, Blut vom selben Blut. Und doch hing ihr Herz vor allem an Ilda. Das alles ging ihr durch den Kopf, während sie auf dem Friedhof saßen und kein einziges Wort miteinander sprachen. Als die Mutter aufstand, sahen sie sich für einen kurzen Moment an – forschend und wachsam, wie Hunde, die bereit waren, jeden Augenblick voreinander davonzulaufen.

Es war Rozela, die das Schweigen brach. Mit einem kurzen Fauchen: »Zu warm!« Als sie nach Hause zurückkamen, machte Ilda Feuer im Herd, und Rozela sagte halb zu ihr, halb zu sich selbst: »Wie kann man nur so viel Kohle auf einmal verschwenden.« Doch vielleicht war es das wert? Träge von der Hitze, verbrachten sie in der warmen Küche einen wirklich schönen Abend. Die Nichten stellten weiter Fragen, Ilda antwortete nach bestem Wissen und Gewissen. Aber sie kannte nicht alle Antworten.

Woher kam die Perle, die Tante Truda auf die Schnur gezogen hatte? Aus dem Kästchen. Und wo war sie vorher? Diese Geschichte kannte nur Rozela. Sie erzählte den Enkelinnen, dass noch vor dem Ersten Weltkrieg während der Kirmes in Chmielno eine hochgeborene Dame sich die Perlen vom Hals gerissen und damit um sich geworfen hatte. Uroma Otylia hatte eine aufgefangen – und nicht zurückgegeben. Vielleicht zu ihrem Unglück? Sie hatte die Perle, den einzigen Wertgegenstand, den sie in ihrem Leben besaß, in ein Stück Silber einfassen lassen und an ihr Hochzeitskleid genäht. Vielleicht hatte sie damit auch einen Fluch auf sich gezogen.

Warum hatte die Frau vor der Kirche ihre Perlenkette zerrissen? Das wusste Rozela nicht. Aber sie erinnerte sich an das, was die Leute erzählten. Es hieß, der Ehemann dieser Frau habe sie gleich nach der Hochzeit auf eine Schiffsreise über ferne Ozeane mitgenommen. Die Hochzeit war erzwungen, die Frau litt, weil sie mit ihrem ungeliebten Mann auf dem Schiff gefangen war. Er empfand anders. Er war verliebt. Um seiner Frau ein Andenken an die Hochzeitsreise schenken zu können, ließ er Perlentaucher, junge Männer in Lilias, Rózas und Lobelias Alter, nach Perlen suchen. Die Jungen tauchten immer tiefer, doch sie bekamen nicht genug Perlen zusammen. Als ihr Mann nicht hinsah, ging die Frau unter Deck zu den Tauchern und schickte sie ins Wasser zurück, obwohl sie sich vor Anstrengung schon die Lungen aus dem Leib husteten. Bis einer von ihnen, nachdem er mit einer neuen Perle zurückgekommen war, plötzlich Blut spuckte. Dieser letzte Tauchgang kostete ihn das Leben. Die Leute sagten, die Frau habe jedes Mal, wenn sie die Perlenkette umlegte, daran denken müssen, dass sie ihretwegen in die Hölle komme.

Gerta

Während sie über den Geschäftsbüchern des Betriebs saß und mit wachsender Abscheu den Rücken ihres Mannes betrachtete, der beschlossen hatte, die Probleme zu ignorieren, und sich, als sei nichts geschehen, mit seinen Uhren befasste, dachte Gerta, dass sie die Töchter vielleicht vorschnell aufs Land geschickt hatte. Sie musste immer wieder zum Gerichtsvollzieher, und es wäre ihr lieber gewesen, sie hätte nicht allein gehen müssen. Wie absurd das alles war! Das Klavier gestempelt, die Möbel beklebt, und dann hatte ihr dieses Kind von Gerichtsvollzieherassessor auch noch gestanden, dass er sich verliebt hatte. Sie hatte zuerst gedacht, er rede von einer ihrer Töchter, und ihm entrüstet erklärt, die Mädchen seien noch zu jung für eine Beziehung. Und dieser Grünschnabel, den weder ihr Ruf und ihr Ring noch der Altersunterschied zwischen ihnen zu interessieren schienen, hatte gesagt, dass sie es sei, nach der er sich verzehre!

Sie wäre gern irgendwie aus dieser Situation herausgekommen, doch sie war auf den Gerichtsvollzieher angewiesen. Die Papiere, mit denen sie zu ihm musste, waren wichtiger als Liebesgeschichten. Nach jedem Besuch schwor sie sich, sie werde ihn nie wiedersehen. Doch immer wieder fand sie etwas Neues in den Unterlagen und musste das vermaledeite Büro erneut aufsuchen.

Er sagte ihr, wenn es ihm nicht so peinlich gewesen wäre, dass sie mit ansah, wie er sich unter den Schlägen des wütenden Bittstellers wand, hätte er sich ihr gleich nach ihrer ersten Begegnung offenbart. Er habe sich geschämt. Er habe eine Woche abwarten müssen. Sie glaubte ihm nicht. Denn obwohl die Zeit es gut mit ihr meinte und sie auch mit fast Mitte vierzig noch immer eine schöne, schlanke Figur hatte und ihr dichtes dunkles Haar keine Spuren von Grau zeigte, so signalisierte ihr doch alles, dass nun die Zeit ihrer Töchter anbrach! Sie selbst würde sich in nicht allzu ferner Zukunft um ihre Enkel kümmern! Nein, er war keine zwanzig mehr. Als sie ihn näher kennenlernte, bemerkte sie, dass er älter war, wenngleich von jungenhafter, zierlicher Statur. Trotzdem lagen wohl mindestens fünfzehn Jahre zwischen ihnen! Und doch verehrte er sie und sah sie jedes Mal mit gesenktem Kopf an wie ein Schuljunge. »So verführt man keine Frauen«, wies Gerta ihn ab. Er wurde wieder rot. »Ich wollte doch nur …«, sagte er, eingeschüchtert und hilflos. Obwohl es ihr anfangs nicht einfiel, sein Werben ernst zu nehmen, wuchs doch mit jedem Treffen ihre Erregung. Bis ihr eines Tages der Gerichtsvollzieher direkt gegenüberstand – näher, als er sollte. Sie spürte seinen Atem an ihrem Ohr, die Kraft in seinen Armen, und konnte seitdem nicht aufhören, an ihn zu denken. Wenn sie zu Hause über den Papieren saß, verlor sie immer wieder die Übersicht, weil sie an ihre Beine dachte, von denen er den Blick nicht losbekam. Sie fragte sich, was er an ihr fand. Sie ging immer wieder zum Spiegel und prüfte, wie ihre Beine wohl aussahen, wenn er sie ansah. Ebenso betrachtete sie ihre Hände, ihr Haar und ihr Profil. Sie stand stundenlang vor der offenen Schranktür und nahm immer albernere Posen an.

Hinterher saß sie in der Kanzlei und ängstigte sich, die Wartenden im Flur könnten durch die Tür hören, wie ihr Herz klopfte. Sie wurde seltsam dünnhäutig. Eine Tür schlug zu, und sie sprang auf. Das kleinste Geräusch, und sie stolperte oder warf einen Stuhl um. Sie versuchte sich zusammenzureißen, doch es half nichts.

Das Verfahren lief schlecht. Vom Finanzamt kam der Bescheid, dass die nicht geleisteten Steuernachzahlungen zum Verlust der Genehmigung zur Ausführung von Handwerksdienstleistungen führten. Und die Rückstände in den Beiträgen zur Krankenversicherung zur Streichung aus dem Versichertenregister. Der Assessor schrieb Gerta den Inhalt von Briefen an die diversen Ämter auf ein Blatt Papier, und sie schrieb diese Briefe eigenhändig ab. Während sie schrieb, rückte er seinen Stuhl näher an sie heran, bis sich schließlich ihre Oberschenkel berührten.

Beim nächsten Besuch umarmte sie ihn von sich aus, wich aber gleich wieder zurück und streckte die Arme aus, damit er sich nicht näherte. Als er fragte, ob sie sich für ihn scheiden ließe, bat sie um eine Tasse Tee. Er ging hinaus, um ihn zuzubereiten. Und als er zurückkam, fing Gerta an zu reden. Sie erzählte vom Uhrmacherhandwerk und von echten Rubinen, sie erklärte, wenn eine Uhr vorgehe, müsse man das Lager austauschen; man nehme also das winzige Rubinbett, hebe es mit einer Pinzette vorsichtig an, und dann schleife man mit einem kleinen Diamantbohrer einen neuen Stein. Sie sprach vom Gold, das sich als besonders weiches Metall gut zur Verarbeitung eigne, das aber zuerst auf einer Asbestplatte erhitzt werden müsse. Von Lötbrennern und davon, dass man Ventilatoren zum Erweichen des Goldes einsetze, um sich nicht den Mund zu verbrennen. Sie sprach über alles Mögliche, nur um ihm nicht antworten zu müssen.

Edward saß wie immer zu Hause. In der Werkstatt. Er nahm gar nicht wahr, dass sie zurückkam. Er saß genauso da, wie sie ihn verlassen hatte, am Schreibtisch, festgewachsen an seinem Stuhl und abgewandt von der Welt, als sei es Aufgabe der Welt, sich um ihn zu kümmern. Gerta dachte, er werde in dieser Werkstatt, in der es nach Brennspiritus und Staub roch, demnächst zur Mumie verdorren.

Als sie eines Morgens seinen über den Schreibtisch gebeugten Rücken ansah, beschloss sie, zu ihrem Assessor zu ziehen. Gleich darauf erschrak sie über diesen Gedanken und hielt ihn für Irrsinn.

Sie musste sich retten. Ganz einfach. Nach einigen Wochen heimlicher Treffen und nachdem sie dem Assessor allen Papierkram überlassen hatte, gelangte sie zu dem Schluss, dass sie ihre Mutter sehen und einige Zeit mit ihren Töchtern verbringen musste, bevor sie eine unwiderrufliche Entscheidung fällte. Sie fuhr wie immer mit dem Fahrrad nach Dziewcza Góra, unsicher, was sie sagen sollte und ob nicht jemand von selbst hinter ihr Geheimnis käme.

Als sie ankam, war Truda schon da. Sie war aus dem Sanatorium zurück. Verändert, mit frischem Berliner Blond im Haar und mit der Nachricht, dass sie heiraten werde.

Truda

Hätte ihr im Leben etwas Besseres passieren können als ein junger Liebhaber? So begann Truda, ohne die weit aufgerissenen Augen der Schwestern zu beachten. In ihrer Aufregung ignorierte sie auch ihre vor Staunen offenstehenden Münder. Sie würden Hochzeit feiern. Sobald ihr Verlobter die nötigen Formalitäten auf dem Standesamt erledigt habe.

Wer dieser Mann sei? »Er ist ein Kaninchen«, flüsterte sie den Schwestern merkwürdig laut zu, während sie mit den Armen fuchtelte. Buchstäblich ein Kaninchen! Sein Schwanz zittere ständig, er könne endlos damit wedeln. Wenn sie letzten Sonntag, den sie komplett im Bett verbracht hätten, Stift und Papier zur Hand gehabt hätte, hätte sie einen langen Brief nach Berlin schreiben können, weil er einfach nicht zum Ende gekommen sei! Schamloses Luder, dachten die Schwestern. Aber Truda bemerkte ihre angewiderten Gesichter nicht. Sie erzählte ihre Liebesgeschichte weiter: Manchmal, wenn ihr Kaninchen zu weit gehe und ihr etwa in einem vollbesetzten Bus die Strumpfhose aufrolle, gebe sie ihm eins auf die Pfoten. Doch sobald sie allein seien, heiße es, hopp, Kaninchen, sagte sie vergnügt. In ihrer Begeisterung entging ihr, dass Gerta immer nervöser an ihren Manschetten zupfte. Sie redete weiter: Was hatte sie vom Leben noch groß zu erwarten? Was konnte ihr Besseres passieren als so ein Kaninchen mit dicken Batterien, mit einem leicht gekrümmten Schwanz, der, wenn er richtig eindrang, ganz wunderbar kitzelte? Ob sie sich die Sache auch gut überlegt habe, fragten die Schwestern. Truda winkte ab: Das sei keine Sache, die man sich überlege, das sei ein Zustand, den man erleben müsse.

Die Schwestern sollten sich aber keine Sorgen machen. Abgesehen vom kaninchenhaften Temperament, von dem sie ja nicht Hinz und Kunz erzählen werde, tauge ihr Liebhaber durchaus für das Leben. Er sei Ingenieur. Seine Hände seien gepflegt wie die einer Frau, und sie habe sie erst selbst führen müssen, weil er anfangs recht schüchtern gewirkt habe. Was seine sonstigen Vorzüge betreffe, gehöre dazu auch eine Wohnung in Bydgoszcz. Er könne Auto fahren, oder habe zumindest damit geprahlt. Je länger sie redete, desto öfter wurde aus dem »Ich« ein »Wir«. »Unser Kleid wird himmelblau sein.« »Obwohl wir uns noch nicht endgültig entschieden haben, schließlich habe ich ja nie ein weißes getragen.«

Der Bräutigam sollte sich frühestens in einem Monat in Dziewicza Góra vorstellen, mitsamt den amtlichen Nachweisen seiner Heiratsfähigkeit, zwei Ringen und dem Hochzeitsanzug. Truda arbeitete schon daran, Ilda dazu zu bringen, dass sie ihnen für die Hochzeit Tadeuszs Syrena überließ. Ihr Bräutigam wäre sicher überglücklich, wenn er ans Steuer dürfte. Außerdem müsse Ilda ihn auch mit der Syrena vom Busbahnhof abholen, damit er nicht durch knöcheltiefen Matsch zu waten brauche und es sich nicht, Gott bewahre, unterwegs anders überlege. Und gleich nach der Hochzeit gingen sie auf Hochzeitsreise. Sie werde nicht in Dziewcza Góra bleiben. Sie würden höchstens ein paar Monate oder ein halbes Jahr auf dem Land wohnen und dann nach Bydgoszcz ziehen.

Ilda fragte Truda, wie sie sich das vorstelle, mir nichts, dir nichts das Haus in Dziewcza Góra zu verlassen. »Ich habe nur dieses eine Leben«, erwiderte Truda ohne jeden Anflug von Gewissensbissen. Und sie fügte hinzu, ein solches Gefühl verspüre man nicht alle Tage. Sie sollten sehen, wie sie zurechtkämen. Sie werde ausziehen, und wenn die Bude einstürzte.

Unterdessen brachte sie Haus und Hof für den Besuch auf Vordermann. Allein schleppte sie die Leiter von der Schweineküche herüber. Sie brachte Ilda dazu, trotz allem Streit mit ihr in die Stadt zu fahren und Farbe zu besorgen, und machte sich anschließend ans Streichen. Das Bad azurblau, weil das an Wasser erinnerte, die Küche erbsengrün, weil diese Farbe den Appetit anregte, zwei Zimmer weiß – Truda hätte es gern noch etwas bunter gehabt, doch im Geschäft hatte es keine große Auswahl gegeben. Das dritte Zimmer, die Stube, in die sie ihr gemeinsames Bett stellen wollte, strich sie rot. Eine Farbe, die sich später jahrelang nicht übermalen ließ.

Ilda

Während der zwei Monate, die sie in Dziewcza Góra verbrachte, sah Ilda Tadeusz nur einmal pro Woche. Dienstagmorgens brachte sie ihn zur Transfusion, fünf oder sechs Stunden später holte sie ihn wieder ab und übergab ihn Kazias Fürsorge.

Aus der Perspektive des mütterlichen Hauses sah sie noch deutlicher, wie unerträglich die vergangenen fünf Jahre gewesen waren. Seit Tadeusz erkrankt war, hatte sie ihm unendlich viel Aufmerksamkeit, Hingabe und wache Nachtstunden gewidmet. Selbst ihre Brust war stärker zerbissen als zuvor, bis aufs Blut. Doch für Tadeusz schuldete Ilda ihm immer mehr. Je mehr sie ihm opferte, desto tiefer rutschte sie in seinen nicht enden wollenden Vorträgen ins Minus. Habe er sie nicht jahrelang zu Empfängen mitgenommen? Habe er ihr kein Haus geschenkt? Kein Auto? Welche Frau in Pommern habe echtes Parfum aus dem Westen? Er habe sie aus dem Dorf geholt, sie alles gelehrt, sie in die Welt der Literatur und der Kunst eingeführt – und sie verschenke jetzt das französische Parfum an ihre Schwestern! Sie und keine andere habe er jahrelang in Stein gemeißelt, er habe sie geliebt, gestützt und verehrt – könne er dafür nicht etwas mehr Dankbarkeit erwarten?! Finde sie nicht, sie solle …?! Wisse sie … Vermöge sie in ihrer Kaltherzigkeit nicht zu begreifen, dass er das alles nur zu ihrem Wohl sage? Dass er leide, weil er zu solch offenen Worten gezwungen sei, als reiße er sich ein Pflaster von einer Wunde, die nicht verheilen wollte?! Er leide, und zwar wegen ihr!

Ilda hatte lange die Zähne zusammengebissen und sich, um die letzten Reste ihrer Zuneigung zu ihm zu bewahren,

Tadeuszs Tiraden mit der typischen Verbitterung eines Kranken erklärt. Weil sie fürchtete, dass die alltäglichen Probleme seinen Gesundheitszustand verschlechtern könnten, hielt sie von ihm fern, was sich fernhalten ließ. Wegen der Transfusionen ließ er Termine verstreichen. Sie fing die aufgebrachten Kunden ab. Sie schimpfte mit ihnen wie mit Kindern: Wie könnten sie nur, sie wüssten doch, Krankenhaus, Krankheit, ein solches Talent. Oder sie weinte, wenn jemand nicht nachgeben wollte. Und wenn das alles nichts half, stellte sie sich entschlossen in den Weg. Tadeusz wunderte sich, warum sie abends so launenhaft und gereizt war. Das könne sie einem kranken Mann doch ersparen.

Sie las ihm vor – sorgfältig ausgewählte Lektüren. Tadeusz störte das Timbre in ihrer Stimme, er monierte, sie lese zu leise. Sie besorgte Karten für die Oper. Früher hatte er gesagt, er möge Opern, jetzt langweilten sie ihn. Sie entdeckte eine Karte der Umgebung des Schlosses in Bari, wo Bona Sforza vergiftet worden war. Ob sie nicht dorthin reisen sollten? Eine Abwechslung täte ihnen vielleicht gut. Er könnte seine Söhne mitnehmen. Ausgeschlossen, sagte er. In seinem Zustand könne er nicht reisen. Irgendwann kapitulierte sie. Sie gab sich keine Mühe mehr, sie achtete auch nicht mehr auf ihr Äußeres, sondern zog an, was ihr in die Hände kam – alte Kleider, ungebügelte Röcke. Tadeusz lebte auf. Ob sie nicht etwas essen wolle, fragte er fürsorglich. Creme vielleicht? Sie solle Creme essen. Ob sie eine Decke wolle? Dann habe sie es wärmer auf dem Sofa. Die Rosen, die er gekauft habe, seien für sie. Der Ausgewogenheit halber fügte er freilich hinzu, während er über ihren Kopf hinwegsah, dass kinderlose Frauen im Alter geistig träge würden.

Ilda wurde gleichgültig. Hatte er etwas gesagt? Unwichtig. Seine Berechnungen ergaben, dass sie ihm dankbarer sein sollte? Sein Problem. Nun aber, da Truda wieder heiraten wollte, wurde sie den Gedanken nicht los, dass sie eine schlechte Wahl getroffen hatte. Truda hatte wenigstens Söhne. Sie hatte den Mann geliebt, den sie begrub, nun kam der nächste. Und sie? Küchenmamsell und Chauffeurin.

Sie vertraute Gerta ihren Kummer an. Die Schwester erwiderte: »Kinder machen nicht glücklich.« Und fügte hinzu: »Töte die erste Mutter, die dir begegnet.«

Gerta

Gerta wusste schon: Sie würde weder ihren Töchtern noch ihrer Mutter Schande bereiten. Sie war nicht so selbstsüchtig wie Truda. Sie würde nichts zum Schaden ihrer Töchter tun, nichts zum Schaden des Mannes, den sie geheiratet hatte.

Wenngleich sie weiter von einem anderen Leben träumte. Wenn Edward in der Werkstatt saß und die Töchter in der Schule waren, kam es immer noch vor, dass sie sich im Zimmer einschloss und den zweitürigen Schrank öffnete. Sie zog sich aus und betrachtete sich im Spiegel, wie sie sich als junge Frau nie betrachtet hatte. Sie inspizierte ihren Körper Stück für Stück mit einer Aufmerksamkeit, die sie ihm früher nicht geschenkt hatte. Sie entdeckte bei diesen Gelegenheiten einige unerfreuliche Tatsachen. Die Haut ihrer Schenkel war schon sehr dünn geworden und kehrte nur schwerfällig in die ursprüngliche Position zurück, wenn sie ein Stück mit den Fingern packte und anhob. Auf den Unterarmen war gleichsam zu viel Haut. Doch sie fand auch sehr viel Schönes. Die Beine hatten noch immer eine perfekte Form, der Bauch war trotz dreier Kinder fest und flach, die kleinen Brüste noch immer straff. Das ovale Gesicht war noch immer regelmäßig, das dunkle Haar zeigte keine Ansätze von Grau und lag hübsch hinter den Ohren. Abgesehen von der Haut hatten ihre Arme eine perfekte Form. Die Hände waren schmal und wohlgeformt. Während sie vor dem Spiegel stand, bemerkte Gerta zum ersten Mal in ihrem Leben, wie überaus weiblich sie war. Sie stellte sich die junge, helle Haut des Assessors an ihrer eigenen vor, und der Gedanke gefiel ihr. Doch die Entscheidung stand fest. Wenn sie den Gerichtsvollzieher aufsuchen musste, ließ sie nun die Tür seines Büros weit offen. Er versuchte immer noch, sie zu erobern, aber je mehr er sich bemühte, desto deutlicher trat Gerta ihre Schwester Truda vor Augen. Desto abfälligere Worte fand sie in Gedanken für sie. Wenn sie sich daran erinnerte, was Truda über ihr Kaninchen erzählt hatte, wurde ihr übel.

Truda

Die Renovierung des Hauses in Dziewcza Góra hatte Truda drei Wochen lang in Beschlag genommen. Nun musste sie nur noch das Anwesen aufräumen, die Pfauen kämmen und einen Eilbrief mit der Bitte um Stoff für zwei Hochzeitskleider nach Berlin schicken. Von ihrem Verlobten fehlte weiterhin jedes Lebenszeichen. Truda wartete zunehmend angespannt und besorgt. Anstelle des Liebhabers kam ein Brief. Der Liebhaber fragte, ob sie ihm dreitausend Zloty schicken könne – als Anzahlung für die Ausstattung ihrer gemeinsamen Wohnung. Er habe renoviert, ihm sei das

Geld ausgegangen, und er wolle sie keinesfalls in eine un-
möblierte Wohnung einziehen lassen. Im Anschluss an diese – wie die erleichterte Truda fand – unschuldige Bitte beteuerte er wortreich, wie sehr er sie liebe, sie vermisse und
sich nach ihr sehne.

Drei Ferkel mussten verkauft werden. Sie waren noch
zu klein, aber Truda riss sie mit Gewalt vom Euter der Mut-
tersau und sagte den Nachbarn, sie sollten sie mit der Flasche großziehen. Am Freitagnachmittag wurde das letzte
der drei abgeholt. Rozela hatte die Hände über dem Kopf
zusammengeschlagen, als sie hörte, dass ein einzelnes Jun-
ges in der Schweineküche zurückbleiben sollte, aber Truda
war taub für alle Argumente. Warum zum Teufel solle sie
diese Viecher aufziehen, fragte sie, wo sie doch ohnehin
von hier wegginge?

Die dreitausend Zloty sollte sie am Montag zur Post bringen, doch am Samstag kamen zwei traurige Milizionäre
nach Dziewcza Góra. Sie zeigten ihr ein Foto und fragten,
ob sie diesen gesuchten Bürger kenne. Sie wollten wissen,
ob er sie um Geld gebeten und ob sie ihm welches geschickt
habe. Dann nahmen sie Truda, mit unfrisiertem Haar, einfach mit aufs Kommissariat in Kartuzy. Dort wurde sie als
Zeugin vernommen. Man fragte sie, wo und wie sie den
Mann kennengelernt, wie er sich ihr vorgestellt und was
er über sich erzählt habe. Wann die Bitte um Geld gekommen und wie sie formuliert gewesen sei. Am Ende versi-
cherten die Milizionäre Truda, sie habe großes Glück gehabt. Denn der Bürger, den sie in Nałęczów kennengelernt
habe, fotografiere normalerweise die Frauen, um sie später mit den Aufnahmen zu erpressen. In den Akten finde
sich der Fall einer Frau, die von der Brücke gesprungen sei.
Eine andere habe ihr Kind getötet.

Es war nicht ganz klar, was Truda am meisten verbitterte. Die Tatsache, dass sie die Fotos sah, die der Mann, den sie hatte heiraten wollen, chronologisch geordnet und auf der Rückseite mit der geforderten Summe und einem Vermerk darüber, ob und wann sie gezahlt worden war, versehen hatte? Oder die ironischen Blicke der Milizionäre, die sie leider noch aus den Zeiten kannte, als Jan ihr Kommandant war. Ihr kam der Gedanke, dass man sie womöglich täuschen wolle. Dass dieselben Leute, die ihr einst Jan weggenommen hatten, nun sie ins Visier nähmen. Sie war fest davon überzeugt, dass es so sei, und keine ihrer Schwestern vermochte sie davon abzubringen. Und so saß Truda in der rot gestrichenen Stube und weinte: Irgendwo halte man ihren Verlobten gefangen, nur um es Jan noch einmal heimzuzahlen.

Schließlich verkündete Ilda, sie würden nun nach Bydgoszcz oder wohin auch immer fahren und die Adresse des Betrügers aufsuchen. Sie würden nachsehen, die Leute befragen, und Truda könne sich selbst überzeugen. Ein paar Tage später machten die beiden sich in Tadeuszs Syrena auf den Weg. Die Anschrift entpuppte sich als Vorstadtadresse. Genau genommen war es ein langes, finsteres Dorf, das sich zu beiden Seiten der Straße hinzog; die Häuser neigten sich zum Asphalt, der aus unerfindlichen Gründen nur auf einer Seite aufgetragen worden war. Als das Auto vorfuhr, erhob sich Hundegebell. Ilda hielt vor einem Geschäft, denn dort erfuhr man immer am meisten. Truda erklärte, sie schäme sich auszusteigen. Sie verbarg den Kopf in den Armen, rieb sich mit den Ärmeln die verwischte Wimperntusche ab und schnäuzte in ihr Taschentuch. Ilda ging allein in den Laden.

Ilda

Vom Personal war niemand da. Ilda wartete lange an der Theke, klopfte auf die Platte, schaute ins Lager und machte sich Sorgen, dass die Schwester im Auto nervös werden könnte. Schließlich kam eine rotwangige junge Frau im Kittel aus dem Hinterzimmer und sah sie fragend an. Ilda begann so behutsam sie konnte, mit einem Rest von Hoffnung, der Schwester eine Enttäuschung ersparen zu können: Sie suchten einen Mann. Fünfunddreißig Jahre, schlank, blond, mit einer kleinen Narbe über dem linken Auge. Er heiße Mariusz Czereśniowski. Die Frau sah sie halb tadelnd, halb mitfühlend an und sagte, sie kenne den Mann. Aber mit dieser Familie wolle niemand etwas zu tun haben. Ob er hier etwas renoviere? Nein, er sei seit fünfzehn Jahren nicht mehr im Dorf gewesen. Er werde auch nicht kommen, weil die Miliz ihn suche. Niemand habe auch je davon gehört, dass Czereśniowski Ingenieur geworden sei – hier lächelte die Frau spöttisch. »Sie sind nicht die Ersten, die nach ihm fragen«, fügte sie hinzu. »Eine war sogar mit Kind hier.«

Den Schwestern blieb nichts anderes übrig, als sich um die weinende Truda zu kümmern. Diese Aufgabe fiel Ilda zu, denn Gerta war seit einiger Zeit ungewohnt boshaft und mitleidlos, und es war nicht zu übersehen, dass sie Truda aus dem Weg ging. Ilda blieb freilich nicht lange in Dziewcza Góra. Aus Sopot kam ein Telegramm: »Lebend wirst du mich nicht mehr vorfinden.« Truda musste ihre Enttäuschung allein beweinen.

Auf dem Nachhauseweg machte Ilda einen Zwischenstopp im Krankenhaus, um in Ruhe mit dem Arzt zu sprechen, der Tadeusz behandelte. Sie fand ihn im Schwesternzimmer. Dieses Mal sah er sie merkwürdig an und fragte: »In welchem Verhältnis stehen Sie eigentlich zum Patienten?« Sie log, dass sie seine Frau sei. Er zuckte die Schultern und sagte, sie solle mit dem Patienten wiederkommen.

Einen Tag später fuhr sie mit Tadeusz zu einer neuen Transfusion. Ilda hatte ihn wieder bestmöglich für den Aufenthalt ausgestattet und ihm einen perfekt gefalteten Pyjama und ein sorgfältig ausgewähltes, weder zu spannendes noch zu trauriges oder banales Buch eingepackt, dazu ein hübsches Handtuch, Hausschuhe im Zellophanbeutel, Eau de Cologne, den Nagelknipser und die seltsame Toilettengarnitur mit der perlmuttfarben inkrustierten Pinzette zum Auszupfen von Nasenhaaren, die Tadeusz immer bei sich haben wollte. Außerdem hatte sie zwei große Kakaokuchen dabei, die Kazia für die Krankenschwestern gebacken hatte, sowie eine Flasche russischen Cognac für den Arzt. Sie betraten das Gebäude, er ging voran, sie folgte ihm mit seiner Tasche und den beiden Kuchen. Sie trafen den Doktor. Der tat, als sehe er Ilda nicht, und berichtete Tadeusz, seine Frau sei heute bereits da gewesen, sie habe sich nach allem erkundigt und er habe ihr alles ausgerichtet. Ilda fragte verwundert: »Wie bitte?« Tadeusz sagte nichts.

Eines Tages begegnete sie ihr, als sie das Krankenzimmer betrat, in dem Tadeusz lag. Sie stand am Bett. Obwohl Ilda die Frau nie zuvor gesehen hatte, wusste sie gleich, dass sie es war. Sie holte tief Luft. Die Frau wusste ebenfalls genau, wer Ilda war. Sie verzog ganz leicht das Gesicht, doch gleich darauf setzte sie ein breites Lächeln auf. Sie streckte Ilda die Hand entgegen. Als ihre kalten Finger Ildas Hand umschlossen, sagte sie mit klangvoller, gleichwohl ihre deutsche Abstammung verratender Stimme: »Wir werden beide so gut wir können für dich sorgen,

Tadeusz. Nicht wahr, Fräulein Ilda, unser Tadeusz braucht uns.«

Fräulein Ilda. Fräulein Ilda! Fräulein. Ilda. So und nicht anders sagte sie. Tadeusz schien zufrieden. Er bedeutete seiner Frau, sie solle sich neben ihn aufs Bett setzen, und erwartete, Ilda werde sich – wie auf einem Kalenderbild – auf die andere Seite setzen. Genau so geschah es. Später saßen sie da und warteten ab, wer von ihnen als Erste gehen würde. Die enttäuschte Ilda, die diese Demütigung nur mühsam schluckte und der anderen Frau nicht die kleinste Genugtuung geben wollte, und die Andere, selbstgewiss und süß bis zum Erbrechen. Ilda hätte länger ausgeharrt als diese Andere, die sich trotz der vergangenen Jahre für die Erste hielt, sie wäre sogar bereit gewesen, auf dem Krankenhausboden zu schlafen, doch der Doktor kam herein und sagte, es sei Zeit für die Visite und nur die engsten Familienangehörigen dürften bleiben. Sie sahen Tadeusz an, und der bat sie beide, zu gehen. Die Ehefrau fügte sich bereitwillig. Die Tür schloss sich. Die Ehefrau schürzte die Lippen und zog wortlos von dannen.

Truda

Der Gedanke, es dem falschen Verlobten heimzuzahlen, war Truda auf dem Heimweg von ihrem detektivischen Ausflug nach Bydgoszcz gekommen. In ihrer Phantasie hatte sie Jans Pistole genommen und abgedrückt. Zum zweiten Mal dachte sie daran, als der Brief von Jakob eintraf. Ihr einstiger Verlobter fragte, welchen der beiden Stoffe, die er geschickt hatte, sie für ihr Hochzeitskleid ausgesucht habe und wie die Hochzeitsfeier gewesen sei. Der Brief schloss mit der Sentenz: »Es ist ein großes Glück, die wahre Liebe zu finden und nicht zu verlieren.« Er selbst sei inzwischen verwitwet. Sie möge also freundlich an ihn denken.

Das Fass zum Überlaufen brachte ein Artikel aus dem »Dziennik Bałtycki«. Die Fotos, die den Text über den Heiratsschwindler Mariusz Cz. illustrierten, zeigten – wie dort zu lesen stand – »die unschuldigen Opfer, meist alleinstehende, unattraktive ältere Frauen«. Die auf einem der Fotos zu sehende und mit Vor- und Nachnamen erwähnte Truda fiel fast in Ohnmacht. Sie weinte zwei Tage lang durch. Sie wollte zum Sitz der Zeitung fahren und die Redakteure zur Rede stellen. Sie meinte, wenn sie sich schon einmal das Leben ruiniert habe, könne sie es ruhig auch ein zweites Mal tun. Sie stieg in den Küchenkeller und kramte Jans Pistole hervor.

Sie dachte, wenn es ihr gelungen war, den wahren Namen ihres Mannes Jan herauszubekommen, dann würde sie auch ihren falschen Verlobten ausfindig machen. Und wenn sie ihn fände, würde sie ihn erschießen. Sie machte sich in Gdingen auf die Suche nach alten Bekannten mit Kontakten in den Ämtern und in der Partei und hätte jeden Preis gezahlt, um den Betrüger aufzuspüren. Und offenbar befand die Welt, dass geschehen müsse, was Truda sich in den Kopf gesetzt hatte. Sie sah ihn auf der Treppe vor dem großen und breiten Eingang zum Krankenhaus in der Kliniczna. Truda und Ilda, die nicht allein zu Tadeusz hatte fahren wollen, waren schon fast im Gebäude, als Truda ihn entdeckte. Er trug Bart, einen zu weiten Mantel, Hornbrille und einen Hut, in dem sie ihn noch nie gesehen hatte. Und diese Hände! Die Pistole im selbstgenähten Lederholster hatte sie nicht dabei, aber sie hatte ihre Absätze! Sie zog schnell einen Schuh vom Fuß und schlug ihm auf den Kopf, dass der Hut herunterfiel, und noch einmal, und wieder! Ihm lief schon Blut übers Gesicht, die Brille lag auf dem Boden, doch Truda hörte nicht auf, sie versperrte ihm den Weg und schrie mit aller Kraft: »Ein Verbrecher! Haltet ihn!« Rasch bildete sich eine Menschentraube, weil um diese Zeit viele Menschen das Krankenhaus verließen, man packte den Kriminellen und Truda, die gleich wieder freigelassen wurde, weil sie entsetzlich zu zetern anfing. Als die Miliz eintraf, verkündete Ilda der Menge stolz, sie übergebe den Halunken jetzt in die richtigen Hände. Der falsche Verlobte wurde auf die Wache gebracht. Ilda, die Truda am Arm führte, fasste die Sache in einem Satz zusammen: »Da gibt es nichts zu bedauern, er hat ausgesehen wie eine Ratte.«

Und wieder druckten die Zeitungen Trudas Bild – diesmal eines, das sie selbst ausgesucht hatte – sowie ein Interview, in dem sie auf ihre typische Art die Umstände der Ergreifung des Betrügers und ihr eigenes Leben ausmalte. Sie erzählte, sie besitze hellseherische Fähigkeiten, ihr Mann habe ihr aus dem Jenseits geholfen. Sie machte sich zehn Jahre jünger. Den Ausschnitt aus der Zeitung schickte sie nach Berlin. Dann griff sie zu Pinsel und Farbe – der erstbesten, die zur Hand war – und wollte das Rot in der Stube beseitigen. Heraus kam ein Grün, das an verwelktes Laub erinnerte und stellenweise rötlich eingefärbt war. Irgendwann würde sie daraus ein sanftes Blau machen, und wenn sie den Putz mit den Fingernägeln abkratzen musste. Sie musste nur erst wieder zu Kräften kommen.

Gerta

Sie ging schon lange nicht mehr in die Kanzlei des Gerichtsvollziehers. Die Angelegenheit hatte sich regeln lassen. Es blieb beim Verlust der Becker-Uhr, ihrer Ringe und des Klaviers. Angeblich hatte sich jemand beim Amt für sie eingesetzt, doch Gerta wusste nicht, wer.

Das befreundete Ehepaar kam wieder wie früher freitags zum Bridge, und das war die einzige Zeit, die Gerta in Edwards Gesellschaft verbrachte. Abgesehen von dieser Unterbrechung hatten sie die Kunst perfektioniert, sich aus dem Weg zu gehen. Wenn sie die Werkstatt aufräumte, fuhr er Fahrrad, wenn sie im Haus wirtschaftete, blieb er in der Werkstatt. Sie hatten keine Zärtlichkeit mehr füreinander. Nun gut, dachte sie, man konnte sich daran gewöhnen.

Als sie aber eines Freitags sah, wie Edwards Finger sanft über Jadwigas Schulter strichen, traf es sie wie ein Blitz. Es war eine scheinbar unbedeutende Geste: Mittel- und Ringfinger glitten langsam vom Schlüsselbein zum Arm. Für Gerta allerdings war es zu viel. Schweigend und mit versteinerter Miene spielte sie die Bridge-Partie zu Ende, verabschiedete höflich, und ohne eine Szene zu machen, die Gäste und sagte auch nichts, als Edward sich in die Werkstatt verzog, weil ihm eingefallen war, dass er, wie er sagte, noch an einer Feder zu arbeiten hatte. Für die Nacht zog sie in die Küche, wo nun die Töchter schliefen, und legte sich zu Lobelia, der jüngsten. Am nächsten Tag machte sie alles wie gewöhnlich: Sie bereitete das Frühstück, räumte die Sachen ihres Mannes auf, bügelte seine Hemden, Unterhosen und Socken. Sie stopfte. Stickte. Am Abend sagte sie, sie wolle einen Spaziergang machen, und ging aus dem Haus. Sie wusste selbst nicht, wie sie zur Kanzlei gelangte. Das Gerichtsgebäude war menschenleer. Sie drückte die Klinke, fest überzeugt, niemanden anzutreffen. Sie sah ihn im Licht einer Schreibtischlampe sitzen. Er hatte die Beine auf dem Tisch, die Füße samt Schuhen lagen auf einem Stoß Akten. Er sah sehr müde aus. Er war erstaunt, sie zu sehen, und erhob sich. Gerta schloss die Tür hinter sich. Sie blieb im Türrahmen stehen, im schwachen Licht der Lampe. Er wollte sich ihr nähern, doch sie wehrte ab. Er solle bleiben, wo er sei, hinter dem Schreibtisch.

Dann knöpfte sie ihre Bluse auf – eine ganz gewöhnliche Perkalbluse mit Faltenkragen. Er sah sie überrascht an, schaute mal in ihre Augen, mal auf ihre nackte Haut, die unter dem Stoff zum Vorschein kam, auf die schon sichtbaren Brüste in einem schlichten weißen Büstenhalter. Sie ertrug diesen Blick, kam sich aber selbst lächerlich vor. Da sagte er, was er sagen sollte: Dass sie sehr schön sei. Sie standen kurz reglos da. Als er sich ihr nähern wollte, hielt sie ihn mit einer Geste zurück. Sie zog den Rock aus. Er sah das breite, einfache Strumpfband und den x-beliebigen Schlüpfer, aber sein Blick blieb an ihren schlanken Beinen haften. Er betrachtete sie Stück für Stück mit weit aufgerissenen Augen. Nach einer Weile legte sie auch den Büstenhalter ab. Sie zog Strumpfband und Schlüpfer aus. Er wollte etwas fragen. Sie schnitt ihm mit einer Handbewegung das Wort ab.

Während sie sich auszog, hatte sie die Bewegungen und Posen wiederholt, die sie vor der offenen Schranktür geprobt hatte. Jetzt war er an der Reihe. Er zog den Wollpullover aus, das Hemd, die dunkelblaue, nicht mehr ganz saubere Hose. Gespannt beobachtete sie, wie die Haut seiner Brust glänzte und wie sich unter dieser Haut die Muskeln abzeichneten. Er war hübsch. Aufmerksam, als habe sie ein Insekt unter der Lupe, betrachtete sie jede einzelne Partie

seines Körpers. Den kräftigen und straffen Bauch. Die ab-
fallenden Schultern, die fast ein Dreieck bildeten, die seh-
nigen Unterarme und die kleinen, aber kräftigen Hände.
Die großen Füße, die schöner waren als ihre. Wie es wäre,
das Gewicht seines Körpers auf ihrem zu spüren? Er wollte
gerade die Bundfaltenunterhose ausziehen, als sie ihn mit
einer Geste stoppte. Sie sah, dass er verwirrt war. Doch
sie wusste auch, was sie gleich zu sehen bekäme. Einen
männlichen Penis. In erigiertem Zustand – die Ausbeulung
der Unterhose ließ daran keinen Zweifel. Ein rotes, ange-
schwollenes Glied, das nach Pilzen und Sauerkraut riechen
und mit dem er sie berühren wollen würde. Sie musste sich
keine neuen Penisse mehr anschauen, dachte sie. Während
sie ihn mit weiteren Gesten auf Distanz hielt, zog sie sich
hastig und wenig anmutig wieder an: den Schlüpfer, den
Büstenhalter, das Strumpfband, die Strümpfe, die blaue
Perkalbluse, den braunen Rock. Bevor sie die Tür hinter
sich schloss, sagte sie ihm, sie würden sich nie wiedersehen.
Draußen atmete sie tief durch.

Ilda

An dem Tag, an dem Ilda im Krankenhaus Tadeuszs Frau
kennenlernte, ließ der Arzt ihn nicht nach Hause. Er hatte
eine Infektion bekommen und benötigte nach der Transfusion eine Dialyse und Antibiotika. Doch Ilda war fest entschlossen, ihn zu verlassen. Dass sie den Platz am Kranken-
hausbett mit einer anderen Frau hatte teilen müssen, war
endgültig zu viel. Gleich darauf dachte sie aber, dass dies
nicht der richtige Moment sei. Sie müsse erst ein paar Din-

ge regeln. Entscheiden, was mit dem Hund geschehen solle. Tadeusz vorbereiten.

Sie ging zurück in ihre Wohnung, in der sie vermutlich zum ersten Mal allein war. Sie fing an, die Gegenstände zu betrachten. Peggy schien zu spüren, was los war: Sie folgte ihr Schritt auf Tritt, schaute wachsam, rieb den Kopf an ihrem Bein und legte sich jedes Mal zur ihren Füßen, wenn Ilda sich setzte. Unterdessen versuchte Ilda sich ein Leben allein vorzustellen. Wie würde es sein, wenn sie niemandem nachts die Brust geben musste? Wo sollte sie ihre Sachen hinpacken? Wie alles nach Dziewcza Góra transportieren? Wie sich von dem Hund verabschieden, den sie dem Kranken nicht wegnehmen wollte?

Während sie die Entscheidung vor sich herschob, sammelte sie nach und nach die Dinge zusammen, die sie mitnehmen wollte. Sie legte sie in einen großen Korb neben dem Schlafzimmerschrank. Jeden Tag begann sie nun mit Erwägungen, was sie mitnehmen würde und was nicht. Die Motorrad-Lederkombi, die Tadeusz Kazia so oft zum Wegwerfen herausgelegt und die sie immer wieder in den Schrank zurückgeräumt hatte, sollte mit. Von den fünf Seidenkleidern, die er anstelle der verbrannten hatte nähen lassen, wählte sie eines aus, denn eine Frau in ihrem Alter sollte ein Kleid haben. An Schuhen würden zwei Paar reichen, eins für den Sommer, eins für den Winter. Bücher packte sie gleich fünf in den Korb. Erst wollte sie vier von Gerta gestickte Bettwäschegarnituren mitnehmen, doch sie nahm sie wieder heraus und packte stattdessen die alte Porzellanuhr mit Hirtin, Ziegenherde und Spieluhr ein, die Tadeusz und sie auf einem Flohmarkt in Sopot gekauft hatten. Er hatte selbst gesagt, es sei ein Geschenk. Dann aber verzichtete sie auf die Uhr, um mehr Platz für Schuhe zu haben. Dann räumte sie Bücher und Lederkombi aus, weil sie doch lieber die Uhr mitnehmen wollte. Und während sie um jeden einzelnen Gegenstand und jeden einzelnen Tag mit sich rang, lebte sie noch fünf Monate mit Tadeusz zusammen.

Doch eines Tages war es so weit. Das Datum war nicht besser oder schlechter als jedes andere. Nur hatte Tadeusz bei der Transfusion wieder eine Infektion bekommen und musste noch einmal länger im Krankenhaus bleiben. Sobald er aus dem Haus verschwunden war, spürte Ilda Erleichterung. Gleich darauf folgte die Wut. Zum Teufel! Was tat sie noch bei diesem Menschen?! Es war ein staatlicher Feiertag, Kazia hatte frei, die Schüler waren nach Hause gefahren. Ilda schickte Truda ein Telegramm, sie solle umgehend kommen. Und sie spürte, dass sie zum ersten Mal seit langer Zeit tief Luft holen konnte.

Sie tranken die Weinflasche leer, die Tadeusz offen im Kühlschrank hatte stehen lassen. Er war lieblich, und Truda mochte liebliche Weine. Es war ihre Idee gewesen, vor dem unvermeidlichen Auszug noch einmal durch die Wohnung zu gehen wie durch ein völlig fremdes Haus, um sich daran zu gewöhnen, dass es nun nicht mehr Ildas Zuhause war. Sie besichtigten also dieses fremde Haus, so wie Truda es wollte, einen Raum nach dem anderen, sie schauten in die Schränke und linsten hinter die Möbel. Sie überlegten zum Spaß, wer in einem solchen Haus wohnen mochte. Eine Frau, die nichts aß, denn die Küche war leer. Die nichts galt in diesem Haus, denn sie war auf keinem der Fotos an den Wänden zu sehen. Und die nicht las, denn jedes mit dem Rücken nach oben liegende Buch gehörte einem Mann und war mit seinen Anmerkungen vollgekritzelt. Truda sagte, für sie rieche es hier geradezu nach einer Leiche, die sie auch sicher finden würden, wenn sie nur gründlich genug suchten.

Angeregt durch den Wein, statteten sie auch dem Atelier einen letzten Besuch ab. Im Dämmerlicht stiegen sie die steile Holztreppe hinunter. Die Schüler hatten ihre Kopfbedeckungen liegengelassen: merkwürdige, idiotische Hüte. Die Schwestern borgten sich einen Hut mit Feder und eine Schiebermütze mit roten Rosen. Während sie noch ein bisschen herumalberten (Truda) und ein bisschen weinten (Ilda), gelangten sie zu einer in der Ecke versteckten Statue, die von einem Tuch mit Blumenmuster verdeckt wurde. Als sie das Tuch herunterrissen, wirbelte dichter Staub auf. Darunter kam Ilda zum Vorschein. Sie hielt ein Kind auf dem Arm und gab ihm die Brust. Wie bei der Statue, mit der alles angefangen hatte. Ihr Haar war zu einem lockeren Knoten gebunden, die Bluse eindeutig nichts Besonderes. In Stein war sie schön. Sie lächelte das Kind liebevoll an. Sie weinte. Eine Betonträne auf der rechten Wange, zwei am Hals.

Rozela

Ilda war mit einem einzigen Korb voller Sachen nach Dziewcza Góra zurückgekehrt. Ein paar Monate lang wohnte sie in der gute Stube, die das sich aller Anstrengung zum Trotz nicht in einer erträglichen Farbe streichen ließ. In dieser Zeit arbeitete sie im Garten, schloss sich mit Truda in der Küche ein, wo sie lange tratschten, und half bei den Schweinen, von denen es dank der Gene des nicht verkauften Eberchens inzwischen wieder acht gab, alle mit schwarzem gekräuselten Fell. Aber sie packte den Korb nicht aus. Rozela schaute hinein und wunderte sich, dass ihre Tochter eine so schöne Uhr mitgebracht hatte und sie in diesem Korb liegen ließ, doch Ilda erlaubte ihr keine Fragen. In dieser Zeit kam Tadeusz Gelbert viele Male zu Besuch – immer mit Hund. Er saß stundenlang bei Ilda in der Stube, und wenn Rozela vor der Tür vorbeiging, hörte sie ihn weinen. Dann brach Ilda mit dem Hund zu einem langen Spaziergang auf. Tadeusz Gelbert fuhr mit leeren Händen davon. Der Hund winselte.

Schließlich gelang es ihm irgendwie, Ilda umzustimmen. Sie hatte feuchte Augen. Nachdem sie die Mutter geküsst und die Schwester umarmt hatte, nahm sie den Strauß frisch geschnittener Chrysanthemen entgegen und stieg mit ihm in das Sopoter Taxi, das schon vor dem Haus wartete.

Als sie kurz darauf wieder ein Auto in den Hof rollen hörte, war Rozela sicher, dass Ilda zurückgekommen sei. Aber nein. Es war ein schwarzer Privatwagen, viel größer als alle Autos, die Rozela bis dahin gesehen hatte. Aus dem Auto stiegen zwei große, schlanke Frauen und gleich hinterher zwei pickelige junge Männer. Sie stellten die Frauen als Französinnen und sich selbst als Dolmetscher vor. Und traten, ohne zu fragen, in den Flur. Sie waren offensichtlich absolut sicher, an der richtigen Adresse zu sein und empfangen zu werden.

Rozela bat sie in ihr Zimmer. Solche Gäste hätte man in der guten Stube empfangen müssen, die mit den bunten Glasscheiben in der Tür, doch Truda versuchte seit Monaten erfolglos, die Wände neu zu streichen. Deshalb standen dort Farbeimer herum, und die Möbel waren mit Plastikfolie bedeckt. Die Gäste hätten nicht einmal sitzen können.

Sie verschob selbst mühsam den Tisch unter dem Kranz aus Kunstblumen, um Platz zu schaffen. Die Frauen nahmen sich wortlos die Stühle, die Dolmetscher setzten sich aufs Bett. Die Französinnen waren ungefähr im Alter von Rozelas Töchtern, beide trugen Hüte. Unter einem schauten dicke weizenblonde Haare hervor, dieselbe Haarfarbe, die auch ihre Mutter Otylia gehabt hatte. Während sie Tee servierte, schaute sie unwillkürlich immer wieder verstohlen auf diese weizenblonden Haare. Sie schienen weich zu sein. Das Haar ihrer Mutter war steif gewesen.

Sie hatten sich kaum gesetzt, da fragte der junge Dolmetscher, ob es wahr sei, dass Rozela während des Krieges zwei Flüchtlinge im Keller versteckt habe. Die Damen seien die Töchter eines der beiden Männer. Ihr Vater habe den Krieg überlebt, aber nie darüber sprechen wollen. Nun, nach seinem Tod, hätten die Töchter beschlossen, auf eigene Faust nachzuforschen. Rozela hätte ihnen in die Augen gelogen und alles geleugnet, weil sie überzeugt war, dass man selbst nach so vielen Jahren über diese Dinge besser nicht sprechen sollte, und weil sie genau wusste, dass, sobald sie das erste Wort sagte, unweigerlich weitere folgen müssten. Vielleicht würden sie sogar den Keller sehen wollen. Und dort stand ja die längst nicht mehr im Gebrauch befindliche Brennapparatur. Um des lieben Friedens willen hätte sie gesagt, es müsse sich um einen Irrtum handeln, doch sie war so überwältigt von dem weizenblonden Haar, das unter dem Hut hervorschaute, und von der Kälte, die sie plötzlich an diesem doch recht warmen Tag erfasste, dass sie sagte: »Ja, das ist wahr.«

Und sie bückte sich unter den Tisch, um das Dreierporträt ihrer Töchter, das wieder umgefallen war, aufzustellen, bevor es die Gäste zertrampelten. Die Frauen, die bis dahin finster dreingeschaut und geschwiegen hatten, betrachteten es aufmerksam. »Étonnant«, sagte die eine. »Incroyable«, die andere. Und es war nicht klar, ob sie das Bild meinten oder die Geschichte ihres Vaters. Rozela drehte das Bild schnell zur Wand.

Weder die Töchter noch die Enkelinnen waren damals in Dziewcza Góra. Gerta saß mit den Mädchen in Kartuzy, Truda arbeitete in Gdingen und Ilda war gerade mit Tadeusz abgereist. Rozela war allein und fühlte sich in Gegenwart der Fremden unsicher. Sie sagte dem jungen Mann ohne Anzug, der ihr von allen am wenigsten arrogant vorkam, sie werde ihnen Kuchen servieren, den sie für sonntags gebacken habe, und mit den Fragen sollten sie warten, bis ihre Tochter Truda von der Arbeit zurückkomme. Dann ging sie in die Küche.

Die Frau mit dem weizenblonden Haar stand auf und folgte ihr. Sie wollte nicht warten. Sie war nicht mehr distanziert wie zuvor, sondern sah Rozela direkt in die Augen und begann zu sprechen. Gurrend wie eine Taube erzählte sie Rozela offenbar die Geschichte ihrer Familie, denn immer wieder fiel das Wort »Papa«. Rozela verstand nicht, was sie ihr sagen wollte. Sie gab auf und kehrte in ihr Zimmer zurück, um sich vom Dolmetscher helfen zu lassen. Sie sei sich aber nicht sicher, ob sie überhaupt in ihrer Erinnerung in diesen Winter zurückkehren wolle, sagte sie. »In diesen Sommer«, verbesserten die Gäste. »Vater ist im Sommer aus dem Lager Stutthof geflohen«, sagte die Frau mit dem weizengelben Haar auf Französisch, worauf in Rozelas Kopf die Bilder wechselten, als habe sie mit dem Schnee einen Teil ihrer Erinnerungen ausradiert und grüne Bäume an ihre Stelle gesetzt. »Im Sommer«, verbesserte Rozela sich selbst und versuchte die Gäste noch einmal davon zu überzeugen, dass es nicht viel zu erzählen gebe, weil sie sich nur noch an wenige Dinge erinnere. Sie wollten ihr nicht glauben.

Also im Sommer. Am tiefsten hatte sich ihr ins Gedächtnis gegraben, wie sie mit über dem Kopf erhobenen Händen dastand, als die Ukrainer in den deutschen Uniformen kamen. Sie waren jung, sehr jung, so wie dieser hier, das Pickelgesicht ohne Anzug. Sie hielten die Gewehre im Anschlag. Sie schrien, dass sie in ihrem Haus Juden verstecke. Sie richtete sich auf, fuchtelte mit ihrem Lappen vor den Gewehren herum und fing an, sie auf Deutsch anzuschreien – das war die einzige Sprache, die sie außer Kaschubisch kannte: Wie könnten sie es wagen, das Haus einer anständigen Deutschen zu überfallen?! Sie wolle sofort den Anführer sprechen, der werde sie schon Mores lehren! Sie waren verwirrt. Rozelas Entschlossenheit schüchterte sie ein. Ihr Deutsch erschreckte die ukrainisch sprechenden Soldaten in deutschen Uniformen. Doch irgendwie fanden sie heraus, dass sie hinters Licht geführt worden waren. Sie kamen noch am selben Nachmittag zurück und stellten sie und Truda an die Wand des Hauses. Sie spürte die Mündung eines Gewehrs an ihrem Rücken und wusste, dass genau so ein Gewehr auch auf Truda gerichtet war. Einige von ihnen gingen ins Haus. Sie räumten die Schränke aus, zerbrachen das Geschirr. Sie durchkämmten die Scheune. Sie schrien, sie solle verraten, wo sie die Juden versteckt habe. Sie fanden niemanden, weil im Haus niemand mehr war. Aber das war doch im Winter gewesen. Die Frau und das kleine Kind, das nicht sprach, waren gleich nachdem Rozela die Ukrainer überlistet hatte, in den Schnee hinausgegangen. Sie hatte gewusst, dass sie wiederkommen würden. Sie hatte die Frau und das Kind hinaus in den Schnee geschickt, vielleicht in den Tod.

Doch das war nicht die Geschichte, wegen der die Französinnen gekommen waren. Sie wollten wissen, was sich im Sommer ereignet hatte. »Avec papa.« An diese beiden erinnerte Rozela sich auch. In der Tat, so fiel ihr nun wieder ein, das war im Sommer gewesen. Sie hatte die beiden nicht ins Haus lassen wollen. Doch sie waren nicht gegangen, es war laut geworden, die Hunde hatten angefangen zu bellen. Sie hatte ihnen lange in die Kinderaugen geschaut, denn sie waren klein und mager wie Kinder. Sie hatte nicht die Kraft, sie abzuweisen.

Fünf oder sechs Wochen – vielleicht auch sieben, Rozela wusste es nicht mehr – verbrachten sie im Keller unter der Küche. Sie erinnerte sich, wie sie sich später vor der Muttergottes schämte, dass sie ihnen nichts zu essen mitgab, als sie sie in den Winter – nein, in den Sommer – hinausschickte. Sie sah, wie der junge Mann vor diesem Satz zögerte, doch er übersetzte ihn so, wie sie ihn gesagt hatte. Die Frauen rissen die Augen auf.

Sie wollten jedes Detail wissen. Was sie für Kleider trugen. Ob sie etwas gesagt hatten. Was hätten sie sagen sollen, wenn niemand im Haus ihre Sprache verstand? Der Jüngere habe ununterbrochen gezeichnet – lauter komische Dinge. Einen Hahn, der mit seinen Krallen auf einem schwarzen Adler herumtrampelte, oder frivole Bilder von Frauen und Männern, die Rozela vor ihren Töchtern habe verstecken müssen. Die weniger anstößigen habe er selbst an die Kinder verteilt, aber Rozela habe sie ihnen wieder abgenommen und in den Ofen geworfen, denn wenn die Deutschen gekommen wären und die Zeichnungen gefunden hätten, hätte das für sie und ihre Tochter das Todesurteil bedeutet. Ob sie das verstünden?

Um ihnen den Keller zu zeigen, stieg sie zunächst selbst mühsam die Leiter hinab. Sie warf eine Decke über die Flaschen zum Schnapsbrennen, schob auch das Lederholster mit Jans Pistole darunter und bat die Gäste, sie sollten nichts anfassen. Trotz dieser Bitte fummelten die beiden Frauen unablässig an der Decke herum, so dass die Gläser klirrten. Es war dieselbe Decke, die sie damals den Franzosen als Bettdecke gegeben hatte. Sie vermaßen den Strohsack. Sie klagten: Wie hart das gewesen sei, wie habe *Papa* es nur ausgehalten, so viele Tage mit angezogenen Beinen dazusitzen? Ob sie die ganze Zeit dort unten verbracht hätten? Nein, nicht die ganze Zeit, abends seien sie zum Abendessen in die Küche gekommen. Sie hätten ihrer Tochter etwas Französisch beigebracht. Nein, die Töchter seien gerade nicht zu Hause.

Ach ja, da war noch der Schriftzug, den jemand in die Mauer geritzt hatte. Als sie von oben kurz in den Keller schaute, sah Rozela verwundert, wie die beiden Französinnen ihre Gesichter an die in die Ziegel eingekerbten Buchstaben drückten. Sie gingen erst spätabends, nachdem sie Rozela herzlich umarmt und ihr versprochen hatten, sie würden ihr das Buch schicken, an dem sie derzeit arbeiteten. Es handele von ihrem Vater, der vor dem Krieg ein bekannter Zeichner gewesen sei. Doch bevor sie ihr das Buch schickten, würden sie sie noch einmal besuchen.

Gerta

Gerta verpasste die Französinnen um einen Tag. Als sie in Dziewcza Góra eintraf, machte sich die Mutter Sorgen, weil die Französinnen sich die Gerätschaften zum Schnapsbrennen im Keller angeschaut hatten. Jetzt stieg sie in den Keller und schaffte alles heraus, was dort noch herumstand. Sie schleppte die Fässer, Mensuren und Schüsseln bis hinter die Schweineküche, ohne daran zu denken, dass sie schwach war und eigentlich keine derart schweren Ge genstände tragen sollte. Sie versuchte, die Apparatur unter den Mirabellen zu vergraben. Sie besann sich und grub alles wieder aus, um es noch weiter vom Haus weg zu schaffen. Am Ende brachte die Mutter alles durcheinander – Sommer, Winter, Sommer. Die Französinnen hätten gesagt … – hätten nicht gesagt …

Gerta kämpfte zunächst mit ihr, versuchte es mit Bitten und mit Argumenten. Dann gelangte sie zu dem Schluss, dass nur ein Arzt helfen könne. Am besten der junge Doktor, der sich damals, vor Jahren, im Krankenhaus in Kocborowo so gut um Mutter gekümmert hatte. Sie wunderte sich sehr, dass Truda sich nach so langer Zeit noch an seinen Namen erinnerte: Tomasz Piętek. Sie wunderte sich, dass Truda auch seine Adresse kannte. Doch nun war nicht die Zeit für Nachfragen. Von der Kartuzer Post aus rief sie Ilda an. Die jüngste der drei Schwestern fuhr, wenn auch widerstrebend, zu der von Truda angegebenen Adresse in Gdingen, von wo sie den Doktor, der sich zu einem Hausbesuch bei ihrer Mutter bereiterklärte, nach Dziewcza Góra brachte. Er war im Laufe der Jahre gealtert, aber noch immer von jugendlichem Eifer beseelt. Und er erweckte noch immer Rozelas Vertrauen.

Die Mutter freute sich, als sie ihn sah. Und sorgte sich, dass man den Herrn Doktor schlecht behandle, weil er so mager sei und so müde aussehe. Sie schlossen sich sehr lange in der Stube ein. Bei der Abreise wollte der Doktor nicht die geringste Kleinigkeit annehmen, von Geld ganz zu schweigen. Er gab ihr ein Medikament. Und wie vor Jahren sagte er, sie müssten Rozela vor starken emotionalen Erschütterungen schützen, dürften ihr aber nicht verbieten zu sprechen. Er sagte: Unter gar keinen Umständen allein lassen. Wenn sich ihr Zustand verschlechtere, sollten sie ihn rufen.

In den folgenden Wochen passierte nichts. Die Zeit verging, der Garten musste winterfest gemacht werden. Gerta zündete am Ufer des Sees Feuer um Feuer an, wobei sie darauf achtete, nicht die Schweine einzuräuchern, obwohl der Wind um diese Jahreszeit so böig war, dass ihr von seinem Pfeifen die Ohren wehtaten. Sie brauchte den Garten. Hier gab es außer ihr niemanden, und sie war gern mit sich allein. Sie kämpfte gegen die Quecken, rang mit der Natur. Wenn die Arbeit getan war, betrachtete sie zufrieden die Resultate.

Ilda

Bevor sie einwilligte, nach Sopot zurückzukehren, stellte Ilda Bedingungen. Erstens: Nach fast zwanzig Jahren wollte sie, dass ihr gemeinsames Haus wenigstens zum Teil auch ihr gehörte. Tadeusz müsse einen Weg finden, sie anzumelden, damit sie nach seinem Tod – den Gott verhüten möge – nicht auf der Straße landen würde. Zweitens: Die Wände müssten neue Farben bekommen. Sie hatte genug von dem angegrauten Weiß und Blau. Sie brauchte mehr Gelb in ihrem Leben.

Tadeusz trommelte die jungen Leute aus dem Atelier zusammen, teilte Pinsel aus, ließ Leitern holen und ordnete an, sie sollten alles tun, was Ilda verlangte. Und so mühten sie sich über den Farbeimern ab, mischten Pigmente und versuchten, gemäß Ildas Wunsch eine möglichst sonnige Farbe herzustellen. Als schließlich alle Wände gelb gestrichen waren, ließ Ilda die schweren Samtvorhänge von den Fenstern entfernen und fröhliche karierte Stores aufhängen, die Tadeusz nur kurz mit dem Blick streifte, ohne ein Wort zu sagen.

Peggy war begeistert von der Rückkehr ihres Frauchens, von dem Trubel, der nun im Haus herrschte, und von Tadeuszs Geschrei, wenn sie eine Dose umstieß und Farbe vergoss. Für die Hündin war all das ein großes Vergnügen. Auch Ilda fühlte sich wohl in ihrer neuen Rolle. Sie saß auf dem Küchentisch, ließ die Beine baumeln und lächelte Tadeusz zu. Sie wusste, er würde erst schmollen, dann ein finsteres Gesicht machen, doch zum Schluss würde er ganz sicher zurücklächeln.

Gerta

Gerta wurde in Dziewcza Góra dringender gebraucht als je zuvor. Truda fuhr zur Arbeit nach Gdingen, während Mutters Haus von den Französinnen heimgesucht wurde. Sie kamen noch vier weitere Male, jedes Mal mit ihren Dolmetschern, und stellten immer mehr Fragen. Wäre es nach Gerta gegangen, hätte sie sie gar nicht erst ins Haus gelassen. Sie war wütend, weil die fremden Frauen ihre Mutter nicht zur Ruhe kommen ließen. Wer auf das Bett eingehackt habe und warum, fragten sie und blickten misstrauisch. Als die Mutter zu erzählen begann, hörten sie gar nicht zu, sondern fragten nach der Brücke, da ja das Bett nichts mit ihrem »Papa« zu tun hatte ... Wenn »Papa« nachts von der Brücke geträumt habe, habe er immer geschrien. Die Kriegsgeschichten ihrer Gastgeberin interessierten sie nicht, sie wollten wissen, ob »Papa« vielleicht eine Brücke erwähnt habe.

Gerta hätte die Französinnen vom Hof gejagt, aber Truda ließ sich von ihnen bezirzen. Sie konnte stundenlang mit ihnen Spekulationen anstellen. Vielleicht war es der Viadukt über der Bahnstrecke vor der Straße nach Kartuzy? Oder eine der Danziger Brücken über die Mottlau? Sie sagte, sie könne sie hinführen und sie ihnen zeigen – doch es sei eine ganz gewöhnliche Brücke. Und der Weg von Sztutowo nach Dziewcza Góra sei lang.

Gerta wollte die Mutter für die Zeit der Franzoseneinfälle zu sich nach Kartuzy nehmen, doch Rozela fragte, was sie in der Stadt anfangen solle, in einem Haus mit einem Hof von der Größe eines Brunnens. Später stellte Gerta erleichtert fest, dass die Mutter in der Scheune verschwand, wenn die Gäste im Haus waren. Dort saß sie stundenlang bei den Pfauen. Sie kam erst wieder heraus, wenn sie hörte, dass das Auto schon den Viadukt hinter sich gelassen hatte.

Truda

Bevor die Französinnen ihr großes Auto ein weiteres Mal anließen, fragte die ältere, grauhaarige nach dem Gemälde unter dem Tisch. Wer der Maler sei und ob es tatsächlich, wie sie glaube, Truda und ihre Schwestern darstelle. Truda verriet nicht, wer es gemalt hatte. Es war ihr gleichsam peinlich, als schmälere die Urheberschaft ihres Schwagers die Bedeutung des Werks. Sie log, das Porträt habe ihr Vorkriegsverlobter angefertigt, ein Deutscher, den sie nicht geheiratet habe, um der Familie keine Schande zu machen. Er habe es gemalt und sich anschließend das Leben genommen. Er habe sich in den Kopf geschossen – mit einer Pistole, für die sie ihm eigenhändig ein Holster genäht habe. Da machte die grauhaarige Französin ein bekümmertes Gesicht und bat sie, ihr das Gemälde zu verkaufen. Und als sie bemerkte, dass Truda zögerte, begann sie zu drängen. Und so kamen die drei Schwestern hinaus in die Welt, in Blau gemalt, blass, traurig, hoch aufragend wie Kathedraltürme, jede mit einem Blumenstrauß in der Hand, vor dem Hintergrund des Sees und des Himmels, mit Fischen, die mal aus den Wolken, mal aus der Tiefe des Wassers hervorsprangen, unterzeichnet als Ilda, Gerta und Astrida. Die Französinnen zahlten volle dreißig Dollar, obwohl das Gemälde beschädigt und Ildas Schulter von Schuhsohlen abgewetzt war. Die Schwestern sollten bis nach Frankreich reisen, eingewickelt in Packpapier und verschnürt mit blauem Seidengarn von einem Knäuel, das nie zu enden schien.

Edward freute sich, als er hörte, dass Truda sein Bild verkauft hatte. Zugleich war er ein wenig betrübt, dass sie ihn in ihrer Geschichte hatte sterben lassen. Gerta war empört, obwohl die dreißig Dollar genug waren, um die letzten Schulden zu tilgen. Edward fuhr höchstpersönlich zum Gerichtsvollzieher, um die Becker-Uhr, das Klavier und Ildas Ring auszulösen und seine Ehre wiederherzustellen. Wie sich herausstellte, war der Ring schon unter die Leute gekommen. Diese Deutsche, Herta Gelbert, eine Klavierlehrerin, hatte ihn gekauft. Auch die Becker-Uhr war längst verkauft worden. Als der Gerichtsvollzieher nach dem Befinden seiner werten Gattin fragte, platzte Edward der Kragen und er versetzte dem Jungen einen Schlag ins Gesicht. Er wusste selbst nicht, warum. Truda konnte lange nicht begreifen, warum Gerta so aus dem Häuschen geriet, als sie von diesem belanglosen Zwischenfall erfuhr – sie lief durchs Haus, knallte die Türen zu und besserte schwungvoll nach, wenn es ihr nicht laut genug gewesen war, wobei sie freilich einen durchaus zufriedenen Eindruck machte. Schließlich beruhigte sie sich wieder. Abgesehen von der sonderbaren Melancholie der Mutter kehrte mit der Abreise der Französinnen alles in die alten, wohlbekannten Bahnen zurück.

Rozela

Rozela wartete auf das Buch, das die Französinnen ihr versprochen hatten. Sie wartete, obwohl sie es nicht würde lesen können. Sie wartete, weil wieder aufgebrochen war, was ihr unter der Haut steckte und wovon niemand hören wollte. Das Buch kam nach zwei Jahren. Es landete sofort auf dem Regal, in dem schon Sienkiewicz und Kraszewski den Groschenromanen aus Berlin hatten Platz machen müssen. Mit dem Buch kamen einige Zeitungs- und Zeitschriftenartikel, davon einer in polnischer Sprache, ein Text aus der ihnen unbekannten Pariser Zeitschrift »Kultura«. Rozela ließ ihn sich von Truda vorlesen. Die Französinnen schilderten darin ihre Suche nach den polnischen Spuren ihres Vaters, des bekannten Zeichners. Der Text endete mit dem Satz: »Schließlich schickte sie sie doch in die dunkle Nacht hinaus und gab ihnen nicht einmal ein Stück Brot mit auf den Weg, wofür sie sich bis heute schämt.«

Rozela brach in Tränen aus. Warum schrieben sie so etwas?! Hatte sie denn sonst nichts getan?! Truda erklärte ihr in bester Absicht, sie, Rozela, habe es ihnen selbst so erzählt. Doch Rozela weinte, dann schaute sie aus dem Fenster, fragte, was sie verbrochen habe, und dann weinte sie wieder. Je mehr sie über diesen einen Satz nachdachte, je länger sie ihn in Gedanken hin und her wendete, desto mehr wuchs in ihr das, was mit der Ankunft der Französinnen begonnen hatte.

Damit ihr das Herz nicht barst, erzählte Rozela unablässig der Muttergottes davon: Winter, Sommer, Winter, die Frau mit dem Kind. Sie ignorierte die fragenden Blicke ihrer Töchter, die hörten, wie sie stundenlang mit dem leeren Zimmer sprach. Sie beklagte sich bei Maria und weinte, weil sie Angst vor dem Sterben hatte. Obwohl sie sich nach nichts mehr sehnte als nach dem Meer aus jenem Traum, spürte sie, dass sie es nicht ertragen würde, ihr Leben noch einmal an sich vorbeiziehen zu sehen, und zu sterben bedeutete doch, dass man sein ganzes Leben noch einmal an sich vorbeiziehen sah.

Später sprach sie nicht einmal mehr zur Muttergottes. Sie wimmerte nur. Sie brachte die Zeiten durcheinander, die Welten vermischten sich. Wieder waren die Iwans im Hof, die Jüdin im Keller, die Deutschen in der Küche und unterdessen die Iwans schon auf den Zimmern. Die Schwestern mussten erneut den Doktor kommen lassen. Er gab ihr ein Medikament und sagte, danach werde sie sich an nichts mehr erinnern. Und er brachte sie persönlich ins Krankenhaus. Sie blieb dreißig Tage dort.

Gerta fuhr sie wieder besuchen, dieses Mal mit ihrer ältesten Tochter, und der Doktor stritt sich, wie Jahre zuvor, mit den anderen Ärzten über die Behandlungsmethode. Es fiel der erste, frühe Schnee und machte alles hell. Die weißen Krankenhauswände und der Schnee spiegelten Rozelas Angst, und sie kam größer und stärker zu ihr zurück und nahm ihr alle Hoffnung. Sie werde nicht sterben können, sagte sie dem Doktor. Sie werde es nicht schaffen. Was solle sie weiter mit ihrem Leben anfangen?

Und so sprachen sie über den Tod. Der Doktor erklärte, dass sie in der Todesstunde vielleicht etwas sehen, aber sicher nichts fühlen werde. Sie war nicht überzeugt. Er versuchte es rational: Dass man etwas sehe, sei reine Spekulation, denn man wisse, dass sich das Gehirn abschalte wie ein Radio, wenn man den Stecker zöge. Da sah Rozela ihn tief erstaunt mit großen Augen an. Er suchte nach weiteren Argumenten. Er versuchte es so: Wenn doch Rozela ein so enges Verhältnis zur Muttergottes habe und wenn sie doch am Ende ihres Lebens endlich den Mut gefunden habe, ihr ihre Anliegen persönlich vorzutragen, dann könne sie doch vielleicht mit ihr ein gutes Sterben aushandeln. Rozela erwiderte nichts.

Schließlich entschloss sie sich, die Jungfrau Maria darum zu bitten, dass man sie nicht, wie alle Menschen, durch das Tor führen, sondern ihr einen Begleiter zur Seite stellen solle; dann könne sie die Augen vor all dem verschließen, was sie ein zweites Mal nicht verkraften würde. Und so fand sie endlich Ruhe.

Gerta

Sie kam zu so gut wie nichts mehr. Sie hatte viel zu tun. Sie arbeitete als Wachsbildnerin. Und war ständig im Verzug. Die Aufträge strömten herein, doch sie hatte nur zwei Hände. Die neue Beschäftigung hatte sie entdeckt, als eines Abends – wie im Herbst in Kartuzy üblich – der Strom ausfiel. Sie hatte über ihrer Richelieu-Stickerei geflucht und dabei mit einer Kerze das Tischtuch vollgetropft. Als sie versucht hatte, das Wachs zu entfernen und wieder an die

Kerze zu kleben, um wenigstens bis zweiundzwanzig Uhr Licht zu haben, hatte sie entdeckt, wie gut sich das Wachs formen ließ. Schnell hatte sie die Kerze mit Blumen verziert, die nicht weniger raffiniert und originell waren als die, die sie mit der Rasierklinge aus dem Stoff ausschnitt. In nur zwei Monaten perfektionierte sie die Technik. Im dritten Monat entdeckte sie, wie gut sich das Wachs mit frischem Schmalz weich machen ließ. Zum Schluss gab sie den Mustern den letzten Schliff, indem sie sie mit Kartoffelmehl bestreute. Sie waren schön.

Nachdem Edward und sie ihre Schulden abbezahlt hatten, war der Wohnungswechsel wieder zum Thema geworden. Als nun Gertas Einnahmen aus dem Kerzenverkauf hinzukamen, hätten sie sich endlich einen Umzug leisten können. Doch Edward war dagegen: Ihre Töchter seien inzwischen groß, sie würden das Haus bald verlassen, warum also sollten sie jetzt noch umziehen und die bequeme Nähe von Wohnung und Werkstatt aufgeben? Sie hätten sicher bis ins hohe Alter weiter darum gestritten, wenn Edward nicht von der Leiter gestürzt wäre. Zum Glück fiel er weniger tief als Abram Groniowski und überlebte. Als er nach drei Monaten das Krankenhaus verließ, waren die Knochenbrüche so gut wie verheilt und von den Schürfwunden und Beulen war nichts mehr zu sehen. Doch wieder berichtete der »Wieczór Wybrzeża« über die Familie: »In der Ortschaft Kościerzyna stürzte am … kurz nach 22 Uhr der Uhrmachermeister Edward S. beim Versuch, ein Fenster des Hauses von Jadwiga P. zu erreichen, von einer Leiter auf sein unter dieser Leiter abgestelltes Fahrrad. Er erklärte seine Kletterpartie damit, dass er in einer Frage des Klavierspiels habe Rat einholen wollen.«

Die Ehe wurde vor dem Familiengericht in Kartuzy wegen Verschuldens des Ehemannes geschieden. Als Edward aus dem Krankenhaus kam, war die Uhrmacherwerkstatt bereits geteilt. Der schwere alte Schreibtisch stand vor dem Fenster, ebenso die übrigen Möbel und Uhren. Durch die Raummitte verlief eine hölzerne Trennwand. Über der frisch abgetrennten Hälfte der Werkstatt hing ein Schild: »Selbstgefertigte Handarbeiten Gerta Strzelczyk«. Edward musste sich mit seiner Werkstatt in der anderen Hälfte ein-richten. Außerdem war er gezwungen, sich in der Stadt eine neue Bleibe zu suchen.

Seit dieser Zeit teilten sie die Werkstatt, aber nicht ihr Leben. Auch in den seltenen Momenten, in denen Gerta oder Edward versehentlich den Kopf über die Abtrennung reckten, redeten sie nicht. Nur einmal fragte der Uhrma-cher, wie lange das Theater noch weitergehen solle, doch da erinnerte ihn Gerta daran, dass sie geschiedene Leute seien.

Sie reckte den Kopf nicht zu hoch, sie stellte das Radio allenfalls so laut, dass es nicht bei der Arbeit störte, aber das Knarren des Stuhls, das Quietschen der Federn im Sitz und die Seufzer übertönte. So führte Gerta ihren Betrieb, mit dem sie – und diese Aussage hätte sie unter den schlimms-ten Höllenqualen nicht widerrufen – zufrieden war. Auf ihrer Seite der Trennwand lagen in den Regalen Zierkerzen in penibler Ordnung. Büsten, Heilige, Ritter, Pferde, Blumen-dekors, Medaillons, Rosetten, Ornamente. Sie waren the-matisch sortiert: Sakrale Motive, Blumen – das war Gertas Lieblingsabteilung –, außerdem Komponisten, Schriftstel-ler, Dichter und sonstige Namenspatrone von Schulen und Institutionen. Und schließlich, ein wenig verschämt, die Ab-teilung Experimente – Wladimir Iljitsch Lenin und Freun-de. Eine spezielle Geste in Richtung des Amts, das die Steu-ernachzahlungen berechnete.

Ilda

Die Kerzen gingen weg wie warme Semmeln. Ilda transportierte sie mit Tadeuszs Auto, das sie längst als ihres ansah, ins ganze Land. Manchmal übernachtete sie notgedrungen auswärts, aber sie kehrte immer nach Sopot zurück. Seit sie ihr eigenes Geld verdiente und den immer voller werdenden Korb mit den Dingen, die sie bei einem Auszug mitnehmen würde, dauerhaft neben dem Bett stehenließ, erlebte sie mit Tadeusz einen lange währenden Honeymoon. Wenn sie in Katowice, Warschau oder Zakopane bei Bekannten von Tadeusz übernachtete, rief sie immer von der nächsten Post aus in Sopot an. Er erzählte ihr, woran er arbeitete und wie er sie vermisste, sie sagte ihm, was er hören wollte. Der größte Posten in ihrem Haushaltsbudget war nun die Telefonrechnung.

Gleichwohl saß die Frage der Anmeldung in Sopot Ilda wie ein Stachel im Herzen. Tadeusz versprach und schwor unter Tränen, doch wenn sie dann endlich gemeinsam aufs Amt wollten, kam ihm jedes Mal etwas dazwischen. Er wurde krank. Er bekam einen eiligen Auftrag. Es kamen wichtige Besucher aus der Partei, denen er die Stadt zeigen musste. Ilda ereiferte sich, er mache ihr leere Versprechungen, während sie seit zwanzig Jahren illegal in Sopot lebe und ohne Anmeldung weder eine Arbeit finde noch ein Anrecht auf ihre gemeinsame Wohnung habe. Sie weigerte sich, ihm weiter die Brust zu geben. Zu guter Letzt einigten sie sich so, dass er die Brust bekam, wenn sie sich liebten, was immer seltener geschah. Als sie endlich alle erforderlichen Formulare für die Anmeldung ausgefüllt hatten, wurde Tadeusz ernstlich krank. Die Ambulanz brachte ihn umgehend ins Krankenhaus.

Dank Gertas Kerzengeschäft hatten alle drei Schwestern ein Auskommen. Truda kümmerte sich um die Buchführung – sie hatte gerade noch Kraft genug für eine dritte Stelle neben der Arbeit in Gdingen und der Ferkelzucht. Der Eber, der übriggeblieben war, als sie das Geld für den Heiratsschwindler beschaffte, hatte sich als würdiger Nachkomme seines Ururgroßvaters, des Wildschweins, erwiesen.

Als Ilda eines Tages wegen der Kerzen sogar nach Zielona Góra fahren musste, kam Truda mit. Seit sie mit ihrer Mutter allein in Dziewcza Góra lebte, hatte sie oft angekündigt, eines Tages werde sie ihre Koffer packen und auf Nimmerwiedersehen verschwinden. Doch das waren leere Drohungen. Sie hatte sich an Dziewcza Góra gewöhnt, sie hatte ihren Lieblingsplatz – genau an der Stelle, an der einst das alte Haus stand, später Brennnesseln wucherten und irgendwann ein Chrysanthemenbeet angelegt wurde. Dort stellte sie sich einen Stuhl hin und schaute stundenlang auf den See, während in ihrem Rücken die Mutter an der Hauswand lehnte und in dieselbe Richtung blickte.

Dieses Mal hatte sie jedoch einen Grund, mitzufahren: das Schweigen ihrer Söhne. Die letzte Nachricht von ihnen war schon mehr als ein Jahr alt, eine Postkarte aus Zielona Góra, ein paar freundliche, aber letztlich nichtssagende Sätze, dazu die Adresse eines Arbeiterhotels. Die Karte war mit fremden Namen unterschrieben, doch Truda hatte die Handschrift ihrer Söhne erkannt. Sie fuhren los. Ilda war in heiterer Stimmung, Truda angespannt. Sie waren beide müde, denn Tadeusz hatte früh am Morgen ins Krankenhaus gemusst, sie hatten seine Sachen gepackt und ihn auf der Station eingeliefert. Vor Ort, im Hotel, trafen sie Trudas Söhne nicht an, und als Truda dem Portier die Namen von der Postkarte nannte, wunderte dieser sich sehr, dass sie nichts von der großen Affäre wussten, über die sogar die Warschauer Zeitungen geschrieben hatten. Diese beiden Jungs seien mit einem Flugzeug nach Deutschland geflohen. Die Regierung habe sie nicht abgeschossen. Angeblich kannten sie einen Arzt in Berlin.

Als der Portier wissen wollte, wer sie seien, verabschiedeten sich die Schwestern höflich und sahen zu, dass sie fortkamen. Auf dem Heimweg war Ilda betrübt, Truda jedoch fröhlich. Nach der Rückkehr schrieb sie gleich an Jakob, doch der Brief kam zurück – mit dem Stempel: »Von der Zensur nicht zur Zustellung zugelassen.«

WINTER

Rozela

Sie starb fünf Jahre nachdem sie den Vertrag mit der Muttergottes geschlossen hatte. Seit Monaten hatte sie gesagt, sie warte nur noch auf den heiligen Martin, der sie auf seinem weißen Pferd auf Umwegen durch den Tod befördern werde. Der heilige Martin sei selbst ganz bewusst dahingegangen, er kenne sich also mit dem Sterben aus wie sonst keiner. Rozela ging mit dem ersten Schnee.

An diesem Tag stand sie früh auf, obwohl sie zu dieser Zeit das Bett kaum noch verließ, und machte sich ans Aufräumen. Sie klopfte die Federbetten aus. Sie leerte die Schränke und sortierte die Bettwäsche und ihre Kleider, von denen die meisten auf einem Haufen landeten, den sie im Ofen verbrennen wollte. Selbst den Dachboden und den Keller entrümpelte sie. Unter den Betten zog sie Dinge hervor, die jahrelang dort gelegen hatten. Das meiste davon kam ins Feuer (kaputte Körbe, alte Truhen), ein Teil wieder unters Bett (ein Vorrat von Flaschen für Spiritus). Zum Schluss lagen nur noch ein Paar Schlittschuhe auf dem Fußboden. Vielleicht hatten sie einem der Enkel gehört, vielleicht Jan, vielleicht auch Abram. Sie waren in zu gutem Zustand, als dass man sie einfach hätte wegwerfen können.

Sie nahm sich auch die Küche vor. Als sie die Dosen in den Fächern der Anrichte reinigte, entdeckte sie das Foto einer Frau mit einem dicken Kind in einem noch dickeren Schlafsack. Es hatte die ganze Zeit dort gestanden, all die Jahre, nur war es etwas nach hinten gerutscht. Rozela zerriss es und warf die Fetzen ins Feuer, sie sagte, das hätte sie längst tun sollen, und wer wollte es einer Sterbenden jetzt verbieten? Aus dem kobaltblauen Kästchen holte sie stattdessen ein Foto von Jan. Er sollte nun an die Dosen gelehnt dastehen.

Zum Schluss nahm sie die Axt und ging Agatka fangen, das Huhn, das sie als Küken bekommen hatte. Agatka war inzwischen eine Greisin, so gut wie blind, sie war weit über zwanzig, ihr genaues Alter wusste niemand mehr. Auch schaukelte sie niemand mehr im Korb am Apfelbaum. Sie legte längst keine Eier mehr. Rozela fand aber, dass sich auch aus einem sehr alten Huhn noch eine gute Suppe kochen lasse. Sie hackte Agatka auf einem Hauklotz unter dem Apfelbaum den Kopf ab, gleich neben der Schaukel, wobei sie Beschwörungen und Entschuldigungen murmelte. Sie rupfte das Huhn bis auf die letzte Feder und fing an zu kochen. Möhren, Sellerie, ein wenig im Ofen angekohlte Zwiebel. Agatka garte fünf Stunden auf dem nicht zu starken Feuer. Aus diesem einen Huhn kochte Rozela drei Kessel Hühnersuppe, die sie anschließend in den Flur stellte. Truda sagte sie, das sei die Suppe für den Leichenschmaus.

Sie erinnerte die Töchter daran, wenn es so weit sei, müsse die Suppe warm gemacht werden, aber sie dürfe nicht kochen, weil sie sonst den Geschmack verliere. Dann verkündete sie, sie werde sich schlafen legen und sie sollten unter keinen Umständen die Vorhänge zuziehen, sie wolle sehen, wie der Schnee falle.

Und er fiel. Der erste, helle und frische Schnee. Es war eine mondklare Nacht, von ihrem Bett aus, dem vor Jahren mit einer Axt traktierten, konnte sie sehen, wie die Flocken im leichten Wind auf und ab tanzten, wie der Schnee auf Dziewcza Góra fiel und die Hänge unter einer immer dickeren Decke verschwanden. Es war schön. Selbst wenn niemand außer Rozela dieses Wunder sah.

Sie fürchtete sich und glaubte fest daran, dass die Muttergottes ihr Versprechen erfüllen würde. Der heilige Martin sollte sie auf einem weißen Pferd abholen kommen – und er kam. Truda fand sie am Morgen. Im Bett, sanft lächelnd, schnurgerade.

Truda

Die Schlittschuhe. Das war der einzige Gegenstand, den die Mutter nicht aufgeräumt hatte. Alle Flaschen, Lumpen, alten Körbe, alle unfertigen Handarbeiten und die allzu verklumpten, unbrauchbaren Federbetten waren in den Ofen gewandert. Übrig war nur das von einer Stelle zur anderen geräumte Paar Schlittschuhe.

Als sie am Tag der Beerdigung die Mutter, so wie sie es sich gewünscht hatte, auf dem Küchentisch wusch, legte Truda die Schlittschuhe auf die Anrichte – freilich so unglücklich, dass sie die Zuckerdose umstieß. Der Zucker rieselte auf das Foto von Jan, das von da an für immer klebrig blieb. Gerta legte die Schlittschuhe auf den Ofen, wo sie um ein Haar Feuer gefangen hätten. Das Leder begann zu stinken, und Ilda verbrannte sich an den heiß gewordenen Kufen die Finger, als sie sie von der Herdplatte holte. Sie ließ die Schlittschuhe also gleich auf den Boden fallen. Gut, dass außer den Schwestern niemand hörte, was Truda schrie, als sie mit einem Kessel Hühnersuppe in den Händen darüber stolperte. Mit übermenschlichem Beistand hielt sie die Suppe fest, gerade einmal ein paar Tropfen spritzten auf die Dielen. Truda hätte die Schlittschuhe am liebsten in die hinterste Kellerecke gepackt – so schimpfte sie –, doch sie trug den Kessel und konnte nichts machen. Darum hängte Gerta die Schlittschuhe an den Riemen über die Tür zur guten Stube, wo der Sarg mit dem Leichnam der Mutter stand. Und dachte später nicht mehr daran. Auf den letzten Fotos der toten Rozela wurden daher im Hintergrund auch ein Paar Hockey-Schlittschuhe verewigt.

Nachdem sie die Mutter zum Friedhof begleitet, je eine Handvoll gefrorener Erde auf den an zwei Seilen ins Grab hinabgelassenen Sarg geworfen und heftig geweint (Ilda) und geschluchzt (Gerta und Truda) hatten, luden sie die Trauergäste zu sich nach Hause ein, um sie mit der schmackhaften, aus dem alten Huhn gekochten Suppe zu bewirten.

Alle amüsierten sich, ließen Erinnerungen aufleben, aßen und erzählten sich lustige Geschichten von Rozela. Die letzten Gäste gingen erst gegen Mitternacht. Die Schwestern wollten sich schlafen legen, um in dem nun verwaisten Bett die Morgendämmerung abzuwarten, doch die Nacht war so hell, vom Schnee erleuchtet. Sie entdeckten die Schlittschuhe an der Tür. Gerta nahm sie herunter. Ein großer Mond schien auf sie nieder, der Schnee war weich, ungewöhnlich glänzend und knirschte unter den Sohlen, als sie im Gänsemarsch zum See gingen. Nacheinander zogen sie die Schlittschuhe an. Sie vereinbarten, nur ein kleines Stückchen aus den Hecken auf den See hinauszufahren, denn sie wollten nicht gesehen werden – man hätte es ihnen im Dorf nachgetragen, dass sie am Tag des Begräbnisses ihrer Mutter Schlittschuh liefen.

Der Plan misslang. Gerta konnte sich nicht auf den Beinen halten und kreischte. Die Schwestern führten sie mit vorsichtigen Trippelschritten übers Eis. Ilda bekam mehr

Schwung, als sie wollte, sie glitt bis zur Mitte des Sees und konnte nicht wenden. Die Schwestern holten sie unter Klagen über die Kälte und die nassen, rutschenden Schuhe zurück. Schließlich fiel Truda auf dem Eis hin, und das Echo trug ihr Ächzen und Jammern über den See.

Als sie wieder zu Hause waren, machten sie sich Tee. Sie aßen die Suppe auf, die gut schmeckte, obwohl sie aus einem alten Huhn gekocht worden war, und schliefen wie Katzen im mütterlichen Bett ein. Sie zogen sich nicht einmal aus.

Ilda

Am nächsten Morgen mussten sie, nachdem sie wach geworden waren, natürlich alle angefangenen Geschichten vom Leichenschmaus zu Ende erzählen. Über die Mutter. Über ihre Schwächen. Über sich selbst, ihre Traurigkeiten, Geheimnisse und angeblichen schrecklichen Verfehlungen. Truda hatte sich bei ihrem Sturz auf dem See tüchtig die Hand verstaucht. Sie mussten noch einige Tage bei ihr bleiben, woraus am Ende drei Wochen wurden. In Kartuzy kamen die inzwischen fast erwachsenen Nichten gut allein zurecht. In Sopot arbeitete Tadeusz, wie er sagte, am Werk seines Lebens, er ließ niemanden ins Atelier und wollte ungestört bleiben. Unterdessen begannen die Schwestern jeden Tag mit einem Besuch auf dem Chmielnoer Friedhof und beendeten ihn im Haus am See mit vertraulichen Gesprächen am Ofen. Sie waren sich nahe wie nie zuvor, sie redeten offen und hörten einander zu, um sich, die Mutter und das Leben zu verstehen. Warum rief Rozela ausgerechnet nach Truda, als die Iwans kamen? Hatte sie Truda am meisten geliebt? Wie war es, als Truda, noch mit Schleifen an den Zöpfen, an der Wand stand und die Gewehre auf sie gerichtet waren? War es schlecht, dass sie manchmal eifersüchtig aufeinander waren? War Gerta Rozela am ähnlichsten? Oder vielleicht doch gerade Ilda? Sie weinten zusammen, sie schliefen gemeinsam in dem von Axthieben beschädigten Bett. Alles wurde verstanden, vergeben.

Als Ilda zwei Jahre später, am 22. Februar 1979, einem Dienstag, mit den Schwestern zu Tadeuszs Begräbnis ging, ging sie ohne Angst. Die Blumen, die sie aufs Grab legen wollte, hatte Gerta trotz Schnees mit dem Fahrrad aus Kartuzy mitgebracht. Über Nacht hatten sie in Tinte gestanden und die richtige, rotschwarze Farbe angenommen. Gerta hatte auch eine leere Schleife mitgebracht. Ohne zu wissen, was Ilda eigentlich daraufschreiben wollte, hatte sie ihr außerdem schwarze Farbe und einen Pinsel gegeben. Als die jüngere Schwester zu überlegen anfing – »Meinem geliebten Mann«, »Für Tadeusz, mit Dank für zwanzig Jahre«, »Dem Grausamen – seine zweite Frau« –, wurde rasch klar, dass sie nicht in Worte fassen konnte, was sie wirklich empfand. Sie würde gern etwas Warmherziges schreiben, sagte Ilda den Schwestern, doch je mehr Sätze sie sich ausdachte, umso offensichtlicher wurde es, dass sie mitnichten warmherzig sein wollte, aber auch nicht imstande war, etwas Grausames zu schreiben.

Gerta beobachtete sie vom Ofen aus mit kritischem Blick, ganz wie es jahrelang ihre Mutter getan hatte, bis sie sich schließlich die Schleife nahm. Sie schrieb selbst. Als Truda das Wort las, das auf der Schleife stand, geriet sie – obwohl sie doch selbst die Rosen schwarz gefärbt hatte – in Panik: Das sei zu sonderbar, die Leute würden sich das Maul zerreißen. Und da fragte Gerta, ausgerechnet Gerta, ob die

Schwestern sich wirklich etwas daraus machten? Ilda nahm die Schleife und band sie mit einem leichten Lächeln um die gefärbten Rosen.

* * *

Keine der Schwestern weiß zu diesem Zeitpunkt, was hinterher geschieht. Sie wissen nicht, dass alle Zeitungen über Tadeusz Gelberts Begräbnis berichten und ein Foto der in Trauer versunkenen Ehefrau abdrucken werden. Dass auf der letzten Seite der Nachmittagsausgabe des »Wieczór Wybrzeża«, auf der normalerweise Geschichten über Mord und Totschlag zu lesen sind, ein bebilderter Text erscheinen wird, der schildert, wie die aus der Wohnung des verstorbenen Künstlers geräumten Möbel, Geräte und Einrichtungsgegenstände, dazwischen auch Seidenkleider, Unterröcke und Damenschuhe, vom Wind durcheinandergeworfen und von den Leuten geplündert werden.

Sie wissen nicht, dass weitere elf Jahre später Gertas älteste Tochter Lilia in einem Pariser Museum Edward Strzelczyks Gemälde wiederentdeckt, das jahrelang in Trudas Zimmer unter dem Tisch gestanden hatte. Natürlich nicht im Louvre, sondern in einer unbekannten kleinen Galerie auf dem Montmartre, in einer Gasse hinter dem privaten Dalí-Museum. Nachdem sie die *Sœurs* gesehen hat, bringt Lilia später auch die zwölf übrigen Gemälde dorthin, die ihr Vater in seiner zweiten Lebenshälfte, nach der Scheidung von ihrer Mutter, gemalt hatte. Sie zeigen Gerta, wie sie durch flammend rote Herbstbäume und Nebel mit wehendem Haar auf dem Fahrrad den Berg von Łapalice hinauffährt. Eine auf Frauenbeine gestützte Pyramide aus

Klavieren, die aussieht, als könne sie jeden Augenblick einstürzen. Einige Seeansichten, scheinbare Idyllen, doch im Hintergrund immer ein bizarres Detail: ein nackter Männerhintern, ein mit dem Bauch nach oben treibender toter Fisch. Oder auch eine Katze, die Kakerlaken in eine Porzellanschüssel scheucht. Die Kuratoren finden die wahre Geschichte hinter diesem Bild sehr bewegend. Auf einer Tafel neben dem Gemälde beschreiben sie, wie der Maler im Kriegsgefangenenlager aus diesen von der Katze gefangenen Kakerlaken eine Suppe kochte.

Der Maler selbst erfährt zu Lebzeiten keine Anerkennung. Er wechselt in Kartuzy mehrfach die Wohnung, bandelt mit verschiedenen Frauen an, freilich nie für lange. Als er eines Tages nach Kościerzyna radelt, stürzt er mit überhöhter Geschwindigkeit bei der Abfahrt von Złota Góra, und das ist sein Ende. Seine Ex-Frau Gerta verabschiedet ihn auf dem Begräbnis mit ein paar warmen Worten.

Ihre zweite Tochter Róża, die acht oder neun Sprachen fließend beherrscht, heiratet einen Franzosen, einen Nachkommen der beiden Frauen, die nach dem Krieg in Dziewcza Góra vorgefahren waren. Vor der Hochzeit korrespondiert sie mit ihm über die Inschrift »Spiritus flat...« im Keller ihrer Tante Truda. Sie findet es lustig, dass ihre Großmutter unter dieser Inschrift lebenspendenden Spiritus brannte. Róża ist auch die Einzige aus der Familie, die das französische Buch liest. Sie liest es, doch wird sie auf Nachfrage nicht genau sagen können, wovon es handelt. Nur eine Episode um eine Brücke gräbt sich ihr tief ins Gedächtnis ein und verfolgt sie bis in ihre Träume. Die Metapher der Brücke steht später am Beginn der meisten ihrer eigenen Bücher, von denen einige dem Schicksal weiblicher Kriegsopfer gewidmet sind.

Feuerjanek wandert auf Einladung seines geliebten Bruders Józek von Deutschland nach Amerika aus. Die beiden kehren nur zu Trudas Beerdigung noch einmal in die alte Heimat zurück. Zur Beisetzung Ildas, die Feuerjanek aufrichtig beweint, schaffen sie es nicht. Feuerjanek erhält seine Greencard erst ein paar Tage nach der Trauerfeier.

Urgroßmutter Otylias Knopf mit der Perle geht wie der gesamte Inhalt des kobaltblauen Kästchens verloren. Mit den Fotos der unbekannten Männer in verschiedenen Uniformen spielen Rózas kleine Töchter, als sie in den Sommerferien ihre Großtanten Ilda und Truda besuchen. Sie vergraben ihren Schatz, das heißt das Bündel Fotografien, unter einer Hecke. Im darauffolgenden Frühjahr sind sie spurlos verschwunden. Der Knopf fällt in eine Fußbodenritze. Als viele, viele Jahre später das alte, mit aus der Mode gekommenen Klinkern gedeckte Haus am See abgerissen wird, um Platz für Ferienvillen zu schaffen, landet der abgewetzte und zerbrochene Knopf im Fundament. Die neuen Bewohner, Feriengäste, träumen nachts im Schlaf eine merkwürdige Geschichte von einem Schiff und von Perlen.

Auch ohne den Knopf baut Gertas jüngste Tochter Lobelia in der ersten Hälfte ihres Lebens eifrig aus, was mit ihm den Anfang nahm. Irgendwann nennt sie sich sogar Wahrsagerin, um einige Jahre später zu dem Schluss zu gelangen, dass sich aus den Karten nur die Vergangenheit herauslesen lässt. Sie erkennt, dass sie dank einer Kraft, die sie selbst nicht begreift, den Menschen mit verblüffender Genauigkeit ihre Vergangenheit zu erzählen vermag, dass aber die aus ihr herausgelesene Zukunft durch eine x-beliebige Kleinigkeit, ein winziges Detail verändert werden kann. Sie verliert das Interesse an der Wahrsagerei und wendet sich anderen Dingen zu.

Das letzte Exemplar der polnischen pommeranischen

Schwarzgaumenschweine aus zertifizierter Zucht wird noch zu Trudas Lebzeiten verspeist. Zuvor trifft ein Brief aus Berlin ein. Allerdings nicht von Jakob Richert, der zu diesem Zeitpunkt schon seit mehr als zehn Jahren tot ist. Sondern ein auf Geschäftspapier verfasstes Schreiben einer deutschen Anwaltskanzlei, die Frau Truda Kotejuk auffordert, den Zuchtbetrieb mit sofortiger Wirkung einzustellen, weil alle Rechte und Zertifikate in den Besitz der Firma … – hier steht ein Name – übergegangen seien. Die zutiefst empörte Truda schreibt den Anwälten noch zurück, sie könnten sich ihre Rechte dahin stecken, wohin ihre Schwester dem Wildschwein, mit dem ihre einträgliche Zucht begann, den Stock geschoben habe. Leider verliert sie den Brief, bevor sie ihn zur Post bringen kann. Zu dieser Zeit ist selbst das Radfahren für Truda schon eine große Herausforderung. Wie außerdem alles, was den Einsatz des Gedächtnisses erfordert.

Jakob schreibt noch einmal, bevor man ihn zu Grabe trägt. Er kommt sogar nach Dziewcza Góra. Truda und er sind da schon an die achtzig, aber noch immer ineinander verliebt. Jakob versucht Truda zu überreden, dass sie, wenn sie schon ihr Leben nicht gemeinsam leben konnten, wenigstens zum Sterben zu ihm nach Berlin kommt. Truda lehnt ab. Kurz darauf schicken seine fünf Kinder aus Berlin die Nachricht, dass Jakob gestorben ist.

Sie selbst stirbt – sofern sich am Lauf der Dinge nichts ändert – als Letzte der Schwestern. Nach Ilda, die sich lange vor ihrem Tod einer Rosenkranzgemeinschaft anschließt und nur einigen wenigen Personen anvertraut, dass sie eigentlich schon ihr Leben lang Atheistin ist. Gerta, die Älteste, stirbt als Erste.

Der Verkauf der von Edward Strzelczyk gemalten Bilder bringt gerade so viel ein, dass Gertas Töchter einen Grabstein für das Grab, in dem ihre Mutter, ihre Großmutter und ihre Tanten gemeinsam beerdigt liegen, in Auftrag geben können. Der Schöpfer des Grabmals entpuppt sich als talentierter Schüler Tadeusz Gelberts, dessen Ruhm leider nicht überdauern wird. Der ehrgeizige Schüler hat keine Ahnung, dass unter der steinernen Decke auch Ilda begraben liegt. Er erhält auftragsgemäß eine Kopie der *Sœurs* zur Nachbildung. Fokussiert auf die getreue Wiedergabe der Details – Gesichter, Arme, Hände –, bemerkt er nicht, wessen Namen und Nachnamen in den Stein eingraviert werden sollen. Das Werk gerät grau und flach. Drei Schwestern, aber ohne die Blautöne, ohne den See, den Himmel und die mal aus dem Wasser, mal aus den Wolken springenden Fische, ohne die seltsam fahlen Blumensträuße und den Namen Astrida. Ohne all die frappanten und schönen Details. Mithin kein bisschen so wie im Leben.